Spell 015

赤誠者

ALLEGIANT

薇若妮卡・羅斯（Veronica Roth）◎著
林零◎譯

高寶書版集團

給喬，

你引領著我，使我平靜。

「能夠回答的問題都必須被回答，或至少被討論。若是產生不合邏輯的思考過程，必會受到挑戰。錯誤的答案必被導正。正確的答案必須堅持。」

——節錄自博學派宣言

1 翠絲

我在博學派總部的牢房裡走來走去，她說的話不斷在腦中迴響：我的名字將是艾迪絲．普里爾。我很樂意能忘掉其他一切。

「所以妳從來沒見過她？連照片也沒有？」克莉絲汀娜說，她受傷的腿撐在一顆枕頭上。在我們不顧一切、拚了命要將艾迪絲．普里爾的影片向全市民公開時，她被槍打傷。當時我們還不曉得影帶裡說的是什麼，也不知道它將會以何種形式動搖我們的根基：不僅僅是派別，甚至還有自我認同。

「她是妳的祖母、阿姨還是什麼人嗎？」

「我跟妳說過了，都不是。」我說，並在走到牆邊時轉個方向。「普里爾是——曾是——我父親那邊的姓，所以應該是他家族的人。艾迪絲是克己派的名字，而我父親的親戚都是博學派，所以說……」

「所以她一定更老。」卡拉的頭靠在牆上說。從這個角度看去，她跟她弟弟長得一模一樣——威爾，我的朋友，也是被我射殺的人之一。然而，當她挺起身，那一抹屬於他的神韻瞬間消失。

「在幾代之前，祖先之類的。」

「祖先啊。」這個字彙對我來說好古老，猶如崩裂的磚塊。走過牆角時，我的手碰觸著牢房的其中一面牆，鑲板冰冷又白皙。

我的祖先。而這即是她留給我的遺產：從派別中自由，並且明白我的分歧者身分比自己想像得更為重要。我的存在是一種象徵，代表我們必須離開這個城市，不管外頭的人是誰，我們都要幫助他們。

「我想知道，」卡拉用手摸著自己的臉說：「我們在這裡多久了……是說妳可以不要這樣走來走去嗎？一分鐘就好？」

我停在牢房正中央對她揚起眉毛。

「不好意思。」她囁嚅著說。

「沒關係，」克莉絲汀娜說：「我們已經在這裡待太久了。」

自從伊芙琳以幾道簡潔有力的命令控制住博學派總部大廳的一片混亂，並把所有動亂者倉促關進三樓的牢中，已經過了好幾天。一名無派別的女子前來治療我們的傷，同時分配止痛藥。我們已經用過幾次餐、洗過幾次澡，卻沒人告訴我們外頭發生了什麼事。不管我怎麼發狠逼問他們都一樣。

「我總覺得托比亞也該來了。」我說，倒在我床上邊緣處。「他到底在哪？」

「說不定他還在為妳對他撒謊，以及私底下跟他父親合作這件事很火大。」

我瞪著她。

「四號沒那麼小心眼。」克莉絲汀娜說。她可能是要斥責卡拉，或許想安撫我。我不確定。「一定是發生了什麼事情讓他走不開。他對妳說過要相信他。」

當時，在一片混亂中，每個人都在大喊大叫。無派別者試圖把我們推到樓梯處，我必須緊緊揪住他襯衫的褶邊才不會跟他走散。他握住我的手腕，將我推開，然後這麼說：*相信我，去他們要妳去的地方*。

「我試試看。」我說，這是肺腑之言。我試著相信他，但我身體的每一部分、一絲一毫、每條神經都拚了命想奔向自由，不只是從這個牢房出去，而是從這個監獄般的城市逃出去。

我必須看看圍欄之外的模樣。

2 托比亞

只要我走在走廊上，就一定會想起被囚禁在這裡的日子。只要稍有動作，痛楚便在我體內脈動。除了那段記憶外，還有別的：等待著碧翠絲．普里爾走向死亡的記憶，以及我用拳頭抵著門，聽見彼得告訴我她是被下藥後，望著她的腿掛在他手臂上的模樣。

我恨這個地方。

在此處還是博學派的住所時，就已經不像表面看起來那麼單純。現在，這裡已遭到戰爭的蹂躪，牆上有著彈孔，四處都是破掉燈泡的碎玻璃。我踩過地面那些髒兮兮的腳印，在閃爍燈光下走向她的牢房，完全沒被盤問，因為我身上有著無派別的標記──一個空心圓──那個黑色臂章正綁在我手臂上，還有我與伊芙琳如出一轍的面容。托比亞．伊頓曾是個恥辱的名字，現在卻代表著權力。

翠絲與克莉絲汀娜肩並肩地縮在房裡的地板上，就在卡拉對面。我的翠絲，她看起來應該蒼白又嬌小──她的確是如此──但在這個空間裡，我只看見她。

她圓圓的眼睛對上我的，便立刻站起，手臂緊緊抱住我的腰，臉貼在我胸前。

我一手捏捏她的肩膀，另一手撥弄著她的頭髮。我對於她頭髮長度沒過頸子，仍覺得些許不習慣。她剪掉頭髮時我很高興，因為這髮型屬於一名戰士，而非小女孩，我也明白她確實有必要變成那樣。

「你是怎麼進來的？」她用小卻清晰的聲音說。

「我可是托比亞．伊頓。」我說。

她笑開。「也對，我一直忘記這件事。」她稍微抽身看著我。她眼中有著猶豫不決的情緒，像一堆將要被風吹散的落葉。「發生什麼事了？為什麼拖這麼久？」

她語氣中有著急迫和懇求。此處帶給我數不勝數的可怕回憶，但對她來說則更多：慷慨赴死、兄長的背叛、恐懼之境。我一定要把她弄出去。

卡拉饒富興味地抬頭看。我覺得不太自在，像是換了一副皮囊後便不再合身。我討厭有旁觀者。

「伊芙琳將整個城市關閉。」我說：「沒有她的許可，沒有人可以去任何地方。她在幾天前發表了一次演說，要大家團結起來反抗欺壓我們的人，也就是外頭的人。」

「欺壓我們的人？」克莉絲汀娜說。她從口袋拿出一瓶藥水，一口倒進嘴裡。我猜應該是她腿上傷口用的止痛藥。

我將手滑進口袋裡。「伊芙琳——其實還有很多人——認為不該只為了幫助那群將我們關進這裡，還想利用我們的傢伙而離開。他們想整頓好這個城市，解決我們自己的問題；而非離開這裡，解決別人的問題。當然，我只是在闡述他們的想法。」我說：「我猜這種意見對母親而言相當方便，只要我們還被留在這，她就能掌控大局；我們一離開，她就失去權力。」

「非常好。」翠絲翻翻白眼。「她當然會盡可能選擇最自利的方式。」

「她說的有理。」克莉絲汀娜的手緊緊握住藥瓶。「不是說我就不想離開這個地方，看看外頭有什麼，但這裡已經夠多麻煩事了，我們是要怎麼幫助一堆從沒見過的人？」

翠絲思索了一下，咬著臉頰內側。「我不知道。」她坦誠。

我的手錶顯示為三點鐘。我在這裡待太久了——久到會讓伊芙琳起疑。我告訴她，我是來跟翠絲攤牌，不會花多少時間，只是不知道她相不相信我。

我說：「聽著，我算是來警告妳們的。他們正在準備審判這些人犯。他們會對妳們注射吐實血清，如果血清起了作用，妳們就會被裁決為叛徒。我相信沒有人希望事情變成那樣。」

「被裁決為叛徒？」翠絲表情一凜。「向整個城市公開真相，什麼時候變成叛國行為了？」

「那是一種反抗領導者的行為。」我說：「伊芙琳和她的跟隨者不想離開城市，他們不會因為妳公開影片而感激妳。」

「他們就跟珍寧一樣！」她的手勢漫天飛舞，像是想揍人卻沒東西可揍。「只要能掩蓋真相什麼都做。這又為了什麼？成為這個小小世界的國王嗎？太荒謬了。」

我不想這麼說，但我有部分是贊同母親的。我不欠城外的人什麼，不管是不是分歧者都一樣。我不是很確定要不要告訴她們這些想法，並且跟她們一同釐清這些人性問題。

但我的確想離開，就像野生動物想逃離陷阱般拚命、瘋狂且不顧一切，即使咬斷自己的骨頭也無所謂。

「妳要這麼想就這麼想。」我小心翼翼地說：「總之，如果吐實血清生效，就會被裁定有罪。」

「如果生效？」卡拉瞇起眼睛說。

「分歧者。」翠絲對她說，指指自己的腦袋。「沒忘吧？」

「真是太迷人了。」卡拉將一撮頭髮塞回脖子上方的小髮髻裡。「可是，並非常態。在我的經驗裡，大多分歧派無法抵擋吐實血清，不知道妳為什麼有辦法。」

「妳跟其他博學派都有在我身上扎過針。」翠絲回嘴。

「可以不要離題嗎？我實在不想劫囚。」我說。突然極度渴望一點慰藉，我伸向翠絲的手，她也將手伸過來碰我的手。我們都不是會隨意碰觸別人的人。在我們之間，每一次接觸都極其重要，就像是獲得一股能量或安慰。

「好吧、好吧。」她說，稍微緩和下來。「你有什麼想法？」

「我會要伊芙琳讓妳們先受測，就妳們三人。」我說：「妳們只要想出一個謊言，一個足以讓克莉絲汀娜和卡拉都能被無罪釋放的謊言，並在吐實血清的作用下說出來即可。」

「什麼謊可以達到這種作用？」

「我想這就交給妳了。」我說：「畢竟妳很會說謊。」

我知道這句話正好擊中我們兩人的最痛處。她多次向我撒謊：在珍寧下令要一名分歧者犧牲時，她向我承諾說不會前往博學派住所赴死，但還是這麼做了；她也跟我說，在博學派發動攻擊時會待在家裡，但我隨即發現她人在博學派總部跟我父親合作。我能理解她為什麼會做出這些事，但不表示我們之間就沒有裂痕。

「是沒錯。」她看著自己的鞋子。「好吧，我會編些東西出來。」

我將手放在她的手臂上。「我會跟伊芙琳談談妳們的審判，然後試著迅速進行。」

「謝謝。」

我突然感覺到一股熟悉的衝動，希望自己能靈魂出竅，與她的心直接交流。而我隨即頓悟，這就是我每次見到她都想親吻她的那種衝動。即使我們之間只相隔一點點距離，都讓我惱火。我們的手指在不久前還只是稍微交纏在一起，現在則是緊緊相扣。她的手掌因為汗溼而有些黏，我則因為握過太多次火車上的把手而粗糙。她看起來蒼白又嬌小，但她的雙眼讓我想到我從未見過、只在夢中看見的那片無邊無際的開闊天空。

「如果你們要接吻，麻煩先說一聲，我才能別開視線。」克莉絲汀娜說。

「我們是要接吻。」翠絲說。我們也的確親了。

我碰著她的臉頰，緩下這個吻，讓她的嘴停在我脣上，如此我才能感受我們的嘴脣相碰以及相離的每一處。在那之後的幾秒，我品嘗著兩人之間共享的空氣，以及她的鼻子滑過我鼻子的感覺。我想起一些想說的話，但那太親密，以至於我又吞回去。但過了片刻，我決定不管三七二十一。

「真希望我們能獨處。」在走出牢房時，我說。

她微笑。「我大概每天都這麼想。」

關上門時，我看到克莉絲汀娜假裝嘔吐、卡拉正在大笑，而翠絲則攤攤雙手。

3 翠絲

「我覺得你們都是蠢蛋。」我的手在大腿上微握起，像熟睡中孩子的手一樣。我的身體因吐實血清而感到沉重，汗水堆積在眼皮上。「你們應該要感謝我，而不是訊問我。」

「我們應該要因為妳反抗派別領導人的命令而感謝妳？因為妳想阻止其中一名派別領導人殺掉珍寧．馬修斯而感謝妳？妳的舉止形同叛徒。」伊芙琳．強森像條蛇般吐出那些字句。

我們正在博學派總部的會議室，審判就在這裡舉行。我至少已經當了一個禮拜的囚犯。

我看到托比亞半藏在他母親的影子後面。從我坐進那張椅子起，他一直避開我的眼神。他們甚至剪了一條塑膠帶子將我的手腕綁在一起。在某一瞬間，他的眼神與我相接，而我便知道自己該開始撒謊。

從這瞬間開始，事情就簡單了，因為我知道自己能做到。就像把吐實血清造成的障礙在心中推到一邊那樣簡單。

「我不是叛徒。」我說：「當時我相信馬可斯是在無畏派和無派別者的命令下行事。既然我不能像個士兵一樣參與戰鬥，我很高興能幫助其他人。」

「妳為什麼不能像個士兵？」日光燈的光閃爍在伊芙琳的頭髮上。我看不見她的臉。在吐實血清再次發威令我淪陷之前，我實在無法專注在任何東西上超過一秒。

「因為。」我咬住嘴脣，一副試著想把快衝出口的話壓回去的模樣。真不知道我的演技在什麼時候變得這麼好，但我猜這跟說謊差不多。對於這件事，我一向相當拿手。「因為我無法拿槍，可以嗎？在射殺他……我的朋友威爾之後，就沒辦法。只要拿著槍我就會慌亂。」

伊芙琳的眼神盯得更緊，我猜想，即使是她心中最柔軟的部分，都不會對我有一分憐憫。

「所以，馬可斯告訴妳他是在命令下行事。」她說：「即使知道他跟無畏派和無派別者之間關係緊繃，妳還是相信他？」

「是的。」

「我可以了解為什麼妳沒選博學派了。」她笑出聲。

我的臉頰變紅。我很想打她巴掌。雖然他們不敢承認，不過我確定這裡有很多人都想這麼做。伊芙琳把我們全困在城市裡，受到全副武裝、在街上四處巡邏的無派別者控制。她知道只要手持槍械，就握有力量。而且，只要珍寧．馬修斯一死，就再也沒有人敢挑戰她。

從一個暴君換到另一個。我們現在的處境就是這樣。

「妳為什麼不告訴別人這件事？」她說。

「我不想承認我有任何弱點。」我說：「而且也不想讓四號知道我跟他父親合作。我清楚他不會喜歡。」我意識到似乎有些新的字句被吐實血清激起，將從喉嚨竄出。「我為妳公開了這個城市的真相，以及我們在裡頭的原因。如果妳不因此感謝我，至少也該做些其他的事，而不是乾坐在這堆妳弄出來的爛攤子上頭，還假裝這是妳的王座！」

伊芙琳那一臉嘲弄的笑容開始扭曲，像是嘗到什麼難吃的東西。她往前傾，靠近我的臉。

我第一次看清她的年紀有多大，我看見了她眼睛、嘴巴周圍的皺紋，還有因多年來營養不良造成的病態蒼白。但她仍跟她的兒子一樣好看。即使幾近餓死，也無法消去這點。

「我正在處理。我在創造新世界。」她說，聲音變得更微弱，我幾乎聽不見。「我曾是克己派，也比你們都更早知曉真相。碧翠絲．普里爾，我不知道妳是如何脫罪，但我向妳保證，在我的新世界裡沒有妳的一席之地，尤其是在我兒子身邊。」

我微笑了一下。我實在不該這麼做，但要壓抑手勢和表情比話語要難，尤其現在我血管裡還有血清在流動。她認為托比亞完全受她控制，但她不知道的是，他也有他自己的想法。

伊芙琳站挺身體、交叉雙臂。「吐實血清告訴我們，雖然妳是個蠢蛋，但並非叛徒。本次審訊結束，妳可以離開了。」

「那我的朋友呢？」我慢吞吞地說：「克莉絲汀娜、卡拉，她們也沒有做錯任何事。」

「我們很快會對她們做出處置。」伊芙琳說。

我站在那裡，因為血清的關係而虛弱、頭暈。這地方擠滿了人、摩肩擦踵，有好幾秒鐘，我找不到出口在哪裡，直到某人抓住我的手臂——是一個男孩。他有著溫暖的棕色皮膚，和一個好大的笑容——是尤里亞。他領著我到門那裡。眾人開始議論紛紛。

尤里亞帶我到走廊上，往電梯走去。在他按下按鈕時，電梯門迅速打開，我跟著他進去，仍有些踉蹌。當門關上時，我說：「你會覺得我說爛攤子和王座這件事太過分嗎？」

「不會。她本來就設想妳暴躁易怒。如果妳沒有這樣，她說不定還會起疑心。」

我覺得體內的一切有種躍躍欲試、期待著將發生任何事的感覺。我自由了。我們會找出一條逃出這個城市的路。我再也不用苦苦等候、在牢房裡踱步，或向守衛哀求一些我永遠得不到的答案。

然而，守衛的確告訴了我無派別者今早發布的新命令：先前的派別成員必須搬到離博學派總部較近的地方，並且混合居住，不能有超過四個特定派別的成員在同一個住所，衣著也要混穿。我之所以被分發到一件黃色友好派襯衫、黑色直言派褲子，就是因為這項特別法令。

「不管怎樣，走這裡……」尤里亞帶我走出電梯。博學派總部的這層樓全都是玻璃，連牆也是。陽光透過玻璃折射，在地板上投射出一小道彩虹。我用一隻手遮住眼睛，跟著尤里亞走進一個又長又窄的房間。裡面兩側都有床，床旁邊皆設有一個玻璃櫃可放書和衣服，還有一小張桌子。

「這裡本來是博學派新生的宿舍。」尤里亞說：「我已經幫克莉絲汀娜和卡拉留了床位。」

三名穿紅衣的女孩坐在靠近門邊的床上，我猜是友好派的。在房間左側有一名年紀較大的女子躺在其中一張床上，眼鏡掛在一邊耳朵，可能是博學派的。我知道，現在看到人時應該別再用派別來分類，但積習難改。

尤里亞倒在後面角落的其中一張床上，我則坐在他旁邊的那張，並且很高興自己終於能重獲自由，還可以好好休息。

「奇克說，無派別者可能會花多一點時間處理被赦免的人，所以她們應該等一下就會出來了。」尤里亞說。

有短短一瞬間，我因為自己關心的人將在今晚被釋放而覺得一陣釋然。可是我又想起，迦勒還在裡頭；他是出了名的在珍寧．馬修斯身邊的小跟班，無派別者絕對不會饒他。為了消去珍寧．馬修斯留在這城市的痕跡，他們會做到什麼地步？我不曉得。

我也不在乎，我想。即使這麼想，我也清楚這是謊言——他仍是我哥哥。

「很好，」我說：「尤里亞，謝了。」

他點點頭，將頭靠在牆上。

「你還好嗎？」我說：「我是說……琳……」

在我認識他們之前，尤里亞、琳和瑪蓮就已經是朋友。現在，她們兩人都已離世。我覺得自己似乎能感同身受，畢竟我也失去了兩個朋友。艾爾，他是因為新生訓練的壓力，還有威爾，他是因為實境模擬的攻擊，以及我草率的舉動。但我不想假裝我們感受到的痛苦是一樣的。至少，尤里亞比我了解他的朋友。

「我不想談。」尤里亞搖搖頭。「甚至不願意去想這件事。我只想繼續往前。」

「好，我了解。只是……如果你需要我……請告訴我。」

「好。」他對我微笑，然後起身。「妳待在這裡應該沒問題吧。我跟我媽說今晚會去找她，所以得走了。喔，差點忘記跟妳說，四號說他等一下要找妳。」

我稍微坐挺起來一點。「真的嗎？什麼時候？在哪裡？」

「十點過幾分吧。在千禧公園，草皮那裡。」他擠眉弄眼。「不要太激烈，不然會內傷。」

4 托比亞

母親總是坐在最邊緣——椅子、崖邊、桌邊——似乎覺得自己隨時都必須逃亡。此時，在博學派總部珍寧的舊桌子前，她也一樣坐在最邊緣，腳趾抵在地面，城市中陰鬱的光線在她身後閃爍。她是一名精瘦結實的女子。

「我想我們應該談談你的忠誠度。」她說，不過聽起來不像是要指控我，似乎只是十分疲倦。有一瞬間，她疲倦到好像可以直接看透，但當她再次站挺，那個感覺便消逝無蹤。

「終歸一句，依舊是你幫翠絲把影片播放出來的。」她說：「沒有其他人曉得，但我知道。」

「聽好。」我向前靠，將手肘支在膝蓋上。「我不知道那個資料夾裡有什麼。我相信翠絲的判斷更勝自己，而當時的狀況就是那樣。」

我以為告訴伊芙琳我跟翠絲分手，會讓她更信任我一些。但不管怎樣，我仍是對的——自從我撒了這個謊，她就變得更好相處、更少隱瞞。

「你現在看過影片了，」伊芙琳說：「你怎麼想？你認為我們應該離開這城市嗎？」

我知道她希望我說什麼——我不覺得有什麼原因非得去城外的世界不可——但我不是一名厲害的騙徒，所以我選擇說出部分實話。

「我很害怕。」我說：「我不認為在不清楚外頭會有什麼危險的情況下貿然離開是明智的。」

她咬著嘴唇內側打量我好一會兒。我是從她那裡學到這個習慣的——在等待父親回家時，我會咬著自己的肉，思忖著會見到哪一種版本的他：是那個克己派信任並尊敬的人，還是痛揍我的人。

我用舌頭舔過那個咬痕，猶如吞下苦膽汁般嚥下那個回憶。

她離開桌邊，走到窗戶前。「我不斷收到一些令人不安的報告，是關於在我們之中的一些反叛團體。」她抬眼，挑起一邊眉毛。「人們總愛成群結隊。我們的生存方式就是如此。我只是沒預料到會發生得那麼快。」

「哪一種組織？」

「想離開城市的那種。」她說：「他們今天早上發表了宣言，自稱『赤誠者』。」當她看見我疑惑的眼神，又加了一句。「他們都是因信守這城市的最初目標而結盟的，懂嗎？」

「最初目標，妳是指艾迪絲．普里爾的影片裡所講的嗎？也就是當城市裡的分歧者人數變多，就要把人送到外面？」

「是的，就是這個沒錯。只不過，他們還是會以派別的方式生活。赤誠者宣稱，我們注定隸屬於派別，因為我們從最初就是如此。」她搖搖頭。「有的人永遠畏懼改變，但我們不能放縱他們。」

現在派別已分崩離析，我有部分認為，我們像是從長久的囚禁中被釋放出來。我不需要再去評估我的每個想法，或者做出的選擇是否適於某種狹隘的意識型態。我不想要重振派別。

然而，伊芙琳尚未如她原本計畫的那樣釋放我們；她只是讓我們都變成無派別者。如果真能獲得自由，我們究竟會如何選擇？她對此相當畏懼。那表示，不管我相信派別的哪一部分，至少可以肯定，一定會有人反抗她。這樣我就放心了。

我換成一臉無表情，但心臟比以往都跳得快。我必須小心地留在伊芙琳的陣營裡。對我來說，向其他人撒謊很容易，但對她則相對困難；她是唯一了解那些被藏在我們克己派家中的祕密與暴力的人。

「妳打算怎麼處理這件事？」我說。

「我會控制住他們。你還想問什麼？」

「控制」這個字眼讓我坐挺，就跟背後的椅子一樣僵硬。在這個城市裡，「控制」就代表針筒與血清以及視而不見；代表實境模擬，就像那個讓我去殺翠絲的實境模擬，或是把無畏派變成軍隊的實境模擬。

「用實境模擬？」我緩緩地說。

她臉一沉。「當然不是！我可不是珍寧．馬修斯！」

她突如其來的怒火讓我也發了怒。「伊芙琳，別忘了，我跟妳其實不太熟。」

她因我的提醒而瑟縮一下。「那讓我來告訴你，我絕對不會藉由實境模擬來達到目的。若到那種地步，還不如用死刑。」

死刑的確有可能會是她使用的手段——開殺戒絕對能讓人閉嘴。總之，要在革命開始前先遏止。不管赤誠者裡面有誰，得有人警告他們，而且要快。

「我可以查出他們是誰。」我說。

「我也認為你可以。不然告訴你他們的事做什麼？」

她會告訴我的原因太多了：想測試我、逮到我、灌輸我錯誤訊息。我知道我的母親是什麼樣的人——她為達目的可以不擇手段，就跟父親一樣，也跟我一樣。

「那就由我去做。我來找出他們。」

我站起身，她如樹枝般脆弱的手指握住我手臂。「謝謝你。」

我迫使自己望著她。她的雙眼距離鼻子稍近，鼻子末端有點下勾，跟我一個樣。她的膚色一般，但比我稍黑。我有一瞬間似乎看到她身著克己派的灰衣，濃密的頭髮用好幾個髮夾往後夾起，在早餐桌前，坐在我對面；我看見她在我面前彎著腰，在我去上學前修補縫錯的襯衫扣子；我看見她站在窗邊，望著制服街，等待父親的車。她握著雙手——不，是緊捏著，日晒過的指節因緊握而變白。我們是因為心中皆有恐懼才團結在一起，但現在，她已經無所畏懼。有部分的我想知道，我們若是因力量而團結會是何種感覺。

我感到痛苦，覺得自己似乎背叛了她，背棄了曾是我唯一盟友的女人。我在自己就要收回一切並向她道歉之前，轉身離開。

我跟著一群人一同離開博學派總部，但我的視線感到困惑，自動尋找著派別的顏色，卻遍尋不著。我穿著灰色襯衫、藍色牛仔褲、黑色鞋子——都是全新的。只是在服裝之下，仍有著我的無畏派刺青。要抹去我的選擇根本不可能，尤其是這些印記。

5 翠絲

我將手錶鬧鈴設在十點，接著立刻進入夢鄉，我甚至沒有躺成舒服的姿勢便睡著。幾個小時後，嗶嗶聲沒叫醒我，但房中某人不爽的喊叫聲倒是吵醒我。我關掉鬧鈴，用手指順順頭髮，半走半踉蹌地來到緊急逃生梯。最底下的出口能通到小巷，在那裡比較不會被攔下來。

一到外面，寒冷的空氣讓我清醒。我將袖子拉到手指處，讓手暖一些。夏天終於結束了。有些人在博學派總部出口晃來晃去，但沒有一個注意到我偷偷摸摸溜過密西根大道。身材嬌小還是有點好處。

我看到托比亞站在草地中央，穿著混合派別顏色的衣服：灰色T恤、藍色牛仔褲，還有黑色的連帽運動衫；那代表所有我在傾向測驗時測出來的派別特質。他腳邊靠著一個背包。

「我做得如何？」在我靠得夠近、他可以聽到我說話時，我開口。

「非常好。」他說：「伊芙琳還是很恨妳，但克莉絲汀娜和卡拉沒有受到訊問就被釋放了。」

「很好。」我微笑。

他捏住我腹部位置的襯衫，將我拉向他，溫柔地親吻我。

「來吧，」在抽身時，他說：「我今晚有個計畫。」

「喔？真的嗎？」

「真的。怎說呢，我突然發現，我們從來沒有真正約過會。」

「混亂和毀滅的確會讓人沒什麼時間好好約會。」

「我也想感受一下『約會』的氛圍。」他往後退，朝著草坪另一端的巨大金屬建築走去，我跟上他。「在妳之前，我只參加過聯誼，而且總是落得災難一場。每次都結束在奇克隨便盯上一個女生，然後跟她卿卿我我。而弔詭的是，我每次都只能默默地跟某個先前不小心觸怒的女生坐在一起。」

「你不是個友善的人。」我說，咧著嘴笑。

「妳還敢說我。」

「嘿，如果我努力嘗試的話也可以很友善。」

「嗯。」他點點下巴。「那說些很友善的話來聽聽。」

「你長得很好看。」

他微笑，牙齒在黑暗中閃著光亮。「我喜歡這『友善』模式。」

我們走到草坪最末端。越靠近金屬建築，它看起來就比遠望更龐大，模樣也更奇特。它其實是一座舞臺，上方的拱形是一個巨大的金屬平臺，扭曲著朝不同方向伸展而去，猶如一個爆開的鋁罐。我們沿著右方其中一個平臺走到舞臺後面。在那裡，臺子以某個角度從地面升起，金屬橫梁從後方支撐著平臺。托比亞確認了一下肩上的背包，抓住其中一個橫梁爬上去。

「這感覺好熟悉。」我說。我們在一起做的第一件事之一，就是攀上摩天輪，但那次是我爬，不是他。他是那個逼我們爬得更高一點的人。

我捲起袖子跟著他，肩膀還因為槍傷而疼痛，但已經好得差不多了。我多半仍是用左臂承受重量，並盡可能地用腳撐著自己向上。我低頭看著底下錯綜複雜的橫檔，以及下方的地面，笑出聲音。

托比亞爬到兩個金屬平臺以V字交錯的某個點，留下足夠兩人一起坐的空間。他迅速往後一退，把自己卡在兩個平臺之間，在我靠得夠近時，他伸手抱住我的腰幫忙我。我其實不需要他幫，但沒開口說——我太享受他的手碰觸我的感覺了。

他從背包拿出一條小毯子蓋住我們兩人，然後憑空變出兩個塑膠杯。

「妳想要清醒或微醺？」他探頭望著袋子裡說。

「嗯……」我歪著頭。「清醒。我想我們可能要談點事情，對吧？」

「沒錯。」

他拿出一個小瓶子，裡面有著清澈、冒著泡泡的液體。他在轉開瓶蓋時說：「我從博學派的廚房偷來的。這玩意顯然很好喝。」

他在兩個杯子裡都倒了一點，我啜了一口。不管這玩意是什麼，簡直像糖漿一樣甜，還有檸檬的味道，我縮了一下。喝第二口時稍微好一些。

「很多事情要講。」他說。

「沒錯。」

「嗯……」托比亞對著他的杯子皺眉。「好吧，我了解妳為什麼跟馬可斯合作，還有妳為什麼會覺得不需要跟我說，但是……」

「但你很生氣。」我說：「因為我騙你，騙了好幾次。」

他點點頭，沒有看我。「不只馬可斯這件事，還有在更早之前。我不知道妳能否了解那感覺，醒來時發現自己獨自一人而妳消失不見——」去赴死。我猜他想這麼說，但他連那個字都說不出來。「跑去博學派總部。」

「不，我想我可能無法想像。」我啜了另一口，將甜滋滋的飲料在口中翻轉數次才吞下。「聽好，我……我曾經想過要為某些事情犧牲生命，只是我並不了解『犧牲生命』的真諦是什麼，一直到死亡降臨眼前、真正要犧牲時才懂。」

我抬頭看他，終於，他也回望我。

「我現在了解了。」我說：「我知道自己想活下去、想跟你坦承以對。但……但我做不到，假如你不相信我，或是用你有時會展現出來的高傲態度跟我說話，我就不願意——」

「高傲？」他說：「妳做了那些荒謬、危險的事——」

「沒錯。」我說：「但你真的覺得把我當成什麼都不懂的小孩會比較好？」

「那我該怎麼辦？」他強硬地說：「妳不講理！」

「也許我需要的不是講理！」我往前坐，無法再假裝自己心情輕鬆。「我覺得自己像是被罪惡感生吞活剝。我需要的是你的耐心和善意，不是對我吼。喔，還有，你總是把計畫藏著不讓我知道，一副我不可能——」

「妳已經背負太多，我不想再增加妳的負擔。」

「你到底覺不覺得我是個堅強的人？」我臉一沉。「因為你似乎認為在你責罵我時我能承受，卻不相信我能扛得住其他壓力？這又是什麼意思？」

「我當然認為妳是個堅強的人。」他搖搖頭。「我只是……只是不習慣對別人傾訴。我習慣自己處理事情。」

「我很可靠。」我說：「你可以相信我，也可以讓我自己判斷能處理好多少事。」

「好吧。」他說，點點頭。「不過別再說謊。永遠都不要。」

「好。」

我僵硬又緊繃，像是身體被塞進某個太小的空間。然而，我並不希望我們的談話用這種方式結束，因此我把手伸向他。

「對不起，我對你說謊。」我說：「我真的很抱歉。」

「嗯。」他說：「我不是有意要讓妳覺得我不尊重妳。」

我們兩手緊緊相握，在那裡待了一會兒。我往後靠著金屬平臺。頭頂的天空中什麼都沒有，月亮被雲朵遮蔽，一片黑暗；在雲移開時，我在空中找到一顆星星，但那似乎是唯一的一顆。

當我把頭轉回來，可以看見密西根大道沿線的建築物，猶如一列監視著我們的哨兵。

我沉默不語，直到僵硬又緊繃的感覺散去。取而代之，我感到一陣釋然。一般來說，我沒有那麼容易放下憤怒，但過去幾週對我們兩人來說都很尷尬，我很高興能釋放鬱積已久的情緒和怒氣、擔心他會恨我的恐懼，以及背著他跟他父親合作帶來的罪惡感。

「這玩意其實有點噁。」他說，喝乾他那杯，放下杯子。

「是的，沒錯。」我說，瞪著我杯裡剩下的那些。我一口解決它，在氣泡燒灼喉嚨時打顫了一下。「不知道博學派到底在吹噓些什麼，無畏派的蛋糕強多了。」

「不知道克己派的名產會是什麼，如果他們有的話。」

「放太久的麵包。」

他笑開。「無味的麥片粥。」

「牛奶。」

「有時，我以為自己真心相信著他們教導我們的每件事。」他說：「但很顯然不是這樣，畢竟我正坐在這、握著妳的手，卻還沒娶妳。」

「那關於這件事無畏派又教了什麼？」我說，對著我們的手點頭示意。

「無畏派教了什麼嗎？嗯。」他促狹一笑。「想做什麼就做什麼，只要小心為上。他們教的就是這些。」

我揚起眉毛，突然覺得臉一陣熱。

「我想我可能要折衷一些。」他說：「在我想做什麼，以及我認為怎麼做較明智之間找到一個折衷方式。」

「聽起來不錯。」我停頓一下。「所以你想做的是？」

我知道答案，但想要聽他說出口。

「嗯。」他咧開嘴笑，往前靠著膝蓋。他將手貼在金屬平臺上，把我的頭攬進他臂彎，然後吻我。緩慢地吻我的唇、下巴、鎖骨上方。我靜止不動，因為不知道該做出什麼舉動而感到緊張。我的舉動可能會很蠢，或他會不喜歡。我突然覺得自己像座雕像，沒有存在感。於是，我遲疑著碰了他的腰。

他的嘴再次壓在我唇上，將襯衫從我手底下抽開，這樣我便能碰觸到他赤裸的肌膚。我像是突然醒悟一般貼得更緊，我的手撫過他的背、滑過他的肩膀，他的呼吸變得更急促，而我也是。我嘗到我們剛剛喝到的檸檬氣泡糖漿，還在他肌膚上聞到風的氣息。我只想要更多、更多。

我拉起他的襯衫，不久之前我還覺得冷，但現在，我不認為我們兩人還會冷。他以手臂抱著我的腰，感覺強壯又堅定；他空著的那隻手纏著我的髮絲。我慢下來，全神貫注在他皮膚滑順的觸感，從上到下都是黑色墨跡，還有不間斷的吻，以及包圍著我們兩人的冷空氣。

我開始放鬆，不再覺得自己是什麼分歧派士兵，必須對抗血清以及政府領導人。我覺得自己更溫柔、更輕盈。在他指尖拂過我的臀部和下背部時，我是可以露出些許微笑的；或是在他將我拉向他、把臉埋在我脖子一側親吻時，我被允許能對著他的耳邊嘆息。我覺得又能當回自己，堅壯同時脆弱，至少在這短短的瞬間，我可以如此。

不知道過了多久，我們又開始感到寒冷，並在毛毯底下縮在一起。

「要做出明智的決定越來越難了。」他在我耳邊笑著說。

我對他微笑。「我想，事情本來就是這樣。」

6 托比亞

有什麼事正在醞釀。

我拿著托盤走過餐廳的取餐櫃時就感覺到了。而且，這氣氛從那群腦袋靠在一起、不斷越過麥片粥上方講話的無派別者身上清晰可見。不管將要發生些什麼，很快就會出現。

我昨天離開伊芙琳的辦公室後，刻意留在走廊上偷聽她下一個會議。在她把門關上之前，我聽到她說了一些跟宣傳行動有關的內容。我心中不斷反覆升起的問題是：她為什麼不告訴我？

她一定不信任我。那表示，身為她虛假的左右手，我沒有自己想像中表現地那麼好。

我跟其他人一樣拿著早餐坐下：一碗灑上黑糖的麥片粥與一杯咖啡。然後我邊看著那群無派別者，邊挖起一匙送進嘴裡，只是我食不知味。其中一人——一個女孩，大概十四歲——不斷瞥向時鐘。

當我聽見那聲喊叫，已經差不多吃完早餐了。那名緊繃的無派別女孩好像被鞭炮擊中般在座位一震。他們全都朝著門湧去。我在他們正後方，用手肘從那些緩慢移動的人中擠出一條路通過博學派總部大廳。珍寧．馬修斯肖像的碎片還散在地上。

那群無派別者已經在外面，就在密西根大道正中集結。微薄的雲層遮蔽太陽，讓日光模糊不清。我聽見有人喊著「派別必亡！」其他人也跟著喊著那句話，然後轉為複誦，直到聲音塞滿我耳中。派別必亡！派別必亡！我看著他們舉起拳頭，像一群激動的無畏派，只是除去無畏派會有的喜悅。他們的面孔因憤怒而扭曲。

我往前走進那群人中間，他們聚集在某個物體旁：一個巨大、等身高、從擇派儀式上拿來的派別碗。碗被翻倒，裡面的內容物灑得滿路都是：木炭、玻璃、石頭、土和水，全都混在一起。

我還記得自己割破手掌，將血滴進木炭的瞬間，那是我第一個反抗父親的行為。我記得體內波濤般的力量，還有一股釋然——是逃亡。這些碗代表著我的逃亡。

愛德華站在他們之中，碎玻璃像塵埃般被他踩在腳下。他將一把巨大的鎚子高舉過頭，朝著其中一個翻過來的碗揮下，在金屬上硬是砸出一個凹痕，炭灰在空氣中飛揚。

我必須壓制自己不要衝向他。他不能毀了那東西，不能毀了那個碗，還有擇派儀式，以及一切象徵我成功喜悅的代表。這些東西不該被摧毀。

人群開始增加，不只是穿戴著繡上空心白圈的黑色臂章的無派別者，還有過往的派別成員，他們的手臂上沒戴任何東西。一名博學派——他的所屬派別依舊能從分邊俐落的頭髮辨識出來——在愛德華把鎚子抽回又要揮出另一擊時，從人群中奔出。他用力量微弱又沾有墨水的手抓住握柄、按在愛德華的手上，他們相互推擠、咬牙切齒。

我在人群中看見一頭金髮——是翠絲。她穿著鬆垮的藍色無袖襯衫，露出肩膀上派別刺青的一角。她試圖衝向愛德華和那個博學派，但克莉絲汀娜用雙手攔住她。

那個博學派的傢伙臉色轉紫。愛德華比他更高壯，他一點機會也沒有，企圖阻擋他的行為太過愚蠢。愛德華把鎚柄從那名博學派的手中拔開，再次揮下。但他失去平衡，可能是因為憤怒而暈眩，結果鎚子以全力敲中博學派男子，金屬擊碎人骨。

有一瞬間，我只聽見博學派男子的尖叫，而所有人似乎都倒抽一口氣。

隨後，群眾四散奔逃，每個人都衝向碗、衝向愛德華、衝向博學派男子。他們互相撞在一起，也撞到我，無數肩膀、手肘和腦袋不斷撞在我身上。

我不知道該跑向哪：跑向博學派男子？愛德華？還是翠絲？我無法思考、無法呼吸。群眾帶著我朝愛德華去，我抓住了他的手臂。

「放手！」我吼著蓋過噪音。

他那明亮的獨眼定定地看著我，然後咧開一口白牙，試著猛扭脫身。我提起膝蓋，擊中他側身，他踉蹌退後，失手放開鎚子。我抓緊鎚子靠在腳邊，向翠絲走去。

她在我前方，正掙扎著往博學派男子的方向去。我見到一名女子的手肘撞到她臉頰，讓她轉了個圈向後倒。克莉絲汀娜推開那女人。

槍聲響起。一聲、兩聲，一共三聲。

群眾四散，所有人都因畏懼子彈而驚恐地逃開。我則試圖想看清開槍的人是誰，只不過一波波的人潮過於洶湧，我幾乎什麼也看不見。

翠絲和克莉絲汀娜在那名肩膀被敲碎的博學派男子身旁蹲下。他臉上有一堆血，衣服被腳印弄得髒兮兮，梳得整齊的博學派髮型已經一團亂。他一動也不動。

在他幾尺之外，愛德華躺在他自己的血泊中——子彈擊中他下腹。還有其他人躺在地上，我不認得他們；這些人或被踩過，或被槍擊中。我懷疑這幾槍自始至終就是要射殺愛德華，其他人只是被流彈打到。

我茫然地四處張望，但看不到槍手。不管是誰，看來已經混入人群中。

我把鎚子丟在滿是傷痕的碗旁，並在愛德華身邊跪下，克己派的石頭深深嵌入我的膝蓋骨。他剩下的那隻眼睛在眼皮底下動著——他一息尚存，也僅止於此。

「我們得把他送到醫院去。」我對著任何一個可能在聽的人說，但幾乎所有人都跑了。越過肩膀，我看向翠絲和那個一動也不動的博學派男子。「他是不是已經……」

她的手指放在他脖子上測著脈搏，然後眼睛大睜、眼神空茫地搖搖頭。他已經死了。我也覺得他活不成。

我閉上眼睛。翻倒的派別碗仍映在我眼中，裡面的內容物堆在路上。我們舊生活的象徵已被毀滅——還有一人死亡、多人受傷——這到底為了什麼？

都是一場空。為了伊芙琳那空泛的、狹隘的視野：違反居民意願，將派別硬生生奪走的一個城市。

她想讓我們有超過五個以上的選擇。但現在，我們連一個都不剩。

我很確定，我不會是她的盟友，永遠都不可能。

「我們得離開了。」翠絲說。

我知道她不是在說要離開密西根大道，或是帶愛德華去醫院。她指的是這個城市。

「我們是得離開。」我重複。

博學派總部的臨時醫院聞起來有股化學藥品的味道，簡直像砂礫似地在我鼻子裡磨。在等待伊芙琳時，我閉起眼睛。

因為實在太氣憤，我根本不想坐在這，只想把東西收一收離開。她一定早就計畫好這場宣傳行動，不然也不會早一天知道這件事，而且她一定也清楚，在眾人情緒如此高亢的情況下，場面必定會失控；但她還是這麼做了。這是一個很大的啟示：對她而言，派利的重要性大於人身安全，以及任何可能產生的傷亡。而我怎麼還會因此感到驚訝呢？

我聽到電梯的門打開和她的聲音。「托比亞！」

她衝向我，抓住我因為沾上血而黏答答的手。她深色的雙眼因恐懼而大睜，她說：「你受傷了嗎？」

她擔心我。這個想法在我心中產生了些許針刺般的激動——她一定是愛我才會擔心我。那麼，她應該還是有愛人的能力。

「那是愛德華的血。我幫忙把他搬到這裡。」

「他怎麼樣？」她說。

我搖搖頭。「死了。」

我不知道還有什麼方式可以表達。

她往後一退，放開我的手，坐在等候室的其中一張椅子上。母親在愛德華被無畏派驅逐時接納他。在他失去一隻眼睛、派別和立足之地後，一定是她教導他如何再次成為一名戰士。我從不曉得他們這麼親近，但看到她眼中的一絲淚光和顫抖的手指後，我就明白了。這是從我年幼起，父親將她摜在客廳牆上之後，我所見過她流露出最有感情的一面。

我像是塞進一個過小的抽屜般壓下這段記憶。

「我很遺憾。」我說。我不知道自己是真的這麼想，或者只是說來讓她覺得我跟她站在同一邊。然後，我又試驗性地加了一句。「妳為什麼不告訴我跟宣傳活動有關的事？」

她搖搖頭。「我並不知道。」

她在說謊。我心知肚明，但決定不點破，畢竟我要繼續待在她的陣營，所以必須避免跟她起衝突。又或者，我只是不想再追問愛德華的死，讓我們兩人都陷入他死亡所帶來的陰影中。對我來說，要分辨什麼時候結束用計、開始動之以情，實在有點難度。

「喔。」我搔搔耳後。「如果妳想，妳可以進去看看他。」

「不了。」她整個心神似乎飄得遙遠。「我知道屍體看起來是什麼模樣。」她更加恍惚。

「我該走了。」

「留下來。」她說，拍拍我們之間空著的那張椅子。「拜託你。」

我在她身邊坐下，雖然我告訴自己，我只是個臥底，假裝服從領導人，但我覺得自己亦是一名安慰著悲痛母親的兒子。

我們並肩坐著，呼吸落成同樣韻律，一個字也沒有說。

7 翠絲

我們邊走，克莉絲汀娜邊拿著一顆黑色石頭在手裡翻來覆去。我過了好一會兒才發現，那其實是從無畏派在擇派儀式上用的碗中拿來的一塊木炭。

「我不是真的想提，但我忍不住會想，」她說：「當時，就是最開始的十個轉換者中，只剩六個還活著。」

在我們前方的是漢考克大樓，後面則是湖岸路，是那條我曾像鳥兒般飛過其上的道路。我們肩並肩走在殘破的人行道上，衣服上染著愛德華的血，現在都已經乾了。

我還不太能相信：愛德華是我目前所知最優秀的轉派別新生，我曾在宿舍地板上擦洗他的血跡，如今他卻死了。

「而剩下的好人，」我說：「只有妳、我……可能還加個麥菈吧。」

在愛德華的眼睛被奶油刀刺傷之後，麥菈就跟著他離開無畏派住所，此後便沒再見過她。我知道他們在那過後不久便分手，但不清楚她去了哪裡。我從未跟她說過多少話。

漢考克大樓的一扇門大開，只靠絞鏈掛著。尤里亞說，他會先過來這裡啟動發電機。當我用手指按下電梯按鈕時，亮光透過指甲。

「妳以前有來過這裡嗎？」走進電梯時，我說。

「沒有。」克莉絲汀娜說：「我的意思是，我沒進來過。記得嗎，我沒機會參加高空滑索。」

「是沒錯。」我靠在牆上。「在我們走之前，妳應該試一次。」

「最好是。」她擦著紅色口紅，讓我想到吃相不好的小孩總會把糖果顏色染到皮膚上。「有時我好像能理解伊芙琳，畢竟她來自那樣的地方，經歷太多可怕的事情了。我偶爾會覺得……留在這裡，想辦法在陷入另一起混亂前先解決面前的這一團亂，似乎是個好主意。」她稍微笑了一下。「不過當然啦，我不會那麼做。」

她加了一句。「我也不知道為什麼會這樣想。我猜可能是好奇吧。」

「妳有跟妳父母談過這件事嗎？」

我偶爾會忘記克莉絲汀娜跟我不同，我已經沒了因原生家庭而有的忠誠牽絆，將我綁死在某處。她則有母親和一個妹妹。兩人先前都是直言派的。

「他們得照顧我妹。」她說：「他們不曉得外頭安不安全，不想讓她冒險。」

「但妳離開的話他們就不會怎樣？」

「我要加入另一個派別他們也沒怎樣，那這麼做的話應該也不成問題。」她說，低頭看著自己的鞋子。「妳懂嗎？他們只是希望我在這裡能正直地活著。我沒辦法這麼做。我就是知道。」

電梯門打開，風立刻掃向我們。雖然還是很溫暖，但參雜了一絲冬日寒冷。我聽到屋頂傳來聲響，於是爬上梯子跟他們碰面。我每踩一階，梯子就彈一下，還好克莉絲汀娜幫我抓穩，直到我爬到最上方。

尤里亞和奇克已經在那，他們往屋頂外丟著鵝卵石，聽著石頭打到窗戶時發出的喀噹聲。尤里亞試圖在奇克丟石頭時去碰他的手肘，捉弄他。但奇克動作比他快太多。

「嘿。」當他們看到克莉絲汀娜和我時，異口同聲地說。

「等等，你們兩個是有心電感應還是怎樣？」克莉絲汀娜邊說邊咧嘴笑。

他們都笑開，但尤里亞看起來有一點恍神，似乎有點心不在焉、魂不守舍。我想，如果有人跟他失去瑪蓮的情況相同，也那樣失去了某人，可能也會產生一樣的影響。雖然我的情況並非如此。

屋頂上現在沒有用來玩滑索的吊帶，反正那不是我們來這裡的原因。我不知道其他人來做什麼。但我想要到高處——想看得越遠越好。只是從我所在之處往西望，皆為一片漆黑，就像被一條黑色毯子覆蓋似的。我有一瞬間以為自己能在地平線處想像出一絲微光，但下一刻它又消失，一切只是眼中的假象。

其他人也很安靜，不知道他們是否也想著同樣的事。

「妳覺得外面有什麼？」最後，尤里亞說。

奇克只是聳聳肩，但克莉絲汀娜大膽假設。「有沒有可能根本和這裡一樣？只是……更多座崩毀的城市，更多派別，更多有的沒的？」

「不可能。」尤里亞說，搖搖頭。「一定還有其他的東西。」

「或者什麼都沒有。」奇克提議。「那些把我們關在這裡的人可能已經死了。外頭或許只是一場空。」

我顫抖了一下。我從沒這麼想過，但他是對的——打從我們（或是在我們之前無數個生於斯、死於斯的世代）被關進這裡，就不知道外面發生了什麼事。我們可能是唯一剩下的人類。

「無所謂。」我說，語氣比預想地更嚴肅。「外面有什麼都無所謂，我們得親眼看看。等看了之後再來處理。」

我們站在那裡好久好久。我用眼睛朝著大樓所形成的不規則邊緣看，直到所有亮起燈火的窗戶糊成一線。尤里亞問了克莉絲汀娜暴動的事，隨後，我們那寧靜、安穩的時刻猶如被風帶走般消逝無蹤。

⚖

第二天，伊芙琳站在四散於博學派總部大廳的珍寧．馬修斯肖像碎片上，宣布新法條。前派別成員和無派別者無差別地一同聚集，三三兩兩散在街道上，等著聽我們的新領導人要說什麼。無派別者士兵列隊牆邊，手指作勢放在槍的扳機上，控制局勢。

「昨天的事件明顯表示我們已經無法互相信任。」她面如死灰、疲倦不堪地說。「我們將會把更多的紀律帶進所有人的生活，直到狀況更穩定為止。首先要實施的就是宵禁：所有人都必須在晚上九點回到指定住處，到次日早上八點之前，不得離開住處。守衛將會全天在街上巡邏，以確保我們的安全。」

我從鼻孔哼了一聲，試圖用咳嗽蓋掉。克莉絲汀娜用手肘頂了我側身一下，並將手指放在嘴脣上。我不知道她為什麼要在意，畢竟伊芙琳站在最前方，又不會聽到我的聲音。

無畏派的前領導人多麗——她被伊芙琳奪走權力——正站在我前方幾尺遠處，雙臂交叉，嘴脣扭曲成一個冷笑。

「現在也該開始準備我們全新、無派別的生活方式。就從今日開始，每個人都要學習無派別者做過的工作，一如我們有記憶以來的那樣。我們將要，也全都要以輪值的方式從事這些工作。除此之外，還有其他傳統上由各派別負責的領域。」

伊芙琳皮笑肉不笑，真不曉得她怎麼有辦法做出這個表情。

「我們都將公平地為我們的新城市貢獻己力，我們本應如此。派別分化我們，但現在，我們將團結一致。永永遠遠。」

我身邊所有的無派別者都在歡呼，我只覺得不太舒服。我不完全贊同她。在這之後，昨天跟愛德華對立的那群派別成員一定不會默不作聲。伊芙琳對這個城市的掌控，也許不如她所希望得那麼萬無一失。

我不想在伊芙琳的公告之後跟群眾人擠人，所以迂迴地穿梭在走廊上，直到在後頭找到一道階梯；這是不久前我們曾走上去珍寧的實驗室的那道。當時梯級上有滿滿的屍體，現在則乾乾淨淨、冷冷清清，像是什麼都沒發生過。

我走過四樓時，聽見一聲吼叫，和拖著腳步走的聲音。我打開門，看見一堆人，他們很年輕，比我還年輕，全都配戴無派別者的臂章，他們團團圍住地上的一個年輕人。

不是任一名年輕人，是直言派的——他從頭到腳穿著黑白色系。

我衝向他們，當我看到一名高個子的無派別女孩再次收腳欲踢時，我大喊。「喂！」

沒用。那一踢擊中直言派男孩的側身，他哀嚎著，縮著身體躲開。

「喂！」我再次高喊，這次，那女孩轉過身。她比我高很多——嚴格來算，扎扎實實高了六英寸——但我只感到憤怒，並不害怕。

「走開。」我說：「離他遠點。」

「他違反了服裝規範。我這麼做是在職權範圍內，而且我也不接受派別擁護者的命令。」她說，眼神落在我鎖骨若隱若現的墨跡上。

「貝克絲。」她身邊一名無派別男孩說：「她就是影片裡的那個普里爾小妞。」

其他人似乎一臉印象深刻，但那女孩只是冷笑著。「所以呢？」

「所以。」我說：「我得打傷很多人才有辦法通過無畏派新生訓練。如果情勢使然，我現在也能打傷妳。」

我拉開藍色運動衫丟給直言派男孩，他在地板上看著我，血從眉毛上汩汩流下。他奮力站起，還用手抱著身側，並將運動衫像毛毯一樣包在肩上。

「好了。」我說：「現在他沒有違反服裝規範了。」

那女孩在心中估了估情勢，評估著要不要跟我爭。我幾乎可以聽見她在想什麼——我個子小，所以是個好對付的目標，但我是無畏派的，所以不容易被擊倒。也許她知道我曾殺過人，或者只是不想惹上麻煩，不過她已經失去膽量。我可以從她轉為不太確定的嘴型判斷出來。

「妳最好小心點。」她說。

「我向妳保證，沒這必要。」我說：「現在，快滾。」

我待在那裡直到看著他們鳥獸散才走開。直言派男孩喊著：「等等！妳的衣服！」

「留著吧！」我喊回去。

我轉過轉角。我本以為這條路應該會帶我通向另一道階梯，最後卻走到另一條空曠的走廊，跟剛剛的那條一樣。我似乎聽到身後有腳步聲，所以轉過頭，準備要跟那個無派別女孩打一場。但一個人都沒有。

我太疑神疑鬼了。

我打開主要走廊上其中一扇門，希望能找到一扇窗，這樣才能重新調整方向，卻只找到被徹底洗劫過的實驗室。每張桌上都散著燒杯和試管，撕碎的紙片灑落在地，當我彎身去撿其中一張時，燈突然熄滅。

我撲向門，有隻手抓住我的手臂，把我拖到一邊。有人在我頭上套了一個布袋，還有人把我壓在牆上。我狠狠反擊，掙扎著想扯掉蓋在臉上的布。我腦中只想著：不要又這樣、不要又這樣、不要又這樣。我掙脫一手擊出一拳，不知道是打中某人的肩膀還是下巴。我分不出。

「喂！」一個聲音說：「很痛耶！」

「翠絲，嚇到妳我們很抱歉。」另一個聲音說：「但不洩漏身分是我們的行動中不可或缺的要點。我們沒有惡意。」

「那就放開我！」我說，幾乎要咆哮起來。把我壓在牆上的許多隻手瞬間放開。

「你們是誰？」我逼問。

「我們是赤誠者。」那聲音回答。「我們人數眾多，但我們也隱姓埋名。」

我忍不住了。我笑出聲。也許是因為驚嚇……或恐懼，不過怦怦狂跳的心臟逐漸慢下，我的手因放鬆而顫抖。

那聲音繼續說：「我們聽說妳並不忠於伊芙琳．強森以及她那些無派別走狗。」

「這太荒謬了。」

「比起在非強制的情況下將自己的身分認同交託他人，這不算荒謬。」

我試著透過布料（或者不管那是什麼玩意）看出去，但這東西密度太厚，而且周遭太暗。我想靠著牆喘息，但什麼東看不見實在很難找到方位。我不慎踩碎了燒杯一角。

「我的確不效忠於她。」我說：「但那又怎麼樣？」

「那就表示妳想離開。」那聲音說，我感到興奮帶來的一絲刺痛。「翠絲．普里爾，我們想要請妳幫忙。我們明晚將會有一場會議，時間在午夜。我們希望妳帶著妳的無畏派朋友過來。」

「好。」我說：「那我要問問你們：如果我明天就會看到你們是誰，為什麼今天非得要這樣蓋住我的頭？」

不管我是跟誰講話，這問題似乎突然難住了那傢伙。

「一天的時間就能招來許多危險。」那聲音說：「希望我們明天午夜會見到妳，就在妳做出自白的那個地方。」

突然之間，所有的門同時打開，風吹著蓋在我臉上的布袋，我聽見往走廊跑去的腳步聲。

等我把布袋從頭上拿下來時，走廊已經一片安靜。我低頭看了看——這是個深藍色上的枕頭套，上面繪有「派別遠勝血緣」的字樣。

不管他們是誰，絕對很有演戲天分。

就在妳做出自白的那個地方。

只可能是那裡了——直言派總部，我屈服於吐實血清之處。

傍晚，當我終於找到路回宿舍時，發現托比亞在我床邊桌上的一杯水底下塞了張紙。

VI——

妳哥哥的審判將會訂在明天早上，而且不公開，我也不能去，不然別人會起疑。但我會盡快告訴妳裁決結果。我們就可以開始擬訂計畫。

無論如何，很快就會結束。

——IV[1]

1 羅馬數字VI代表六，翠絲在恐懼之境中被測驗有六種恐懼。IV代表四，也就是四號。

8 翠絲

九點鐘。在我綁鞋帶時、在我四度整平床單時，他們可能已經在裁定迦勒的判決了。我用手拂過頭髮。無派別者只有在認為判決相當顯而易見時才不公開審判，而在珍寧被殺前，迦勒是她的左右手。

事情已成定論，我不該擔心他的判決。珍寧的每一個親信都會被處決。

妳有什麼好在乎？我自問。他背叛妳。他也沒有試圖幫妳逃脫死刑。

我不在乎。我在乎。我不知道了。

「嘿，翠絲。」克莉絲汀娜說，用指節敲敲門框。尤里亞偷偷躲在她身後。他依舊一直掛著微笑，但現在那微笑看起來如水一般，隨時都會從他臉上滴落。

「有聽到新消息嗎？」她說。

明知這裡早已空蕩蕩，但我仍再次檢查房間。根據日程表的規定，所有人都去吃早餐了。我拜託尤里亞和克莉絲汀娜翹掉吃飯時間，這樣才能跟他們說些事。我的肚子已經開始咕咕叫。

「有。」我說。

他們坐在我對面的床上。我告訴他們，我前晚被逼到博學派實驗室的一個角落，也講出枕頭套、赤誠者和會議的事。

「我好驚訝，妳竟然只打了其中一人。」尤里亞說。

「怎說呢，我寡不敵眾。」我說，立刻自我防衛。這麼快就取信於他們，與我身為無畏派的一面互相衝突。不過，目前是非常時期，反正我也不確定自己到底有多像無畏派，尤其現在所有派別都沒了。

這個想法讓我的胸口正中央感到些許奇異的疼痛。有些事物令人難以放手。

「那妳覺得他們想要什麼？」克莉絲汀娜說：「只是想離開城市嗎？」

「聽起來很像是那樣，但我也不清楚。」我說。

「我們怎麼曉得他們不是伊芙琳的人，其實是要設陷阱讓我們背叛她？」

「關於這個，我也不知道。」我說：「可是，無人幫忙之下，可說完全無法離開城市。我也不打算留在這裡學怎麼開巴士，還有被別人指揮我幾點睡覺就幾點睡覺。」

克莉絲汀娜憂慮地看著尤里亞。

「嘿。」我說：「你們不一定要來，但我得離開這裡。我必須知道艾迪絲．普里爾到底是誰，還有圍欄外面有什麼人在等我們──如果真有人的話。我說不出原因，我就是非這麼做不可。」

我深深吸了一口氣。我不確定這不斷增生的渴望從何而來，但現在我已清楚感覺到，也不可能再忽視，就像體內一個有生命的物體從悠長的睡眠中轉醒，它在我腹中和喉頭不安地鑽動。我要離開。我要真相。

就這麼一次，尤里亞脣上淺淺的微笑消失。「我也是。」他說。

「好吧。」克莉絲汀娜說，深色的眼睛依舊充滿不確定，但她聳聳肩。「那我們就去參加會議。」

「好。那你們其中一個可以去告訴托比亞嗎？既然我們已經『分手』了，我必須保持距離。」我說：「十一點三十分在小巷見。」

「我去跟他說。我想我今天會在他那組。」尤里亞說：「學工廠的事。真是迫不及待啊。」他擠眉弄眼。「也可以跟奇克說嗎？或是說他還不能信任？」

「說吧。只要叫他別散播出去就好。」

我再次檢查手錶。九點十五。迦勒的判決現在已經下來，大家也差不多該去學習無派別的工作了。我覺得現在隨便一件小事就能讓我驚跳起來，我的膝蓋無法控制地顫動。

克莉絲汀娜將手放在我肩上，不過沒有問我這件事。對此，我相當感激。因為我不知道該說什麼。

克莉絲汀娜和我迂迴地走了複雜的路徑穿過博學派總部，並且避開巡邏的無派別者，向著後面的樓梯去。我將袖子捲到手腕上方。離開前，我在手臂上畫了一張地圖——我知道該怎麼從這裡到直言派總部，但不熟悉能讓我們躲開無派別者窺視眼睛的巷弄。

尤里亞就在門外等著我們。他穿了一身黑，可是我能看到一點克己派的灰色從他運動衫的領口跑出來。看到我的無畏派朋友身上有克己派的顏色，真的很奇怪，就像他們在我整個人生旅途中一直存在似的。有時，我的確有這種感覺。

「我跟四號和奇克說了，但他們說要在那邊跟我們碰面。」尤里亞說：「走吧。」

我們一起跑過整條巷子，朝孟羅街前進。我壓抑著因每一個響亮的跑步聲而瑟縮的衝動。以現在的狀況而言，速度快比安靜無聲更重要。我們在孟羅街上移動，小心注意身後有沒有無派別者的保安隊。我看到有黑影在密西根大道上朝我們靠近，不過他們並未停下，而是逕自消失在一排建築物後方。

「卡拉在哪？」到了主街時，我對克莉絲汀娜低語。這裡距離博學派總部夠遠，可以安全地說話。

「我不知道。我想她沒接到邀請。」克莉絲汀娜說：「這真的很奇怪。我知道她很想……」

「噓！」尤里亞說：「下個轉彎？」

我用手錶的亮光看看寫在手臂上的字。「藍道夫街！」

我們適應了某種韻律，鞋子踩在路上與呼吸的脈動幾乎合拍。若無視肌肉的痠痛，跑起來的感覺真好。

抵達橋那邊時，我的腿已經痛了起來，但隨後便在有著溼地的河對面看到殘酷大賣場。那裡一片荒廢沒有燈光。即使感到痠痛，我依舊露出微笑。走過橋時，我慢下步伐，尤里亞一手搭上我肩膀。

「現在。」他說：「我們得爬上一百萬個臺階。」

「搞不好他們有打開電梯開關？」

「門都沒有。」他搖搖頭。「我猜伊芙琳監控了所有電力使用——這是找出人們是否在祕密集會最好的方式。」

我嘆了口氣。我或許很喜歡跑步，卻痛恨爬樓梯。

等我們總算抵達樓梯頂端後，胸口都有種吃力感。再過五分鐘就是午夜。當我靠在電梯大廳喘氣時，其他人先走了。尤里亞是對的——放眼所及，除了逃生標誌之外，沒有任何一盞燈。當我看到托比亞從前方的訊問室出現時，逃生標誌正閃閃發著藍光。

自從我們上一次的約會之後，我只有用密碼文跟他通過話。我必須抗拒那股衝動——我想整個人衝進他懷中，用手指拂過他嘴唇的弧度，以及他笑的時候臉頰上的紋路，還有他眉毛和下巴剛硬的線條。還有兩分鐘就午夜了，我們沒有時間。

他用手臂環抱住我，緊緊抱著我好幾秒。他的呼吸讓我的耳朵發癢，我閉上眼，終於能放鬆下來。他聞起來有風、汗水和肥皂的味道；那代表著托比亞、代表著安全感。

「我們該進去了嗎？」他說：「不管他們是誰，應該都很準時。」

「沒錯。」我的腿因為過度勞累而顫抖——我無法想像等下還要下階梯，並跑回博學派總部。「你聽到迦勒的判決了嗎？」

他抽搐了一下。「最好晚點再談。」

我只需要聽到這個回答。

「他們要處決他，對不對？」我輕聲說。

他點頭，握著我的手。我不知道該作何感受。我嘗試著不要出現任何情緒。

我們一起走進我們在吐實血清影響下接受審訊之處。就在妳做出自白的那個地方。

一圈點亮的蠟燭被放置在地上，擺在其中一個直言派鑲在磁磚的天平上面。室內混雜著熟悉以及陌生的面容：蘇珊和羅伯站在一起，正在講話；彼得獨自在房間一側，交叉著雙臂；尤里亞、奇克、多麗和幾個無畏派在一起；克莉絲汀娜和她的母親與妹妹待在一塊。有兩個看起來很緊張的博學派站在角落裡。新的衣著無法抹去我們之間的差別，它們已經深深銘刻在我們身上。

克莉絲汀娜向我招手。「這是我母親，史蒂芬妮。」她說，示意著那名深色捲髮中夾雜著灰髮的女子。「還有我妹妹蘿絲。媽，蘿絲，她是我朋友翠絲，這位是我新生訓練時的指導員，四號。」

「我們都知道。」史蒂芬妮說：「克莉絲汀娜，幾週前我們已經看過他們的審訊了。」

「我知道，我只是想禮貌點——」

「禮貌是一種虛假的——」

「是是是，我知道啦。」克莉絲汀娜翻翻白眼。

我注意到她母親和妹妹四目相對，表情帶著謹慎還是憤怒，或兩者皆有。然後，她妹妹轉向我，說：「就是妳殺了克莉絲汀娜的男朋友？」

她的字句像一根冰柱在我體內造成一股冷意，讓我身體的溫度劃分為兩個部分。我想回答、想為自己辯解，但找不出字眼可回。

「蘿絲！」克莉絲汀娜對她發怒地說。我身邊的托比亞挺起身體、肌肉緊繃、蓄勢待發。一如往常那樣。

「我只是覺得我們可以把話說清楚，」蘿絲說：「少浪費一點時間。」

「那妳還搞不懂為什麼我要離開我們的派別嗎？」克莉絲汀娜說：「誠實不是不管時間地點，想說什麼就說什麼，而是代表的你選擇說出口的是真話。」

「省略不提的話一樣是謊言。」

「妳想要真相是嗎？我覺得很不舒服，一點也不想待在這。等下見。」她抓著我的手臂，陪著托比亞和我遠離她的家人，一路搖著頭。「剛才對不起。她們不是容易原諒別人的那種人。」

「沒關係。」我說，雖然不是真的沒關係。

我以為，在我得到克莉絲汀娜的原諒時，面對威爾之死最難過的一部分已經結束。然而，當你殺了你愛的人，最難面對的部分永遠不會結束。一切只不過是隨著時間過去，慢慢把注意力從自己做過的事情上轉開。

我的手錶顯示十二點整，室內另一端的門打開，走進來兩個細瘦的剪影。第一個是前友好派發言人，喬安娜．萊斯。我會認出她，是因為橫過她臉上的疤和一抹從黑色外套底下露出來的黃色。第二個人是另一名女子，但我看不見她的臉，只知道她身著藍色。

我感到些許驚恐。她看起來實在很像……珍寧。

不，我看著她死去。珍寧已經死了。

這名女子又走近一些，她猶如雕像般美麗，跟珍寧一樣一頭金髮。衣前的口袋掛著一副眼鏡，頭髮綁成辮子。雖然她從頭到腳都是博學派的模樣，但不是珍寧．馬修斯。是卡拉。

卡拉和喬安娜是赤誠者的領導人？

「嗨。」卡拉一開口，所有話聲皆落。她微笑著，不過在她的臉上的那個表情看起來有點勉強，好像是為了合於這個社交場合才做出來。「我們其實不該在這裡，所以我會精簡這次議程。你們之中有些人——奇克、多麗——這幾天來一直在幫助我們。」

我瞪著奇克。**奇克**在幫卡拉？我猜我忘了他曾是無畏派間諜，也許他就是在那時向卡拉證明了忠誠——她離開博學派總部不久前，他和她便建立起友誼。

他看著我，扭動眉毛露齒而笑。

喬安娜繼續說：「有些人會在這裡，是因為我們請你們幫忙。這裡的每個人都是不認同由伊芙琳．強森決定這個城市的命運，才會前來。」

卡拉將手掌在身前相碰。「我們認為必須跟隨著城市創建人的引導，而這點將會以兩種方式呈現：派別結構，以及由艾迪絲．普里爾所傳達的分歧派任務。當分歧派的人數變得更多，就必須把他們送到圍欄外面，幫助外面的人——不管那些人是誰。我們認為，即使分歧派目前還沒達到那個數量，但城市裡的情況已經夠嚴重了，非得把人送出去不可。

「為了與創建這個城市的人的意志相符，我們有兩個目標：推翻伊芙琳和無派別者，這樣才能重建派別；還有，將我們之中的一些人送到外面，看看外頭有什麼。喬安娜會負責前述的部分，而我會負責後者。這也是我們今晚主要討論的部分。」

她將從辮子鬆開的一小撮頭髮壓回去。「我沒辦法讓我們之中的太多人出去，因為人數過多會吸引注意。伊芙琳不會兩手一攤就讓我們離開，所以我想，最好的方法就是招募幾位我所熟知，同時具有在危險中生存下來之技能的人。」

我望著托比亞。我們絕對有在危險中生存下來的能力。

「克莉絲汀娜、翠絲、托比亞、多麗、奇克以及彼得將是我的選擇。」卡拉說：「你們在各個方面都向我證明了自己的能力，因此，我想請你們跟我一起去城市之外。當然，你們沒有義務非要答應不可。」

「彼得？」我想也沒想就問出口。我無法想像彼得是怎麼向卡拉「證明他的能力」的。

「他讓妳逃過博學派的殺害。」卡拉溫和地說：「妳覺得會是誰給他能讓妳假死的藥劑？」

我揚起眉毛。我從未想過——在處死我的舉動失敗後，一切發生得太快，我來不及去細想我獲救的細節。但無庸置疑，那時卡拉便是赫赫有名的博學派唯一逃兵，也是彼得所知能夠向其求助的人。還有誰能幫他？還有誰知道該怎麼幫？

我沒有再提出任何異議。我不願跟彼得一起離開這個城市，但實在恨不得快點走，所以我不想再爭論。

「還真多無畏派。」室內一側的某個女孩一臉懷疑地說。她有著粗粗的眉毛，一直長到中間還不停，以及蒼白的皮膚。當她轉頭，我看見黑色的墨水出現在她耳後——無須多想，是無畏派轉換到博學派。

「沒錯。」卡拉說：「但我們現在需要的是能毫髮無傷地到城外的人，我認為無畏派的訓練讓他們極度適合這項任務。」

「抱歉，我不認為我有辦法。」奇克說：「我不能把夏娜留在這。至少不能在她妹妹才剛……呃，你懂的。」

「我去。」尤里亞說，他迅速舉起手。「我是無畏派的，也是個神射手，而且我還長得很帥。」

我笑了。卡拉似乎不太領情，不過她還是點點頭。「謝謝你。」

「卡拉，如果要盡快離開城市。」那名無畏派轉到博學派的女孩說：「那就表示需要有人來駕駛火車。」

「這個提議很好。」卡拉說：「這裡有人知道怎麼駕駛火車嗎？」

「喔，我會。」那女孩說：「我以為我有暗示妳了。」

零散的計畫逐漸成形。喬安娜建議我們在鐵路終點用友好派的卡車離開城市，她願意提供我們協助，羅伯也會幫她；史蒂芬妮和蘿絲自願在逃亡開始的數小時前監控伊芙琳的一舉一動，並將任何不尋常的行為以無線電對講機上報友好派住所。跟多麗一起來的無畏派成員主動為我們張羅武器。博學派女孩和卡拉則一一指出每個缺陷和不足之處，她們很快就一鼻孔出氣，像是我們剛建好的一項安全裝置似的。

最後只剩下一個問題，卡拉開口問：「我們該什麼時候行動？」

我自願提供解答：「明天晚上。」

9 托比亞

夜晚的空氣溜入我肺中，猶如我最後一口呼吸。明天，我將離開這裡，去向別處。

尤里亞、奇克和克莉絲汀娜開始往博學派總部走去；我則握著翠絲的手，故意讓她落後。

「等等，」我說：「去一下別的地方。」

「別的地方？但是……」

「只要一下子就好。」我拉著她朝建築物的角落走去。我幾乎可以想見，若是空盪的水道在夜晚灌滿了水會是什麼模樣——不只黑暗，還將有著月光灑下的波紋。「忘了嗎，妳是跟我在一起，他們不會逮捕妳的。」

她的嘴角抽了一下——幾乎要笑出來。

轉過轉角，她靠到牆上，我站在她身前，河道在我背後。她的眼睛周圍畫上了某種深色的東西，讓眼睛的顏色更明顯、閃亮、懾人。

「我不知道該怎麼辦。」她把手壓在臉上，手指深深扣進髮中。「我是說迦勒。」

「妳不知道嗎？」

她移開一隻手看著我。

「翠絲。」我將手架在牆上，在她臉的兩側收緊。「妳不希望他死。我知道是這樣。」

「重點是……」她閉上眼睛。「我實在好……憤怒。我試著不去想他，因為我要是想了，就會想要……」

「我知道。老天，我都知道。」我整個人生都妄想著能殺掉馬可斯。我有一次甚至決定好要怎麼做——用刀，這樣我就能感覺到暖意離開他的身體，就能靠得很近看著他眼中的光芒消失。那個決定嚇壞了我，那就跟他曾對我做出的暴力行為一樣。

「我父母一定會希望我救他。」她睜開眼睛，望向天空。「他們會說，只因為別人對你不好就希望他們死掉是自私的。要寬恕、寬恕、寬恕。」

「翠絲，這跟他們怎麼希望無關。」

「是！這是！」她離開那面牆。「永遠都跟他們怎麼希望有關。比起他和我的關係，他和我父母之間更密切。我想讓他們以我為傲。我別無所求。」

她淺色的眼睛定定地看著我，異常堅決。我從沒有一對給我設下良好典範的父母，也沒有讓我覺得值得照他們的期望而活的雙親，但她有。我可以在她身上看到他們的模樣，看見他們像掌紋一樣銘刻到她身上的勇氣和美麗。

我摸著她的臉頰，手指滑進她髮中。「我會把他弄出來。」

「什麼？」

「我會把他從牢房中弄出來。明天，就在我們離開之前。」我點點頭。「交給我。」

「真的嗎？你確定嗎？」

「我當然確定。」

「我……」她對我皺眉。「謝謝。你真的很……很棒。」

「先別說得太早。妳還不知道我別有用心。」我咧開嘴笑。「老實說，我不是帶妳來這裡跟妳談迦勒的事。」

「喔？」

我將手放在她的臀部，輕輕將她推回牆邊。她抬頭看我，眼神清澈且飢渴。我靠得更近，幾乎能嘗到她的氣息，但在她靠近時我又遠離，捉弄著她。

她的手指勾住我的皮帶環，將我拉向她，我只能用前臂撐住自己。她試圖吻我，可是我歪頭躲開她，吻在她耳朵下方，然後一路沿著下巴直到喉嚨。她的皮膚如此柔軟，嘗起來鹹鹹的，像在夜晚跑過步似的。

「幫個忙。」她在我耳邊低語。「永遠都要這樣別有用心。」

她的手碰觸著我，摸著我身上所有刺青之處，從背後到身側。她的指尖滑到我牛仔褲的腰帶下，將我壓向她。我在她脖子旁邊呼吸著，感到無法動彈。

終於，我們親吻，並如釋重負。她嘆口氣，我覺得自己臉上似乎露出了一個壞壞的笑容。

我將她抬起，讓牆承擔她大部分的重量，她的腿夾在我腰間，邊笑邊吻著我。我覺得自己很強壯，但她也是。她的手指緊緊扣住我的手臂。夜晚的空氣溜入我肺中，猶如我有生以來的第一口呼吸。

10 托比亞

無畏派區域殘破的建築，看起來像前往另一個世界的入口。我往前望著直指雲端的派爾大樓。

指尖感覺到的脈動提醒著我分秒流逝的時間。雖然夏日將近，我肺中的空氣依舊相當凝重。因為很在意自己的肌肉，所以我曾經無時無刻都在練跑、打鬥。現在，我的腿多次拯救了我，只是無法將練跑和打鬥區分開來：是為了逃離危險，或為了存活下來。

當我抵達大樓時，在入口前踏步調整呼吸。在我上方，玻璃鑲板將陽光反射到各個方向。上頭某處的那張椅子是我在執行攻擊實境模擬坐的地方，牆上還有一抹翠絲父親的血跡。在那裡的某處，翠絲的聲音穿越影響我的實境模擬，我感到她的手放在我胸前，將我拉回現實。

我打開通往恐懼之境的門，並打開後口袋的一個小黑盒，看看裡面的注射器。這是我一向使用的盒子，裡面滿是針筒。這是我體內的某種病態的跡象，也可說是勇敢的象徵。

我將針筒置於喉嚨，在壓下活塞時閉上眼。黑色盒子碰一聲落在地板上，但在我睜開眼睛時，它已經不見了。

我站在漢考克大樓屋頂上，在無畏派玩命用的高空吊索旁。雲層烏黑，還下著雨。我張口呼吸時，風塞滿口中。右方，高空吊索彈起，鋼索往後猛揮，打碎了底下的窗戶。

我的視線緊盯著屋頂邊緣，把那景象縮進針孔般的視線中央。除了呼嘯的風外，我亦能聽見自己的呼吸聲。我逼自己走到邊緣，雨打在肩膀和頭上，直把我往地面拉。我將重心稍微往前傾，一躍而下。我縮緊下巴，將尖叫鎖在嘴裡，我被自身的恐懼壓迫、扼住。

落地後，四面牆向我迫近，我甚至連一秒的喘息時間都沒有，木頭打在我背脊、頭上和腿上。幽閉恐懼。我以手臂緊抱在胸前，閉上眼，試著不要亂了陣腳。

我想起艾瑞克在恐懼之境中，以深呼吸和邏輯思考讓恐懼臣服於他。還有翠絲，憑空召來武器，向她的夢魘展開攻擊。但我不是艾瑞克，也不是翠絲。我到底是誰？我需要什麼來克服自己的恐懼？

我知道答案。我當然知道，我必須否定它們擁有控制我的力量；我必須明白，我比它們更強。

我深吸一口氣，將手掌拍在左右兩邊牆上。這個方形空間發出喀吱聲後碎裂，木板砸碎在水泥地上。在一片黑暗裡，我站在碎片之中。

我新生訓練時的指導員艾默教導我們，我們的恐懼之境隨著情緒移轉，永遠在改變，即使夢魘中的幾聲囈語都可能改變它。而我的則一直都一樣，直到幾週前、直到我向自己證明能擊敗父親、直到我發現自己極度害怕失去某人。

我不知道自己接下來還會看到什麼。

我等了好久，什麼都沒有改變。房裡還是暗的，地面依舊又冷又硬，我的心仍跳得比往常都快。我低頭檢查手錶，發現它戴錯了手——我通常是把手錶戴在左手，不是右手——我的錶帶也不是灰的，應該是黑的。

隨後，我發現手指上汗毛直豎，先前沒有這樣。我指節上的厚繭也不見了。我低頭看，發現自己身穿灰色的寬鬆褲子和灰色襯衫，我的腹部粗壯，肩膀較瘦。

我抬眼看進鏡中，看著站在我面前的人。那張回望著我的是馬可斯的臉。

他對我眨眼，我感覺到眼睛周圍的肌肉與他一同收縮，即使我並沒有這麼做。毫無警示，他的——我的——**我們**的手臂向著鏡面一把伸了進去，緊緊掐住我倒影的脖子。但鏡子旋即消失，我的——他的——**我們**的手掐在彼此的喉嚨上，我們的視線中開始出現黑點，一齊陷入地面，掐著的力道剛硬如鐵。

我無法思考。我想不出方法逃脫這一關。

基於直覺，我尖叫。那聲音在我手中震動。我把這手想像成自己的手，又長又細的手指和因為長時間擊打沙袋練出滿滿是繭的指節。我想像自己的倒影如水一般流過馬可斯的皮膚，將他的每一寸都改頭換面，變成我自己。我用自己的形象改造面前這個我。

我跪在水泥地上，狂喘著氣。

我的手在顫抖，用手指摸著自己的頸子、肩膀、手臂，只是想再次確認。

就在幾週前去見伊芙琳的火車上，我告訴過翠絲，馬可斯還在我的恐懼之境中，只是這個他改變了。我花了很多時間想這件事：每晚在我入睡前，都不斷思考著；而每一次醒來，它仍糾纏著我。我還是怕他。我心知肚明，但情況不太一樣——我已經不再是孩子，懼怕著恐怖的父親會對我的人身安全造成威脅。我已經是個成人，我所畏懼的是他對我的人格與未來和自我認同所造成的影響。

即使有那分恐懼，我也明白什麼都比不上接下來的這一個。即使我知道它將出現，依舊會想扯開血管把血清從身體抽出來，也比再次目睹好。

一片光芒出現在我面前的水泥地上。有一隻手，手指彎成爪狀，伸進光芒之中，接著又有另一隻手，然後是一顆腦袋，頭上有著髒汙成一條條的金髮。那名女子一邊咳嗽，一邊一寸寸勉力把自己拖進那圈光芒中。我試著朝她走去，想幫她，但我僵在原地。

女子將臉轉朝向光源，我看到了——是翠絲。血從她的口中噴出，沿著下巴流淌。她充血的眼睛對上我的眼神，她喘著氣說：「救命。」

她在地板上咳出一灘鮮紅。我撲向她，不知怎麼，我就是覺得自己如果不快點過去幫她，她眼中的生命之光就會消逝。許多雙手環抱著我的手臂、肩膀、胸口，形成一個活生生的牢籠，但我不斷拚命朝她而去，用力去抓那些拉著我的手，但最後卻只抓傷自己。

我狂吼她的名字。她再次猛咳，這次，更多的血。她尖聲喊著救命，我也嘶喊她的名字。然而，除了自己的心跳和恐懼，我什麼都聽不見、感覺不到。

她癱軟不動地倒在地上，眼睛翻白。一切已經太遲。

黑暗離開，光線再度回來。恐懼之境的室內牆上蓋滿塗鴉，在我對面便是觀察室的鏡窗，角落則是將每一階段記錄下來的錄影機，它們全都在原本的地方。我的脖子和背後覆滿汗水，我用衣角擦了擦臉，走到對面的門，將黑色小盒和裡面的注射器及針筒拋諸身後。

我再也不需要重新體驗我的恐懼。現在，只需要想辦法克服它們就好。

經驗法則告訴我，單憑自信會令人走入禁地，就如同博學派總部三樓的牢房。

只是，禁地顯然不是在這。我還沒走到門前，一名無派別的男子便用他的槍尖擋住我，我有點緊張，嗆了一下。

「你要去哪？」

我將手放在他的槍上，用手臂一側推開。「別拿這玩意指著我。我受伊芙琳的命令前來，我要見犯人。」

「我沒聽說今天過了時間後還有會面。」

我將聲音壓低，讓他覺得自己是聽到某個祕密。「因為她不希望這件事被記在紀錄上。」

「查克！」有人從我們上方的樓梯喊著——是泰瑞莎。她走下來時揮了揮手。「讓他過。他沒問題。」

我向泰瑞莎點點頭，繼續走。大廳的碎片已經被清乾淨，但破掉的燈泡還沒換新。所以我走過一整條的黑暗走道，猶如一道傷痕，我往正確的那個牢房走去。

當我抵達北邊走廊，並不直接走向牢房，而是前往站在末端的那個女人。她大約中年，眼睛垂向兩側，噘著嘴。好像一切事物都令她極度厭倦，包括我在內。

「嗨。」我說：「我叫托比亞．伊頓。奉伊芙琳．強森的命令來這裡拘提一名犯人。」

在聽到我的名字時，她的表情沒有任何變化。所以在最初的幾秒，我以為必須打昏她才能完成要做的事。她從口袋拿出一張皺巴巴的紙，攤在左手掌撫平。那是囚犯的名單及相對應的牢房號碼。

「名字是？」她說。

「迦勒．普里爾。三〇八A。」

「你是伊芙琳的兒子，對吧？」

「對……我是說，是的。」她看起來不像是喜歡別人只說「對」的人。

她領著我到一扇素色金屬門，上面寫著三〇八A。我忍不住猜想，在我們的城市還不需要這麼多牢房時，它原本是做什麼用的。她按下密碼，門倏地打開。

「我猜我要假裝完全沒看到你打算做什麼，是吧？」她說。

她一定覺得我是來這裡殺他的。我決定就讓她這麼想。

「是的。」我說。

「幫個忙，在伊芙琳面前說說好話。我不想值這麼多夜班。我叫卓雅。」

「沒問題。」

她用拳頭把紙收攏，在離開時塞回口袋。我的手一直放在門上，直到她再次回到崗位，轉向一邊，這樣才不會面對著我。看來這件事她似乎做過好幾次了。我不禁思考，到底有多少人在伊芙琳的命令下從這些牢房裡消失。

我走進去。迦勒．普里爾坐在金屬桌前，彎身讀書，他的頭髮全梳到腦袋的一側。

「你想怎樣？」他說。

「我實在很討厭把驚喜說破——」我停頓了一下。好幾個小時前，我就決定要這麼進行——

我要給迦勒一個教訓，這其中也包含要撒幾個謊。「老實說，我其實也沒那麼討厭做這件事。你的死刑提前了好幾週。就是今晚。」

這話引起了他的注意。他從椅子上轉過身瞪著我，眼神茫然，睜得老大，像獵物面對掠食者。

「是開玩笑嗎？」

「我很不會開玩笑。」

「不對。」他搖搖頭。「不對。我還有幾週，不是今晚，不可能——」

「如果你閉嘴，我可以給你幾小時消化一下這全新的消息。如果不閉嘴，我就把你打昏，在你醒來之前就在外面的小巷射殺你。現在就選擇。」

看博學派分析某件事，就像看著手錶的內部：齒輪全在轉動、移位、調整，通力合作以進行一項特別的功能運作。在此刻的情況下，他就是試圖將自己迫在眉睫的死亡合理化。

迦勒的眼神飄向我身後打開的門，然後抓住椅子，轉身揮向我。椅腳狠狠打中我，讓我動作變慢，正好讓他溜過去。

我一路跟著他到走廊上，手臂被椅子打中的地方如燒灼般疼痛，但我比他快。我狠狠一擊打在他背上，他臉朝下撞地，完全沒有防護到自己。當我用膝蓋抵在他背上時，也順帶將他的手腕拉在一起，擠進一個塑膠環中。他呻吟著。當我拉他站起來時，他鼻子滿是鮮血。

卓雅對上我的眼神好一會兒，然後移開。

我一路拉著他走在走廊上——不是我剛才來的路，而是另一條——朝著安全出入口去。我們走下一個窄窄的樓梯平臺，腳步回聲空洞且不一致地層層相疊。一走到底下，我便敲敲安全門。

奇克打開，一臉蠢笑。

「守衛那裡沒問題嗎？」

「沒問題。」

「我知道卓雅很好通過。她現在什麼都不在意。」

「聽起來她以前跟現在似乎不一樣。」

「我一點也不意外。他就是普里爾嗎？」

「就是他本人。」

「他為什麼流血？」

「因為他是個蠢蛋。」

奇克拿給我一件黑色夾克，領口的地方繡著無派別的標誌。「我還不知道愚蠢還會讓人莫名流出鼻血。」

我將夾克披在迦勒肩上，把他胸前一顆扣子扣好。他避開我的眼神。

「我想這是一種新的流行。」我說：「巷子淨空嗎？」

「已確認。」奇克拿出槍，槍柄向外。「小心，已經上了膛。現在，如果你可以揍我一下，那麼我跟無派別者說你從我這邊奪走槍時，看起來就更有說服力。」

「你要我揍你？」

「喔，最好是你從沒想過。四號，快點。」

我的確喜歡揍人——我喜歡力量和精力爆發出來的感覺，以及因有能力傷害人而覺得無所畏懼。但我厭惡那樣的自己，因為這是我最殘破不堪的部分。

奇克做好準備，我將手握成拳。

「動作快，你這廢柴。」他說。

我決定瞄準下巴，那裡比較硬，不會被打碎，卻可以弄出很大一塊淤青。我揮拳，完全命中想打的地方。奇克哀嚎著，兩手緊抓著臉。疼痛感直衝我手臂，我用力甩著手。

「太棒了。」奇克對著建築物一側啐了一口。「好，我想這樣應該沒問題。」

「我想也是。」

「我猜，我可能不會再見到你了，對嗎？我是說，我知道其他人可能會回來，但你……」他語音漸弱，過了一下才又繼續把話說完。「只是覺得你離開這一切應該會比較快樂，如此而已。」

「是啊，也許你說的沒錯。」我看著自己的鞋子。「你確定不來？」

「我不能。夏娜沒辦法滾著輪子跟你們跑來跑去，我也不可能離開她，你懂吧？」他碰碰下巴，動作很輕，像在測試般碰著皮膚。「別讓尤里喝太多酒，好嗎？」

「好。」我說。

「我是說真的。」他說，語調變低沉，就像他每次要講些認真的事情時一樣。「答應我，好好照顧他好嗎？」

從認識他們以來，我一直很清楚奇克和尤里亞比任何兄弟都親。在他們年紀還很小時就失去了父親，我猜奇克自此之後便在父母與手足角色之間轉換。我無法想像，奇克看著尤里亞離開這個城市，會是什麼心情，尤其是在尤里亞因為失去瑪蓮而如此悲傷心碎的狀態下。

「我保證。」我說。

我知道我該離開了，但還想停留在這樣的狀態久一點，感受它的重要性。在通過新生訓練之後，奇克是我在無畏派交到的第一批朋友之一。他也跟我一起走進控制室，看著那些攝影機，寫螢幕上那些愚蠢的詳細說明的程式，或是玩比手劃腳猜數字。他從未問過我的真名，或是為什麼排名第一的新生最後會去當保全和指導員，而不是往上到領導階層。他從未多問。

「好了，快點抱一下。」他說。

我一手牢牢抓著迦勒的手臂，用另一隻空著的手摟了一下奇克，他也這麼做。

當我們分開，我把迦勒拉進小巷，忍不住又回喊。「我會想念你。」

「寶貝，我也是！」

他咧嘴笑開，牙齒在暮光之中顯得亮白。在我轉彎，開始小跑步往火車那裡去時，那我是看到他的最後樣貌。

「你要去某個地方。」迦勒說，上氣不接下氣。「你跟其他人。」

「對。」

「我妹妹也要去嗎？」

這個問題燃起了我心中野獸般的憤怒，而且無法以尖銳的言語或羞辱澆熄。唯一能平息的方式就是用手掌狠狠打在他耳朵上。他縮了一下，屈著肩膀，準備好接受第二擊。

我猜想著在父親揍我時，我是否也是那個模樣。

「她不是你妹妹。」我說：「你背叛她、折磨她。你奪走她僅剩下的一位家人。為了……為了什麼？就因為你要守護珍寧的祕密，想留在城市裡過安穩的生活？你這懦夫。」

「我不是懦夫！」迦勒說：「我知道要是——」

「還是回到我們之前協議的你閉不閉嘴那件事好了。」

「隨便。」他說：「你到底要把我帶到哪裡？你在這裡也可以殺掉我，不是嗎？」

我停一下。我們身後的人行道突然有什麼在移動的聲響。周邊的聲音有點隱約不明，我轉頭、舉起槍，但那身形消失在其中一條巷子的縫裡。

我拉著迦勒繼續走，並細聽著身後有無腳步聲。我們的鞋子把碎玻璃弄得到處都是。我望著黑暗的大樓，路牌僅憑絞鏈懸掛，一如秋天將凋零的樹葉。我抵達車站，我們將會在此搭上火車。我帶著迦勒走上一層金屬階梯，往月臺去。

我看到火車遠遠駛來，進行著行經這城市的最後一趟旅程。曾經，火車對我而言是不可抗的強大力量，不管我們在城市範圍內做什麼，都無法改變它前進的方向。它是一種有著脈動、活生生且強而有力的物體。而今，我已見過駕駛著它的男男女女，那些神祕感隨之不見，但它帶給我的一切意義並不會消失——我身為無畏派的第一個舉動就是跳上它，自那一日開始，直到現在，它們是我自由的來源。當我覺得自己困在克己派的世界，關在那個對我而言可比監獄的屋裡時，它給我力量在這個世界繼續前進。

當它靠近，我把綁著迦勒手腕上的塑膠環用小刀割斷，緊緊抓住他的手臂。

「你知道該怎麼跳，對吧？」我說：「上最後一個車廂。」

他解開夾克丟到地上。「好。」

從月臺的一端起跑，我們一起跑在破舊的路上，跟上敞開的車門的速度。他沒拉到門把，所以我推他向前，他絆了一下才抓住，把自己推上最後一節車廂。我沒空間可跑了——月臺已至盡頭——我抓住門把，將自己甩進去，肌肉承擔了猛拉向前的力量。

翠絲站在車內，臉上帶著一絲壞壞的笑。她黑色的夾克拉到喉嚨，把她的面容框在那黑色之中。她抓住我的衣領，拉我過去給我一個吻。當她抽身，她說：「我一直很喜歡看你那麼做。」

我笑開。

「這就是你的計畫？」迦勒在我身後質問。「在你殺我時也把她找來？這實在——」

「殺他？」翠絲問我，但視線不看向她哥哥。

「是，我讓他以為自己仍要受死。」我說，聲音大到讓他能聽見。「妳懂的，就跟他在博學派總部對妳做的事一樣。」

「所以……所以那是假的？」他的臉被月光照亮，因為驚訝而有點恍惚。我注意到他的襯衫扣子扣錯了。

「假的。」我說：「說真話，我剛剛救了你的命。」

他開口說了些什麼，但我打斷他。「別謝我謝得太早。我們要帶你跟我們一起到圍欄外面。」

圍欄外面——那個他曾經如此努力要避開，甚至不惜背叛親妹妹的地方。這似乎是比死刑更合適的刑罰。死亡太迅速、太確實；而我們現在要去的地方，一點也無法確定。

他看起來嚇壞了，但沒有我想得那麼害怕。我好像突然明白他在腦中安排優先順序的方式：生命在第一優先；他在自己一手造就的世界裡的安全舒適次之；最後才是他應該要珍惜的人的生命。他就是那種不了解自己有多卑劣的卑鄙之人，即使我怎樣侮辱他，也無法改變他。沒有什麼能改變他。比起憤怒，我更覺得沉重、束手無策。

我不想再去想他的事。我握著翠絲的手，帶她到車廂另一邊，這樣便能看著城市消失在身後。我們肩並肩站在打開的車門口，兩人各握著一個門把。那些大樓在天空中創造出黑暗、參差不齊的形狀。

「我們被跟蹤。」我說。

「我們會小心一點。」她回答。

「其他人呢？」

「在前面幾節車廂。」她說：「我想我們獨處比較好，或是盡量減少人數也可。」

她對我微笑。這是我們在這城市的最後時刻，當然要獨處。

「我真的會很想念這地方。」她說。

「真的嗎？」我說：「我的想法比較像是『解脫了』。」

「這裡完全沒有你會留戀的事物嗎？沒有美好回憶？」她用手肘頂頂我。

「好吧。」我微笑。「是有一些。」

「沒有跟我有關的？」她說：「還真是自我中心。你知道我的意思。」

「當然有，我想應該有吧。」我說，聳聳肩。「是說，我在無畏派有了不一樣的人生、不一樣的名字。我變成四號，這要感謝我新生訓練的指導員。他給了我這個名字。」

「真的嗎？」她歪歪頭。「我怎麼沒見過他？」

「因為他死了。他是分歧派的。」我再次聳聳肩，但並非覺得這件事很輕鬆。艾默是第一個注意到我是分歧者的人，他幫我藏起這件事，但無法掩蓋他自己的分歧派特性，那也讓他失去性命。

她輕碰我的手臂，但什麼話也沒說。我動了一下，覺得不太自在。

「妳看，」我說：「這裡有太多不好的回憶。我已經準備好要離開了。」

我覺得心裡空盪盪，不是因為悲傷，而是釋然。所有的緊繃情緒都從體內消失。伊芙琳在那個城市裡，馬可斯也是。所有的悲傷、夢魘以及不好的回憶，還有那些把我困在自身之中、某個既定印象裡的派別。我捏捏翠絲的手。

「瞧。」我說，指著遠處的一群建築物。「那是克己派的區域。」

她微笑，但眼睛有些溼潤，像是沉睡在她心中的某一部分正努力突圍而出。火車在軌道上發出嘶嘶聲，一滴眼淚流下翠絲的臉頰，城市消失在黑暗裡。

11 翠絲

我們靠近圍欄時，火車慢了下來，駕駛給了一個信號，示意我們要快點下車。在火車懶洋洋地行駛在軌道上時，托比亞和我坐在車廂門口。他的手臂環繞著我，鼻子碰觸著我的頭髮，深深呼吸。我望著他和他從T恤領口稍微露出來的鎖骨，以及嘴脣微微彎起的弧度，覺得體內升起一股異樣的感覺。

「在想什麼？」他柔柔地對著我的耳邊說。

我突然警覺。我一直盯著他看，但不是像那樣——我覺得自己似乎被他逮到了——我在想些令人害羞的事。「沒想什麼！為什麼問？」

「沒有為什麼。」他把我拉得更近些。我將頭靠在他肩膀上，深深吸了一口冷空氣，聞起來還是有夏天的味道，像是草在陽光的熱力下散出的氣味。

「看來我們越來越接近圍欄了。」我說。

我會做此想，是因為建築物已然消失，只剩原野，還有以某種規律點綴其中的螢火蟲光芒。在我身後，迦勒靠著另一扇門抱膝坐著。他的眼睛在錯誤的時機望向我，我很想對著他內在最黑暗的部分尖聲狂吼，如此這般，才有可能讓他聽見我，才終於能了解他對我做了什麼。

但我沒有，只是定定地凝視他，直到他再也無法承受，別開眼神。

我站起來，抓著門把穩穩站好，托比亞和迦勒照做。一開始，迦勒試著要站在我們身後，但托比亞把他往前推，正好在車廂邊緣。

「你先跳。聽我倒數！」他說：「現在……跳！」

他推了迦勒一下，力道僅足以讓他離開車廂地板。我哥哥消失。托比亞是下一個。火車上獨留我一人。

明明有這麼多該留戀的人，卻單單留戀這一樣東西實在很蠢，但我已經開始想念火車，還有其他帶著我穿越城市的事物——我的城市——在我夠勇敢，並且能夠駕馭它們之後，我用手指拂過車廂的牆壁一次，然後縱身一跳。火車移動得很慢，因為我太習慣一鼓作氣，結果力量估得太大。等我落地之後，乾枯的草刮著手掌。我站起身，在黑暗中搜尋著托比亞和迦勒。

在找到他們之前，我聽見克莉絲汀娜的聲音。「翠絲！」

她和尤里亞朝我走來。他手上拿著手電筒，也比今天下午看起來警戒心更高，這是個好跡象。他們身後有更多光亮、更多說話聲。

「你哥成功了嗎？」尤里亞說。

「成功了。」終於，我看見托比亞。他抓住迦勒的手臂朝我們走來。

「真不曉得為什麼像你這樣的博學派會想不透，」托比亞說：「你是不可能跑贏我的。」

「他說的沒錯。」尤里亞說：「四號跑得很快，雖然沒有我快，但絕對比你這個書呆蟲快。」

克莉絲汀娜大笑。「書什麼？」

「書呆蟲。」尤里亞碰了碰他鼻子旁邊。「是文字遊戲。博學派是『書呆子』、『讀書蟲』，所以是書呆蟲……懂嗎？就跟殭屍人差不多。」

「無畏派的行話都超奇怪，廢柴、書呆蟲……那直言派有什麼代稱嗎？」

「當然有。」尤里亞咧嘴笑。「混帳。」

克莉絲汀娜用力推了尤里亞一下，害他弄掉了手電筒。托比亞笑著，領著我們向其他站在幾尺遠處的人那裡去。多麗在空中揮著她的手電筒，要大家注意，然後說：「好了，喬安娜和卡車大概位於距這裡走路十分鐘的路程，動身吧。如果再聽到有人講話，我就把你揍得不省人事。我們尚未脫離險境。」

我們緊緊靠在一起，就像一團繫緊的鞋帶。多麗走在我們前方幾尺遠處，在黑暗之中從背後看上去，她讓我想到伊芙琳。她的四肢瘦長強壯，肩膀有點向後，對自己極有自信到令人畏懼的程度。在手電筒的光線中，我僅能辨認出她頸子後頭鷹隼的刺青，那是在她幫我執行傾向測驗時，我跟她說的第一件事。她告訴我，那是她所克服的恐懼：黑暗。我在猜，雖然她已經如此努力地面對那些事物，但它們是否依然會令她害怕？恐懼真會遠離嗎？或者只是對我們再無影響？

分秒過去，她走得離我們越來越遠，步伐更像在小跑步，而非走路。她恨不得離開，逃離這個害她弟弟被殺的地方，逃離這個她曾握有權勢，卻被一名根本不該活著的無派別女子剝奪之處。

槍聲響起時，她已經走得相當遠。我只看見她的手電筒掉下，而非她的身體。

「散開！」托比亞的聲音吼著，壓過我們的喊叫與混亂。「快跑！」

我在黑暗中尋找著他的手，卻找不到。我抓住尤里亞在我們離開前給的槍，並舉到胸前，忽略在碰觸到槍時喉嚨的緊繃感。我無法在黑夜中奔跑，我需要光。我全速衝向多麗，或該說是朝著她的手電筒跑去。

槍聲、喊叫和四處奔逃的腳步聲，我聽了卻又沒有聽到，心跳亦然。我蹲伏在她掉下的那一道光旁邊，打算抓了就跑，可是在那道光中，我看見她的臉，閃著汗水的光芒，她的眼睛在眼皮底下轉著，好像正在搜尋著什麼，但因過於疲倦而找不到。

一發子彈打中她腹部，其他的打中胸口。她不可能從這種傷勢恢復。也許我的確為她在珍寧的實驗室跟我打起來而憤怒，然而她還是多麗，是那個守護我分歧派身分的女子。我想起自己跟著她走進傾向測驗室時盯著她的鷹隼刺青，喉嚨突然緊繃。

她的眼睛轉向我這邊，定定地看著我。她皺起眉，但沒有說話。

我將手電筒移到虎口，然後伸向她的手，捏住她滿是汗水的手指。

我聽到有人靠近，便將手電筒和槍指向同個方向。光束照到一名戴著無派別臂章的女子持槍指著我的頭。我開槍，緊咬著牙，直到發出嘎吱聲。

子彈打中那女子腹部，她放聲尖叫，盲目地對著夜色開火。

我回去低頭看著多麗，她的眼睛已閉上、身體靜止。我將手電筒指著地面，奔離她和我剛才射殺的女子。我的腿很痛，肺一陣灼熱，不知道要去哪裡，也不知道是朝著危險跑去，或是逃離了危險。但我盡可能地一直跑。

最後，我看到遠處有光線。我一開始以為那是另一道手電筒光，但靠近時，我發現那比手電筒更大、更穩——是車頭燈。我聽到引擎聲，便蹲伏在高一點的草叢裡藏起來，同時將手電筒關掉，準備好槍。

卡車慢下，我聽到一個聲音說：「多麗？」

聽起來像是克莉絲汀娜。卡車是紅色的，有點生鏽——是友好派的車子。我站挺，將光照在自己身上，讓她看見我。卡車停在我前方幾尺，克莉絲汀娜從乘客座跳下來，狠狠一把抱住我。

多麗倒下的身軀、無派別女子的手蓋住腹部。我在腦中不斷重播那些影像，使之更為真實。然而，這麼做一點用也沒有，我還是覺得一切很像假的。

「感謝老天。」克莉絲汀娜說：「上車。我們去找多麗。」

「多麗死了。」我沒帶感情地說。「死了」這個字眼讓一切變真實。我用掌根擦掉從臉上流下的淚水，拚了命地想控制住顫抖不穩的呼吸。「我……我殺了那個射死她的女人。」

「什麼？」喬安娜聽起來怒不可遏。她從駕駛座靠過來。「妳說什麼？」

「多麗死了。」我說：「我目睹事發經過。」

喬安娜的表情被頭髮擋住。她努力吸入一口氣。

「好，總之，先去找到其他人。」

我上了卡車。在喬安娜踩下油門時，引擎發出怒吼，我們一路在草皮上顛簸著找尋其他人。

「你們有看到其他人嗎？」我說。

「只有幾個。卡拉、尤里亞。」喬安娜搖搖頭。「沒了。」

我緊緊握著門把，用力捏著。如果我更努力去找托比亞……如果我沒有在多麗身邊停下……

如果托比亞沒逃過怎麼辦？

「我想他們會沒事的。」喬安娜說：「妳男友知道該怎麼照顧自己。」

我點點頭，但不太信服。托比亞是能照顧自己，但在那種攻擊下，能存活下來僅是意外。在一個子彈不會打到你的地方，無須具備技巧，在黑暗中開火或打中一個你根本沒看到的人亦然。都是運氣，或是天意，就看你信哪個。我不知道——也從不了解——自己到底相信哪個。

他沒事、他沒事、他沒事。

托比亞會沒事。

我的手在顫抖；克莉絲汀娜捏捏我的膝蓋。喬安娜開車帶我們朝會面點去。她是在那裡見到尤里亞和卡拉的。我看著時速表的指針爬升，穩穩停在七十五。我們在車內相互擠著，因為凹凸不平的路面一下被甩向這邊，一下被甩向那邊。

「在那裡！」克莉絲汀娜指著。前方有一堆光線，有的很細小，像手電筒的光；有的比較圓，像車頭燈。

我們停得靠近些，我看見他了。托比亞坐在其他卡車的車篷上，手臂沾滿了血；卡拉站在他面前，手拿著一個急救箱。迦勒和彼得坐在幾尺外的草坪上。在喬安娜還沒完全停好卡車之前，我已打開門衝出去跑向他。托比亞站起來，忽視卡拉叫他別動的命令。我們緊緊相擁。

他沒受傷的那隻手臂攬著我的背，並將我稍微舉離地面。他的背後因為汗而全溼，當他親吻我時，嘗起來鹹鹹的。

我心中所有因緊繃而鬱結的情緒在瞬間解放。剎那間，我覺得自己恍如重生，宛若全新的人。

他沒事。我們逃離了城市。他沒事。

12 托比亞

我手臂被子彈擦過的地方一陣陣振動，像是第二個心跳。在翠絲舉起手指向我們右方的某樣東西時，指節擦過我的。那裡有長長一整列低矮的建築，亮著藍色的緊急用燈。

「那是什麼？」翠絲說。

「其他的溫室。」喬安娜說：「它們需要更多人力，但在那裡能孕育更大量的產物——牲畜、布的原料、麥子等等。」

溫室的玻璃方格在星光下閃爍，讓我想像中藏在裡面的寶物變得模糊。比如小小的莓果掛在枝上，或一整排馬鈴薯埋在土裡。

「妳不會給訪客看。」我說：「我們從未見過它們。」

「友好派藏有許多祕密。」喬安娜說，似乎很得意。

我們前方的路又長又直，到處都是裂縫和大塊補丁。兩旁是多瘤的樹、壞掉的街燈、老舊的電線。每過一段就有一個獨立出來的行人廣場，雜草硬是從水泥地裡長出來，或從一堆腐朽的木頭、倒塌的住所伸出

我越是思考著這片每名無畏派巡邏隊員都被教導要視為正常的景色，一座老舊的城市便逐漸在腦海中成形。這些建築比我們離開的那些要矮，但同樣廣大。這座古老城市被轉為無人之

地，讓友好派來耕種。換句話說，老城市被拆毀、燒成灰燼、夷為平地，就連道路都消失，土壤肆無忌憚地蓋過這些殘骸。

我把手伸出窗戶，風像一綹頭髮般纏繞住我的手。在我很小的時候，母親曾假裝她能把風弄出形狀，她也會把那些工具讓我玩，像鐵鎚或釘子，或刀劍，或溜冰鞋。那是我們會在傍晚時、馬可斯回家之前，在家前方的草坪上玩的遊戲。這可以讓我們不那麼害怕。

在卡車的車床上，我們背後坐著迦勒、克莉絲汀娜和尤里亞。克莉絲汀娜和尤里亞肩膀相碰坐得很近，但看著不同的方向；比起朋友，更像陌生人。我們後方是另一輛卡車，由羅伯駕駛，上面坐著卡拉和彼得。多麗本該跟他們在一起。這個想法讓我覺得空茫。她執行了我的傾向測驗。她讓我第一次開始思考，也許我能離開克己派——而且是必須離開。我覺得自己欠了她，她在我能還這分情之前就已死去。

「到了。」喬安娜說：「無畏派巡邏隊的最外圍。」

在友好派住所和外界之間沒有任何圍欄或牆壁標出分界。但我記得在控制室監控無畏派的巡邏時，確認過他們沒有走到界線外更遠處去，那裡用一堆畫著X的標誌做記號。巡邏隊設定為如果卡車開得太遠，油就會用完。那是一種用以保護並協調我們和他們的安全的精密系統——而我現在懂了，除此之外，還要加上克己派保守的祕密。

「他們曾越過界線嗎？」翠絲說。

「有幾次。」喬安娜說：「每當這種事情發生，就是由我們負責處理。」

翠絲看了她一眼，她聳聳肩。

「每個派別都有血清。」喬安娜說：「無畏派血清可產生虛擬實境；直言派會讓人吐實，友好派帶來平靜；博學派帶來死亡——」說到這裡，翠絲更明顯地顫抖了一下，但喬安娜一副什麼都沒發生似地繼續說：「而克己派能重置記憶。」

「重置記憶？」

「就像阿曼達．里特。」我說：「她說過：『我很樂意能忘掉其他一切。』忘了嗎？」

「是的，沒錯。」喬安娜說：「友好派有權在任何越界的人身上使用克己派血清，只要能讓他們忘了那些經歷的分量即可。的確有些人偷偷溜過我們，不過應該不多。」

我們靜了下來。我在腦中不斷反覆思索這項資訊。奪走一個人的記憶實在不是什麼正確之事——即使我明白為了讓我們的城市盡可能處於安全狀態之下，這是沒辦法中的辦法。只是我能從腹部某處感覺到，奪走人的記憶就等於改變了他們。

我覺得自己似乎就要跳出這副皮囊，這感覺在心中不斷增強。我們離無畏派的巡邏界線越遠，就越快能看見在我唯一熟悉的世界之外的一切。我害怕得不得了、滿心恐懼、困惑不已，心中五味雜陳。

就著晨光，我看見前方有某些東西。我抓住翠絲的手。

「妳看。」我說。

13 翠絲

我們面前的世界全是道路、深色的建築物，還有倒塌的電線桿。裡面毫無生氣，至少放眼所及沒有東西在動，除了風聲和我的腳步聲外，沒有其他聲響。

這片景象就像被打斷的句子，懸在半空，沒有說完，剩下的則是完全不同的景象。在我們這端的是空盪的土地、雜草和不斷延伸的路；另一端是兩座水泥牆及五、六組鐵軌在其間；前方，一道水泥橋連起兩道牆，建築物、木頭、磚頭和草繞著鐵軌，窗戶都是暗的，樹圍繞它們生長，長得如此狂野，樹枝都纏在一起。

右方有個標誌寫著九十。

「我們現在怎麼辦？」尤里亞問。

「跟著鐵軌走。」我說，但聲音很小，只有自己能聽見。

我們從卡車上下來，踩在分隔我們和他們世界的分水嶺（不管這個「他們」是誰）。羅伯和喬安娜做完簡短道別後，就把卡車掉頭開回城市。我看著他們離去，無法想像自己都走了這麼遠還要回頭，我猜他們在城市裡還有事要做。喬安娜仍要組織赤誠者的叛變。

剩下的人——我、托比亞、迦勒、彼得、克莉絲汀娜、尤里亞和卡拉——帶著寥寥無幾的隨身物品沿著鐵軌開始動身。

鐵軌跟城市裡的不一樣。這裡的有拋光，非常滑溜，與鐵軌直角相交的不是木板，而是一片片質感很好的金屬。前方，一輛火車遠離鐵軌，被遺棄在靠近牆的地方。它從上方到前端都裝上了金屬，像鏡子一樣，旁邊是一整排有色玻璃窗。當我們靠近些，我看到裡面有一排椅子，上面還有紫紅色的靠墊。人們應該不會用跳躍的方式上下火車。

托比亞在我身後，走在其中一條鐵軌上，他的手臂平伸在身體兩側，保持平衡。其他人在鐵軌上散開來。彼得和迦勒靠近一面牆；卡拉靠近另一面。大家都沒說什麼話，只有在看到新事物時會指出來，可能是某個標示或某座建築物，或對這個世界還有人居住時可能是什麼模樣做出猜測。

唯獨水泥牆吸引我的注意：它們覆蓋著某種奇特的人類圖案，這些人皮膚十分平滑，看起來幾乎不像人類。還有一些彩色瓶子，裡面可能裝著洗髮精、潤髮乳、維他命或某些陌生的物體。還有一些我不懂的字眼，「伏特加」、「可口可樂」和「能量飲料」。那些顏色、形狀、字眼和畫面實在過分鮮豔、太過飽滿，幾乎將人迷惑住。

「翠絲。」托比亞把手放在我肩上，我停下來。

他歪歪頭，說：「妳有聽到嗎？」

我聽見的是同伴的腳步聲和一些低頻的聲音，我聽見自己和他的呼吸聲。但在這些聲音之外，是一種更靜的隆隆聲，可是與其強度並不一致。聽起來像是引擎。

「大家停下！」我喊。

很驚訝的是，大家都照做，就連彼得也是。我們聚在鐵路中央。我看到彼得抽出槍舉在身前，我也這麼做。兩手合握，穩住槍枝，想辦法記起我以前是如何輕易地舉起槍。現在，那分輕而易舉已然消失。

有東西在前方轉彎處出現。是一輛黑色卡車，但比我見過的任何卡車都大，大到足以在車中載運十人以上的數量。

我顫抖了一下。

卡車在鐵軌上顛簸前行，然後在我們前方約二十尺處停下。我看見有個人在駕駛：他的皮膚是深色的，還有長長的頭髮，在腦後綁成一球。

「老天。」托比亞說，他的手緊緊握住槍。

一名女子從前座下車，她跟喬安娜差不多年紀，皮膚上密密麻麻長著雀斑，她的頭髮顏色之深，幾乎是黑色。她跳下地面，舉起兩手，這樣我們便可清楚看到她沒帶武器。

「嗨。」她說，緊張地微笑。「我叫柔依。這位是艾默。」

她歪歪頭指著旁邊那位駕駛，他也正從卡車上下來。

「艾默已經死了。」托比亞說。

「不，我沒有。少來了，四號。」艾默說。

托比亞的面孔因驚嚇而緊繃，我不怪他。看到自己關心的人死而復生，並不尋常。

我失去的人的所有面孔都在腦中閃過：琳、瑪蓮、威爾，還有艾爾。

我的父親、我的母親。

如果他們還活著呢？就像艾默一樣？如果隔開我們的那道簾不是死亡，而是鐵絲網和幾塊土地的距離呢？

我無法阻止自己抱持希望，雖然這很愚蠢。

「我們為建造你們城市的組織工作。」柔依邊望著艾默邊說：「也就是艾迪絲．普里爾工作的組織，還有……」

她把手伸進口袋，拿出一張有些皺掉的照片。她把照片拿向我們，眼神在一堆持槍的人中對上我的。

「翠絲，我想妳該看看這個。」她說：「我會上前一步，把這個放在地上，然後退後。這樣可以嗎？」

她知道我的名字。我的喉嚨因為恐懼而一緊。她怎麼會知道我的名字？而且不只是我的名字，而是我的別稱——是我在加入無畏派時選的別稱？

「可以。」我說，但聲音相當沙啞，所以這些字眼幾乎無法吐出。

柔依向前一步，將照片放在鐵軌上，退回她原本的位置。我離開人多勢眾、安全的這一方，彎身靠近照片，在這麼做的過程中，我一直盯著她。接著，我退後，手中握著照片。

照片上有一排人站在鐵絲網前，手臂搭在彼此的肩膀和背後，我看見了孩提時候的柔依，認出了她的雀斑，還有幾個我不認得的人。我正要問她為什麼讓我看這張照片時，認出了那名將深金色頭髮綁在腦後、有著大大微笑的年輕女子。

是我母親。母親站在這些人身邊做什麼？

有某些感覺——悲傷、疼痛或渴望——扼住我的胸口。

「有太多要解釋。」柔依說：「但這個地方實在不適合。我們想帶你們到總部，離這裡只要開一下車就到。」

托比亞仍舉著槍，用空著的那隻手碰碰我的手腕，將照片引到他面前。「那是妳母親？」他問我。

「是媽嗎？」迦勒說。他擠過托比亞、越過我肩膀看著照片。

「是。」我對他們兩人說。

「妳覺得我們該相信他們嗎？」托比亞低聲對我說。

柔依看起來不像個騙子，聽起來也不像。如果她知道我是誰，也知道怎麼找到我們，她便可能有能進入城市的手段，那也表示她說的可能是真話，而且跟艾迪絲．普里爾的組織同一夥。艾默也在，他注視著托比亞的一舉一動。

「我們出來這裡，就是因為想要找到這些人。」我說：「我們總得相信他人，不是嗎？不然就只能在這個荒地亂晃，還有可能會餓死。」

托比亞鬆開我的手腕，把槍放低。我也照做。其他人亦慢慢跟著做。克莉絲汀娜最後才放下。

「不管到哪，我們都要能隨時自由離去。」克莉絲汀娜說：「這沒問題吧？」

柔依將手放在她胸前，心臟正上方。「一言為定。」

為了我們自身著想，我希望她真能說到做到。

14 托比亞

我站在卡車的底座邊緣，撐著遮布的結構處，期望著這全新的現實世界是一場實境模擬，這樣我就能操控它，讓它合理化。但它不是，因此我也無法將之合理化。

艾默還活著。

在我新生訓練時，「適者生存！」是他最愛說的口令之一。有時，他喊得太多次，我連作夢都會夢到，它會像鬧鐘一樣把我叫醒，逼出我可能根本就沒有的潛能。**適者生存**。適應得更快、更好，變成一般人完全不需要達到的程度。

就像這樣：徹底離開一個世界，去發現另一個。

或這樣：發現你已死去的朋友其實還活著，而且還駕駛卡車載著你。

翠絲坐在我身後，就在卡車後面排滿的長椅上，她手中緊握那張皺皺的照片，手指拂過她母親的臉，幾乎碰到，但又沒碰到。克莉絲汀娜坐在她一側；迦勒在另一側。她一定是想要他看見照片才讓他坐那裡。她整個身體都縮起好躲開他，並緊緊貼著克莉絲汀娜。

「那是妳媽？」克莉絲汀娜說。

翠絲和迦勒都點點頭。

「照片裡面的她好年輕，也好漂亮。」克莉絲汀娜加了一句。

「是，她很美……我是說，她生前很美。」

我以為翠絲在回答時會很悲傷，為記憶中她母親已逝去的美麗而痛苦。但她的聲音卻是緊繃的，嘴唇因為心懷期待而噘起。我希望她沒有懷抱著什麼錯誤的期望。

「我看看。」迦勒說，並將手伸向他的妹妹。

默默的，沒有正眼看他，她把照片遞過去。

我轉回頭看著我們正慢慢駛離的世界：鐵軌末端那巨大、廣闊的原野，還有遠處，是活動中心，在掩蓋著城市天際線的薄霧中幾乎已經不可見。這感覺好奇怪，從這個地方看著它，好像只要手伸得夠長，還是可以碰到，儘管我已來到離它如此遙遠之處。

彼得往卡車邊緣稍微移動坐到我身邊，抓著帆布穩住自己。火車鐵軌在我們身後蜿蜒，我再也看不見平原了。在平原逐漸鋪展開時，我們兩側的牆逐漸消失，到處都能看到建築。有的很小，像克己派的房屋；有的很廣大，像城裡的那種建築側躺下來一樣。

樹木既茂盛又巨大，長過了本應將其圈住的水泥設備，樹根在道路上蔓生。棲息在其中一個屋頂邊緣的是一排黑鳥，像是翠絲鎖骨上的刺青。卡車開過時，牠們嘎嘎喊叫，四散飛入天空。

這是個荒涼的世界。

這些事物，對我來說實在太難以忍受。我退回來坐在其中一張長椅上，用手抱著頭，緊閉雙眼，這樣就不需要再接收任何新資訊。我感到翠絲有力的手臂環過背後，將我側身拉入她細瘦的懷中。我的手已麻木毫無知覺。

「只要專注在面前的事物就好。」卡拉在卡車的另一邊說：「比如想想這輛卡車是如何移動，會有點幫助。」

我試著照做，思索著底下的椅子有多硬，還有卡車不斷在震動，甚至在平穩的地面亦然，讓我連骨頭深處都在嗡嗡作響。我感受著這左右前後的晃動，在車子開過鐵軌時吸收著每一次震盪。我專注地望著，直到身旁每樣東西都變暗，再也感覺不到時間的流逝，或因為新發現所帶來的驚慌。我只感覺到我們正在地面上移動。

「你現在應該要抬頭看看了。」翠絲說，聲音聽起來很虛弱。

克莉絲汀娜和尤里亞站在我剛才站的地方，從帆布牆邊偷望出去，我越過他們肩膀，看看我們開向了哪裡。有座很高的圍欄，延伸得十分寬廣，橫越這整片地方，這裡跟我在坐下前所看到滿是密密麻麻的建築之處比起來相對空曠。圍欄有著垂直的黑色鐵條，最上端是尖的，彎曲向外，如果有人想要爬過，就會被戳死。

後面幾尺處又是另一座圍欄，這座是鐵絲網，像是包圍城市的那種，有著帶刺的鐵絲捲起，圈在最頂端。我聽到很大的嗡嗡聲從第二道圍欄傳來，那裡通了電。人們在圍欄之間行走，手上持槍，看起來跟我們的漆彈槍有點像，卻是更加致命、力量更強的一種槍械。

第一道圍欄上的標誌寫著「基因改造局」。

我聽到艾默的聲音，他在跟持槍的警衛說話，但我不知道他在說什麼。第一道圍欄的閘門打開，讓我們進去，然後第二道閘門也打開。在這兩道閘門之後的是……一片井然有序。

放眼望去盡是低矮的建築，由修剪平整的草地和樹苗隔開。連接兩處的路被打理得很好，標出不同地點的箭號標誌也非常清楚：**溫室**，直走向前。**安全檢查哨**，左方。**工作人員宿舍**，右方。**主要住所**，直走向前。

我站起來，靠在卡車周圍看著這個住所，我身體有一半探到了路上。這棟基因改造局不高，但非常廣大，比我看到得要寬，由玻璃、鋼鐵、水泥組成一座龐大建築。在住所後面有幾座高塔，塔頂上有個隆起的空間，在看到的瞬間，我不知為何聯想到了控制室，並思考著它們究竟是不是。

先不管兩座圍欄間的守衛如何，外頭人很少。是有些停下來看我們的人，但我們開得太快，我看不見他們的表情。

卡車停在一扇雙開門前，彼得是第一個跳下來的。剩下的人一一分散，下到道路後站在他身後，我們肩並著肩，站得如此之近。我幾乎能聽見大家的呼吸有多急促。在城市裡，我們依照派別、年齡、歷史而被分隔，但在這裡，這些隔閡全數消失。我們僅有彼此。

「好戲上場。」在柔依和艾默靠近時，翠絲喃喃地說。

好戲上場。我對自己說。

「歡迎來到住所。」柔依說：「這建築曾是歐海爾機場[2]，是這國家最繁忙的機場之一。現在，這裡是基因改造局的總部，也可簡稱為改造局，我們都這樣叫。這是美國政府的一個機

2 O'Hare Airport。美國芝加哥的主要機場，於一九九八年擴建完成。

構。」

我覺得自己一臉茫然。我聽得懂她說的每一個字——只是不很確定「機場」和「美國」是什麼——但組合起來我卻不明白。然而我不是唯一一臉困惑的人——彼得揚起眉毛，好像也有疑問。

「抱歉。」她說：「我一直忘記你們了解的事情多有限。」

「我們什麼都不知道，應該是你們的錯，不是我們。」彼得指出。

「我得重新修飾一下我的說法。」柔依溫和地笑了一下。「我一直忘記我們提供給你們的資訊很有限。機場是一種進行空中旅行的集散地，而——」

「空中旅行？」克莉絲汀娜說，她滿腹懷疑。

「當我們還在城市裡時，無須得知的科技發展之一便是空中旅行。」艾默說：「它很安全、迅速，而且非常有意思。」

「哇。」翠絲說。

她一臉興奮。我呢，則想到飛速穿越天際、高高飛在住所上方，然後覺得一陣反胃。

「總而言之，這項實驗一開始研發時，機場就被轉變成住所，這樣我們就可以遠距監控實驗狀況。」柔依說：「我現在要帶你們到控制室見一下大衛，他是改造局的領導人。你們會看到很多你們不了解的事物，不過最好還是在開始問我之前，先獲得一些初步解釋。所以，你們可以把想知道的事情記下來，稍後隨時都可以問我和艾默。」

她朝著入口走去，由兩名武裝的警衛為她敞開門，並在她經過時微笑相迎。友善微笑和從他們肩上突出的槍械之間產生的對比，幾乎可說滑稽。那是很大的一把槍，我忍不住思忖著，不知道射擊起來是什麼滋味。是否只要彎曲手指扣著扳機，就可以感覺到它們致命的力量。

走進住所裡時，冷空氣撲面。窗戶高高拱在頭頂上，讓蒼白的光射進來，然而，這是此處最有魅力的地方——鋪著磁磚的地面因髒汙和年代久遠而毫無光澤，牆壁又灰又素。我們前方有很多人，以及一堆機械，上頭的標誌寫著安檢處。我不太能理解，都已經有兩層圍欄保護，他們為什麼還需要這麼多保全設備？其中一個圍欄甚至通了電，還有好幾層守衛。但我無權過問這個世界的一切。

這完全不是屬於我的世界。

翠絲碰碰我的肩膀，指著入口通道的地上。「你看。」

在這地方最遠的一端，有一塊巨大的石頭在安檢處外面，上方懸著一個玻璃裝置。這很明顯就是我們會在這裡看到卻不能理解的範例之一。另一個我不能理解的是翠絲眼中的渴求。她飢渴地將我們身邊的一切盡收眼底，好像光看就能滿足。有時，我覺得我們很像，但有時——比如說現在——我感覺到我們人格特性之間的隔閡，就如同撞上一面牆。

克莉絲汀娜對翠絲說了些話，她們都咧開嘴笑，只是在我耳中的一切聲音都模糊不清、扭曲變形。

「你還好嗎？」卡拉問我。

「還好。」我反射性地說。

「我得說，如果你現在驚慌得要命，邏輯上而言也是相當合理。」她說：「沒必要堅持你那泰山崩於前而面不改色的男子氣概。」

「我……什麼？」

看她微笑，我才明白她是在開玩笑。

安檢處的所有人都站開，形成一條通道讓我們走過。在我們前方，柔依宣布：「這座設施裡不能帶武器，如果把它留在安檢處，出來時可以領回。在你們繳械之後，我們會通過掃描器，繼續往前走。」

「那女人真令人火大。」卡拉說。

「什麼？」我說：「為什麼？」

「她無法將自己從已知訊息中抽離。」她拿出槍枝時說：「她一直把看起來不是很明顯的東西說得……怎麼說呢，一副很明顯的樣子。」

「妳說的沒錯。」我毫不懷疑地說：「的確很令人火大。」

在我前方，柔依將她的槍放進一個灰色容器，然後走進掃描器。那是個人體大小的箱子，中間有個像隧道的空間，正好夠容納一個人。我把我的槍拿出來，裡頭都是未使用的子彈，所以很重。我把槍放在安檢人員遞給我的容器，大家的槍都在裡頭。

我看著柔依通過掃描器，然後是艾默、彼得、迦勒、卡拉和克莉絲汀娜。當我站在那玩意的邊上，在那些會把我的身體夾在其中的牆旁邊時，再次感受到驚慌的情緒將一湧而上——麻木的手、緊繃的胸口。掃描器讓我想到在恐懼之境中把我困住的木箱，它將我的骨頭全擠在一起。

我不能，也不願在這裡陷入恐慌。

我逼迫自己把腳移進掃描器裡，站進中央，每個人都是站這個位置。我聽到某些東西在兩側的牆中移動，然後是一個高頻的嗶聲。我顫抖了一下，只見守衛用手作勢要我向前。

現在可以逃出去了。

我搖搖晃晃走出掃描器，周圍的空氣包圍著我。卡拉給了我一個別有深意的眼神，卻沒多說什麼。

在翠絲也通過掃描器後，她來握著我的手，但我幾乎感覺不到。我記得在恐懼之境裡跟她一起經歷我的恐懼，就在關住我們的木箱裡，我們身體貼在一起，我的手掌壓在她胸口，感受她的心跳。真是夠了，就連在現實生活中都要被這樣關一次。

等尤里亞一通過，柔依便再次揮手要我們前進。

在安檢處後方的機構跟先前寒酸的模樣截然不同。地板仍是磁磚，但擦得極亮，幾乎可說完美無缺；到處都是窗戶，在一條長廊上，我看見成排的實驗桌和電腦，令我想起博學派總部，但這裡更明亮，似乎沒什麼好藏。

柔依帶我們走右方一條比較暗的通道，在走過人群時，他們都停下腳步盯著看，我覺得他們投射在我身上的目光像一道熱流，讓我從喉嚨到臉頰都發燙。

我們走了好久，深入住所之中。柔依停步，面對著我們。

在她身後，空白的螢幕圍成一大圈，猶如飛蛾圍繞著火焰。圈內的人坐在矮桌前，在更多螢幕上猛力狂打字，這些螢幕面向外側，而非內側。這裡是控制室，卻完全開放。我不是很確定他們在觀察些什麼，因為螢幕都是暗的。圍繞著螢幕、面向內的是一堆椅子、長椅和桌子，人們似乎會在閒暇之餘聚集在此觀看些什麼。

控制室前方幾尺，有一名年紀稍長面帶微笑且身穿深藍色制服的男人。跟其他人一樣，當他看到我們走近，便展開雙臂，好像在表示歡迎。這就是大衛吧。我猜。

「這一切，」那男人說：「就是我們從最初就一直在等待的。」

15 翠絲

我從口袋拿出照片。我面前的人——大衛——也在裡頭、在母親身旁，當時他的臉沒那麼多皺紋，肚子也比較小。

我用指尖蓋住母親的臉。心中不斷滋長的希望熄滅。如果母親，或父親，或我的朋友還活著，在我們抵達時就會在門口等著。我早該知道不該期望發生在艾默身上的奇蹟會再發生。

「我叫做大衛，柔依可能已經告訴你們了。我是基因改造局的領導人，我會盡全力解釋一切。」大衛說：「首先，你們要知道的是，艾迪絲‧普里爾告訴你們的資訊只有部分正確。」

在說到「普里爾」時，他望向我。我的身體因為早預料到此事而打了一顫——自從我看過那個影片，就極度想獲得答案，而我就要如願以償了。

「她提供的資訊僅足以讓你們達到實驗目標。」大衛說：「在諸多案例中，這便代表過度單純化，多有省略，甚至是徹頭徹尾的謊言。現在，你們來到這裡，以上那些就都不需要了。」

「你們一直提到『實驗』。」托比亞說：「到底是什麼實驗？」

「是的，沒錯。我就要說到了。」大衛望著艾默。「在他們跟你們解釋時，是從哪裡開始說的？」

「從哪裡開始都無所謂，這種事不可能很容易接受。」艾默說，摳著自己的皮膚。

大衛稍微思忖了一下，然後清清喉嚨。

「很久以前，美國政府——」

「美什麼？」尤里亞問。

「那是一個國家。」艾默說：「很大的國家。它有特定的邊界，還有自己的政治體，我們現正身在其中。這可以等一下再講。您請繼續。」

大衛的拇指壓入手掌，按摩著自己的手，明顯地因為不斷被打岔而覺得不太愉快。

他重新來過：

「好幾世紀以前，這個國家的政府突然想嘗試一項研究：若強制對人民施行某種特定的改善行為會如何。有研究指出，在人類基因中，暴力傾向可能有跡可尋。首先被提出的就是一種名為『謀殺基因』的東西，但還有其他幾種基因，如懦弱、虛偽、愚笨……這些特質。就我們的術語而言，這些是最終造成社會崩壞的原因。」

我們接受的教育告訴我們：派別之所以會形成，是為了解決具有缺陷的天性。大衛所描述的這些人（不管他們是誰），顯然也相信是有這些問題的。

我對於基因所知甚少，只限於看見基因由父母傳給子女，呈現在我和朋友的面貌上。我無法想像竟能單獨分離出謀殺、懦弱甚至虛偽的基因。這些東西太不具體，無法在人的身體裡找到確切位置，只不過我亦非科學家。

「顯然有好幾項因素決定了人格，包含一個人的教養和經驗。」大衛繼續說：「若是不看這個國家維持近一世紀的和平及繁榮，藉由更正基因來減低出現在群體中不受歡迎特質的風險，對我們的祖先似乎是有益的。換句話說，也就是對我們的人性進行編修。

「這便是基因操縱實驗產生的緣起。他們花了好幾代來證實各種基因操縱，但受測的人是根據他們的背景或行為，從數量龐大的一般大眾中選出來的。他們也被賦予權力，可以給未來的一代一些禮物，也就是基因上的修改，使他們的後代稍微強一點。」

我看看周圍的人。彼得的嘴因為感到受辱而噘起；迦勒一臉陰沉；卡拉的嘴張得開開，似乎飢渴著想要答案，欲從空氣中全數吞下；克莉絲汀娜一臉半信半疑，揚起一邊眉毛；托比亞則望著他的鞋子。

我覺得自己並沒有聽見什麼了不起的新知，跟派別產生的緣由一樣，只不過是讓人們去操縱基因，而非依照個性分出派別。這我了解，在某種程度上我甚至同意。只是我不知道這跟現在來到此處的我們有何關係。

「但是，當基因操縱開始生效，這項修改產生了災難性的後果。最後，這項實驗導致的不是被修正的基因，而是有缺陷的基因。」大衛說

他繼續說：「把一個人的恐懼、偏低的智商或虛偽的部分剝除……就等於拿走他們的同理心。把一個人的好勝心去除，就是把行事的動力或確立自我的能力去除。帶走自私，就帶走他們自我保護的能力。如果這樣去理解，我想你就能完全明白我的意思。」

在他講解時，我一一在腦中點名這些特質：恐懼、愚笨、虛偽、好勝心、自私。他是在說派別。而他說，每個派別在獲得這項特質時會失去一些東西，這也是真的：無畏派雖然勇敢，卻很殘酷；博學派聰明，但自負；友好派非常和平，也非常被動；直言派誠實，反而不考慮他

人；克己派無私，只是活得令人窒息。

「人性從不完美，然而基因改造讓人性比以往更糟。這在被我們稱為淨化之戰的戰役中已被證明。那是一場內戰，由這些有缺陷基因的人掀起，對抗政府和所有擁有純淨、無改造基因的人。淨化之戰造成美國本土前所未有的大規模破壞，幾乎削去了整個國家一半的人口。」

「影像準備好了。」控制室桌前的其中一個人說。

一張地圖出現在大衛頭上的銀幕，那是一個很陌生的形狀，所以我不確定那代表的是什麼。地圖上覆蓋著粉紅、紅色和暗紅色的光塊。

「這是我們在淨化之戰之前的國家。」大衛說：「而這是在那之後——」

光開始退去，那些方塊像水坑在太陽底下乾涸般縮小，於是我明白了，紅光代表人——人們消失了，他們的光漸漸熄滅。我瞪著螢幕，無法理解如此大量的傷亡。

大衛繼續說：「當戰爭終於結束後，眾人針對基因問題要求一個一勞永逸的解答，所以才會成立基因改造局。這裡配給了政府提供的科學知識，我們的前任設計了這些實驗，將人性復原到基因上而言最純淨的狀態。

「他們需要基因上有缺陷的個體出面，改造局才能修改他們的基因。改造局會將他們安置在安全的環境，處理好後送交當局，並配給基本版本的血清幫忙控制他們的社會。他們會等到一段時間過去——至少經過一個世代——當每個人都生產更多基因上已被療癒的人類，或是，你們所認知的……分歧者。」

自從多麗告訴我那個能代表我的字眼——分歧者——我就想知道那是什麼意思。我獲得了一個相當簡單的答案：「分歧者」代表我的基因已被治癒——純淨、完整。我應該要覺得一陣放鬆，畢竟我終於知道了答案。我只覺得不太對勁，有些什麼在心底蠢動。

我以為「分歧者」能解釋我的一切，或是我能成就的一切。也許我錯了。

在這被揭曉的祕密開始慢慢影響我的腦和心的同時，我開始覺得呼吸急促。大衛一面層層揭開這些謊言和祕密；我一面碰著胸口感覺心跳，想讓自己平靜下來。

「你們的城市是這項基因療癒的其中一個實驗，也是目前為止最成功的一個，那是因為行為修正的部分，也就是派別。」

大衛對我們微笑，似乎覺得我們應該為此驕傲，但我一點也不覺得。他們創造我們，形塑我們的世界，甚至告訴我們該相信什麼。

如果是由他們告訴我們該相信什麼，而不是我們自己想出來的，這還是真的嗎？我用力將手壓在胸口上。*別慌*。

「派別的來由，是我們的前任者想將某種『環境因素』條件加入實驗。他們發現，僅用基因修正並不足以改變人們的行為舉止。一個新的社會秩序，再結合基因修改，才是對因基因缺陷產生的行為問題最決定性，也最完整的解答。」

在他看著我們所有人時，微笑褪去。我不知道他還期待什麼？要我們也對他笑？

他繼續說：「派別制度隨後被帶入我們大部分的實驗，還有三個在施行。我們花了很長一段期間保護你們、觀察你們，從你們身上學習。」

卡拉用手順過頭髮，好像在檢查鬆脫的髮絲，但其實一根也沒有。她說：「所以，當艾迪絲・普里爾說我們應該要判斷分歧派所造成的影響，然後出來幫你們，那意思是……」

「『分歧派』是我們決定給那些基因已達要求標準的人的名稱。」大衛說：「我們想確認，你們城市的領導人認為他們是有價值的。只是，我們沒想到博學派的領導人會開始獵殺他們，或是克己派竟然告訴她他們的身分。跟艾迪絲・普里爾所言相反的是，我們並非真的希望你們帶一支分歧派的大軍來找我們。畢竟，我們並非**真的**需要你們的幫助，我們只是需要你們已治癒的基因，以傳到未來的世代。」

「所以，你的意思是，如果我們不是分歧者，就是有**缺陷**。」迦勒說，他的聲音在顫抖。我從沒想過會看到迦勒因為這種事情而幾近落淚，但他真的快要哭了。

別慌。我再次告訴自己，又深又慢地吸了另一口氣。

「沒錯，**基因上的**缺陷。」大衛說：「然而，我們很驚訝地發現，我們城市的行為修正實驗很成功，一直到最近都是。嚴格說來，它在行為問題上有很大幫助。尤其，這本是讓基因操縱在一開始出那麼大問題的原因。大致上，你無法從一個人的行為看出哪個人的基因有缺陷，哪個人已被治癒。」

「我很聰明。」迦勒說：「而你的意思是，因為我的祖先被修改得很聰明，所以身為他們的後代——也就是我——不可能非常有同情心。我，還有其他有基因缺陷的人，都因為這個原因而有其極限，但分歧者就不會。」

「唔。」大衛說，提起一邊肩膀。「你想想就會明白了。」

迦勒在這幾天中第一次看著我，我也瞪回去。這是迦勒背叛我的原因嗎？因為他基因有缺陷？像是無法治癒、無法控制的疾病？感覺不太像是這樣。

「基因不代表一切。」艾默說：「人，甚至是基因有缺陷的人，都能做出選擇。那才重要。」

我想到父親，博學派出身，不是分歧者。他別無選擇，天生就是那麼聰明，但他選了克己派，將一生奉獻在抵抗他的天性上，而且最終還是實現了目標。他是一個不斷與自己作戰的人，就像我不斷跟自己作戰一樣。

心裡的爭戰感覺不像是基因缺陷下的產物，感覺完全像是一般人類。

我看著托比亞，他完全虛脫無力、無精打采，一副快要昏倒的模樣。不是只有他是這個反應，克莉絲汀娜、彼得、尤里亞和迦勒都一臉震驚。卡拉用手指緊緊揪著襯衫邊緣，拇指不斷摩擦過布料，皺著眉。

「有很多要消化。」大衛說。

這麼說算是相當保守。

克莉絲汀娜在我身邊用鼻子哼了一聲。

「你們已經一整晚沒睡。」大衛說完，好像從未被打斷一樣。「我會帶你們去一個可以休息、吃點東西的地方。」

「等一下。」我說，我想起口袋裡的照片，還有柔依把照片給我時，為什麼會知道我的名字。我想起大衛所說，他們觀察我們，從我們身上學習。我想到那一整排黑暗、空無一物、就在我面前的螢幕。「你說你們在觀察我們，怎麼觀察？」

柔依噘起嘴脣，大衛向他身後其中一個在桌前的人點頭。突然之間，所有螢幕亮起，每一臺都顯示出不同鏡頭拍到的畫面。離我最近的畫面中，我看到無畏派總部、殘酷大賣場、千禧公園、漢考克大樓、活動中心。

「你們都知道無畏派用這些保全鏡頭監控整個城市。」大衛說：「我們也有權限能看到這些鏡頭。」

他們一直在觀察我們。

我考慮要離開。

我們走過安檢處，不管大衛要帶我們去什麼地方，總之就是跟著走。我思考著要再走過一次，拿起我的槍，從這個被他們監視的地方逃走。他們監視著我的小時候、我會走的第一步、我會說的第一句話、我上學第一天、我的第一個吻。

他們一直監視著：當彼得攻擊我時；當我的派別被實境模擬控制並變成一支軍隊時；當我父母死去時。

他們還看到了什麼？

唯一讓我沒有離開的原因就是口袋裡的照片。在找到為什麼他們認識母親之前，我不能逃離這些人。

大衛帶我們通過住所，到一個鋪著地毯的區域；裡面兩側有盆栽，壁紙老舊泛黃，從牆的一角剝落。我們跟著他進入一個大房間，天花板挑高，是木頭地板，還有發著橘黃光的燈。兩直排的床安置其中，旁邊放著我們帶來的行李箱，正對面是一扇有著雅緻窗簾的巨大窗戶。當我靠近窗時，看到窗戶的邊緣破損、老舊。

大衛告訴我們，住所的這一部分曾是旅館，以隧道和機場連接，這房間曾是舞廳。然而，這些字眼還是對我們毫無意義，但他似乎沒注意到。

「當然了，這只是暫時的住所。一旦你們決定了想怎麼做，我們會將你們安置他處，不管是在這裡還是其他地方。柔依會確保你們受到良好照顧。」他說：「我明天會再過來看看你們的狀況。」

我回頭看著托比亞，他正在窗前來來回回地踱步，咬著指甲。我從不知道他有這個習慣。也許他從沒有焦慮到會做出這個動作。

我可以留下來想辦法安撫他，但我需要跟母親有關的答案，而且我再也不想等了。我覺得托比亞和其他人一定能了解，於是跟著大衛走到走廊上，就在房間外頭，他靠在牆上搔著頸後。

「嗨。」我說：「我是翠絲。我想你認識我母親。」

他嚇到稍微驚跳一下，但還是對著我微笑。我交叉雙臂。就跟彼得在無畏派新生訓練時把我的毛巾扯掉的感覺一樣殘酷：我感到無處可躲、羞愧不已、滿心憤怒。也許這樣針對大衛不甚公平，但我忍不住。他是這個地方——這個改造局——的領導人

「是，當然。」他說：「我認得妳。」

從哪裡？那個捕捉我一舉一動的可怕鏡頭嗎？我交叉在胸前的手臂收得更緊。

「是。」我頓了一下，然後說：「我要知道跟我母親有關的事。柔依給了我她的照片。照

片裡，你就站在她身邊，所以我想你應該能幫上點忙。」

「啊。」他說：「我可以看看那張照片嗎？」

我從口袋拿出照片給他，他用指尖撫順它，在看的時候，臉上露出一種異樣的微笑，好像在用眼神撫摸著它。我將重心從一腳移到另一腳。我覺得自己好像不慎闖入一個相當私人的時刻。

「在她成為母親之前，」他說：「她曾經回來找過我們一次。我們就是在那時候拍了這張照片。」

「回來找你們？」我說：「她曾是你們的一員？」

「是的。」大衛言簡意賅地說，一副這個字眼並不會改變我的整個世界似的。「她來自此處。我們在她年紀還輕時就將她送入城市，以解決實驗中的問題。」

「所以她知道。」我說，聲音顫抖，但我不了解原因。「她知道這個地方，還有圍欄外面有什麼。」

大衛看起來很困惑，濃密的眉毛皺起。「唔，這是當然。」

顫抖感開始移向我的手臂和手，最後整個身體都開始狂顫，好像正抗拒著我剛吞下的某種毒藥，而這毒藥就是知識——對這個地方的認知、這些螢幕，還有所有我將生活建於其上的謊言。「她知道你們在觀察我們的一舉一動……看著她死去，看著我父親死去，還看著所有人互相殘殺！你們有派人進來幫她或我嗎？沒有！沒有，你們只會記錄。」

「翠絲……」

他想靠近我，但我把他的手推開。「不准這樣叫我。你根本不該知道這名字。你對我們一無所知。」

我發抖著走回房間。

回到房裡，其他人都已挑好床位，把東西放下。這裡只有我們，沒有外來者。我靠在門邊的牆上，將手掌往褲子上抹，把汗擦掉。

似乎沒有人適應得好。彼得面向牆躺著；尤里亞和克莉絲汀娜肩並肩坐，低聲交談；迦勒用指尖按摩著太陽穴；托比亞還在踱步咬指甲；卡拉自己一個人，不斷用手抹著臉。這是我認識她後第一次見她那麼沮喪，那副博學派的盔甲已然消失。

我在她對面坐下。「妳看起來狀態不佳。」

她的頭髮一向都很平順地綁成一個完美的髮髻，現在則是亂七八糟。她怒視著我。「妳人還真好。」

「抱歉。」我說：「我不是那個意思。」

「我知道。」她嘆了口氣。「我……我是博學派的。妳懂的。」

我微笑了一下。「是，我懂。」

「不。」卡拉搖著頭。「那是我唯一的身分——博學派。現在，他們告訴我那是某種基因缺陷的結果……而派別只是一種精神上的牢籠，好讓我們受到管控。就跟伊芙琳．強森和無派別的人講的一樣。」她停頓一下。「那為什麼要組織赤誠者？為什麼還要來這裡？」

我不知道卡拉對於身為一名赤誠者這個想法有多重視，對派別系統有多忠誠，或對我們的創建者有多效忠。對我而言，那只是暫時的身分，只因為它有足夠的力量讓我離開城市。可是對她來說，那分忠誠必定更深。

「能來到這裡還是很好。」我說：「我們找到了真相，難道這對妳而言沒有價值嗎？」

「當然有。」卡拉溫和地說：「這代表我必須為自己找另一個代名詞。」

在母親死後，我緊緊抓住我分歧派的身分，好像那是一雙伸出來拯救我的手。當身邊的一切都分崩離析時，我需要那個詞彙來告訴自己我是誰。但現在，我思考著自己是否還需要它。還有，我們自始至終是否真的需要這些代名詞：「無畏派」、「博學派」、「分歧者」、「赤誠者」。也許，我們可以簡簡單單，就是朋友、愛人或手足，不是由我們做的決定來定義，而是由愛或忠誠來牽絆我們。

「最好去看看他的狀況。」卡拉說，向托比亞點點頭。

「也是。」我說。

我越過房間，站在窗戶前，望著我們能看到的部分住所，卻只看到更多的玻璃和鋼鐵，道路、草地和圍欄。當他看見我，便停下踱步，過來站在我旁邊。

「你還好嗎？」我對他說。

「還好。」他坐上窗臺，面朝著我，我們兩人視線平高。「不，我其實不好。我只是在想著這些派別，這一切是如此無意義。」

他揉著頸後。我猜想著他是否想到了他背後那些刺青。

「我們將所有的一切全投入其中。」他說：「所有的所有。即使我們沒有意識到自己這麼做。」

「你就在想這些？」我揚起眉毛。「托比亞，他們在監視我們。那裡發生的每件事，我們做的每件事。他們完全不介入，就這樣持續不斷侵犯我們的隱私。」

他用手指揉著太陽穴。「我猜那可能不是讓我困擾的事。」

我一定是無意識地給了他一個懷疑的眼神，因為他搖了搖頭。「翠絲，我在無畏派的控制室工作，到處都有鏡頭，隨時都有。我試圖要警告妳，那些人會在新生訓練時時觀察妳，忘了嗎？」

我記得他的眼神移向天花板角落，他隱晦的警告從齒縫間細聲吐出。我從沒意識到他是在講鏡頭——我真的從未想過。

「那曾經讓我很困擾。」他說：「但我很久以前就熬過來了。我們一直以為只能靠自己，現在證明，這的確是對的——他們讓我們自生自滅。就是那樣。」

「我想我無法接受。」我說：「如果看到有人陷入麻煩，就該伸出援手。不管是不是實驗。還有……老天。」我縮了一下。「他們看到了一切。」

他對我微笑了一下。

「幹嘛？」我逼問。

「只是想到了他們看到的一些事。」他說，並把手放在我腰上。我瞪著他好一會兒，但沒有忍太久，因為他一直咧嘴對著我笑。而我知道，他這麼做是要讓我覺得好過些。我笑了一下。

我坐在他身邊的窗臺，手壓在腿和木頭之間。「你知道嗎，改造局建立派別的方式跟我們想的其實差不多：很久以前，某群人認為派別系統是最好的生活方式，或者說想讓人們盡可能過著最好的人生。」

他一開始沒有反應，只是咬著嘴脣內側，看著我們並著踩在地上的腳。我的腳趾只微微掠過地面，其實搆不太到。

「是有點幫助。」他說：「只不過仍有太多謊言，很難分清楚何為真，何為現實，什麼又真正重要。」

我握著他的手，手指與他交纏。他的前額抵著我的。

出於習慣，我發現自己想著：*感謝老天*。隨後，我便了解他在考慮什麼。萬一我父母的神與信仰體系，只是一堆科學家捏造出來，讓我們乖乖受控的說詞該怎麼辦？不只是他們相信的神與外面的一切，還有是關於對與錯，關於無私無我的信念？只因我們明白了我們的世界是怎麼被建造出來的，這些是否都會因此改變？

我不知道。

這個想法令我不安。所以我吻他吻得很慢，這樣才能感受著他脣上的暖意，以及當我們分開時，他的氣息帶來那溫和的壓迫感。

「到底為什麼。」我說：「為什麼每次我們都會被一堆人包圍？」

「我不知道。」他說：「也許是因為我們太蠢。」

我笑了。能驅走我體內不斷增長的黑暗的，是這個笑聲，並非光亮。這也提醒了我，即使我知道的每件事情都分崩離析，但我還活得好好的。我也知道我不孤單——我有朋友，我有感情生活。我知道自己來自何處，我知道我不想死，對我而言，這就代表了些什麼，這比好幾週前我能說出來的更多。

那晚，我們將床拉得稍微近一些，在入睡之前深深望進彼此的眼睛。當我們終於沉沉睡去，手指仍在兩張床之間相互交纏。

我微笑了一下，也讓自己放鬆。

16 托比亞

睡著的時候，太陽還沒完全下山，但我在幾小時後又醒來。時值午夜，我的心思轉個不停，無法休息，腦中擠滿各種想法、問題和疑惑。翠絲稍早前鬆了手，她的手指正微微掠過地面。她伸展著身體睡在床墊上，頭髮蓋住眼睛。

我穿上鞋子，走到走廊上，鞋帶拖在地毯。我太熟悉無畏派的住所，所以不太習慣腳下會發出咯吱聲的木頭地板。我所習慣的是石頭發出的刮擦聲和回音，以及峽谷裡的泉水發出的吼聲和脈動。

在新生訓練一週後，艾默擔心我會變得越來越孤立與胡思亂想，便找我加入年紀較大的無畏派成員玩的試膽遊戲。我的試膽是到大坑刺了我第一個刺青——一塊無畏派的火焰覆蓋在胸口。那實在很痛，不過我細細地品嘗了每一秒鐘。

我走到這條走道的最末，發現自己身處一個中庭，被溼土的氣味環繞。各處都有植物和樹浮在水中，就跟友好派的溫室一樣。在這空間的中央有一棵樹，種在一個巨大的水缸裡，高高浮在地面之上，如此我便能看到底下是如何盤根錯節。那模樣十分奇特，就像人類的神經。

「你的警覺心沒有以前那麼高了。」艾默在我身後說：「我跟著你一路走到住所大廳來。」

「你想怎樣？」我用指節敲敲水缸，讓裡面的水發出小小漣漪。

「我想你可能想要個解釋，關於我為什麼沒死之類的。」他說。

「我是想過。」我說：「他們從不讓我看你的屍體。如果沒有看到屍體，要假死不難。」

「你好像已經都弄清楚了。」艾默將手一拍闔起。「那好吧，我先走了。如果你一點都不好奇……」

我交叉雙臂。

艾默一手順過他用一條橡皮筋往後綁起的黑髮。「他們假造我的死訊，是因為我是分歧者。那時珍寧已經開始殘殺分歧派。他們想在她之前能救多少就救多少，但你也知道，這很棘手，因為她一向能早其他人一步。」

「還有其他人？」我說。

「一些而已。」他說。

「有任何姓普里爾的嗎？」

艾默搖搖頭。「沒有。很不幸，娜塔莉．普里爾真的死了。她就是幫我逃出來的人，她也幫了其他人……有個喬治．吳。認識他嗎？他正在值班，不然也會跟我一起來接你。他的姐姐還在那城市裡。」

這個名字揪著我的胃。

「老天。」我說，我靠向水缸壁。

「怎麼了？你認識他？」

我搖搖頭。

我無法想像，距離多麗死亡和我們抵達這裡只有幾小時之隔。就普通的一天而言，幾小時可能會長得讓人不斷看手錶，虛度這些時間。但昨天，只不過幾個小時，就已在多麗和她弟弟之間設下一個無法跨越的障壁。

「多麗就是他姐姐。」我說：「她本來想跟我們一起離開城市。」

「本來想。」艾默重複著說：「啊，這，這實在是……」

我們兩人都安靜了片刻。喬治再也無法和他姐姐重逢；她到死前都以為他被珍寧殺害。我實在不知道該說什麼，至少，沒有什麼值得一提。

現在，我們的眼睛已經適應了光，我能看見此處的植物只是因為美觀就被種在這，而非實用性：花朵、常春藤，還有一團團紫色和紅色的葉子。我唯一看過的花是野花，或是在友好派果園看到的蘋果花。比起那些，這些花看起來更鋪張、明豔且複雜，花瓣層層相疊。不管這是個什麼樣的地方，一定無須跟我們的城市一樣務實。

「那個找到你屍體的女人。」我說：「她……說了謊嗎？」

「不斷說謊的人沒有辦法被信任。」他表情怪異地挑挑眉毛。「從沒想過我竟然會講出這種話。總之那是真的。她是被重置，記憶被修改，其中包含我跳下派爾大樓。那個偽造的屍體其實不是我。不過當時狀況實在一團亂，因此沒人注意。」

「她被重置。你的意思是，用克己派的血清重置。」

「我們稱之為『記憶血清』，畢竟在技術上那不全然屬於克己派。但沒錯，就是那個。」

我之前曾對他感到憤怒。我不是很確定為什麼。我會這麼生氣，也許只是因為這世界變成一個如此複雜的地方，而我連一點與其相關的真相都不知道。也或者，是因為我讓自己為了一個並沒有死去的人哀悼，就如同我為母親哀悼多年，真心以為她已死去一樣。用這種方式讓別人陷入悲痛，是身為一個人能做出最殘酷的事。我就這樣被耍了兩次。

但在我看著他時，憤怒又如潮起潮落般漸漸退去。站在那裡的那名令我氣憤的男子，是我新生訓練的指導員兼摯友，他是那樣生龍活虎。

我笑開來。

「所以你還活著。」我說。

「最重要的是。」他說，指著我。「你已經不再心煩意亂。」

他拉著我的手臂，拉我過去擁抱，用另一隻手拍著我的背。我嘗試要回應他的熱情，但動作不是很自然。當我們分開，我覺得臉很熱。從他爆出笑聲的方式判斷，我大概是滿臉通紅。

「一日殭屍人，終生殭屍人。」他說。

「隨你說。」我說：「那，你喜歡這裡嗎？」

艾默聳聳肩。「其實我沒什麼選擇，不過我覺得還可以。我在保全那裡工作，這完全沒問題。畢竟那是我受過的訓練。我們會很樂意找你加入，不過對你可能是大材小用。」

「我還沒有決定好是否要留在這裡。」我說：「但還是謝了。」

「外面也沒有好到哪裡去。」他說：「所有的都市——那是這國家大多人生活的地方，位於那幅員廣大的城市區域裡，就跟我們的城市一樣——都又髒又危險，除非你認識對的人。這裡至少有乾淨的水和食物，也很安全。」

我不自在地換了重心。我不想去思考留在這裡，把這地方當成家這件事。我已經被自己的失望給困住了。當我想像自己逃離父母，以及他們帶給我所有不好回憶時，那分想像與現在的情況截然不同。只不過，難得看見到朋友回到身邊，我不願打擾跟艾默重聚的這分寧靜。

我只說：「我會認真考慮。」

「聽著，還有些事情你要知道。」

「還有什麼?更多人復活了嗎?」

「如果我其實沒有死，就不太算是復活，不是嗎?」艾默搖搖頭。「不是，是關於城市。今天有人在控制室聽到，馬可斯的審判訂在明天早上。」

我能了解，此事終將來臨——我知道伊芙琳會把他留到最後，她會品嘗著每一刻——看著他在吐實血清下掙扎蠕動，好像他是她最後一餐似的。我只是不知道，如果我想要就能親眼目睹。我終於能從他們身旁獲得自由。永永遠遠。

「喔。」但我只這麼說。

稍晚，在我走回宿舍爬回床上時，還是覺得麻木且困惑。我不知道自己會怎麼做。

17 翠絲

我在太陽升起沒多久前起來。各張床上無人翻動。托比亞的手臂彎起，壓在眼睛上，但鞋子是穿上的，似乎半夜有起來四處走動。克莉絲汀娜的頭深深埋在枕頭裡。我躺了幾分鐘，找出天花板圖案的規律，然後把鞋穿上，手指順過頭髮，壓平它。

住所的走廊空盪盪，除了幾名士兵外什麼也沒有。我猜他們是剛結束夜間巡邏，因為他們要不是彎身對著螢幕，下巴支在手上，就是頂著掃帚，好像忘了怎麼掃地似的。我把手放進口袋，跟著指示走到入口。我想好好看一下昨天看到的雕塑。

不管是誰建造這個地方，一定很喜歡光線。每條走道的天花板彎曲處都有玻璃，比較矮的牆也有整排玻璃。即使是現在，不過接近天明時分，都有足夠的陽光照進來。

我檢查了一下後口袋，有著柔依在昨晚晚餐時交給我的身分識別證，然後一手拿著通過安檢處。隨後，我便看到那座雕塑在我們昨天通過的門另一端的好幾碼遠處。它灰暗、巨大、神祕，像一個有生命的物體。

那是非常龐大的一塊深色石頭。方形、表面粗糙，像峽谷底部的石頭。一道很大的裂縫開在中間，還有一層層顏色較淺的石頭在靠近邊緣處。懸在石塊上方的是一個大小面積相同的玻璃缸，裡面裝滿水。一盞燈置於水缸中央上方，光照透過水，隨水波折射。我聽到微弱的聲響，一滴水落在石頭上，是從水缸中間接出來的小管子滴下的。起先我以為水缸在漏水，但另一滴又落下，然後第三滴、第四滴，間隔相同。有幾滴匯集在一起，旋即消失在石頭上的窄渠裡面。這應該是刻意的。

「嗨。」柔依站在雕塑的另一邊。「抱歉，我本來要去宿舍找妳，但我已經看到妳往這邊過來，還以為妳迷路了。」

「我沒有迷路。」我說：「我本來就打算來這裡。」

「啊。」她站在我身邊，交叉雙臂。她跟我差不多高，因為站得比較挺，所以看起來比較高。「這東西滿奇特的，是吧。」

她說話的時候，我看著她臉上的雀斑，那班點猶如透過濃密樹蔭的陽光。

「這代表任何意義嗎？」

「這是基因改造局的象徵。」她說：「那塊石頭代表我們面對的問題。水缸是我們改變問題的能力。滴下來的水是我們在有限時間中實際能做的。」

我忍不住笑了。「並不是很激勵人，不是嗎？」

她微笑。「那也是一種觀點，我倒是會從另一個角度來看，也就是，如果我們持續得夠久，每一小滴水經過時間流逝，就能永遠改變石頭，而且不會復原。」

她指給我看石塊中心，那裡有一個小小的印記，一個淺淺的碗狀凹痕陷進石頭裡。

「比如說那個，在一開始設置時還不存在。」

我點點頭，看著下一滴水落下。即使我對改造局和裡面的人還深感懷疑，還是能感覺到這座雕塑的寧靜力量逐漸影響著我。這是個很實際的象徵，傳遞出某種耐性，讓這裡的人留得更久、持續觀察、持續等待。但我還是要問。

「一次把水缸裡所有的水全釋放出來不會更有效嗎？」我想像著水波撞擊在岩石上，奔流到磁磚地板，匯積在我鞋邊。一次做一點點，最終是可以把事情修正得宜，但我覺得，如果認為某樣東西真的是問題，就該孤注一擲，怎麼可能忍得住呢？

「只有短暫的效用。」她說：「但在那之後，我們就不會剩下任何一滴水可以做其他的事了。基因缺陷不是那種可以用一次大改變來解決的問題。」

「我了解。」我說：「我只是在想，明明可以走大步一點，這樣消極地一次走一小步真的好嗎？」

「怎麼說？」

我聳聳肩。「我想我自己也還不清楚，但值得深思。」

「的確。」

「所以……妳說妳剛剛在找我。」我說：「為什麼？」

「喔！」柔依碰了一下額頭。「我都忘了。大衛要我找妳，帶妳到實驗室，有屬於妳母親的東西要給妳。」

「我母親？」我聲音像被哽住，音量也大。她帶著我走離雕塑，再次朝著安檢處去。

「先警告妳。大家可能會盯著妳看。」柔依在我們走過安全掃描器時說。比起稍早，現在前方走廊有更多人，應該是到了他們要工作的時間。「妳的長相在這裡為眾人所熟悉。改造局裡的人很常看著螢幕，過去幾個月，妳涉入許多很有意思的事件。許多年輕人認為妳是個不折不扣的大英雄。」

「那很好啊。」我說，嘴裡有種酸酸的味道。「我全心全意要當英雄，而不是……怎說呢，想辦法不要掛掉。」

柔依停下腳步。「我很抱歉，我不是要將妳所經歷的一切這樣輕描淡寫地講過去。」

對於所有人都在觀察著我們這件事，我還是覺得不太自在。我似乎必須把自己蓋起來，或是藏在一個他們再也看不到我的地方。只是柔依也無能為力，所以我什麼也沒說。

大多走在走廊上的人都穿著程度各異的制服：有的是深藍色或暗綠色；有的人穿著沒扣上的夾克與連身衣或運動衫，露出各色T恤，有些還繪有圖案。

「這些制服的顏色沒有什麼意義嗎？」我問柔依。

「其實是有的。深藍色代表科學家或研究員，綠色代表支援人員——他們從事維護、保養之類的。」

「所以他們就像是無派別者？」

「不是。」她說：「不是的。那個功能在這裡並不一樣。每個人都盡其所能支援這項計畫，每個人都有其價值和重要性。」

如她所言，每個人都看著我。大部分人只是看我看得稍微久一點，但有些時候，有人甚至喊出我的名字，好像那屬於他們似的。這讓我覺得自己被箝制，無法隨心所欲行動。

「很多支援人員本來是在印第安那波利斯[3]的實驗中；那是另一個城市，離這裡不遠。」

柔依說：「對他們而言，跟妳比起來，他們在調適上會比較容易——印地安那波利斯沒有你們城市那樣的行為修正條件。」

她暫停一下，接著說：「也就是派別。在好幾代之後，你們的城市沒有分崩離析，但其他城市卻整個崩壞，之後改造局就在新的城市裡實行了派別這項條件。聖路易斯、底特律、明尼亞波利斯所使用的是相較於印地安那波利斯實驗更新的控制組。改造局一向是在中西部進行實驗，因為那城市區域有更多空間。往東的地方什麼都擠在一起。」

「所以在印地安那波利斯，你們就……改正他們的基因，然後把他們丟在城市某處？沒有派別？」

「他們有複雜的法律系統，但……沒錯，大概就是如此。」

「然後狀況進行得不是很順利？」

「沒錯。」她噘起嘴。「基因缺陷的人受生理上的困境所制約，而且沒有被指導該如何以不一樣的方式生活，可是派別就會教導這些事。因此，他們會變得具有毀滅性。那項實驗很快就失敗——大概在三代之內。芝加哥，也就是你們的城市，以及其他有派別的城市就撐得久很多。」

芝加哥。這個對我來說一直都只是家的地方，突然有了名字，感覺真是奇怪。這使得這個

---

3 Indianapolis。美國印地安那州首府。

城市在我心裡縮小許多。

「所以你們已經這麼做很久了。」我說。

「沒錯，很久了。因為我們工作方式和工作內容的專注性，還有相對荒涼的位置，所以改造局跟其他的政府機關不一樣。我們只能把知識和目的傳給我們的孩子，而不是靠著任命或招募新人。我這輩子都為了從事現在做的事受訓練。」

透過夠多的窗戶，我看到一輛奇怪的車輛——形狀像鳥，有兩對翅膀結構和尖尖的鼻子；但它有輪子，像車一樣。

「那就是用來做空中旅行的嗎？」我說，指著那東西。

「沒錯。」她微笑。「這是一架飛機。也許未來可以讓你們坐坐其中一架。如果對你們這些無畏派而言不會太恐怖的話。」

我沒有對她玩弄文字的行為做出回應。我還不太能忘卻她一眼就認出我的方式。

大衛站在前面的某一扇門附近，等看到我們時，他舉起手揮著。

「嗨，翠絲。」他說：「柔依，謝謝妳帶她過來。」

「長官，別客氣。」柔依說：「我就先離開了，還有很多事要做。」

她對我微笑後就走開了。我其實不希望她離開。現在她走了，我被留在這裡，跟大衛在一起。我回想著自己昨天是如何對他大吼大叫，但他什麼也沒說，只是將身分識別證在門上掃瞄了一下，打開門。

裡面是一間沒有窗戶的辦公室。有一名年紀跟托比亞差不多的年輕人坐在一張桌子前面，房間另一邊的那張桌前沒有人。我們進去時，年輕人抬頭看了一下，在他的電腦螢幕上點了某樣東西，然後站起來。

「長官好。」他說：「有什麼要為您效勞的嗎？」

「馬修，你的上司呢？」大衛說。

「他在為餐廳採集食物。」馬修說。

「好，那也許可以由你幫我。我要把娜塔莉．萊特的檔案載到隨身螢幕上。你可以做到嗎？」

萊特？我思考著。那是母親本來的姓嗎？

「當然。」馬修說，他再次坐下，在電腦上打了一些東西，然後叫出一大堆文件，但我站得不夠近，看不清楚。「好了，現在只剩傳輸。」

「妳一定是娜塔莉的女兒碧翠絲。」他把下巴支在手上，一臉批判地打量著我。他的眼睛顏色很深，幾乎是黑色，而且稍微往邊緣傾斜。看到我，他似乎並不特別激賞或驚訝。「妳跟她長得不是很像。」

「是翠絲。」我像反射動作似的說出口，當發現他不知道我的別稱時，反而讓我覺得自在。那必定表示他沒有花許多時間瞪著螢幕，並把我們在城市裡的生活當作娛樂。「喔對，我知道不像。」

大衛拉了一把椅子過來，它在磁磚上發出刺耳的聲音，他拍拍椅子。

「坐吧。我會給妳一個平板螢幕，上面有娜塔莉所有的檔案，這樣妳跟妳哥哥就可以自己閱讀那些資料。但在資料下載時，我也可以跟妳說個故事。」

我坐在椅子邊緣；他坐在馬修主管的那張桌子後，將剩下一半咖啡的杯子在金屬面上轉著圈。

「我這麼開始吧，妳母親是一項了不起的發現。我們可說是意外地在有缺陷的世界裡定位到她，她的基因可稱完美。」大衛臉上滿是笑意。「我們把她從不太好的狀況下帶離到這裡。她在這裡生活幾年，隨後，我們就遭遇到你們城牆裡面發生的危機。她自願被置入其中，以解決問題。我想，妳應該很清楚那起危機。」

有好幾秒鐘，我除了對他眨眼外不知該怎麼回應。我的母親是從這個地方的外面來的？是哪裡？

這個訊息再次打擊了我。所以說，她曾走過這些走道，在控制室裡的螢幕上看著這個城市。她曾坐在其中一張椅子上嗎？她的腳曾經踏過這些磁磚嗎？突然之間，我覺得到處都有母親所留下但看不見的痕跡：每座牆上、每個門把，以及每根柱子。

我緊抓住座位邊緣，努力要釐清思緒，才有辦法問出問題。

「不，我不知道。」我說：「什麼危機？」

「當然是博學派的代表開始殺害分歧者這件事。」他說：「他的名字叫諾……諾曼？」

「諾頓。」馬修說：「珍寧的前任。他似乎在他心臟病發之前把殺害分歧者的想法灌輸給她。」

「謝謝。總之，我們將娜塔莉送進去調查裡面的情況，並想辦法阻止傷亡。當然，我們從沒預設她會在裡面待這麼久，不過她非常能幹。我們沒想過要在裡面安插一個人，但她有能力進行很多對我們來說效益超乎衡量的事。同時，她也為她自己創造了一個人生，包含妳在內。」

我皺眉。「可是分歧者在我還是新生時，依舊持續被殺害啊。」

「妳只知道那些死亡的，」大衛說：「卻不知道那些沒死掉的。有許多人都在這，在這個住所裡面。我想妳先前已經見過艾默了吧？他就是其中一人。那些被拯救的分歧者必須與你們的實驗保持一些距離。看著他們曾經認識且深愛的人日復一日地過著生活，太過痛苦，所以他們接受訓練，融入改造局外的生活。但沒錯，妳的母親做出許多意義重大的事。」

她也說了一些謊，還有少之又少的真話。我猜想著父親是否知道她的真實身分，還有她到底是從哪裡來。畢竟他曾是克己派領導人，同時也是真相守護者的其中之一。我有一種突如其來且驚恐的想法：萬一她只是必須如此才嫁給他，那該怎麼辦？這會否只是在這城市中的部分任務？萬一這整段關係都只是一樁騙局呢？

「所以她不真的是無畏派出身。」我一面理清這些謊言，一面說。

「在她一開始進入城市時，是以無畏派的身分。因為她已經有了刺青，這樣會很難對本地人解釋。當時她才十六歲，但我們謊稱她十五歲，這樣她可能會有多一點時間調適。我們的意圖是希望她……」他提起一邊肩膀。「怎麼說呢，妳可以閱讀一下她的資料。我不能去批判一個十六歲孩子眼中的世界。」

跟著他的話，馬修把桌子抽屜打開，拿出一片小小扁平的玻璃。他用一指輕點，上面便出現一個影像。那是他剛剛在電腦上打開的其中一份文件，他把那片平板拿給我。這東西比我預期得還要耐用，又硬又堅固。

「別擔心，基本上這東西堅不可摧。」大衛說：「我想妳應該很想回到朋友身邊去。馬修，你可以陪普里爾小姐走回旅館嗎？我要處理一些事。」

「我可以說不嗎？」馬修說，然後眨了一下眼。「開玩笑的。長官，我會帶她回去。」

「謝謝。」在大衛走出去前，我對他說。

「別客氣。」他說：「如果妳還有任何問題，就跟我說。」

「要走了嗎？」馬修說。

他很高，可能跟迦勒差不多，黑色頭髮很有技巧地在前方弄得蓬亂，好像花了很多時間弄得像是剛起床的模樣。在他深藍色制服底下穿著素色黑T恤，脖子上繞了一條黑色帶子。他吞口水時總在喉結附近移來移去。

我跟他一起走出這個小辦公室，再次回到走廊上。原本在這裡的人群變得稀疏，大概是去工作或吃早餐了。這些人的整個人生就在這裡——吃睡、工作、養育小孩、組成家庭，然後死去。這便是母親曾稱之為家的地方。

「我還在猜妳什麼時候會大失控。」他說：「畢竟妳是在瞬間得知這一切。」

「我沒有要失控。」我說，起了防衛心。**我已經失控過了**。我想著。但沒打算要承認。

馬修聳聳肩。「我就會。但沒差啦。」

我從前頭上方看見一個寫著**旅館入口**的標誌。我把平板螢幕抱在胸前，等不及要回到宿舍跟托比亞講母親的事。

「聽著，我上司跟我的工作之一就是基因測試。」馬修說：「我在想，妳跟另外那個人——馬可斯．伊頓的兒子？會不會介意讓我測試一下你們的基因？」

「為什麼？」

「好奇。」他聳聳肩。「我們一直沒機會測試實驗中這麼近世代的人的基因。就你們在特定事物上表現出來的行為來看，妳跟托比亞似乎……不太一樣。」

我揚起眉毛。

「比如說妳，展現出超強的血清抵抗力，可是大部分的分歧者沒辦法像妳這麼能抵抗血清。」馬修說：「而托比亞可以抵抗實境模擬，但他沒有表現出我們預期中分歧者會有的人格特質。我可以稍後再跟妳解釋更多細節。」

我遲疑了一下，不是很確定是不是想看自己或托比亞的基因，甚至拿來做比較。只是馬修的表情似乎求知若渴，像個孩子，而我對好奇心知之甚詳。

「我會問問他有沒有興趣。」我說：「但我倒是很願意。什麼時候？」

「今天早上可以嗎？」他說：「我可以在一個小時後過去接妳，或再晚一點。反正沒有我帶妳也沒辦法進實驗室。」

我點點頭，突然對於能得知自己的基因覺得有點興奮，就跟要讀母親的日記感覺一樣：我將能獲得與她有關的零散碎片。

18 托比亞

這感覺實在很奇異：在一大早，看著你不是很熟的人一臉睡眼惺忪，枕頭的痕跡印在臉頰上。我發現克莉絲汀娜在早上時心情會很好；彼得的頭髮壓得十分扁平地醒來；卡拉只能用一連串的呼嚕呢喃跟人溝通，然後一寸寸龜速往咖啡方向移動。

我做的第一件事是洗澡，然後換上他們給我們的衣服，這衣服跟我習慣穿的沒什麼不同，只不過所有的顏色都混在一起。顏色對這裡的人似乎不代表任何意義，也許他們真是如此。我穿著一件黑色襯衫和藍色牛仔褲，並試著說服自己要平常心以對。沒什麼奇怪，我會適應。

父親的審判就是今天，我還沒決定到底要不要看。

當我回來時，翠絲已經換好衣服，棲在其中一張床的邊緣，好像已經準備好，隨時隨地都能一躍而起。就像伊芙琳一樣。

我從有人幫我們帶來、放在托盤上的早餐中拿起一個鬆餅，坐在她對面。「早安。妳起得好早。」

「對啊。」她說，把腳往前卡到我兩腳之間。「今天早上，柔依在大雕像那邊遇到我。大衛有些東西要給我看。」她把放在身邊床上的玻璃螢幕拿起來。在她碰觸那東西時，那玩意發出亮光，顯示出一份文件。「這是我母親的檔案。她寫了日記。就目測推斷，內容不多，但至少是有的。」她不太自在地動著。「我到現在都還沒看。」

「那，」我說：「為什麼妳還沒看？」

「我也不知道。」她把那東西放下，螢幕便自動關掉。「我想我是有點害怕。」

就各種意義方面，克己派的孩子對他們的父母所知甚少。因為克己派的父母從不像其他家長，會在小孩長到特定年紀時對他們的孩子展露自我。他們會把自己包在灰色衣袍的盔甲和無私行為底下，說服他人分享就是一種自我放縱。這不只代表翠絲母親的一部分重新被尋回，而是翠絲絕無僅有的機會，能窺見娜塔莉·普里爾最真實的一面。

然後，我便了解她為什麼像抱著某個被施了咒、隨時會消失的物品一樣，還有她為什麼會想先維持這樣未知的狀態一陣子。一如我面對父親審判，一切都因為這將揭露一些她不想知道的事情。

我順著她的眼神越過房間，看向迦勒坐的地方，他正嚼著一口麥片，愁眉苦臉，像個不開心的小孩。

「妳會拿給他看嗎？」我說。

她沒回應。

「一般來說，我不會建議妳給他任何東西。」我說：「但在這個情況下……這不是只屬於妳一人。」

「我知道。」她說，言簡意賅。「我當然會給他看。我只想要先跟它獨處一下。」

我沒話可說。我的大半人生都花在保守祕密上，只在腦中不斷翻轉思索。想與人分享事情是前所未有的感受，想藏起來的衝動則像呼吸一樣自然。
她嘆了口氣，從我手裡剝下一塊鬆餅。在她手離開時我彈了一下她的手指。「嘿，在妳右邊不過五尺遠的地方還有很多。」
「那你就不用因為少了一點點而發愁。」她說，咧開嘴笑。
「也是。」
她抓著我襯衫前方，把我拉向她，然後親吻我。我的手捧著她下巴，在我回吻時穩住她。我發現她又偷捏了另一塊鬆餅，便抽身盯著她看。
「說真的。」我說：「我可以從桌上幫妳拿一個，只要花一秒鐘。」
她咧嘴笑。「我有件事想要問你。你早上有沒有興趣去做個小小的基因測試？」
「小小的基因測試」這個詞讓我覺得矛盾至極。
「為什麼？」我說。要求看我的基因，就像要求我脫光衣服一樣。
「唔，我碰到一個人──他叫馬修──他在這裡其中一間實驗室工作。他說他們很有興趣研究一下我們的遺傳物質。」她說：「他也特別問起你，因為你的情況有點反常。」
「反常？」
「你明顯展現出一些分歧派的個性特質，但也有一些沒展現出來。」她說：「我不知道。他只是很好奇。你不一定要這麼做。」
我腦袋周遭的氛圍似乎變暖、變凝重。為了減輕不舒服的感覺，我碰了碰頸後，刮著髮際線的位置。

可能在下一小時，或稍晚一些，馬可斯和伊芙琳就會出現在螢幕上。突然之間，我明白自己其實無法親眼目睹。

因此，即使我不是很想讓陌生人檢驗組成我這個人的拼圖碎片，我卻說：「沒問題，我去。」

「太好了。」她說，又吃了一小塊我的鬆餅，一綹頭髮落進眼中，在她還沒注意到時，我已幫她拂開。她用自己的手蓋住我的。她的手又溫暖、又強壯。她嘴角微揚地笑著。

門打開，進來一名眼睛的角度稍微上斜，有著黑色頭髮的年輕人。我立刻認出他是喬治．吳，多麗的弟弟。她總是稱他「小喬」。

他露出了一個有些輕率的微笑，我立刻有一股想退後的衝動，想與他將要承受的悲痛隔出距離。

「我剛回來。」他說，上氣不接下氣。「他們說我姐姐跟你們一起出發，然後——」

翠絲和我交換了一個不安的眼神。我們周遭的人都在注意到門邊的喬治後陷入沉默。就跟在克己派的喪禮上感覺到的一樣。即使是彼得。就我所知，他是個以他人痛苦為樂的人，連他都一臉不知所措，不斷把手放在腰間又插到口袋，重複這些動作。

「那……」喬治又開口。「你們為什麼要那樣看我？」

卡拉上前一步，就要揭露這壞消息，不過我無法想像她能好好地講，所以我站起來，蓋過她的聲音。

「你姐姐的確跟我們一起離開。」我說：「可是我們被無派別者攻擊，她……她沒撐過去。」

在這句話中還有千言萬語沒表達：那個瞬間有多迅速、她的身體撞到地面的聲音、所有人倉皇逃入夜色、踩亂草地的一片混亂。我沒有回去她身邊，我應該要的。在這群人裡，我是最應該要回頭的。我跟多麗最熟，熟知她的手是怎樣緊握著刺青用的針，她的笑聲聽起來是怎樣毫不修飾，好像被砂紙刮過一樣。

喬治手碰著他身後的牆，試圖站穩。「什麼？」

「她為了保護我們而死。」翠絲用讓我意外的柔和語氣說：「沒有她，我們沒有一個人能逃出來。」

「她……死了？」喬治虛弱地說，整個身體都靠在牆上，肩膀一垮。

我在走廊上看到艾默，他手上拿著一片吐司，臉上的微笑迅速褪去。他把吐司放在門邊的桌上。

「我本想先找到你跟你說的。」艾默說。

昨晚，艾默說出喬治的名字時是如此輕鬆，我不覺得他們彼此認識，顯然不是這樣。

喬治的眼睛變得一片朦朧，艾默一手把他拉進懷抱中。喬治的手指緊緊揪著艾默的襯衫，指節因為用力而泛白。我沒聽見他的哭聲。也許他確實沒哭；或許他只需要緊緊抓住些什麼。當我以為母親已經死亡時，我對她逝去的悲傷只有模糊的記憶。那是一種跟身邊一切事物切割開來的感覺，不斷感到自己必須壓抑某些感受。我不知道對其他人來說會是怎樣。

最後，艾默帶著喬治離開房間。我看著他們肩並肩走在走廊上，低聲交談著。

我幾乎不記得自己有答應接受那個基因測驗，直到有人出現在宿舍的門邊——是個男孩。其實也不算是男孩，他看起來跟我差不多大。他對翠絲揮手。

「喔，他是馬修。」她說：「我想我們該走了。」

她握著我的手帶我走到門口。不知怎麼，我沒注意她在說到「馬修」時是否有提到他是個脾氣差的老科學家，也有可能她根本沒說。

別傻了。我想。

馬修伸出手。「嗨，很高興認識你。我是馬修。」

「托比亞。」我說。「四號」在這裡聽起來很奇怪。在這裡，沒有人是用自己有幾種恐懼來命名。「我也很高興認識你。」

「那，我想我們就去實驗室吧。」他說：「往這走。」

今晨，這地方滿滿都是人，全都穿著綠色或深藍色的制服。制服褲腳縮在腳踝處或是鞋上幾英寸，端看那個人身高多高。這個住所充滿開放空間，還有許多分支朝著主要門廳而去，就像心臟的心房、心室一樣。每間都標了字母和數字。人們在其間移動。有的拿著跟翠絲早上帶回來一樣的玻璃裝置；有的則空著雙手。

「那些數字有什麼意義？」翠絲說：「只是用來標記每個區域嗎？」

「那以前是閘門。」馬修說：「代表每個閘口都有扇門和走道，可以通到特定的飛機，飛往特定目的地。當他們把機場轉變成住所，就把人們用來坐在這裡等飛機的椅子拆了，換成實驗室設備，大多都是從城市裡的學校拿來的。住所的這個區域基本上就是一個巨大的實驗室。」

「他們都在研究什麼？我以為你們只是在觀察實驗。」我說。

我看著一名女子從門廳的一端衝到另一端，兩手平拿著一個螢幕，好像在端著什麼東西。一束光線從拋過光的磁磚延伸而過，斜斜穿過天花板上的窗戶。透過窗戶，每樣東西看起來都很平靜，每片葉片都被修整，而野生的樹木則在遠處搖擺，實在很難想像那一端的人們正因為「基因有缺陷」而互相殘殺，或是在我們離開的那個城市裡，人們正活在伊芙琳嚴苛的法律之下。

「有些人的確是在觀察。他們在所有剩下來的實驗中觀察到的每件事都必須被記錄、分析，所以需要非常多的人力。有些人正在嘗試研發一些更好的方式以治療基因缺陷，或是發展我們自己要用的血清，而非實驗用。有數十種計畫。只要想出一個點子就召集團隊向由大衛管轄的議會提出計畫書。只要不會太冒險，他們通常都會批准。」

「是喔。」翠絲說：「不會太冒險是嗎？」

她微微地翻了個白眼。

「他們這麼努力是有原因的。」馬修說：「在派別和與之相關的血清被引進之前，實驗往往都會遭遇持續不斷的內部動亂。血清能讓實驗裡的人把事態控制住，尤其是記憶血清。唔，我想現在好像沒有人在研究那個了，那是在武器實驗室裡。」

「武器實驗室。」他把那個字眼說得很輕描淡寫，不具殺傷力。甚至有種不可侵犯感。

「所以改造局在一開始就給我們那些血清。」翠絲說。

「沒錯。」他說：「然後博學派不斷研發並保護那些血清，包含妳哥哥也是。說老實話，我們有一部分血清研究是從他們那邊來的。我們在控制室裡觀察到，他們唯獨沒有對記憶血清做太多研究——就是克己派的血清。我們對那個則研究最多，畢竟那是我們最強的武器。」

「武器。」翠絲重複。

「唔，那東西能讓城市擁有武力，可對抗內部反叛。就某方面而言，抹去人們的記憶就不需要殺人，因為他們會忘了自己到底在抗爭什麼。我們也可以用在邊界發生的反叛上。那裡大約離這地方一小時路程。住在邊界的人有時候會突然發動襲擊，而記憶血清可以阻止他們，無須殺戮。」

「那實在……」我開口。

「還是很糟糕嗎？」馬修補充。「其實也是。但這裡的高層可是把這東西當作賴以維生、不可或缺的物品呢。我們到了。」

我揚起眉毛。他剛剛用非常輕鬆的語氣說出不認同領導人的言論，輕鬆得我差點沒注意到。我忍不住思考，這地方是否就是如此——心有異議可以公開表達，也可在一般的談話中吐露，不用神神祕祕、壓低音量。

他用他的卡片在我們左方一道沉重的門上掃瞄了一下，我們又走上另一條走道。這條走道比較窄，以蒼白的日光燈照明。他停在一個標示基因治療實驗一室的門前，裡面有個女孩，她有淺棕色的皮膚，穿著綠色連身衣，正在置換蓋滿測驗桌的紙。

「她是惠妮塔，實驗室技術人員；惠妮塔，他們是——」

「我知道他們是誰。」她微笑著說。從眼角餘光，我看到翠絲因為突然被提醒我們的人生都在鏡頭底下過活而惱怒僵住，但她沒有多說什麼。

那女孩向我伸出手。「馬修的上司是唯一叫我惠妮塔的人——如果不算上馬修的話。我是妮塔。應該是要為你們準備兩份試驗對吧？」

馬修點點頭。

「我去拿。」她打開房間另一端的一組櫃子，開始把東西拿出來。所有物品都裝在塑膠和紙製品裡面，上面有白色標籤。整個空間充滿拆包裝和沙沙作響的聲音。

「目前為止，你們覺得這地方怎麼樣？」她問我們。

「需要適應一下。」我說。

「嗯，我懂你意思。」妮塔對我微笑。「我是從其他的實驗過來的——在印地安那波利斯，就是失敗的那個。喔，你們不知道印地安那波利斯在哪對不對？離這裡不遠，坐飛機不到一小時。」她暫停一下。「那對你們也不代表任何意義。好吧，其實這也不太重要。」

她從塑膠紙袋裡拿出一個注射器和針頭，翠絲變得緊繃。

「那是要做什麼的？」翠絲說。

「這是讓我們能了解你們基因的東西。」馬修說：「妳沒問題嗎？」

「沒問題。」翠絲說，但她還是很緊張。「我只是……不喜歡被注射一些奇怪的玩意。」

馬修點點頭。「我發誓這只是要用來了解你們的基因。只有這個作用，妮塔可以保證。」

妮塔點點頭。

「好吧。」翠絲說：「但是……我可以自己來嗎？」

「當然。」妮塔說。她把注射器準備好，裡面注滿要注射到我們體內的某種物質，然後拿給翠絲。

「我會簡明扼要地解釋一下這東西如何運作。」馬修在妮塔拿消毒用的東西抹過翠絲的手臂時說。那味道聞起來有點酸，我的鼻腔內部一陣刺痛。

「這些液體裡有微型電腦。它們被設計用來察覺特定的遺傳標識，同時能將資料傳輸到電腦。大概要一小時才會有我們所需且足夠的資訊，而很明顯的，還必須花更久時間來解讀你們的遺傳物質。」

翠絲把針頭刺進手臂，壓下活塞。

妮塔請我伸出手臂，把染成橘色的紗布抹過我皮膚。注射器裡的液體是銀灰色、像魚鱗的東西。當液體從針頭流入我體內，我想像著這奈米科技咬噬著我的身體、解讀著我、分析著我。身邊的翠絲把棉花球壓在打過針的皮膚上，對我微微一笑。

「微型電腦……是什麼？」馬修點點頭，我繼續問。「它們到底要找什麼？」

「唔，改造局裡面我們的前任人員在你們祖先體內安插『修正過』的基因時，也包含基因追蹤器。基本上，那是一種能讓我們得知某人是否已達基因治癒標準的東西。就這個情況來說，基因追蹤器是在實境模擬中的一種覺醒。這個我們可以輕易測驗出來，那能讓我們了解你們的基因是否已被治癒。城市裡的每個人到十六歲都要接受傾向測驗的原因在於，如果他們在測驗時覺醒，我們就會知道他們可能擁有已治癒的基因。」

我在心中把傾向測驗寫進曾經對我很重要的事物清單上，我會將之排除，是因為那不過是讓這些人獲知他們想要的訊息或結果的小花招。

我實在不敢相信，實境模擬時的覺醒——那個曾讓我覺得自己充滿力量、與眾不同，也是珍寧和博學派展開殺戮的原因——事實上卻是一種基因已被治癒的徵兆。像某種特殊的密碼告訴他們：我已經是那基因治癒小社群中的一員。

馬修繼續說：「基因追蹤器唯一的問題就是，在實境模擬中覺醒、對血清有抵抗力，不盡然代表那個人就是分歧者，只表示有強烈關連性。有時候，即便他們還是帶著有缺陷的基因，人們也會在實境模擬中覺醒，或是有能力抵抗血清。」

他聳聳肩後接著說：「托比亞，所以我才會對你的基因有興趣。我很好奇地想知道你到底是不是分歧者，或只是因為你在實境模擬時覺醒，所以才讓你像是分歧者。」

妮塔正在清理桌子，她緊緊抿著嘴唇，好像憋著什麼話沒說。我突然覺得不太舒服。我有可能根本不是分歧者嗎？

「現在剩下的就只有等了。」馬修說：「我要去拿些早餐。你們兩人有要吃些什麼嗎？」

翠絲和我都搖搖頭。

「我很快就回來。妮塔，妳陪他們一下好嗎？」

馬修沒等妮塔回答就走了。翠絲坐在檢驗桌上，紙張在她身下沙沙作響，她的腿懸在桌邊，紙撕裂開。妮塔把手放進連身衣口袋，望著我們。她的眼睛是深色的，閃動的光澤像是引擘中漏出來的油漬。她給我一個棉花球，我把它壓在手肘內側那一小顆血泡上面。

「妳是從某個城市的實驗裡出來的。」翠絲說：「妳在這裡多久了？」

「自從印地安那波利斯的實驗關閉後，大概有八年了吧。我本來可以加入移到實驗之外加入更大的群體，但我還不太能承受。」妮塔靠著桌子。「所以我自願來這裡。我本來是一名警衛，我想這算是升了幾等吧。」

她的語氣中帶著幾分苦澀，我則心存懷疑。就跟在無畏派一樣，她的升遷有限，而她比自己原先希望的更快來到那個位置。當我選擇在控制室裡工作時，也是如此。

「妳的城市沒有派別嗎？」翠絲說。

「沒有。那裡是控制組——讓他們用對照的方式了解派別是否真的有效。雖說那裡有很多規矩：宵禁、起床時間、安全規章、不准擁有武器，諸如此類。」

「後來發生什麼事？」我說，但突然希望自己沒有問，因為妮塔的嘴角一垂，像被記憶沉沉拖著向下。

「怎說呢，裡面有些人還是知道該怎麼製作軍火。他們做了顆炸彈——你懂的，那是一種會爆炸的東西——然後在政府的大樓裡引爆。」她說：「死了很多人。在那之後，改造局認為我們的實驗失敗。他們把炸彈客的記憶抹消，把剩下的人重新安置。我是少數幾個想要來這裡的人。」

「我很遺憾。」翠絲溫柔地說。有時，我會不斷忘記去注意她溫柔的一面。這麼久以來，我只見到她的力量，如此鶴立雞群，一如她手臂上精瘦的肌肉，或是飛翔在她鎖骨上、由黑色墨水繪製的鳥群。

「沒事的。你們也不是不了解那種感覺。」妮塔說：「比如說像珍寧．馬修斯做的那些事等等。」

「他們怎麼還沒有把我們的城市關閉？」翠絲說：「就跟他們對你們的城市做的一樣？」

「他們可能還是會關掉。」妮塔說：「只是我覺得，由於芝加哥的實驗是有史以來的成功例子，所以他們可能不會很想就這樣放棄。這是第一個有派別的實驗。」

我把棉花球從手臂拿下，針剛剛刺入的地方有個小小的紅點，但已經不再流血。

「我常在想，我可能也會選擇無畏派，」妮塔說：「可是覺得自己沒那個膽子。」

「當時機來臨時，妳會很驚訝自己的膽子有多大。」翠絲說。

我覺得胸中一陣疼痛。她說得沒錯。絕境能迫使一個人做出令人訝異之舉。我們都明白。

⚖

馬修剛好在一個小時後回來，在那之後，他坐在電腦前面好久好久，在看著螢幕時目光快速地左右移動。他有幾次發出恍然大悟的聲音，比如說「嗯！」或是「啊！」在等他告訴我們結果（任何結果都好）時，等得越久，我的肌肉就越緊繃，直到肩膀僵硬得猶如石頭，並非血肉之軀。最後，他終於抬頭，把螢幕轉過來，讓我們看上面的內容。

「這個程式可以幫助我們把數據轉譯成可理解的模式。你們看到的是翠絲的遺傳物質特定DNA序列簡化後的圖示。」他說。

螢幕上的圖片是一堆複雜的線和數字，某些特定部分被挑出來，標上黃色和紅色。除此之外，我完全不能理解那張圖——這已經超出我的理解範圍了。

「這些被選起來的地方代表已治癒的基因。如果基因還是有缺陷，就不會看到它。」

他點點螢幕上的那塊地方。我不懂他指的是什麼，但他似乎也沒注意到，只是沉浸在自己的解釋裡面。

「這些選起來的地方指出，這個程式也找到了基因追蹤器，也就是實境模擬覺醒。已治癒的基因和實境模擬覺醒基因兩者的結合，就是我預期會在分歧者身上看到的。現在，弔詭的部分來了。」

他再次碰觸螢幕，螢幕變換，但還是一樣令人困惑。一堆蛛網般的線，一堆纏在一起的數字。

「這是托比亞的基因圖譜。」馬修說：「可以看到他有可正確引發實境模擬覺醒的基因成分，但沒有跟翠絲一樣的『已治癒』基因。」

我覺得喉嚨很乾，好像被通知了什麼壞消息，我卻還沒有完全理解這個壞消息究竟是什麼。

「那是什麼意思？」我問。

「意思是，」馬修說：「你不是分歧者。你的基因還是有缺陷，不過你有基因異常的情況，讓你能在實境模擬中覺醒。你呢，換句話說，有分歧者的特徵，但並不算是真正的分歧者。」

我緩慢地消化著這些訊息，片片段段。我不是分歧者。我跟翠絲不一樣。我的基因有缺陷。

「有缺陷」這字眼像鉛製物品般在我體內一沉。我猜我一向明白自己有些不對勁，但總覺得那都是因為父親或母親，他們留給我的痛楚像家族遺傳，一代又一代地傳下來。然而，這個代表父親唯一好的基因——他的分歧者特質——沒有傳給我。

我不去看翠絲——我做不到。於是我轉去看著妮塔，她的表情很嚴肅，甚至可說是憤怒。

「馬修。」她說：「你沒有要把這些數據拿去你的實驗室分析一下嗎？」

「唔，我本來是打算要跟我們的研究目標討論一下的。」馬修說。

「我覺得這不是個好主意。」翠絲說，語氣尖銳似刃。

馬修好像說了什麼，但我沒有聽到，只是聽著自己的心臟沉沉重擊的聲音。他再次點點螢幕，我的DNA圖便消失，螢幕一片空白，只剩透明玻璃。他走之前，還跟我們說，如果想要知道更多訊息，可以來參觀他的實驗室。翠絲、妮塔和我留在室內，陷入靜默。

「沒什麼大不了。」翠絲堅定地說：「懂嗎？」

「妳沒資格跟我說沒什麼大不了！」我說，比我原本想得還大聲。

妮塔在自己的桌前忙著，確認桌上的容器都排列整齊，即使我們進來時它們就沒有被動過。

「有！我有資格！」翠絲喊著。「你跟五分鐘前是同一個人！四個月前也是！十八年前更是！這不會改變你的一切。」

我知道她的話是對的，但現在實在很難全心相信她。

「妳是說這不會影響到任何事嗎？」我說：「真相不會影響任何事？」

「什麼真相？」她說：「這些人說你的基因有問題，你就相信？」

「事實就在眼前。」我比著螢幕。「妳也看見了。」

「我也看見了你。」她強烈反擊，手握緊我的手臂。「我知道你是什麼樣的人。」

我搖搖頭，還是無法直視她，無法直視任何事物。「我……我得去走走。等下見。」

「托比亞，等一下——」

我走了出去。一步出那個地方，我體內的某些壓力便獲得釋放。我走在擁擠的走道上，它像在呼吸一般擠壓著我。我抵達盡頭那個灑著陽光的大廳。現在的天空是湛藍色。我聽見身後有腳步聲，但這腳步聲太重，不是翠絲的。

「嘿。」妮塔轉了一下腳，在磁磚上發出嘎吱聲。「我不勉強你，可是我想跟你談談這件事……談基因缺陷。如果你有興趣，今晚九點這裡見。還有……我對你女友沒有什麼意見，但可能不要帶她來比較好。」

「為什麼？」我說。

「她是純淨者——也就是基因已淨化的人——所以她無法了解。這該怎說呢，很難解釋，反正相信我就對了，好嗎？她可能先別插手這件事比較好。」

「了解。」

「好。」妮塔點點頭。「我該走了。」

我看著她跑回基因治療室，然後繼續走。其實我不知道自己要去哪裡，只是在我不斷地走動時，過去這一天我所獲知的瘋狂資訊就不會流動得如此迅速，亦不在我腦中吼得這麼大聲。

19 翠絲

我沒跟著他，是因為不知道該說什麼好。

當我發現自己是分歧者，我把那當成無人擁有的祕密能力，某種讓我與眾不同、比別人更強、更厲害的事物。此刻，在把我和托比亞的ＤＮＡ放在電腦螢幕上比較之後，我明白「分歧者」沒有我想像得那麼了不起。那只是我某個特別的ＤＮＡ序列的一個名稱，就像那些有棕色眼睛或金色頭髮的人一樣。

我把頭埋進手中。然而，這些人依舊認為那代表了什麼——他們依舊認為那代表我在某種程度上已被治癒，而托比亞沒有。他們希望我就這麼信任結果、相信它。

可是，我並不相信，我也不知道為什麼托比亞信了。我不懂他為何如此想相信自己有缺陷。

我不願再去思考這件事。離開基因治療室時，妮塔正好走回來。

「妳跟他說了什麼？」我說。

她很漂亮，個子雖高，卻不會太高；雖瘦，也不會太瘦，她的皮膚色澤很好看。

「我只是想確定他知道自己要去哪裡。」她說：「這裡很容易迷路。」

「的確如此。」我朝著——好吧，我不清楚自己要往哪兒走，總之我要離妮塔遠遠的，離那個趁我不在時跟我男友講話的漂亮女孩遠點。雖說那其實也不是什麼很長的談心。

我在走廊末端看到柔依，她揮手要我過去。她現在看起來比早上放鬆許多，不再皺著前額，頭髮也放下來披在肩膀。然後她把手插在連身衣的口袋裡。

「我剛剛跟其他人說，」她說：「我們在兩小時後會安排想坐飛機的人去飛一次，妳想來嗎？」

恐懼和興奮在我胃中一同蠕動，就跟以前我綁在漢考克大樓頂的吊索時的感覺一樣。我想像自己坐在一輛長了翅膀的車裡，衝入空中，感受著引擎的動力和由牆壁縫隙穿入、呼呼吹送的風。也許機率不高，但可能有某些零件會失靈，而我將垂直落下、迎接死亡。

「想。」我說。

「我們約在Ｂ十四閘門，跟著指標走就好！」她離開時拋給我一個笑容。

我的眼神穿越頂上的窗戶，天空乾淨且灰白，就跟我的眼睛顏色一樣。天空中似乎有某種必然性，好像一直都在等待著我。也許是因為我在其他人都懼高的時候，反而覺得喜愛；又或者，若你也曾見過我所目睹的一切，那麼眼下便只剩下一個境界尚待探索——就是天空。

金屬梯往下朝向道路，我的每一步都在上面發出刺耳的噪音。我得向後仰著頭才有辦法望著飛機。它比我想像得還要龐大，而且是銀白色的。在翅膀下方有一個巨大的圓筒狀物，裡面的東西很像是旋轉的刀刃。我想像著刀刃把我吸入其中，從另一端吐出來。我顫抖了一下。

「那麼巨大的物體怎麼有辦法浮在空中？」尤里亞在我身後說。

我搖搖頭。我不曉得，也不願意去想。我跟著柔依走上另一道樓梯，這梯子連接到飛機側身的一個洞。當我抓住扶手時，手在發抖。我回頭望了最後一次，想看看托比亞有沒有跟上來。他沒來。自從基因測驗之後，我就沒再見到他了。

儘管它的高度分明比我高，然而我在通過那個洞時仍低下頭。飛機裡頭有一排排座椅，覆蓋著已經撕破、老舊的藍色布料。我選了一個靠近前面的窗邊位置。我的背脊後方緊貼一根金屬槓，感覺像是椅子裡的椅骨，好像沒有什麼皮肉在支撐。

卡拉坐在我身後，而彼得和迦勒則往飛機後面走，兩人位置很靠近，也都是窗邊。我不曉得他們什麼時候成了朋友，不過既然這兩人都如此卑劣，似乎也很適合。

「這東西用多久了？」我問柔依，她站在靠近前端處。

「滿久的。」她說：「但我們已經徹底把重要的機件改裝過，對我們來說大小適中。」

「你們拿這東西做什麼用？」

「大多是用來執行巡邏任務。我們想時時監看邊界的情形，以防影響到這裡面的狀況。」柔依暫停了一下。「邊界是一塊廣大又混亂的區域，位在芝加哥和最近一處有政府管轄叫密爾瓦基的城市區域之間，離這裡約三小時車程。」

我本來想問邊界到底發生了什麼事，就在此時尤里亞和克莉絲汀娜已坐進我旁邊的座位，時機便悄然溜走。尤里亞把我們之間的一個扶手壓下，往我這邊靠過來，看向窗外。

「如果無畏派發現這玩意，每個人都會來排隊學開這東西。」他說：「包括我。」

「不對，他們會把自己綁在翅膀上。」克莉絲汀娜戳戳他的手臂。「你跟你的派別不熟啊？」

尤里亞戳戳她臉頰做為回應，然後又轉回窗前。

「你們有人看到托比亞嗎？」我說。

「沒有，沒看到他。」克莉絲汀娜說：「你們沒事吧？」

在我回答前，一名年紀稍長、嘴邊有著皺紋的女人站在座椅之間的走道上，拍拍雙手。

「我叫凱倫，今天將由我駕駛這架飛機！」她宣布。「這可能看起來很恐怖，不過請記得：嚴格說來，我們墜毀的機率比發生車禍的機率還要小。」

「如果**真**的墜毀的話，存活的機率也很小。」尤里亞小小聲地說，但他正咧著嘴笑。他深色的眼睛相當機敏，看起來稍顯輕浮，像個小孩。自從瑪蓮死後，我從沒有看過他像現在這樣。他又變得好看了。

凱倫消失在飛機前端，柔依坐在克莉絲汀娜隔一個走道的對面，轉過身喊著一些指示，如「繫好安全帶！」和「在我們到達預定的飛航高度之前，請不要站起來！」我不是很懂飛航高度是什麼，她也沒解釋，真是很有柔依的風格。先前她還記得要解釋邊界，實在是奇蹟。

飛機開始向後移動，它竟然能動得如此平順，就好像我們已經浮在地面上似的，我大感驚訝。接著，飛機轉向、滑過道路，路上漆滿一堆線和符號。我們離住所越遠，我的心跳得越快。凱倫的聲音從對講機傳出來：「準備起飛。」

當飛機突然一傾開始飛起時，我抓緊扶手。這股衝勢將我往後壓在好像只剩椅骨的椅子上，窗外的景色變得一片模糊。我旋即感覺到——升空。飛機從地面浮起，我看見地面在底下展開，一切事物都在瞬間縮小。我張大嘴巴，完全忘了呼吸。

我看見了住所，形狀像是我曾在自然課本上看過的神經元，還有圍繞住所的圍欄。在外圈則是蛛網般的水泥路，建築物像三明治夾心一樣夾在中間。

突然之間，我甚至連路和建築物都看不見，因為我們底下只見一大片灰色、綠色和棕色；再遠一些，我放眼所及能見的只剩陸地、陸地和陸地。

我不知道自己預期些什麼：看到世界的盡頭像一個巨大的懸崖懸在半空中嗎？

出乎我意料的是，我突然明白：我是居住在這其中一棟房屋裡的某個人，而在這裡，我甚至看不見那棟房屋；我亦是行走在這數以百計——不，是千計——街道上的其中一人。

我沒有預期到，我會覺得自己是如此渺小。

「不能飛得太高或離城市太近，因為我們不想被注意到，所以會從很遠的地方觀察。現在，從飛機左方看到的是一些在淨化之戰中遭到毀壞的地方，那是在反叛軍以生化戰取代爆炸之前發生的。」柔依說。

在看清之前，我得先眨去淚水。那地方一開始看起來像一堆深色的建築物；等更進一步檢視之後，我才發現，那些建築本來不該是深色——它們被燒焦到無法辨識。有的建築物整個被夷平，夾在其間的道路碎成一段段，像碎裂的蛋殼。

那裡很像是城市的某些區域，又有點不太像。城市的毀壞可能是人為造成，而這一定是其他的事物——威力更強大的事物。

「現在你們可以稍微看一下芝加哥！」柔依說：「你們將會看到有些湖泊被抽乾，如此做才能建起圍欄，不過我們盡可能不要過度破壞。」

跟著她所說的話，我看見分岔成兩端的活動中心，在遠距之下猶如玩具一般渺小。我們城市的不規則邊緣切斷了水泥之海。在那之外，棕色持續延伸——是溼地——然後接著是……一片藍。

我曾經從漢考克大樓上用吊索滑下，一邊想像溼地如果填滿水會是什麼模樣，在陽光下會如何變成藍灰色，並閃閃發光。現在，我比以前能看到的還看得更遠，我所見到的事物遠超過城市界線，而一切就如我所想像的一樣。遠處所見的湖泊閃爍、波光粼粼，水波的紋理清晰可見。

整架飛機之中一片靜謐，只聽見穩定的引擎怒吼聲。

「哇。」尤里亞說。

「噓。」克莉絲汀娜回應。

「跟整個世界比起來，這有多大？」彼得從飛機另一端說。他吐出的每個字聽起來都有點卡到的感覺。「我是說，我們的城市就陸地的區域而言，百分比多少？」

「芝加哥大約占地兩百二十七平方英里。」柔依說：「這個星球的陸地區域大概比兩億平方英里少一點點。百分比……實在小到微不足道。」

她很冷靜地陳述這項事實，一副這對她而言不代表什麼。然而，這些字眼直擊我的腹部，我覺得自己被狠狠擠壓，好像有什麼力量把我向內壓縮。這麼大的空間。我不禁臆測，在我們的城市之外會是怎樣？我猜想著，人們究竟是如何在那裡生活？

我再次望出窗外，緩緩、深深地吸了一口氣到因太過緊繃而無法動彈的身體裡。我凝望著外頭的土地，心無旁騖地思考著一件事：這是最強而有力的證據。它證明了我父母的神，以及這個世界之廣大，早已超出我們的控制。我們絕無可能凌駕現在所感受到的一切。

實在小到微不足道。

只不過很奇怪的是，在這個念頭之中有某些感覺讓我覺得近乎……自由。

傍晚，當所有人都在吃晚餐時，我待在宿舍裡，坐在窗戶凸出的一塊地方，打開大衛給我的那片平板螢幕。當我點開名為「日誌」的檔案時，手顫抖著。

第一篇文章寫道：

大衛不斷要我寫下我經歷的事。我想他可能覺得會很恐怖，甚至希望要很恐怖。我猜有部分的確是如此，但他們對誰都是這麼壞，所以我也不是多特別。

我在威斯康辛州的密爾瓦基一個單親家庭長大。對於城市外面領域（這裡的人都把那裡叫做「邊界」）的那些人是誰，我知道的不多，只曉得我不該去那裡。我母親在執法部門工作。她個性暴躁，很難取悅。我父親是一名老師，個性溫和，對人很好，可是不太有用。有一天，他們在客廳吵了起來，情況失控，他抓住她，結果她射殺了他。那天晚上，在我把我大部分的東西打包好從前門離開時，她正在後院埋他的屍體。我從此再也沒見過她。

我長大的地方，到處都發生悲劇。我大部分朋友的父母瘋狂酗酒，常常亂吼亂叫，很久以前就不再相愛，反正都是諸如此類的問題，沒什麼大不了。所以，當我離開時，很確定自己只是這一年來，這個地方上發生的壞事清單上其中一個小項目而已。

我知道，如果我跑到任何一個法定區域，比如說另一個城市，政府的人只會叫我回家，回去我母親身邊。但我覺得我看著她的時候，一定會想起爸爸的頭噴出的血灑在客廳地毯上，於是我沒有去什麼法定的區域。我跑到邊界，在那裡有一堆人住在一個戰後殘骸中以防水布和鋁箔建出的小小殖民地，生活在垃圾堆上，並燒舊報紙來取暖，因為政府提供不起援助。他們花了所有的資源試著要讓人們再次團結，只不過戰爭已經分化我們超過一世紀之久。或許，他們只是不想幫忙。我不知道。

某天，我看到一個大人在打邊界的一個小孩，我用一塊木板打他的頭，叫他停下，可是他卻死了，就死在大街上。我只有十三歲，所以我跑掉了。我被一輛小貨車裡的人抓到，那個人看起來像是警察。但他沒有把我帶到路邊射死我，也沒有把我關起來，只是把我帶到這個安全的地方，檢查我的基因。然後，他跟我說那些城市的實驗，還說我的基因比其他人的純淨。他甚至給我看螢幕上一張我的基因圖證明這件事。

可是，我就跟我媽媽一樣殺了一個人，大衛卻說沒關係；那是因為他就快要殺掉那個小孩，我不是故意的。只是，我也很確定媽媽也不是故意要殺了爸爸，所以那有什麼不一樣呢？故意跟不是故意有什麼差？意外或刻意，結果都一樣。比起世界上的人，都算是太早死。

我想，我經歷的就是這些吧。聽大衛談這些事，這一切會發生，好像都是因為很久很久以前，人們想亂搞人性，結果最後事情變得更糟。

我想這還滿合理的。又或者，我希望它是合理的。

我的牙齒深深咬進下唇。改造局裡的人現在正坐在餐廳，吃喝著、談笑著。城市裡的人可能也在做一樣的事。身邊是普通日常的生活，而我孤身一人，緊緊把這些被揭露出來的事實抱在懷中。

我把螢幕抱在胸前。我的母親來自此處。這地方不僅是我最初，亦是最近的歷史。我能在牆上、空氣中感覺到她，感覺到她深植我心，從未離開。死亡不會將她抹消，她是永恆的。

玻璃上傳來的冷意滲入襯衫。我顫抖著。尤里亞和克莉絲汀娜有說有笑地從門口走進宿舍。尤里亞清澈的眼睛和穩定的步伐讓我鬆了一口氣，眼睛在瞬間盈滿淚水。他和克莉絲汀娜似乎都嚇了一跳，過來靠著窗戶站在我兩邊。

「妳沒事嗎？」她說。

我點點頭，把眼淚眨掉。「你們今天去了哪裡？」

「在坐飛機之後，我們去控制室看了一下螢幕。」尤里亞說：「在我們離開之後，還能看到他們現在正在做什麼，實在很怪。其實沒什麼不一樣——伊芙琳是個王八蛋，她那些嘍囉之類的下屬也是——只是感覺像在看新聞報導。」

「我不認為我會想看那些東西。」我說：「太……令人毛骨悚然、太有侵略性。」

尤里亞聳聳肩。「我不知道，如果他們這麼想看我搔屁股或是吃晚餐，我覺得那道出了他們的真面目，而不是我的。」

我笑了出來。「你到底是有多常搔屁股啊？」

他用手肘推推我。

「別轉掉這個跟屁股有關的話題，我們都覺得這實在太重要——」克莉絲汀娜微笑了一下。「翠絲，我跟妳同感。光是看著那些螢幕就讓我覺得不舒服，好像在做什麼鬼鬼祟祟的事情一樣。我想，從現在開始我會敬而遠之。」

她指指我大腿上的螢幕，光芒還繼續從母親的字句中散發出來。「那是什麼？」

「弄到最後。」我說：「我母親其實來自這裡。她是從外面來的，之後到了這裡，一直待到她十五歲，之後便以一名無畏派成員的身分被置入芝加哥。」

克莉絲汀娜說：「妳母親來自這裡？」

我點點頭。「是。很瘋狂吧，甚至可說怪異至極。她寫了這個日誌留給他們。在你們進來之前，我就在讀這個。」

「哇。」克莉絲汀娜語氣輕柔。「那很好，不是嗎？可以知道更多她的事情。」

「是啊，是很好。還有，我已經沒那麼沮喪了，你可以不要再用那種眼神看著我。」聞言，尤里亞臉上不斷增加的憂慮表情消失無蹤。

我嘆了口氣。「我只是一直在想……就某種程度而言，我屬於這裡。也許這個地方也可以是我的家。」

克莉絲汀娜的眉頭打了個死結。

「也許吧。」她說。我覺得她似乎不是很相信這說法，但她只要這麼說就夠了。

「我不知道。」尤里亞說，他現在聽起來認真了些。「我已經不覺得還有什麼地方會有家的感覺。就算我們回去也一樣。」

或許的確如此；也許，不管我們去哪裡，都會是一群外來者。不管是去改造局之外的世界，或是在改造局裡面，或回到實驗。一切都變了，而且不會停止改變。

又或者，我們可以把家的感覺放在心中，不管走到哪裡都隨身攜帶——就跟現在我不管到哪裡都會帶著母親一樣。

迦勒走進宿舍。他的襯衫上有一塊汙漬，看起來像是醬料，但他似乎沒有注意到。我發現他眼神裡有種陶醉於知識之中的光芒。有那麼一瞬間，我猜想著他最近是又讀了什麼，或看了什麼才讓他變成這副模樣。

「嗨。」他說，差點要朝我走過來，不過他必定注意到我的嫌惡，因為他走到一半突然停下。雖然從房間的另一端他根本看不到，我仍用手掌蓋住螢幕，並瞪著他。我無法——或不願意——回答任何一個字。

「妳還會再跟我說話嗎？」他嘴角下垂悲傷地說。

「如果她會，我大概會嚇到魂都飛了。」克莉絲汀娜冷冷地說。

我別開眼神。嚴格說來，有時我很想忘記發生過的一切，回到我們兩人還沒選派別的時候。就算他老是糾正我，提醒我要無私無我，也比現在這樣好。我此刻就連自己母親的日誌都要藏著不讓他看到，這樣他才不會像對其他事物一樣，做出毒害它的事。我站起來，把螢幕塞到枕頭下面。

「走吧。」尤里亞對我說：「要跟我們去吃些甜點嗎？」

「你還沒有吃嗎？」

「我吃了又如何？」尤里亞轉轉眼睛，手臂搭在我肩上，把我轉往門的方向。

我們三人一起走向餐廳，把我哥哥留在身後。

20 托比亞

「我不是很確定你會不會來。」妮塔對我說。

當她轉身領著我走時，我從她背後看到她背脊上有個刺青從鬆垮垮的襯衫底下露出來，只是我認不出那是什麼。

「你們這裡的人也刺青嗎？」我說。

「有的人會刺。」她說：「我背上的那個是碎玻璃。」她暫停了一下，是那種思考著要不要分享某件私事的停頓。「我會刺是因為那代表缺陷，算是某種……玩笑。」

又是那個字——「缺陷」。這個字在基因測驗後不斷在我心裡沉下又浮起、沉下又浮起。如果那是個玩笑，那麼妮塔看起來卻一點也不覺得有趣；她解釋的模樣，像嘗到某種苦苦的東西。

我們走在一條鋪了磁磚的走廊上，在工作日將盡之時，走廊上幾乎沒有人了。我們又下了一層樓梯平臺。下去時，藍色、綠色、紫色和紅色的光線在牆上舞動，每一秒就換一次顏色。樓梯最底下的隧道寬廣又陰暗，只有奇異的光線導引著我們。這裡的地板是舊磁磚，即使穿著鞋，還是可以從鞋底感覺到塵土的顆粒感。

「在他們一開始搬進來時，機場的這部分就已經完全改裝、拓建過了。」妮塔說：「淨化之戰後，所有的實驗室有一陣子都在地下，這樣一來，被攻擊時會比較安全。現在只有支援人員會下來這裡。」

「妳就是要我去見那些人嗎？」

她點點頭。「支援人員不只是一份工作，我們幾乎都是缺陷者——也就是基因有缺陷的人——是從失敗的城市實驗中活下來，以及那些剩餘者的後代，或是從外面被帶進來，像翠絲的母親，唯一不同之處是她的基因優勢。所有的科學家和領導人都是純淨者——基因已淨化的人——或是那些從最開始就不接受基因工程運動的人的後代。當然也有一些例外，只是人數實在太少，如果你想要，我甚至可以直接列名單給你。」

我正想問為什麼這個部門那麼嚴格，但我似乎自己就能想通。所謂的「純淨者」是在這個社群長大，他們的世界充滿著實驗、觀察和學習。「缺陷者」在實驗之中長大，在那裡，他們只需要學得能夠生存到下一世代的東西就夠。這個部門是以知識和能力為基礎，然而就我在無派別者身上所學習到，如果一個組織把所有骯髒活丟給一群未受教育的人來做，卻完全不給他們向上爬的機會，實在很不公平。

「你知道嗎，我想你女朋友是對的。」妮塔說：「什麼都沒變。現在的你只是更了解自己的極限。每個人類都有極限，即使是純淨者也一樣。」

「所以，變好有其極限……但到哪裡？我的同情心？還是良知？」我說：「那就是妳給我的保證嗎？」

妮塔用眼睛小心翼翼地檢視著我，沒有回應。

「這太荒謬了。」我說：「妳、他們，不管是誰，有什麼權力決定我的極限會到哪？」

「托比亞，事情就是這樣的。」妮塔說：「都只因為基因，別無他物。」

「說謊。」我說：「不只是因為基因，妳自己也清楚。」

我覺得我該離開了，我想轉身跑回宿舍。憤怒在體內沸騰、翻攪，讓我全身充滿熱流，我甚至不確定該對誰發火。對妮塔嗎？她就這樣接受自己在某方面有極限。還是對跟她說這些話的人？說不定我是對所有人都不滿。

我們走到通道最底，她用肩膀頂開一扇沉重的木門。在門後方，是一個充滿吵鬧、氣氛活躍的世界。室內用掛在繩子上的小小燈泡點亮，繩子十分密集，塞滿室內，猶如黃白交雜的蜘蛛網般蓋滿整個天花板。在室內一角有張木頭長桌，後頭有一堆發亮的瓶子，上面還有一大堆杯子；左側有很多桌椅；右側有一群拿著樂器的人。空氣中填滿音樂。我唯一認出的樂聲——從我和友好派有限的相處經驗判斷——是吉他的撥弦和鼓聲。

我覺得自己像是站在聚光燈下，所有人都看著我，等我做出些動作，或是開口說些什麼。有一瞬間，透過這些音樂和說話聲難以聽見其他聲響，但過了幾秒後我就習慣了。我聽到妮塔說：「來這裡！要喝些什麼嗎？」

我正要回答時，有人跑進來。他很矮，身上穿的T恤鬆垮垮地掛在身上，至少大了兩號。他做出手勢要演奏者停止演奏，他們依言停下，正好讓他大喊。「判決的時間到了！」

屋裡一半的人站起來衝出門外，我給了妮塔一個疑惑的眼神，她皺起眉，額頭上出現皺紋。

「誰的判決？」我說。

「當然是馬可斯的。」她回答。

我立刻跑出去。

我迅速衝回通道，在人群中找到空間，即使沒路，我也想辦法擠出一條路。妮塔緊跟在我身後，喊著叫我停下，但我不能停。我像是跟這個地方、這些人們以及自己的身體分離，而且，我一向跑得很快。

我一次跨三階梯級，緊抓扶手保持平衡。我不知道為什麼自己會這麼急切。是因為要看馬可斯被定罪？還是被無罪釋放？我是希望伊芙琳判他有罪，將他處決，還是希望她饒他一命？我也不知道。對我而言，不管哪個結果，本質好像都是一樣：若非見識到馬可斯邪惡的一面，就是虛假的一面；不是伊芙琳邪惡的一面，就是她虛假的一面。

我不用想起控制室在哪，因為走廊上的人潮會帶著我過去。當我抵達時，一路擠到人群最前方。他們就在那——我的父母——出現在一半以上的螢幕裡。每個人都讓路給我，同時喃喃低語，除了妮塔之外。她站在我身邊，屏住呼吸。

有人把音量調大，這樣我們就都能聽見他們的聲音。聲線因為擴音器的關係有些茲茲聲，稍微被扭曲，但我認得出父親的聲音；我知道他的音調會在該改變的時機點改變，在該抑揚頓挫的地方抑揚頓挫。我幾乎能在他開口前預測到他要說什麼。

「妳花了不少時間。」他滿是輕蔑地說。「很享受這一刻啊？」

我僵住。這不是馬可斯的虛假面；這不是那個城市所熟知的父親——有耐心又冷靜的克己派領導者，永遠不會傷害任何人，即使是他的妻兒。這是那個將他皮帶一個扣環、一個扣環解下，繞在指節上的人，是我最熟悉的那個馬可斯。那個形象，如同我恐懼之境裡的那個形象，令我變回了那個孩子。

「馬可斯，當然不是這樣。」我的母親說：「多年來，你對這個城市盡忠職守，這個決定對我或任一名顧問來說，都不能等閒視之。」

馬可斯撕下了他的面具；伊芙琳還戴著她的。她聽起來如此真誠，連我幾乎都被說服。

「我和先前的派別代表人有很多事情要考慮，包括你在職幾年、你在你派別成員中引起的忠誠之心、你是我的前夫，我對你還有情誼在……」

我嗤之以鼻。

「我現在還是妳的丈夫。」馬可斯說：「克己派不允許離婚。」

「若牽涉到對配偶施暴，就可以。」伊芙琳回答。那種感覺再次出現：空洞、沉重。我真不敢相信她剛剛就這麼昭告天下。

然而，她現在要城市裡的人們用特定的角度看她：不是一名控制了他們的生活、冷酷無情的女子，而是一名被馬可斯暴力欺凌的女子——一個被他藏在乾淨無暇的屋內，以及壓在灰衣底下的祕密。

隨後，我便了解這件事將會有怎樣的結果。

「她會殺了他。」我說。

「事實還是事實。」伊芙琳說，姿態甚至稱得上可親。「你對這個城市犯下滔天大罪。你欺騙無辜的孩童，為了你一己私利出生入死；你拒絕聽從我和前任無畏派領導人多麗・吳的指示，導致在博學派的戰役中的無數死傷；你因為不遵守我們協議的事項，也沒有對抗珍寧・馬修斯，因此背叛了你的同伴；你揭露了本該被守護的祕密，背棄了你的派別。」

「我沒有──」

「我還沒說完。」伊芙琳說：「就你在這個城市服務的紀錄來看，我們已經做出最終決定。你不會像其他的前派別代表人一樣受到饒恕，並被允許擔任這城市相關議事的顧問；然而，你也不會被當成叛徒處死。你將會被送到圍欄之外，遠遠越過友好派的住所，永遠不能回來。」

馬可斯看起來一臉驚訝。我不怪他。

「恭喜你。」伊芙琳說：「你又有了重新開始的特權。」

我應該覺得釋然嗎？我的父親將不會被處死。或憤怒？我好不容易終於能逃開他，他卻還在這世上，他的陰影仍籠罩著我。

我不曉得。我什麼也感覺不到。因為手變得麻木，所以我知道自己已陷入恐慌，只是我感覺不太到，這跟平常的感覺不一樣。我迫切地需要到別處去，於是我轉身，將父母、妮塔，還有我曾經居住的那個城市拋在身後。

21 翠絲

早上，我們吃早餐時，他們用對講機公布，說要進行一次攻擊演習。一個口齒清晰的女聲指示，不管我們在哪，都要把該處的門從裡面鎖上、遮起窗戶，靜坐等待警報過去。「這將持續到下一個整點。」她說。

托比亞看起來憔悴又蒼白，眼底下有著黑眼圈。他咬了一小口鬆餅，捏下一小塊，有時候會吃，有時候卻忘了。

我們之中大多人都晚起，十點前後才起床。我不認為有什麼理由非要早起不可。當我們離開城市，便失去了派別、失去生存目標。不管在哪裡都無事可做，只能等待著有沒有什麼新鮮事發生。我完全沒有放鬆感，只覺得焦慮又緊繃。我曾經有該做的事、該打的仗，一直如此。我試著提醒自己要放輕鬆。

「他們昨天帶我們上了飛機。」我對托比亞說：「你跑哪兒去了？」

「我得四處走走，想些事情。」他話很簡潔，不太耐煩。「飛機如何？」

「其實還滿棒的。」我坐在他對面，我們的膝蓋在床之間的空隙相碰。「這個世界……比我想像得還要大好多。」

他點點頭。「我可能無法享受那感覺。太高了，真的。」

不知為何，他的反應讓我很失望。我想聽他說，他希望自己也跟我一起去，跟我一起體驗那感覺。或者至少在我說很棒時，問我有多棒。但他卻只說他可能無法享受那感覺？

「你沒事嗎？」我說：「你看起來沒怎麼睡。」

「嗯，昨天算是揭露了一個滿驚人的真相。」他說，把前額埋進手中。「如果我因此感到沮喪，妳不能怪我。」

「你當然可以感到沮喪。」我說，皺起眉。「只是在我看來，實在不需要低落成這樣。我知道這很令人震驚，但就像我說的，你跟昨天和從前都是同樣的人，不管這些人說了什麼都沒差。」

他搖搖頭。「我說的不是基因，是馬可斯。妳真的沒搞懂，是嗎？」這個質問充滿責難，只不過他的語氣不是那樣。他站起來，把鬆餅丟進垃圾桶。

我既心痛又挫折。我當然知道馬可斯的消息，這件事情在我起床時就已經沸沸揚揚。可是基於某種原因，我不認為在得知自己父親不會被處決的消息後會讓他情緒低落。很明顯，我錯了。

警報聲準時響起阻止了我對他說出其他的話，即便如此，仍對此一點幫助也沒有。警報嘈雜又刺耳，光是聽就覺得痛苦，我幾乎無法思考，更別說移動。我一手緊壓著耳朵，另一手滑到枕頭底下，把那個有著母親日誌的螢幕拿出來。

托比亞鎖起門，把窗簾關上。所有人都坐在自己的床上。卡拉用枕頭把頭蓋住；彼得眼睛緊閉背靠著牆坐著。我不知道迦勒跑哪去了，可能又去研究那個昨天讓他整個人茫茫然的事情吧。我也不曉得克莉絲汀娜和尤里亞在哪，或許跑去探索住所了。昨天吃完甜點後，他們好像決定去察看這地方的每個角落。而我，則決定繼續探知母親的想法。

關於對這個住所的第一印象，她寫了好幾篇文章，講述此處是如何乾淨到詭異，每個人臉上臉上掛著微笑，她是如何在控制室裡觀察那個城市，然後愛上那個地方。

我把螢幕打開，希望能讓自己分心，不再注意噪音。

今天，我自願去城市裡面。大衛說分歧者不斷在死亡，必須要有人去阻止，因為那是在浪費最好的基因。我有點討厭這種說法，但大衛沒有那意思。他只是要說，如果不是分歧者正不斷死去，我們不會在到達某種程度的毀滅前出面介入。可是就因為是他們，所以我們現在就必須處理。

他說只要幾年就好。我在這裡只有幾個朋友，沒有家人。我夠年輕，要把我安插進去很容易，只要抹消、再灌輸少數一些人的記憶，我就能混進去。一開始，他們把我分到無畏派，因為我已經有刺青，這樣很難對實驗裡的其他人解釋。唯一的問題是，我在次年的擇派儀式上得加入博學派，因為殺人凶手就在裡面。我不是很確定自己是不是夠聰明，可以有辦法通過新生測驗。大衛說沒關係，他可以修改我的結果，可是那感覺不太對。即使改造局覺得派別不代表什麼，只是幫助基因缺陷者的一種行為修正——至少這些人都相信那是有幫助的——就這樣亂搞他們的組織系統，總覺得不太對。

現在，我已經觀察了他們好幾年，因此要混進去不用花太多功夫。我打賭，我此時早已比他們都還要熟悉這個城市。要把我的近況更新上傳會很困難，一定會有人注意到我在跟遠端的伺服器連線，而不是市內的伺服器，所以我的報告可能沒辦法像往常一樣頻繁——如果我有寫的話。要把我和我所知的一切分開也很難；這樣可能也不錯，也許這會是個新開始。

我還滿需要一個新開始。

有許多新資訊要消化，但我發現自己不斷重讀著那句子：唯一的問題是，我在次年的擇派儀式上得加入博學派，因為殺人凶手就在裡面。我不知道她說的凶手是誰，是珍寧・馬修斯的前任嗎？然而比那更讓我困惑的是，她沒加入博學派。

發生了什麼事讓她加入了克己派？

警報聲停下，我的耳朵因為聲音一下消失而聽不太清楚。其他人慢慢走出去，但托比亞逗留了一會兒，用手指敲著腿。我沒跟他說話——我不確定自己此刻會想聽他要說什麼，尤其在我們兩人都焦慮不安時。

但他只這麼問。「我可以吻妳嗎？」

「可以。」我說，感到釋然。

他彎身碰觸我的臉頰，然後溫柔地吻著我。

好吧，至少他知道該怎麼讓我心情好一點。

「我沒想過會是馬可斯。我應該要知道的。」我說。

他聳聳肩。「都結束了。」

只不過我知道還沒結束，與馬可斯有關的事永遠不會結束。他做的錯事數不勝數，只是我暫不追問。

「還有其他篇日誌嗎？」他說。

「嗯。」我說：「目前只有對這個住所的一些印象，但似乎越來越有趣了。」

「很好。」他說：「那我就讓妳自己看了。」

他笑了一下，但我知道他還是很疲倦、沮喪。我不會要他別走。就某方面而言，此時此刻，我們似乎該讓彼此與悲傷獨處。他努力調適著失去分歧者特質的感受，以及不管他對馬可斯的審判作何感想；而我，也該調適失去父母的傷痛。

我點點螢幕繼續讀下一篇日誌。

親愛的大衛：

我揚起眉毛。現在換成寫信給大衛？

親愛的大衛：

我很抱歉，事情不會像我們原來計畫的那樣進行。我沒辦法。我知道你可能會把我當成某個愚蠢的青少年，但這是我的人生，如果要在這裡待上好幾年，我就要照自己的方式來進行。我還是可以在博學派之外做好我的工作。所以，明天在擇派儀式上，安德魯和我會一起選擇克己派。

我希望你不要生氣。然而，即使你生氣，我也不會知道了。

——娜塔莉

我把這篇文字讀了一遍又一遍，讓那些字眼沉進心中。安德魯和我會一起選擇克己派。

我將微笑藏在掌中，頭靠在窗上，靜靜讓眼淚流下。

我的父母確實是相愛的，甚至深到足以背棄計畫和派別，足以反抗「派別遠勝血緣」，變成血緣遠勝派別，不對，是愛情遠勝派別。一直都是這樣。

我關掉螢幕。我不想再讀下去，不願破壞這感覺：我就像是漂在平靜無波的水面上。

那感覺很奇妙，即便現在我應該滿懷悲憤，但我覺得自己正在一字一字、一句一句地把她拼湊回來。

22 翠絲

檔案裡大概只剩下十多篇日誌，它們沒有告訴我我想知道的一切，卻給了我更多疑問。日誌除了抒發感想和印象之外，也是寫給某人的。

親愛的大衛：

我以為，比起監護人，你更像是我的朋友。我猜我錯了。

你認為在我進來這裡後會發生什麼事？我會一輩子單身，獨自過活嗎？我不會跟任何人產生關係嗎？我不會做出任何一個屬於自己的決定嗎？

在沒人願意的情況下，我拋下一切來到這，你應該要感謝我，而不是指控我棄任務於不顧。我就有話直說了：我不會因為選了克己派，而且即將結婚就忘記自己來這裡的目的。我值得擁有自己的人生。而且是我自己選的，不是你和改造局為我決定的。你應該很了解才是。在我看過、經過那些事情後，為什麼這樣的生活會如此吸引我，你應該懂。

老實說，我不覺得你有這麼在意我沒遵守一開始說好的去選擇博學派。我覺得你只是很嫉妒。還有，如果你希望我繼續更新訊息給你，請就懷疑我這件事跟我道歉。如果你不這麼做，我不會再上傳任何更新訊息給你，也不會再離開城市去見任何人。由你決定。

——娜塔莉

我忍不住猜想她對大衛的看法是否正確。這個想法在我心底蠢動。他真的嫉妒我父親嗎？他的嫉妒會隨時間而消散嗎？我只能從她的觀點來猜測他們的關係，而且我不知道在這件事上，她是否是最精確的消息來源。

從日誌中，我可以看出她年歲漸長以及時間的流逝讓她與曾居住的邊界漸行漸遠。她的用字變得越來越精鍊，反應越來越溫和自制。她變得成熟。

我檢查了下一篇日誌的日期，是幾個月後，但不是跟其他篇一樣寫給大衛，語氣也不一樣——不是那麼熟悉，而是簡潔明瞭。

我點點螢幕，翻閱過好幾篇，點了十次才再次找到一篇署名寫給大衛的信。日誌上的日期顯示，已經過了整整兩年。

親愛的大衛：

我收到你的信了。我能理解你不能再擔任更新訊息接收者的原因，我也會尊重你的決定，我會想你的。

祝你過得快樂。

——娜塔莉

我試著繼續找，但日誌到此結束。檔案裡的最後一份文件是死亡證明。死亡原因寫著身中多處槍傷。我搖晃了一下，甩掉腦中她倒在街上的景象。我不願意去想她的死亡。我想知道她和父親更多事情，還有她和大衛的事。只要有任何能讓我不再去想她生命終結的方式，都好。

當天早上稍晚，我跟著柔依去了控制室——在在顯示我有多麼渴求新資訊，還有行動。她向控制室的管理者提起跟大衛的會議，而我在旁堅決地盯著自己的腳，不願去看螢幕上的東西。我覺得，要是我讓自己看了一眼，即使只是一下下，就會上癮，迷失在從前的世界。因為，我不知道自己在這個新世界該何去何從。

只不過，等柔依講完話後，我卻再也無法控制自己的好奇心，看向了懸在桌前的巨大螢幕：伊芙琳正坐在床上，手捧著她床邊桌子的某樣東西。我靠近了一點，想看清那是什麼，我面前那名坐在桌前的女人說：「這是伊芙琳的鏡頭。我們全天候監控她。」

「可以聽到她嗎？」

「只有在我們把音量轉大時。」那女人回答。「不過我們大多時候會把音量關掉，要一整天聽這些閒聊還滿難的。」

我點點頭。「她在摸什麼？」

「某種雕塑，我也不清楚。」那女人聳聳肩。「她常常盯著那東西看。」

我在某處看過那東西——在托比亞的房間裡。我差點在博學派總部被處死之後，就睡在那裡。那是用藍色的玻璃做成，一個很抽象的形狀，看起來像是瞬間凝固的水流。

我一面在記憶中搜索，一面用手指碰著下巴。他告訴過我，伊芙琳在他年紀還小時給了他那個東西，然後告訴他要藏起來，不能給父親看到。畢竟是他是克己派的，他不允許有那種無用又漂亮的物品。當時我並沒有想太多，只不過，如果她在克己派的區域時就隨身攜帶，還一路帶到博學派總部，放在她床邊的桌上，這對她而言一定有其意義。也許，那是她用來對派別系統表示反抗的一種方式。

螢幕上，伊芙琳用手撐著下巴，望著那個小雕塑好一陣子，然後站起來，甩了甩手，離開房間。

不，我不認為那個雕塑是一種反抗的象徵。我想那只是一個提醒她、讓她記得托比亞的物品。就某方面而言，我從來沒有意識到，當托比亞跟我一起踏上離開城市的旅程時，他不只是一名對抗領導人的反叛軍，也是一名拋下母親的兒子。而她正因此悲傷不已。

那麼，他悲傷嗎？

他們之間的關係充滿艱難阻礙，但這羈絆從未破除。不可能被剪斷。

柔依碰碰我的肩膀。「有什麼事情想問我的嗎？」

我點點頭，轉離螢幕。在照片裡，站在母親身旁的柔依很年輕，而且她還在這裡，所以，我想她應該知情。我應該要問大衛，只是他身為改造局的領導人，不太好找。

「我想知道我父母的事。」我說：「我在讀她的日誌，可是我推測不出他們是怎麼認識，為什麼會一起加入克己派。」

柔依緩緩點頭。「我可以告訴妳我知道的部分。不介意陪我走到實驗室吧？我得留個話給馬修。」

她把手背貼到背後，放在脊椎最底的位置。我還拿著大衛給的螢幕。上面到處都沾上了我的指紋，並因很常碰觸的關係而暖暖的。我相當了解伊芙琳為什麼一直撫摸著那件雕塑——那是她兒子留給她最後一件物品，就像這螢幕也是母親留給我的最後一件東西。跟它在一起時，我覺得離她更近。

我想，正因為如此，我才無法拿給迦勒。即使他也有權利閱讀，但我還不確定自己是否能放開手。

「他們是在課堂上認識的。」柔依說：「你父親雖然是個很聰明的人，卻對心理學不太拿手，那個老師——當然是博學派的——因此對他很嚴厲。妳母親在課後幫忙他，他則對父母說自己是在進行一些學校的企劃。這樣經過好幾個禮拜，他們開始私下見面。我想，他們其中一個最喜歡去的地方就是千禧公園南端的噴泉。白金漢噴泉？就在溼地旁邊？」

我想像著母親和父親坐在噴泉旁，在飛濺的水花底下，腳掠過水泥底座。我知道柔依說的那座噴泉很久以前就已經不再運作，所以什麼飛濺的水花根本不存在，不過這樣想像畫面比較美。

「擇派儀式接近的時候，因為看到一些可怕的事情，妳父親急於離開博學派——」

「什麼？他看到了什麼？」

「怎麼說呢，妳父親是珍寧．馬修斯的好友。」柔依說：「他見到她對一名無派別者執行一項實驗。那人想要換得一些食物或衣服之類的。總之，她在測試引發恐懼的血清，這血清在後來與無畏派的新生訓練合併執行。在很久之前，恐懼實境模擬不會因人而異引發恐懼，只會產生一些一般所見的，像是懼高、蜘蛛之類的事物。後來，博學派的代表人諾頓出現，他讓血清以超過常規的效力，作用得再更久一點，結果導致那個無派別者的神智就此再也無法回復。那對妳父親而言算是最後一根稻草。」

她在一扇實驗室門前暫停下，用身分識別證開門。我們走進大衛給我母親日誌的那個昏暗辦公室。坐在那裡的馬修鼻子離電腦螢幕只有三英寸，他瞇起眼，幾乎沒注意到我們走進去。

我又想哭又想笑，這複雜的情緒將我淹沒。我坐在一張空桌旁的椅子上，手緊緊夾在兩膝之間。我父親不好相處，但他是個好人。

「妳父親想離開博學派，而妳母親也不想加入。不管她身負什麼任務，她還是想離安德魯近一些，所以他們一起選了克己派。」

她暫停一下，再繼續說：「這也在你母親和大衛之間造成裂痕。我想妳應該已經看到，最終他還是道歉了。只是他說他不能再接收她上傳的更新資訊。我不知道為什麼，他不肯說。在那之後，她的報告都非常簡短，只記載必要資訊。因此就沒存在那個日誌裡。」

「她還是在克己派裡完成了她的任務。」

「沒錯。而且她在那裡也比較開心，我認為她絕對會比在博學派快樂。」柔依說：「當然，就某種程度來說，克己派最後也沒有多好。在基因缺陷無遠弗屆的影響下，似乎無處可躲。即使克己派的領導階層也受其毒害。」

我皺眉。「妳是在說馬可斯嗎？他是分歧者，基因缺陷跟那沒有一點關係。」

「身處在基因有缺陷的人之間，不知不覺就會模仿他們的行為。」柔依說：「馬修，大衛想跟你主管開個會，討論一下其中一劑血清的發展狀況。上次艾倫完全忘了這件事。我在想你是不是可以陪他過來。」

「沒問題。」馬修眼睛完全沒離開電腦就回答。「我會叫他挪出時間。」

「太好了。那麼，我得走了。翠絲，希望我有解答妳的疑問。」她對我一笑，走出門外。

我屈著身體坐在那，手肘撐在膝蓋上。馬可斯是分歧者——基因純淨，跟我一樣。因此我不接受這種理由：他身邊環繞著基因有缺陷的人，所以才讓他變壞。因為我也是這樣，尤里亞也是，我母親也是，但我們都沒有對著我們所愛的人揮鞭痛打。

「她的理論有很多漏洞，不是嗎？」馬修說，他從桌後望著我，手指敲著椅子扶手。

「沒錯。」我說。

「這裡有些人想把一切怪到基因缺陷上。」他說：「對他們來說，這比接受真相容易些，也因此，他們無法完全了解人性，以及人會做出某些舉動的原因。」

「每個人都會對這個世界忿忿不平，進而責怪某件事。」我說：「就我父親而言，便是博學派。」

「那我可能不該告訴妳，博學派一向是我最喜歡的派別。」馬修說，微微一笑。

「真的嗎？」我坐挺。「為什麼？」

「我也不知道。我猜我認同他們吧。如果每個人都持續學習周遭的一切，就不會有那麼多問題了。」

「我這輩子都在小心翼翼防著他們。」我說，下巴擱在手上。「我父親憎恨博學派，所以我也學會憎恨他們，以及他們所做的一切。到現在我才覺得他錯了，或是……他有偏見。」

「妳指得是博學派還是學習新事物？」

我聳聳肩。「都有吧。我從未開口要求，卻有這麼多博學派的人挺身幫我。」威爾、費南多、卡拉都是博學派，也是我認識最好的人之一，不管認識的時間有多短。「他們是如此專注著要讓這個世界變得更好。」

我搖搖頭。「珍寧所做的一切都跟求知若渴無關，她渴望的純粹是權力，就跟父親告訴我的一樣，她所做的一切，是因為畏懼這個世界的廣大會令她手上的權力相較之下變少。也許無畏派的想法才是對的。」

「古語有云。」馬修說：「知識就是力量，得之可行惡，就像珍寧……或得之可行善，就像我們在做的。力量本身沒有善惡，所以知識本身也無關善惡。」

「我想，大概是因為我長大的時候就對兩者皆抱持懷疑——力量和知識。」我說：「對克己派而言，力量只能給予不願擁有的人。」

「聽起來也有點道理。」馬修說：「也許妳該從這些懷疑之中長大了。」

他手伸到桌下拿出一本書。書很厚，封面磨損，邊緣毛毛的。上面印的是人類生物學。

「有點早期的東西，不過這本書幫助我了解生而為人是怎麼一回事。」他說：「生為一個如此複雜、神祕的生化機制，更奇妙的是，還擁有解析這機制的能力，是相當特別的。這在整個進化史也是前所未見。能夠了解自己和這個世界，才讓我們更像人類。」

他把書遞給我，轉回電腦那邊。我低頭看著這磨損的封面，用手指摸過書頁邊緣。他把獲取知識這件事說得像某種祕密，極其美好，也像某種古老久遠的事物。好像只要讀了這本書，就能一路回溯到好幾世代前那個最初的世代（不管是多久之前）。只要讀了，就能成為比我自身更偉大、又古老無數倍的事物的一員。

「謝謝。」我說，不是因為這本書，而是因為他還給我的一些事物，一些在我能擁有前就已失去的事物。

旅館前廳聞起來有糖漬檸檬和漂白水的味道，是一種很刺激的組合。吸入時，我的鼻孔一陣灼痛。我經過一株盆栽，裡面種著正在枝枒上盛放的鮮豔花朵。我朝著目前已經變成我們暫時住所的宿舍走去。一邊走，一邊用襯衫邊緣擦著螢幕，想擦掉一些指紋。

迦勒一個人在宿舍裡，他的頭髮亂糟糟，眼睛因為睡覺而發紅。在我走進去把那本生物學丟在床上時，他對我眨眨眼。我腹底產生一股令我反胃的疼痛，我把有著母親檔案的那一面螢幕壓在身側。*他是她的兒子。他就跟妳一樣有權閱讀她的日誌。*

「如果妳有話要說，」他說：「就說吧。」

「媽曾住在這裡。」像是把一個祕密憋得太久，我不加思索地衝口而出，但我聲音太大，也說得太急。「她是從邊界來的，他們把她帶到這。她在這裡住了幾年，然後就進入城市，阻止博學派殘殺分歧者。」

迦勒對我眨著眼。我在失去勇氣之前，把螢幕拿出來等他接過。「她的檔案就在這，不是很長，不過你應該讀一下。」

他站起來，緊握住那片玻璃。比起以前，他長高許多，比我高出不少。在我們還小的時候，即便我比他小了要一歲，但有好幾年的時間我都是比較高的那個。那幾年是我們最快樂的時光。那時，我並不覺得他年紀比我大、比我更厲害，或更聰明，也不覺得他比我更無私。

「妳知道這件事多久了？」他說，並瞇起眼睛。

「跟那無關。」我退後一步。「總之我現在告訴了你，你可以留著。順帶一提，我已經看完了。」

他用袖子擦擦螢幕，熟練地用手指找到母親的第一篇日誌文章。我以為他會坐下來讀，這個對話就此結束，但他卻嘆了一口氣。

「我也有東西要讓妳看。」他說：「關於艾迪絲・普里爾。來吧。」

我會在他離開時跟上去，單純是因為聽到她的名字，而不是對他還有感情。

他帶著我走出宿舍到走道上，再轉過轉角抵達一個房間。這房間比我在改造局裡見過的都更偏遠，裡面空間又長又窄，牆上全是書架，上面擺著全長得一模一樣的藍灰色書本，像字典一般又厚又重。前兩排間有張長木桌，底下塞了幾張椅子。迦勒打開電燈開關，蒼白燈光立刻充滿室內，令我想起博學派總部。

「我在這裡打發了不少時間。」他說：「這是紀錄室。他們把芝加哥實驗的一些數據保存在這。」

他沿著室內右側的書櫃走，手指拂過那些書的書脊。他抽出其中一本，平放在桌上，將書翻開，書頁上有滿滿的文字和圖片。

「他們怎麼不把這些存放在電腦裡？」

「我推測他們之前是先放在這，後來才在網路發展出精密的保全系統。」他頭也沒抬地說：「數據不會完全消失，但紙張可以被永遠摧毀。所以，如果不希望錯誤的人接觸到這些資料，是可以全數銷毀的。有時候把所有東西印出來比較安全。」

他綠色的眼睛在搜尋正確位置時上下移動。他的手指十分靈巧，天生就是要翻書頁。我不禁想像，他是如何偽裝著那一部分的自己，在我們克己派的家中，把書藏入床頭板和牆之間，直到擇派儀式那天，將血滴入博學派的清水。我那時就該明白他是個騙子，只對自己忠誠。

我又感受到那令人反胃的痛楚，幾乎無法與他共處一室。那扇門把我們關在裡面，我們之間除了桌子之外別無他物。

「啊，在這。」他的手指落在某一頁，把書轉過來讓我看。

那看起來像是某份合約的副本，卻是手寫的墨跡。

本人，阿曼達．瑪莉．里特，來自伊利諾州，皮奧里亞，在此同意以下程序：

•「基因治癒」程序，由基因改造局定義為：「設計用以修正具有『缺陷』（見本表格第三頁）基因的基因工程程序。」

•「重置」程序，由基因改造局定義為：「為使實驗參與者更適合實驗的抹除記憶程序。」

我在此表示，我已在基因改造局一名成員的說明下完全了解這些程序的利弊。我了解，這代表我將會從改造局獲得新的背景、新的身分，並被安置於伊利諾州的芝加哥實驗，並於該地度過餘生。

我同意至少繁衍後代兩次，以將我正確的基因以最高可能性保存下來。我了解，當我經過重置程序，接受再教育後，此項行為是被鼓勵進行的。

同時，我也同意我的孩子、孫子、世世代代，持續待在這個實驗裡，直到基因改造局認為實驗已經結束。他們會由我在經過重置程序之後獲知的資訊，接受錯誤的歷史。

在此簽名

阿曼達．瑪莉．里特

阿曼達．瑪莉．里特。她就是影片上的那個女人。艾迪絲．普里爾，我的祖先。我抬頭看著迦勒，他的眼睛因知識而發著光芒，像通了電一樣。

我們的祖先。

我拉開其中一張椅子坐下來。「她是爸的祖先？」

他點點頭，在我對面坐下。「沒錯。往上七代，某位阿姨。她其中一個兄弟把普里爾這個姓傳了下去。」

「而這是……」

「這是一份同意書。」他說：「她同意加入實驗的同意書。最後面的參考文獻說這是第一版。她是其中一名最早的實驗設計者，是改造局的一員。在最初的實驗裡，改造局的成員只有幾名，實驗裡大多人都不是為政府工作。」

我又把那些字句看了一遍，試圖弄清楚狀況。當我在影片中看見她時，她成為我們城市的居民一事似乎再合理不過。她在我們的派別裡隱姓埋名，自願將她的一切拋諸身後。那是在我得知城市外面是什麼情況之前的事，可是這裡並不像艾迪絲給我們的訊息裡說得那麼可怕。

在影片裡，她非常有技巧地操縱了我們，主要用意是要讓我們繼續受到控制，並繼續貢獻影像資料給改造局——城市之外的世界嚴重損毀，分歧者必須到外面拯救一切。這其實不能算是謊言，因為改造局的人的確相信治癒的基因能修復某些事物：假使我們與廣大群眾合而為一，並把基因傳下去，整個世界就會變得更好。然而，他們不必然要如艾迪絲所說的，需要分歧者大軍從城市出來替天行道，拯救人民。我不禁揣測艾迪絲．普里爾是否真心相信自己說的話，或是只因必須如此才做此發言。

下一頁有她的照片。她的嘴唇線條剛毅，臉旁垂著一束棕色的頭髮。她一定曾見過地獄般的景象，才會自願被抹消記憶，讓整個人生重新來過。

「你知道她為什麼要加入實驗嗎？」我說。

迦勒搖搖頭。「根據紀錄——雖然在這方面紀錄極度含糊——如果加入實驗，該成員的家人就能免於赤貧。實驗目標的家人將因此每月獲得津貼，並持續十年。但那顯然並非艾迪絲的動機，畢竟她是為改造局工作。我懷疑她可能遭遇了什麼極大創傷，才決心要遺忘。」

我對著她的照片皺眉。我無法想像，究竟是怎樣的窮困，竟能使一個人願意忘記自己及所愛的每個人，以求讓他們的家人得到每月津貼。也許我這輩子都只能倚靠克己派的麵包和蔬菜過活，除此之外一切皆無，但我從來不會感到如此絕望。他們的處境一定比我在城市裡看到得要悽慘百倍。

我想不透艾迪絲為什麼也如此走投無路。又或許，她只是身邊沒有一個值得記住的人。

「我對於代表自己的後代簽下同意書的法律判例很有興趣。」迦勒說：「我認為，這在某人的小孩未滿十八歲時是能同理可證。但這似乎有點過時了。」

「我認為，當你做出人生的選擇，同時也決定了自己後代的命運。」我有些模稜兩可地說：「如果媽和爸沒有選擇克己派，我們還會選擇一樣的派別嗎？」我聳聳肩。「我不知道。若是如此，我們也許就不會這麼悶、這麼死板，也可能會變成不一樣的人。」

這個念頭鬼祟爬進我腦中，像某種滑溜的生物——**也許我們會變成更好的人。變成不會背叛自己妹妹的人。**

我盯著面前的桌子。在過去那幾分鐘，要假裝迦勒和我再次回到簡單的兄妹關係似乎並不難。然而，人僅能暫且忘記現實及憤怒，不久真相便會再次反撲。當我抬眼望向他，想起自己仍是博學派總部裡的一名囚犯時，曾想過以這種方式去看待他，也曾因為太過厭倦，不想再跟他吵或聽他的藉口，累得不想管被親生哥哥丟下的這件事。

我簡明扼要地問：「艾迪絲加入了博學派對不對？即使她用的是克己派的名字？」

「沒錯！」他似乎沒有注意到我的語調。「事實上，我們大部分的祖先都在博學派。有一些克己派的外來者，還有一兩個直言派，但整個主線幾乎始終如一。」

我覺得渾身冰冷，似乎在一陣顫抖後就要崩潰。

「所以，我猜在你那扭曲的思想裡，是打算用這個當藉口，解釋你所做的一切。」我淡淡地說：「比如說，加入博學派。比如說，對他們忠誠。如果你一直都該屬於他們其中的一員，那麼『派別遠勝血緣』就是可接受的信仰，是吧？」

「翠絲……」他說，以眼神懇求著我的理解，但我無法理解。我不想理解。

我站起來。「現在我了解艾迪絲和你，還有我們的母親了。非常好。就到此為止吧，可以了。」

有時，我望著他，會因為同情而感到痛苦；有時，又覺得極想緊掐住他的喉嚨。但現在，我只想逃跑，假裝這一切都沒有發生。我走出紀錄室，跑回旅館，鞋子在磁磚地板上發出嘎吱聲。我一直跑，聞到甜甜的柑橘味才停下腳步。

托比亞站在宿舍外面的走廊上。我覺得呼吸困難，甚至連指尖都能感覺到心跳。我五味雜陳，心中滿是失落、疑惑、憤怒和渴望。

「翠絲。」托比亞說，他的眉毛因擔心而皺起。「妳沒事吧？」

我搖搖頭，仍努力想要呼吸。我整個人用力把他壓到牆上，嘴脣貼上他的。有一瞬間，他想把我推開，隨後他似乎決定不管我是否沒事，不管他自己是否沒事。他完全豁出去。我們已經好幾天沒有獨處，甚至好幾週、好幾個月。

他的手指滑進我髮中。當我們像兩片刀刃般緊緊相貼，動彈不得時，我用力抓住他的手臂以保持平衡。他比我認識的任一個人都強壯，無人了解他有多麼溫暖。他是我心中必須守護的祕密，未來亦然，這輩子都是。

他低下頭吻著我的喉嚨，十分用力，手撫遍我全身，然後牢牢放在我腰上。我用手指勾著他的皮帶環，閉上雙眼。在那個瞬間，我清楚知道自己想要什麼：我想剝去隔在我們之間的每層衣服，把分隔我們的一切事物盡數去除，不管是過去、現在或未來。

我在走道末端聽見腳步聲和笑聲，我們趕忙分開。有人（可能是尤里亞）吹了口哨，卻因為耳中的脈動，我幾乎聽不見。

托比亞與我四目相對，就像在新生訓練時，在我的恐懼之境後，我初次真正注視著他。我們相互凝望得太久、太專注。「閉嘴。」我對尤里亞喊，但眼神沒有移開。

尤里亞和克莉絲汀娜走進宿舍；托比亞和我跟著他們，裝作什麼也沒發生。

23 托比亞

那晚，當我思緒繁雜地躺到枕頭上時，卻聽到某個東西在臉頰底下沙沙作響。我的枕頭套底下有張紙條。

T——

十一點在旅館入口處見。我得跟你談談。

——妮塔

我看向翠絲的床。她正仰躺著熟睡，有一小綹頭髮蓋在她的口鼻上，每次呼吸都會移動。我不想吵醒她，只是覺得這樣有點怪——大半夜跑去見一個女孩，尤其是在我們都很努力要對彼此坦誠以對的時候，卻不告訴她。

我看了一下手錶，還有十分鐘就要十一點了。

妮塔只是普通朋友。你可以明天再跟翠絲講。情況可能很緊急。

我把毯子推開，腳塞進鞋裡。這幾天來，我都穿著白天的衣服睡覺。我經過彼得的床，然後是尤里亞的。他的枕頭底下戳出一個瓶子的上半部，我用手指捏著它拿向門邊，然後把瓶子塞到其中一張空床的枕頭下。我並沒有依照跟奇克的約定看顧好他。

我一到走道上就把鞋帶綁好，順順頭髮。當我希望無畏派將我看成一名領導人的候選之一時，就不再把頭髮剪得像克己派了。然而，我想念那猶如儀式般的古老作法。剪髮器發出的嗡嗡聲，以及小心翼翼的動作，只需用手，甚至比眼睛看得更清楚。我還小時，父親曾在我們克己派家中頂樓的走道上幫我剪髮。對於刀刃，他總是太漫不經心，常會刮傷我的頸後，或是弄到耳朵。可是他從來沒有抱怨過幫我剪頭髮這件事。我想，也算是一點情分吧。

妮塔不斷點著步。她這次身穿一件白色短袖襯衫，頭髮攏到後面。她面帶微笑，但眼中並沒有笑意。

「妳好像在擔心什麼。」我說。

「我的確在擔心。」她回答。「來吧，有個地方我一直想讓你看看。」

她帶我走在一條陰暗的走道上，除了一些偶爾出現的守衛之外，四處空盪盪。這些人好像都認識妮塔——他們對她揮手或微笑。她把手插在口袋裡，每次我們不小心目光相對，她總很有技巧地移開眼神。

我們經過一扇用沒有安全感應器上鎖的門，裡面的空間是一個寬廣的圓室，大吊燈在正中央，燈上懸掛著許多玻璃；地面是打過蠟的深色木質地板；牆上覆蓋著大塊銅片，只要被光照到就閃閃發亮，有數十個名字刻在銅片上。

妮塔站在玻璃吊燈底下，大大展開雙臂，用手比著整個房間。

「這是芝加哥家族樹，」她說：「也是你的家族樹。」

我靠近其中一面牆，讀遍每個名字，搜尋著有沒有看起來眼熟的。最後，我找到了一個：尤里亞．佩卓德和艾奇克爾．佩卓德。兩個名字旁有一個小小的「ＤＤ」；尤里亞的名字旁邊有一個點，看起來是最近才刻上去的。我猜，可能是要標記他是分歧者吧。

「妳知道我的在哪裡嗎？」我說。

她越過房間，碰了其中一片板子。

「這些世代是依母系排列。所以在珍寧的紀錄裡才會標記翠絲是『第二代』，因為她的母親是從城市外面來的。我不確定珍寧是怎麼知道，我想我們永遠不會得知。」

我不安地靠近那塊寫著我名字的板子。我不懂看見自己和父母的名字被刻在銅板上是有什麼好怕的。我看見一條垂直的線把克莉絲汀．強森和伊芙琳．強森連起，還有一條水平線將伊芙琳．強森和馬可斯．伊頓連起來。在那兩個名字底下只有一個名字：托比亞．伊頓。我的名字旁邊有小小字母寫著「ＡＤ」，也有一個點。然而，我現在已經知道自己其實不是分歧者。

「第一個字母代表的是你的原生派別[4]。」她說：「第二個字母是你選擇的派別。他們認為，持續追蹤派別可以幫助他們追蹤基因路徑。」

我母親的字母則是：「ＥＡＦ」。我想那個「Ｆ」代表的是無派別者。

我父親的字母則是：「ＡＡ」，旁邊有個點。

我觸摸著將我和他們聯結起來的線，還有把伊芙琳和她的父母聯結起來的線，然後是把他

4 五大派別：克己派（Abnegation）、友好派（Amity）、直言派（Candor）、無畏派（Dauntless）、博學派（Erudite）。

們和他們的父母聯結起來的線，一路回溯著我家族的八個世代。這是我一直都熟知的圖譜，我與他們緊緊相繫，不管逃得多遠，都和這個空虛的遺傳永永遠遠繫在一起。

「我很感謝妳讓我看這個。」我說，同時感到悲傷、疲倦。「只是我不懂為什麼一定要在大半夜來。」

「我想你可能會想看，而且我有事情想跟你談。」

「又要跟我保證不會被自己的極限給限制住嗎？」我搖搖頭。「謝了，不必。我已經受夠了。」

「不是。」她說：「但我很高興聽到你這麼說。」

她靠近銅板，肩膀蓋住了伊芙琳的名字。我退後一步，不想靠她太近，近到能看到她瞳孔中的一圈淺棕。

「昨晚我跟你談的那些事，關於基因缺陷的……其實是個測試。我想看你在聽到我談論基因缺陷時會怎麼反應，這樣我才知道你能不能信任。」她說：「如果你接受我說你有極限這件事，答案就是否定的。」她又往我的方向移近了點，肩膀也蓋住了馬可斯的名字。「我得說，對於被分類為『有缺陷』這件事，我不吃那套。」

我回想著她解釋背上碎玻璃刺青時的模樣，一副覺得那是什麼有毒物質似的。

我的心開始跳得更用力，從喉嚨就能感覺到脈搏。她聲音中的一絲幽默被苦澀取代，眼睛失去了往常的暖意。我畏懼她，畏懼著她可能會說出的話語，同時也感到驚慌。因為那表示我無須如自己曾認為的那樣，感到如此渺小。

「我認為你也不吃那套。」她說。

「是這樣沒錯。」

「這個地方有很多祕密。」她說：「其中一個就是：對他們來說，缺陷者是消耗品。另一個則是：我們有些人並不願乖乖接受此事，而坐以待斃。」

「妳說消耗品是什麼意思？」我說。

「他們對像我們這樣的人犯下的罪行是很嚴重的。」妮塔說：「而且還把事情掩蓋起來。我可以讓你看證據，只是要等一下。現在，我能告訴你的是：我們正在跟改造局作對，不過理由站得住腳。我們希望你加入我們。」

我瞇起眼睛。「為什麼？你們到底想從我這裡得到什麼？」

「以現況來說，我是想提供你一個機會，看看住所外面的世界是什麼樣。」

「而妳將會得到的是……？」

「你的保護。」她說：「我要去的是一個很危險的地方，而且我不能告訴改造局的任何一個人這件事。你是外來者，那也代表信任你比較安全，而且我很清楚你懂得如何保護自己。如果你跟我一起來，我就會讓你看你想看的證據。」

她輕輕碰著自己的胸口，像是以此發誓。我的疑心很強，但好奇心更強。對我而言，要相信改造局會做壞事並不難，我所知曉的每個政府都做過壞事。甚至是克己派，那個由我父親一人統治的寡頭政權。先不去管這看來合理的懷疑，我已在心中醞釀著那個希望自己並非基因缺陷的想法，也認為比起可能會代代傳下的正確基因，我自身更有價值。

所以，我決定先相信這一切。就目前而言。

「好。」我說。

「首先。」她說：「在我給你看任何東西之前，你必須了解：你不能告訴任何人你看到的東西，即使是翠絲。這樣沒問題嗎？」

「她是可以信任的。」我答應過翠絲，不會再對她有任何祕密。我不該捲進這種狀況讓舊事重演。「為什麼我不能告訴她？」

「我不是說她不能信任。只是，她沒有我們需要的技能，我們不想讓任何人冒不必要的風險。你想，改造局不希望我們組織起來，如果我們認為自己並非『有缺陷』，那麼就代表我們認為他們做的一切——實驗、基因改造、一切的一切——是在浪費時間。沒有人想聽到自己一輩子的心血被說成是場空。」

我非常了解，這就像突然發現派別竟是人為設計的系統一樣。一切皆由科學家設計，目的是要讓我們盡可能受控越久越好。

她離開牆面，說出唯一有可能讓我同意的一件事：

「如果你告訴她，就剝奪了她我現在給你的選擇權。你會逼她成為共犯。只要對她守密，就能保護她。」

我的手指拂過我銘刻在金屬板上的名字，托比亞．伊頓。這是我的基因，我的爛攤子。我不希望把翠絲扯進來。

「好吧。」我說：「帶我去看。」

我看著手電筒光線跟著她的腳步上下跳動。我們才剛從大廳那邊一個抹布櫃拿了個袋子——她都準備好了。她帶我走入住所地下通道的深處，經過那個缺陷者的聚集場所，到一條已不再有電力流通的走廊。在某個特定位置，她彎下腰，用手在地上摸索，直到手指碰到一個門閂。她把手電筒交給我，拉開門閂，從磁磚上將門提起。

「這是逃生通道。」她說：「他們剛到這裡時就挖了，因此，緊急時刻一定有路可以逃出去。」

她從袋子裡拿出一條黑色管狀物，扭掉頂端。那東西噴出火光，發出紅光照亮她的皮膚。她把那東西從門口丟下，它落下好幾尺，在我眼皮底下留下一束光線。她坐在那個洞的邊緣，背包緊緊背在肩上，然後跳下去。

我知道下去的路程很短，卻覺得底下的空間比想像得更大。我坐好，鞋子的輪廓在紅色火光的照射下一片暗，然後把自己推向前。

「有意思。」在我落地時，妮塔說。我舉起手電筒。我們走在通道裡時，她在身前舉著一個火把，通道寬度正好能讓兩個人並肩行走，高度也恰好能讓我站直。這裡面的味道混雜惡臭，像霉味和渾濁的空氣。「我忘了你怕高。」

「我現在已經沒有這麼怕了。」我說。

「戒心不用這麼強！」她微笑。「其實我一直想問你這件事。」

我跨過一灘泥，鞋底磨過滿布砂礫的通道地面。

「你第三個恐懼，」她說：「是射殺那個女人。她是誰？」

火光消失，我手上握的手電筒成了走過通道的唯一嚮導。我動了一下手臂，在我們之間隔開更多距離。我不想在黑暗中碰到她的手臂。

「沒有特定是誰。」我說：「那個恐懼就是射殺她而已。」

「你會害怕射殺人？」

「不。」我說：「我是害怕自己擁有殺人的能力。」

她沉默了，我也是。我第一次大聲把這些話說出來，現在我突然覺察到這句話聽起來多怪。有多少年輕人會畏懼著自己心中住著一頭野獸？人們應該恐懼他人，而非自己。人們應該崇拜自己的父親，而非一想到他便渾身顫抖。

「我一直在想，不知道我的恐懼之境裡面會有什麼。」她壓低聲音說，像在祈禱。「有時，我覺得要害怕的東西實在太多；有時卻又覺得好像沒什麼東西好怕。」

明知她看不見我，我仍點點頭。我們繼續前進。手電筒的燈光上下跳動，我們的鞋子刮擦地面，發霉似的空氣從遙遠彼方直撲而來，而我完全不知道遠遠的那端有著什麼。

走了二十分鐘後，轉過一個轉角，我聞到新鮮空氣，冷冽得足以讓我打顫。我關掉手電筒，通道盡頭的月光引領我們走向出口。

這條通道帶著我們抵達這片荒原的某處。它夾在傾毀的建築和從路面生長出的樹木之間，是我們在前往住所時曾開車經過的地方。停在幾尺外的是一輛老舊的卡車，車後蓋著破爛的帆布。妮塔踢了踢其中一個輪胎當作測試，然後爬上駕駛座。鑰匙已經掛在發動器上了。

「這是誰的卡車？」在我坐上乘客座時這麼問。

「這車是我們要去見的那些人的。我請他們停在這裡。」她說。

「他們是誰？」

「我的朋友。」

我不知道她是怎麼在這迷宮般的街道找到路，她就是辦到了。她開著卡車繞過樹根和倒下的街燈，用車燈閃著從我眼角餘光驚惶逃跑的動物。

一隻腳很長、身體棕色無毛的動物逕自走過前方街道，牠幾乎跟車頭燈一樣高。妮塔輕踩煞車，這樣才不會撞到牠。牠耳朵顫動一下，又黑又圓的眼睛小心翼翼又充滿好奇地看著我們，像小孩似的。

「牠們還滿美的，不是嗎？」她說：「在我來這裡之前，從沒有看過鹿。」

我點點頭。牠很優雅，但遲疑著，步履蹣跚。

妮塔用手指按下喇叭，那頭鹿便讓開。我們再次加速，抵達一條寬廣又開闊的路，這條路中間橫過我曾一路走到住所的鐵軌，它戛然而止。我看到前方的光亮，那是這荒廢又黑暗之處的唯一亮點。

我們朝東北方走，遠離那裡。

等我再次看到電燈，已經是好久之後。我看到了燈光沿著一條狹窄、破爛的街道發亮，電燈泡連著電線懸在老舊街燈上。

「我們就開到這。」妮塔一轉方向盤，將卡車轉進兩棟磚造建築之間的小巷。她把鑰匙從發動器上拿下來，然後看著我。「檢查一下前方置物櫃，我有叫他們給我們武器。」

我打開前方的置物空間，有兩把刀躺在一些舊的包裝紙上。

「你用刀的技術怎麼樣？」她說。

即使麥斯在我加入前對新生訓練做出了修改，不過無畏派本來就會教新生如何擲刀。只是我一向不喜歡，因為那好像在鼓勵無畏派怎麼譁眾取寵，而非著重真正實用的技巧。

「還可以。」我不自然地笑著說：「雖說我從不覺得那項技巧真的有用。」

「我想無畏派還是有派得上用場的地方吧……四號。」她說，稍微笑了一下。她拿了兩把刀中大的那一把；我拿了小的那把。

我很緊繃，走進小巷時不斷在手中翻轉著刀柄。在我上方，某扇窗閃爍著不太一樣的光亮——是火焰，可能是蠟燭或提燈發出來的。在某個時刻，我往上瞥，看見了披蓋著的頭髮和深黑的眼珠回瞪著我。

「有人住在這。」我說。

「這裡是邊界的邊界。」妮塔說：「從密爾瓦基開過來大概兩小時，那裡是由此向北的一個城市區域。沒錯，這裡是有人住。這些日子以來，即便有人想住在政府的管轄之外，他們也不敢冒險離城市太遠，就像這裡的人一樣。」

「為什麼他們要住在政府的管轄之外？」我熟知住在政府管轄區域之外是什麼模樣。我看過無派別者，他們總是挨餓、冬天寒冷受凍、夏天酷暑煎熬、苟延殘喘。這不是什麼輕鬆的日子——要選擇這麼過活可能得有更好的理由。

「因為他們基因有缺陷。」妮塔邊說邊瞥著我。

「基因有缺陷的人在認知上來說——法律上也是——與基因純淨的人平等，但嚴格說來，只限於書面上。現實生活中，他們更貧窮、更容易犯罪，也較不容易得到好的工作……想得出來的都有。這問題從超過一世紀前的淨化之戰後就持續到現在。對於住在邊界的人而言，比起嘗試修正裡頭的一些問題——就像我打算要做的——完全脫離那個社會似乎更有吸引力。」妮塔說。

我想起她身上那個玻璃碎片刺青，忍不住猜測她是什麼時候刺的——我揣想著究竟發生了什麼事，才令她的眼中散發危險的光芒、言論如此戲劇化、個性如此好革命。

「妳打算怎麼做？」

她下巴一凜，說：「奪走改造局的一些權力。」

小巷開展，變成一條大街。有些人徘徊潛行在邊緣，其他人在路正中央，是歪歪倒倒的一群，手上拎著酒瓶。我看到的都很年輕，我想邊界大概沒什麼成年人。

前方傳來吼聲，玻璃碎在路面。那裡有群人站成一圈，包圍著兩個正在又打又踢的人。

我向他們走去，但妮塔抓住我的手，拖著我往其中一個建築物去。

「現在不是逞英雄的時候。」她說。

我們靠近轉角一棟建築的門。一名身形高大的男子站在門旁，掌中轉著一把刀。當我們走上階梯，他停止轉刀，把刀拋到另一隻滿是疤痕的手中。

他的體型、使用武器的熟練度，以及滿身傷疤又歷經風霜的模樣，在在都該讓我畏懼。只是他的眼睛就像那頭鹿，又大又謹慎，而且充滿好奇。

「我們來見拉夫。」她說：「我們是從住所來的。」

「你們可以進去，但刀子留下。」那人說，音調比我預期的高且輕。如果這裡是個不太一樣的地方，他可能會是一名溫和的人；然而，這裡的確不同，我知道他並非溫和，儘管我不了解那究竟代表何意。

即使我拋棄了一切軟弱，並認為那是無用的，卻發現自己會忍不住思考，如果這人被逼迫違反天性，那麼他心中一定有些重要的事物消失不見。

「想都別想。」妮塔說。

「妮塔，是妳嗎？」裡面傳出一個聲音，情感豐富且悅耳。這聲音的主人是一名個子小小、臉上堆滿笑容的男子。他來到門口。「我不是跟你說就讓他們進來嗎？快進來、進來。」

「嗨，拉夫。」她說，很明顯地鬆了一口氣。「四號，這位是拉夫。他是邊界一名很重要的人士。」

「幸會。」拉夫說，示意我們跟著他。

裡面是一個大且開闊的房間，由一排蠟燭和提燈點亮，到處都擺著木製家具；除了一張桌子外，其他的桌子都是空的。

一名女子坐在房間後方，拉夫坐到她身邊。雖然他們相貌看來不同——她的頭髮是紅色的，身材豐腴；他五官黑黝，體型瘦得像電線——卻感覺相似，像同一把鑿子鑿出的兩座石像。
「請把武器放在桌上。」拉夫說。
這次，妮塔服從了。她把刀子放在正前方的桌子邊緣。她坐下，我也照做。在我們對面，那女人交出一把槍。
「這位是？」那女人說，用頭示意著我。
「這是我的幫手。」妮塔說：「他是四號。」
「『四號』是哪種名字啊？」與一般人不同，她並非以輕蔑語氣問出這個問題。
「是那種在城市的實驗裡會聽到的名字。」妮塔說：「因為他只有四種恐懼。」
我不禁想，她會用這名字介紹我，可能只是為了有機會說出我是從哪裡來的。這麼做會讓她更有影響力嗎？會讓我在這些人面前更加可信嗎？
「有意思。」那名女子用食指敲敲桌面。「好吧，四號，我是瑪莉。」
「瑪莉和拉夫領導著中西部分支的缺陷者反抗社團。」妮塔說。
「把我們叫成『社團』聽起來像是一群老太太在玩撲克牌。」拉夫流暢地說：「我們更像是起義團體，我們觸及的範圍廣至整個國家。每個現存的都市都有這樣的群體，各區域——中西部、南部和東部——都有負責人。」
「西部有嗎？」我說。
「現在沒了。」妮塔靜靜地說：「那裡的地形太難駕馭，而且在戰後，城市太分散，住在那裡太顯眼。現在那裡是法外之地。」

「所以，他們說的是真的。」瑪莉說，她看著我時，眼睛猶如一小片映照著光的玻璃。

「城市實驗裡的人真的不知道外頭是怎樣的。」

「當然是真的，他們怎麼會知道？」妮塔說。

我的眼皮突然覺得很沉重，一陣疲倦吞沒了我。我這短暫的人生已經捲入太多次革命。先是無派別者，很明顯的，現在又是缺陷者。

「我不想打斷這歡樂的時刻。」瑪莉說：「但我們不該在這浪費太多時間。在那些人開始嗅到事情不對勁之前，可沒辦法支開他們太久。」

「沒錯。」妮塔說，她望著我。「四號，你能幫忙看守一下，不要讓外面出亂子嗎？我得私下跟瑪莉和拉夫談談。」

如果我們獨處，我一定會問：為什麼我不能在她跟他們講話時待在這；或是問她：如果我從頭到尾只是在外面站崗，為什麼還要大費周章把我帶到這裡。我猜自己可能還沒真的打算幫她。她要他們跟我見面，一定有其原因。於是，我起身，同時帶上我的刀，從那個由拉夫的守衛在街上看守的那扇門走出去。

對街的爭執已經結束。一個孤獨的身影躺在路上。有一瞬間，我以為他還在翻動，隨後便明白，那只是因為有人正在翻他的口袋。那不再是個某個身影，而是一具屍體。

「死了？」我說，這兩個字輕如吐息。

「死了。在這裡，如果你沒辦法保護自己，連一個晚上都撐不過。」

「那人們為什麼還要來這？」我皺眉。「為什麼他們不乾脆回去城市？」

他沉默了好久，我還以為他沒聽到我的問題。我看著那名小偷把屍體的口袋翻遍後，棄死者於原地，然後溜進附近的一棟建築物。最後，拉夫的守衛終於開口說話。

「在這裡，如果你死了，可能有人會在乎，像是拉夫，或是其他的領導者。」守衛說：「在城市裡，如果你被殺掉，只要你是缺陷者，絕對沒有半個人會理你。我看過最可怕的罪行，是一名純淨者因為殺了一名缺陷者而被控『過失殺人』。根本是鬼扯。」

「過失殺人？」

「意思是那項罪行純屬意外。」拉夫以柔順且充滿抑揚頓挫的聲音在我身後如此說道。「或者說，不會有一級謀殺那麼重。**法律面前**，我們皆為平等，是吧？不過這件事極少實行啊。」

他站在我身邊，手臂交疊。我瞬間明瞭。當我看著他，就像看見一名君王，正在環視他的國土——這個他認為十分美麗的國土。我望向大街，看著損毀的道路，看著跛行的人們，他們口袋空空如也，然而看著閃耀火光的窗戶，我便明白他眼中的美麗便是自由——身為一個完整之人，而非缺陷者的自由。

我也曾看見那樣的自由。當伊芙琳在無派別的人們中對我發出請求時，當她要我離開我的派別，變成一個更完整的人時。只不過，那都是謊言。

「你是從芝加哥來的？」拉夫對我說。

我點點頭，仍望著黑暗的街道。

「所以你現在算是逃出來了嗎？看到這個世界，你覺得怎麼樣？」他說。

「大同小異。」我說：「人們只是被不同的事物所分化，在不同的戰場上廝殺。」

妮塔的腳步聲緩緩從裡面的地板傳出，當我轉身，她就站在我正後方，手深深插在口袋裡。

「謝謝你們安排會面。」妮塔說，對拉夫點點頭。「我們該走了。」

我們再次走回大街，在我轉身望著拉夫時，他舉起了手，揮手向我們道別。

當我們走回卡車，我又聽到尖叫聲，但這次是小孩的。我經過那一把鼻涕一把眼淚的喊聲，想起自己還小時，會縮在臥室裡用衣袖摀著鼻子。母親在把衣服拿去洗之前都會用海綿刷袖口，卻總沒有多說些什麼。

我上卡車時，已經對這個地方和它蘊含的痛苦感到麻木。我已準備好要回到那如夢似幻的住所，感受光線的溫暖和安全的感覺。

「我不是很能理解，為什麼這地方會比城市裡的生活要好。」我說。

「我也只去過一個不屬於實驗的城市一次。」妮塔說：「那裡有電力，但是照配給系統——每個家庭一天最多只有一小時。水也一樣。那裡有很多犯罪行為，但都怪罪到基因缺陷上。是有警察，可是他們能力相當有限。」

「所以，改造局的住所。」我說：「就是最輕鬆、最適合居住的地方。」

「就資源上來說，沒錯。」妮塔說：「但是在城市裡有的社會組織，住所裡面也有，只是比較難察覺。」

我看著邊界從後照鏡內消失，所幸有沿著狹窄街道亮著的電燈，才能勉強從圍繞著它們的荒廢大樓中辨識出來。

我們開過有著巨大窗戶的焦黑房屋，試著想像屋子乾淨發亮的模樣。在過去的某個時候，它們一定是那樣的。這些屋子會有用圍欄檔起來的庭院，一定也曾修剪整齊且綠意盎然，窗戶會在傍晚時發出亮光。我想像著住在裡面的人，亦是平和、寧靜的模樣。

「妳跑出來到底是要跟他們談什麼？」我說。

「我跑出來，是為了要確保我們的計畫萬無一失。」妮塔說。

在儀表板燈光的照亮下，我發現她的下脣有些傷痕，像是很習慣地去咬似的。

「我也希望他們見見你，認識一下在派別實驗裡的人。瑪莉曾懷疑像你這樣的人是跟政府串通，但這顯然不是真的。拉夫……他是第一個向我證明改造局和政府其實對我們的歷史造了假的人。」

妮塔說完後暫停了一下，似乎要讓我感覺到這些話有多重要，只是我不需要一段停頓、一點安靜或一些空間來相信她。我整個人生都被政府所欺瞞。

「改造局老是在講基因操縱前人類的黃金時代，說那時候每個人的基因都很純淨，一切相當祥和。」妮塔說：「但拉夫讓我看了戰爭時的舊照片。」

我停了一拍。「然後？」

「然後？」妮塔難以置信地繼續追問。「如果基因純淨的人在過去造成戰爭及全面浩劫，那基本上，跟現在這些基因有缺陷的人做的事比起來大致沒兩樣。這樣一來，他們必須花這麼多資源和時間，想辦法修正基因缺陷的立論究竟是什麼？實驗到底有什麼作用？除了要說服人們說政府有在做事，要讓我們過得更好——即使我們過的一點也不好——還有什麼作用？」

真相會改變一切。這難道不是翠絲不顧一切也要把艾迪絲・普里爾的影片公開，甚至不惜跟我父親聯手的原因嗎？她知道，不管真相是什麼，都會改變我們的苦難，讓我們心中的優先順序永遠改變。這些人並非選擇與這個國家裡隨處可見的貧困或猖狂的犯罪抗爭，而是與基因缺陷奮戰。

「為什麼？為什麼要花這麼多時間和精力，去跟根本不是問題的問題對抗？」我追問，突然感到一陣挫折。

「怎麼說呢，可能是因為正在抗爭的人被教育成認為那就是問題癥結。那也是拉夫告訴我的另一件事——政府製造出那些與基因缺陷有關的宣導。」

妮塔繼續說：「最初是怎樣？我不知道。可能有很多原因。對缺陷者的偏見？意圖控制大眾？也許吧。可能是將基因缺陷的人洗腦，讓他們覺得自己有問題，並以此控制他們？告訴基因純淨的人，他們是被治癒的、是完整的，然後也控制他們？這並非一朝一夕，也不是只有單一原因。」

我把頭斜靠在冷冷的車窗旁閉上眼。太多訊息在腦中嗡嗡響，我無法專注在任一部分。我放棄嘗試，讓自己放空。

抵達通道後，我回到自己的床上時，太陽已經要升起了。翠絲的手臂又掛在她床的邊緣，手指掠過地面。

我在她對面坐下，有一瞬間，我看著她的睡臉，想起我們在千禧公園做的協議：再也沒有祕密。她對我做出承諾，我也對她保證。如果我不告訴她今晚看到、聽到的一切，就算是違背了誓約。為了什麼？保護她嗎？為了我非常不熟的妮塔嗎？

我溫柔地把頭髮從她臉上拂開，這樣才不會吵醒她。

她不需要我的保護。她自己就夠堅強了。

24 翠絲

彼得在房間另一端，正把一堆書弄成一疊，塞進一個袋子裡。他咬著一枝紅筆，把那個袋子拿出房間。他走到走廊上時，我聽著袋子裡的書撞著他的腿。我一直等到聽不見他的聲音才轉向克莉絲汀娜。

「我一直憋著沒問妳，但我決定放棄。」我說：「妳跟尤里亞是怎麼回事？」

克莉絲汀娜懶懶地攤在床上，一條長腿掛在邊緣，瞪了我一眼。

「怎樣？你們兩個老是膩在一起。」我說：「一直一直膩在一起。」

今天很晴朗，光線從白色的窗簾透進來。只是不知道為什麼，宿舍的氣味令人想睡——像是洗衣墊、鞋子、夜晚的汗水和早晨的咖啡。有些床已經鋪好了；有些床單還是亂亂地在床尾或側邊弄成一團。我們大多來自無畏派，可是我還是為了大家有多不同而稍感驚訝。生活習慣不同、個性不同、看世界的觀點不同。

「妳可能不會相信，但事情不是那樣。」克莉絲汀娜用手肘支起身體。「他還在傷心，我們只不過都無事可做。還有，他可是**尤里亞**。」

「那又怎樣？他長得不錯。」

「是不錯。但他連一秒都沒辦法認真不搞笑。」克莉絲汀娜搖搖頭。「別誤會，我喜歡哈哈大笑，但我也想要一段認真的關係，妳懂嗎？」

我點點頭，我的確懂，也許比任何人都懂，因為托比亞和我不太算是愛開玩笑的人。

「除此之外。」她說：「不是每段友誼都會發展成愛情，至少我就還沒想吻妳。」

我大笑。「說的也是。」

「妳最近都跑哪去了？」克莉絲汀娜說。她扭扭眉毛。「跟四號出去嗎？去……增產報國？」

我用手遮住自己的臉。「那是我聽過最爛的笑話。」

「不要逃避問題。」

「我們才沒有『增產』。」我說：「反正還沒就是了。他有一點因為『基因缺陷』這件事耿耿於懷。」

「啊，那個啊。」她坐起來。

「妳怎麼想呢？」我說。

「我不知道。我想那讓我覺得有點火大。」她皺眉。「沒有人喜歡被人說自己有問題，尤其跟基因有關，因為那無法改變。」

「妳真的覺得自己有什麼不對勁嗎？」

「我猜有吧。有點像某種疾病，對吧？他們可以從我們的基因裡看到。這是一翻兩瞪眼的，不是嗎？」

「我不是要說妳的基因沒有什麼不同。」我說：「我只是覺得，不能就這樣判定某組基因有缺陷，另一組沒有。藍眼睛的基因和棕色眼睛的基因也不一樣，難道藍眼睛就是『有缺陷』

的嗎？他們好像很武斷地就認定某種ＤＮＡ不好，另一種是好的。」

「根據證據，缺陷者的行為比較糟糕。」克莉絲汀娜指出。

「那可能是很多狀況造成的。」我反駁。

「真不知道為什麼，我明明希望妳是對的，卻還要跟妳爭執半天。」克莉絲汀娜邊說邊笑。「可是妳不覺得改造局這些聰明得要命的科學家，應該可以找出差勁行為的原因嗎？」

「當然。」我說：「但我覺得，不管多聰明，人們通常只會找到自己想找的東西，只是這樣。」

「也許妳也有偏見。」她說：「因為妳有和這個基因議題有問題的朋友，和男朋友。」

「也許吧。」我知道自己在支吾其詞，想做出解釋，還是一個連自己也不太相信的說法，但我還是說出口了。「我不懂為什麼要相信有基因缺陷。這會讓我對人更友善嗎？不會。更不友善嗎？這倒可能。」

除此之外，我也發現這件事對托比亞的影響，使他如何懷疑自己。我不覺得這會導致什麼好結果。

「不是因為某件事讓你的生活過得更好才相信，而是因為那件事是真的。」她表示。

「但是……」我說得很慢，再三思索。「以信仰所致的最後成果評估一件事是否為真，不也很好嗎？」

「這想法聽起來很殭屍人。」她暫停一下。「雖說我的想法也可能太直言派。老天，不管去到哪裡，我們怎麼也沒辦法逃脫派別，對不對？」

我聳聳肩。「也許逃離派別並沒那麼重要。」

托比亞一臉蒼白疲倦地走進宿舍，就跟這幾天來一樣。他的頭髮因為躺在枕頭上而被推高到側邊，他還穿著昨天的衣服。自從我們來到改造局，他就一直正裝入睡。

克莉絲汀娜站起來。「好了，我要走了。整個空間都……留給你們兩個……獨處。」她用手比了比空空的床，然後在走出宿舍時超刻意地對我眨了個眼。

托比亞笑了一下，但不足以讓我覺得他真的開心。他沒有坐在我旁邊，而是徘徊在我床角，手指笨拙地摸著襯衫邊緣。

「我有事情要跟妳談談。」他說。

「好。」我說，胸口似乎感覺到某根恐懼的尖刺，像心電圖上一個突然跳高的指數。

「我想請妳保證不會發怒。」他說：「但……」

「但你知道我不會保證這種愚蠢的事。」我說，喉嚨好緊。

「沒錯。」他是坐下來了，坐在床上沒鋪好的毯子之中。他避開我的眼神。「妮塔在我的枕頭下留了張紙條，叫我昨晚去見她，而我去了。」

我挺起身，一邊想著妮塔那張漂亮的臉，那優美的腿走向我的男友，一邊感到憤怒的熱流擴散全身。

「一個漂亮女生要你在半夜跟她見面，你就去了？」我追問。「然後你還希望我不要發怒？」

「妮塔跟我不是那樣。完全不是。」他急切地說，終於望向我。「她只是要讓我看些東西。她不相信基因缺陷，也希望我如此認為。她計畫要奪走改造局的一些權力，讓缺陷者更平等。我們去了邊界。」

他跟我講述了通往外面的地下通道，還有苟延殘喘的殘破邊界小鎮，以及跟拉夫和瑪莉的談話。他解釋了政府一直隱瞞的戰爭，這樣就沒有人知道「基因純淨」的人也能做出驚人的暴力行為，還有缺陷者是怎樣在城市區域中生活著。在那裡，政府仍有實權。

在他說話時，我心中逐漸對妮塔產生懷疑，只是我不知道這分懷疑從何而來。是我一向信任的直覺？還是嫉妒心？當他說完，一臉期待地望著我，我則噘著嘴，試圖做出一些決議。

「你怎麼知道她說的是實話？」我說。

「我不知道。」他說：「她說今晚會讓我看證據。」他牽起我的手。「我希望妳也一起來。」

「妮塔不會在意嗎？」

「我不在意。」他的手指滑進我指間。「如果她真的需要我幫忙，那她就要想辦法調適這件事。」

我看著我們交纏的手指，看著他灰色襯衫磨損的袖口，還有牛仔褲破舊的膝蓋處。我不想浪費時間讓妮塔用她所謂的基因缺陷當藉口，找到跟托比亞的共通點，畢竟我永遠都不會有這項優勢。不過這對他很重要，而我也跟他一樣想知道，是否真有證據證明改造局做的惡行。

「好吧。」我說：「我會去，但別以為我真相信她對你的遺傳碼比對你本人有興趣。」

「怎麼說呢。」他說：「別以為我對其他人比對妳本人更有興趣。」

他的手放到我頸後，將我的唇推向他。

這個吻和他的話都安撫了我，然而我的不安還沒有完全消失。

25 托比亞

翠絲和我午夜後在旅館大廳跟妮塔見面。在那些花朵還沒完全綻放的盆栽之間，散發出一種野性被馴服之感。當妮塔看到翠絲在我身邊，她的臉緊繃得像是嘗到什麼苦味。

「你答應過不會告訴她的，」她指著我說：「不是說要保護她嗎？」

「我改變心意了。」我說。

翠絲發出刺耳的笑聲。「妳是這樣跟他講的嗎？要保護我？算是很高竿的操縱手法，幹得好。」

我對她揚起眉毛。我從沒想過那是操縱，這讓我有點訝異。我一向能看清他人是否別有用心，或自己在心中思考著來龍去脈，只是我太習慣對翠絲的保護欲，尤其是在差點失去她之後，我甚至沒有再多想清楚。

或者，我太習於欺騙自己，逃避這個令人難堪的事實：我樂於獲得一次欺騙她的機會。

「那不是操縱，是真話。」妮塔看起來不再憤怒，只剩疲倦。她用手掩住臉，然後從臉往後滑，順了順頭髮。她並無戒心，這代表她可能說的是真話。「如果你知道那些事，卻沒有舉報，很可能會被逮捕。我只是覺得最好避免這種事發生。」

「太遲了。」我說：「翠絲也一起來。這樣會有問題嗎？」

「我寧可你們兩個一起，好過連你也不來。而且，我認為我這麼說已經算是相當含蓄。」妮塔說，翻了翻白眼。「走吧。」

翠絲、妮塔和我走回那個悄然無聲又寧靜的住所，到達妮塔工作的實驗室。沒有任何一個人開口說話，我能清晰地聽見鞋子發出的每個嘎吱聲、遠處的每個聲響，以及每扇關上的門發出的聲音。我覺得我們好像在從事違禁行為，雖然實際上我們並沒有。至少目前還沒。

妮塔停在實驗室的一扇門旁，掃瞄了她的卡片。我們跟著她經過那個看到我遺傳碼圖譜的基因治療室，一路進到比先前曾到過更近核心的地方。那裡幽暗又陰森，我們走過時，一堆灰塵在地板上飛揚。

妮塔用肩膀推開另一扇門，我們走進一間儲藏室。無光澤的金屬抽屜覆滿牆面，上頭貼著寫了數字的紙，墨水因時間而褪色。房間中央有一張實驗桌，上頭有一臺電腦和顯微鏡，還有一名金髮滑順地往後梳的年輕人。

「托比亞、翠絲，這是我朋友瑞吉。」妮塔說：「他也是缺陷者。」

「幸會。」瑞吉微笑著說，他握了翠絲的手，然後是我。他的手相當有力。

「先讓他們看看幻燈片。」妮塔說。

瑞吉點了一下電腦螢幕，示意我們靠近一點。「不用怕。」

翠絲和我交換著眼神，站在瑞吉背後的桌旁看螢幕。圖片開始在上面閃動，一張接一張。它們都是灰階，顆粒很大，而且有點扭曲——一定是很老的照片。而只消幾秒我便了解，那些都是人們受苦的照片：極度瘦弱的孩子睜著大大的眼睛、塞滿屍體的壕溝、好大一堆正焚燒著的紙。

照片動得太快，像書頁被微風翻動，我只捕捉到恐懼的印象，然後便將臉轉開，無法再看下去。我感到體內升起一股深沉的靜默。

起先，當我看著翠絲，她的表情還是平靜如水，好像我們目睹的那些畫面一點漣漪都沒有掀起，隨後她的嘴唇便開始顫抖。她緊抿著嘴，試圖偽裝。

「看看這武器。」瑞吉叫出一張照片，上面有個穿著制服的人拿著一把槍，正瞄準著某物。「那種槍非常老舊。在淨化之戰中使用的槍枝已經大大改進。即使連改造局都不得不同意這說法。這一定是來自非常久以前的衝突，而且必定是由基因純淨的人掀起，因為那時基因操縱還不存在。」

「要怎麼藏起戰爭？」我說。

「人們被孤立、挨餓。」妮塔靜靜地說：「他們只知道自己被教導了些什麼，只能看到他們能接觸得到的資訊。而是誰在控制這一切？當然是政府。」

「好。」翠絲的頭猛地抬起，她講話速度很快，相當緊繃。「所以說，他們對你們的……我們的歷史撒謊。但那不代表他們就是敵人，只代表他們是一群得到嚴重錯誤訊息的人，他們想……讓世界更好。只不過採取了某種草率的方式。」

妮塔和瑞吉面面相覷。

「問題就在這裡。」妮塔說：「他們在傷害他人。」

她把手放在桌上，往前靠向我們。我又再次看見她體內那股革命之力不斷增強，強過了她身為一名年輕女子、身為缺陷者及實驗室員工的那部分。

「當克己派打算比原訂計畫更快揭露關於那個世界的偉大真相。」她慢慢地說：「珍寧・馬修斯想遏止他們……一想到要提供她那些強大且先進的實境模擬血清，改造局再樂意不過。就是那些讓無畏派都成為階下囚的攻擊實境模擬，同時導致了克己派的覆滅。」

我稍微停下，讓這件事沉澱在心裡。

「不可能是這樣。」我說：「珍寧告訴我分歧者——就是基因純淨的人——出現最高比例的派別就是在克己派。你剛說改造局認為基因純淨的人非常有價值，才會派人進去救他們。那為什麼還要幫珍寧殺害他們？」

「珍寧弄錯了。」翠絲冷漠地說：「伊芙琳說過，最高比例的分歧者是在無派別者裡面，不是克己派。」

我轉向妮塔。

「我還是不懂他們為什麼會拿這麼多分歧者來冒險。」我說：「我要證據。」

「不然你覺得我們來這裡做什麼？」妮塔打開另一組燈，照亮那些抽屜，然後沿著左邊的牆走。「我花了很久時間弄到進來這裡的許可。」她說：「又花了更久時間，讓自己有足夠知識了解我所見到的一切。其中一名純淨者在幫我，他算是一名支持者。」

她的手拂過其中一個低矮的抽屜，從那裡拿了一小瓶橘色的液體。

「眼熟嗎？」她問我。

我試著想起在攻擊虛擬實境開始前他們給我注射的東西，就在翠絲新生訓練最後一回合之前。是麥斯注射的。如同我自己執行過的無數次一樣，他將那根針頭插進我的頸側。那時，玻璃瓶反映著光，是橘色的，跟妮塔拿著的一致。

「顏色一樣。」我說：「所以呢？」

妮塔把藥瓶拿到顯微鏡那裡；瑞吉從電腦旁的托盤上拿了一片載玻片，用滴管把兩滴橘色液體滴到中央，將液體用第二片封上。在他把那東西放在顯微鏡下時，手指小心翼翼但相當穩定，就像一個已重複進行這件事上百次的人。

瑞吉點了電腦螢幕幾次，打開一個叫做「MicroScan」的程式。

「這些資訊對任一名知道怎麼使用這些設備，而且有系統密碼的人來說，都能自由取用。密碼就是那名支持我的純淨者好心提供。」妮塔說。

「換句話說，其實沒有那麼難取得，只不過沒人會想仔細檢查。而且，缺陷者沒有系統密碼，所以幾乎不可能知道它存在。這間儲藏室是用來放一些不合時宜的實驗：失敗品、過時的發明，或是沒用的東西。」

她透過顯微鏡看，轉著旁邊的一個小轉鈕調整焦距。

「看看吧。」她說。

瑞吉按了電腦的一個按鈕，螢幕最上方的「MicroScan」的工具列底下出現一個對話框。他指著頁面中間的那段文字，我開始讀。

「『實境模擬血清版本四．二。調節為大量目標。長距離傳輸訊號。不包含原先配方中的迷幻劑——實境模擬已由主系統先行決定。』」

就是這東西。

這就是攻擊實境模擬血清。

「除非是改造局發明，不然他們為什麼會擁有這些？」妮塔說：「他們就是把血清放進實驗裡的人。然而他們多半把血清放著不管，讓城市裡的居民將之持續發展。如果珍寧是研發血清的人，他們就不會從她那邊偷過來。血清會在這，是因為這是他們做的。」

我望著在顯微鏡底下發著亮的載玻片，望著橘色的小水滴在接目鏡裡游動，吐出了一個不穩的氣息。

翠絲呼吸困難地說：「為什麼？」

「克己派就要向城市裡的所有人揭露真相，妳已經目睹那城市在知道事實後發生了什麼狀況：伊芙琳是個很有能力的獨裁者，使無派別者壓倒性地制伏派別成員，我很確定，不要多久，派別又會再度興起，對抗他們。很多人會因之喪命。毫無疑問，說出真相會將實驗置於險境。」妮塔說。

「所以，當克己派在幾個月前意圖向你們的城市揭露艾迪絲．普里爾的影片，並踏上造成毀滅及不穩定狀態的邊緣時，改造局可能就想，與其讓整個城市都死傷慘重，不如讓克己派受苦——即使那會折損一些分歧者——讓克己派覆滅，好過置整個實驗於險境。因此改造局便聯繫他們認為可能會有相同看法的人——也就是珍寧．馬修斯。」

妮塔的話緊緊將我包圍，並且深植我心中。

我將手放在實驗桌上，讓掌心稍微冷卻下來，並看著我在霧面金屬上扭曲的影像。我這輩子也許都痛恨著我父親，卻從沒有憎惡他的派別。克己派的安靜、他們的群體、日常習慣，對我來說一向很好。而現在，這些善良、樂於付出的人大多都死了。他們被謀殺，死在無畏派之手，這都是因為珍寧的關係，而且用的是改造局賦予她的力量。

翠絲的母親和父親也在他們之中。

翠絲僵硬地站著，手無力垂下，並因血液上衝而變得通紅。

「這就是他們盲目奉行這些實驗弄出來的問題。」妮塔在我們身邊說，猶如正將這些話語填進我們心中的空隙一般。「改造局認為實驗的價值高於缺陷者的生命，這點無庸置疑。而現在，狀況可能會更糟。」

「更糟？」我說：「比殺掉大部分的克己派還糟？怎麼會？」

「這一年來，政府一直在威脅要關閉實驗。」妮塔說：「實驗不斷失敗，因為這些社群無法和平共存，大衛總在千鈞一髮之際找到方法恢復和平。如果芝加哥出了什麼差錯，他還可以再做一次。他任何時候都可以重置整個實驗。」

「**重置**實驗。」我說。

「用克己派的記憶血清。」瑞吉說：「老實說，其實那是改造局的記憶血清。每個人，所有男女老幼都要重新開始。」

妮塔簡潔地說：「他們的整個人生會被抹消。違反他們意志全數抹消，就只為了解決根本不存在的基因缺陷『問題』。這些人有權力這麼做，可是不應該有人可以擁有這種權力。」

我想起當喬安娜告訴我友好派提供無畏派巡邏隊記憶血清時，我曾有過的想法：當你拿走一個人的記憶，就改變了那個人。

突然間，我不再關心妮塔有什麼計畫，只要可以盡我們所能打擊改造局就好。我過去幾天所獲知的訊息，讓我覺得此處沒有一絲值得挽救的地方。

「妳的計畫是什麼？」翠絲說，她的語調像機器一樣沒有起伏。

「我會讓我在邊界的朋友從地下通道進來。」妮塔說：「托比亞，在我這麼做的時候，你要關掉安全系統，這樣我們才不會被抓。那個技術跟你在無畏派控制室裡工作時接觸的差不多，對你來說應該很簡單。之後，拉夫、瑪莉和我會闖進武器實驗室，偷走記憶血清，這樣改造局就無法使用。瑞吉會在幕後幫我，他在攻擊當天會為我們打開通道。」

「妳會怎麼處理那一大堆記憶血清？」

「全毀掉。」妮塔說，語氣平靜無波。

我有種異樣、空洞、像個扁掉氣球的感覺。我不知道在妮塔談論她的計畫時我心裡有何想像，但絕對不該是這樣。這個行動太弱、太被動。這可是一起針對該為攻擊實境模擬負責的人們的報復行為。這些人說我的核心——也就是我的遺傳碼——是有問題的。

「你們就只打算做這些。」翠絲說，終於將視線從顯微鏡移開。她瞇起眼睛看著妮塔。「妳很清楚改造局應該要為謀殺了數百條人命負責，而妳的計畫卻是……拿走他們的記憶血清？」

「我不記得我有請妳對我的計畫發表評論。」

「我不是在評論妳的計畫。」翠絲說：「我是告訴妳，我不相信妳。我可以從妳談論他們的方式看出來，妳痛恨這些人。不管妳打算做什麼，我認為會比偷走那些血清嚴重上百倍。」

「記憶血清是他們用來不讓實驗失控的物品，是他們支配你們城市最大的力量來源，所以我打算奪走它。我沒有誇大其詞。」妮塔語氣溫和，好像在對小孩子解釋事情。「我從沒說過我只打算做這些。在剛獲得機會時馬上使盡全力攻擊，不一定明智。這是一場耐力賽，不是短跑衝刺。」

翠絲只是搖搖頭。

「托比亞，你要加入嗎？」妮塔說。

我的眼神從姿勢僵硬、緊繃的翠絲，移到輕鬆且鎮定的妮塔身上。不管翠絲注意到了什麼，我都沒注意到。當我打算拒絕時，卻覺得自己的身體好像正在崩解。我得做點什麼，即使這行動稍嫌薄弱，也得做點什麼。而且我不懂為什麼翠絲的體內沒有升起這樣一股渴望。

「要。」我說，翠絲轉向我，她不敢置信地睜大雙眼。我不理她。「我可以癱瘓安全系統。我會需要一些友好派的安寧血清，妳能弄到嗎？」

「可以。」妮塔微笑了一下。「時間到的時候我會給你訊息。來吧，瑞吉。讓這兩個人……談一下。」

瑞吉先對我點點頭，然後是翠絲。他和妮塔都離開，小心翼翼在身後把門關上，才不會發出任何聲響。

翠絲轉向我，她交叉著手臂，像是兩條橫槓橫在身體前方，把我檔開。

「我不敢相信；」她說：「她在說謊，你為什麼看不出來？」

「因為她沒有說謊。」我說：「我跟妳一樣能辨別出一個人是否說的是實話。在這個情況下，我認為妳的判斷也許被某些情緒所蒙蔽，比如說吃醋。」

「我沒有吃醋！」她對我發怒地說。「我在用我的腦子。她計畫的是更大的事件，如果我是你，我會離任何一個拐騙我參與某件事的人遠遠的。」

「該怎麼說呢，但妳不是我。」我搖搖頭。「老天，翠絲，這些人殺害了妳的父母，妳卻不打算做些什麼嗎？」

「我從來沒說我不打算做些什麼。」她簡短地說：「但我也不需要一聽到什麼計畫都照單全收。」

「妳知道嗎，我帶妳來這裡是因為想對妳坦承，不是讓妳對他人做出草率的判斷，或是指使我什麼該做，什麼不該！」

「還記得上一次你不相信我『草率的判斷』時發生了什麼事嗎？」翠絲冷冷地說：「你最後發現我是對的。艾迪絲．普里爾的影片的確改變了一切。我對伊芙琳的看法也是對的，所以在這件事上，我也不會錯。」

「是，妳永遠是對的。」我說：「那不帶武器就一頭闖進危險的情況之中，也是對的嗎？妳對我說謊，大半夜裡自己跑去博學派總部送死，也是對的嗎？或者關於彼得，妳對他的看法也是對的嗎？」

「不要對我咄咄逼人。」她指著我，使我覺得自己像個正在聽父母說教的小孩。「我從沒有說我是完美的，可是你，甚至無法克服自己的渴望。你跟隨伊芙琳，因為你渴望一個父母，現在你也對這件事盲從，因為你渴望自己沒有缺陷——」

那個字讓我全身顫抖。

「我沒有缺陷。」我靜靜地說：「我不敢相信妳竟然這麼不信任我，甚至告訴我不該相信自己。」我搖搖頭。「再者，我不需要妳的許可。」

我開始朝門邊走，在手緊握住門把時，她說：「說完最後一句話馬上就走，還真成熟！」

「只因為對方長得漂亮就疑神疑鬼，還真成熟。」我說：「我想我們扯平了。」

我離開這裡。

我不是一個絕望、不穩定、什麼人都相信的孩子。我也沒有缺陷。

26 翠絲

我用額頭抵著顯微鏡的接目鏡。血清還在我眼前游動，又橘又棕。

我太急著找出妮塔的謊言，差點錯失真相：為了弄到這些血清，改造局一定早已發展完善，然後不知用什麼方法地送去給珍寧。我抽身離開。明明珍寧這麼想留在城市裡，離他們遠遠的，為什麼還要跟改造局合作？

我猜改造局和珍寧都有相同的目標。他們都希望實驗繼續，也很害怕實驗若不持續，不知道會發生什麼事，甚至願意犧牲無辜生命，好讓實驗進行下去。

我原以為這個地方可稱之為家，但改造局中充滿殺手。我像被某種看不見的力量拉著，踩著腳跟前後搖晃。我走出這裡，心跳得很快。

我忽視了少數幾個在前方走廊閒晃的人，只是不斷往改造局住所的深處走，越走越深、越走越深，直指這頭野獸的腹地。

也許這個地方可稱之為家。我聽到自己對克莉絲汀娜說。

這些人殺害了妳的父母。托比亞說的話在腦中迴響。

我不知道自己要去哪裡，只覺得我需要個空曠之處，和一點空氣。我手中抓著身分識別證，半走半跑地通過安全檢查的路障，跑向那座雕塑。現在已經沒有光照進水缸，但水還是不斷滴落，每過一秒落一滴。我在那裡站了一會兒，看著它。然後，在石板的另一邊，看到了我哥哥。

「妳還好嗎？」他小心地說。

我一點都不好。我本來以為自己終於找到一個棲身之所，一個不會如此不安穩，如此貪腐或是受到控制，真的有歸屬感的地方。你現在應該會認為我終於學到了一課——這種地方根本不存在。

「不好。」我說。

他繞著那個石塊朝我走來。「怎麼了？」

「怎麼了。」我大笑。「這樣說好了：我突然發現你不是我認識最爛的人。」

我彎下腰，縮著身體，用手指耙梳著頭髮。我相當麻木，並因為這股麻木而感到畏懼。改造局該為我父母的死負責，可是我為什麼還得不斷重複此事讓自己深深相信？我是怎麼回事？

「喔。」他說：「我很……抱歉？」

我只能勉強擠出一個小小的哼聲。

「妳知道媽有一次跟我說什麼嗎？」他說。他說出媽的那個方式，好像他從未背叛她似的。這讓我整個人理智幾乎斷線。「她說，每個人心裡都有一小部分是不好的，要愛別人的第一步，就是承認我們心中也有不好的部分，這樣就能夠原諒他們。」

「你是希望我這麼做嗎？」站起來時，我語調扁平地說：「迦勒，我可能也做過一些不好的事，但我從沒有把你送上斷頭臺。」

「話不能那麼說。」他說，像在懇請著我，求我說出我其實跟他一樣，並沒有比他更好。

「妳不懂珍寧多有說服力——」

我腦中的某個東西就像脆掉的橡皮筋，啪一聲斷裂。

我往他臉上揍了一拳。

我忍不住想起博學派是如何拿走我的手錶、鞋子，把我帶到一張空空的檯子上，奪走我的生命。而這張檯子甚至可能是由迦勒親手布置。

我以為自己已經超脫了這層憤怒，但在他用手遮著臉踉踉蹌蹌退後時，我追上他，拉起他的襯衫前方，把他摜在石頭雕塑上，狂吼著罵他是個懦夫、叛徒，我要殺了他、殺了他。

其中一名守衛朝我過來，她只是將手放在我的手臂上，這個魔咒便瞬間破除。我放開迦勒的襯衫，甩著刺痛的手，轉身離開。

有件米色毛衣垂在馬修實驗室裡的空椅子上，袖子掠過地面。我從來沒見過他的主管。我開始懷疑，其實所有工作都是馬修做的。

我坐在毛衣上，檢查自己的指節。有些地方因為揍了迦勒而裂開，還點綴了些微淤青。這樣似乎很合理，這突如其來的一拳在我們兩人身上都留下傷痕。世界就是如此運作。

昨晚，等我回到宿舍時，托比亞不在，我也因為太憤怒而睡不著。有好幾個小時，我睜眼無眠，瞪著天花板。我在心中決定，雖然我不參與妮塔的計畫，卻也不會去阻止它。攻擊實境模擬的真相在我心中醞釀出對改造局的憎恨，我想看著這地方從內部崩壞。

馬修又是滿口科學，我實在很難專心。

「——是可以進行一些基因分析。不過，我們之前已研發了一種方法讓記憶化合物像病毒一樣運作，」他說：「保有一樣的滋生速度，同樣能經由空氣散播。然後發明了針對該物的疫苗，不過是暫代，只有四十八小時內有效，但好歹也算是有用。」

我點點頭。「所以……你製作這些東西，這樣才能更有效率地啟動其他城市的實驗，是嗎？」我說：「不需要為任何人注射記憶血清，只要施放出來，讓它自己擴散。」

「沒錯！」因為我看起來好像真的對他說的話感興趣，他似乎很興奮。「而且這是比較好的原型，它擁有能在人群中辨別特定成員以排除的選項——只要預先幫他們注射，病毒會在二十四小時內擴散，這樣對他們就不會有影響。」

我再次點頭。

「妳沒事嗎？」馬修說，他的咖啡杯停在嘴邊，接著放了下來。「我聽說昨天警衛得把妳從某人身上拉開。」

「那是我哥哥迦勒。」

「啊。」馬修揚起一邊眉毛。「他這次又做了什麼？」

「其實沒什麼。」我用手指捏著毛衣的袖子。毛衣的邊緣都磨損了，應該穿了很久。「反正我也差不多要爆發一下，他只是很礙事。」

其實我都知道。只不過是看著他，聽他問的那些問題，我就心知肚明：我想跟他解釋，想說出妮塔讓我看到及對我說的每件事。我思考著是否能信任他。

「昨天我聽到了一些事。」我說，算是試水溫。「關於改造局的，關於我的城市，還有實境模擬。」

他坐挺起來，給了我一個奇怪的眼神。

「怎樣？」我說。

「妳是從妮塔那邊聽到那些事的嗎？」他說。

「對。你怎麼知道？」

「我幫了她幾次。」他說：「我讓她進去儲藏室。她還有跟妳講其他的事情嗎？」

馬修就是妮塔的內應？我望著他。我從沒想過馬修——這個大費周章讓我看我「純淨」的基因和托比亞「有缺陷」的基因間有何不同的人——可能在幫助妮塔。

「說了一些跟計畫有關的事。」我慢慢地說。

他站起來走向我，模樣異常地緊繃。我直覺向後避開他。

「要發生了嗎？」他說：「妳知道是什麼時候嗎？」

「怎麼回事？」我說：「你為什麼要幫助妮塔？」

「因為那些『基因缺陷』之類的胡扯太荒謬了。」他說：「妳得回答我的問題，這很重要。」

「就要發生了，我不知道時間，但我想就快了。」

「該死。」馬修用手遮住臉。「這不會有什麼好事的。」

「如果你再不停止打啞謎，我就要呼你巴掌。」我說，站起身。

「在妮塔告訴我她和她那些邊界的人打算做什麼之前，我一直在幫她。」馬修說：「他們想闖進武器實驗室，然後——」

「——偷走記憶血清。我有聽說。」

「不是。」他搖搖頭。

「不是這樣。他們不是要記憶血清，他們想要死亡血清。跟博學派的那個很像——就是妳差點被處決時原本要被注射的那個。他們打算用那東西來進行暗殺，而且是大量使用。只要打開一罐煙霧劑，妳看，這豈不是輕而易舉？只要給了對的人，就能引爆一場大混亂產生無政府狀態，這些邊界的人想要的就是這個。」

我的確看見了。我在腦中看見藥水瓶一斜，迅速地按一下煙霧劑的按鈕；我看見克己派和博學派的屍體四仰八叉地躺在街上和樓梯上；我看見我們想要緊緊抓住的這個世界的一小碎片，因爆炸陷入火海。

「我以為自己在幫她做的是比這個再高明點的事。」馬修說：「早知道是在幫她引發另一場戰爭，我絕不會這麼做。我們得想想辦法。」

「我告訴過他。」我平和地說，但不是對馬修，是對自己。「我跟他說她在撒謊。」

「我們對待這國家缺陷者的方式可能是有點問題，可是殺掉一堆人也一樣於事無補。」他說：「來吧，我們去大衛的辦公室。」

我已經分不出是與非。我不了解這個國家的一切，或它運作的方式，或者它該變成什麼樣。只是我知道，若是一堆死亡血清落在妮塔和那些來自邊界的人的手裡，不見得比收在改造局武器實驗室裡好。我在外頭的走廊追上馬修，迅速朝前方出口走去。也就是我第一次進入這個住所的地方。

當我們走過安檢處，我瞥到尤里亞在雕塑附近。他舉手朝我揮動，嘴巴扯成一條線，如果他再努力一點的話，可能看起來會比較像在笑。燈光在他頭頂透過水缸折射，那便是這住所緩慢又毫無用處的掙扎之象徵。

當我看見尤里亞身旁的牆炸開時，我正好通過安檢處。

猶如火焰的花苞在瞬間綻放，玻璃和金屬碎片從爆炸中心飛散，尤里亞身在其中，像一個軟弱無力被拋出去的物體。低沉的隆隆聲像一陣顫動般向我襲來。我的嘴巴大張，狂喊著他的名字，卻因為耳中的轟鳴，我完全聽不到自己的聲音。

周遭，所有人都蹲下。他們緊緊用手臂抱著頭，但我站得直挺，看著住所牆上的那個洞，沒有人從那裡進來。

數秒後，周圍的所有人開始從引爆點逃竄，我猛地用肩膀突圍，往他們的反方向，也就是朝尤里亞的方向跑去。一隻手肘撞到我身側，我摔倒在地，臉擦過某個堅硬金屬——是桌子一側。我掙扎著站起，用袖子把血從眉毛上抹掉。諸多布料滑過我手臂、四肢、頭髮，放眼所及，都是睜大的驚恐雙眼，還有他們頭頂上的那個住所入口的標誌。

「發布警報！」其中一名在安檢處的警衛高喊。我一彎身躲過一隻手臂，往旁邊一絆。

「我發布了！」另一個警衛大叫。「沒有用！」

馬修抓住我的肩膀，對著我的耳朵喊。「妳在做什麼？不要朝著——」

我移動地更快，找到一條沒人的路線，沒有任何人擋住我的去路。馬修跟在我身後跑。

「我們不該過去爆炸地點，不管是誰設置這個炸彈，早就已經在建築物裡面了。」他說：「現在快去武器實驗室！快！」

武器實驗室。神來之筆。

我想到尤里亞躺在磁磚地上，身邊全是玻璃和金屬，身體就忍不住想朝他跑去，每一條肌肉都想。但我知道現在我沒辦法幫他什麼。對我而言，現在更重要的是善用我對混亂與攻擊的知識，不讓妮塔和她那些朋友偷走死亡血清。

馬修是對的，這不會有什麼好事。

馬修帶頭，猶如撲進一池水般撲進人群裡。我試著只盯著他的後腦杓看，努力跟緊他，只不過不斷迎面而來的面孔，那些因恐懼而僵住的嘴和眼都使我分心。有幾秒鐘，我丟了他的蹤跡，然後又再次尋獲。他在幾碼遠的距離外，於下一條走廊右轉。

「馬修！」我高喊著，推擠過另一群人，最後終於跟上，抓住他的襯衫後襬。他轉身握住我的手。

「妳沒事嗎？」他說，直盯著我的眉毛上方。因為太急，我幾乎忘了我的傷。我用袖口壓住傷口，袖子立刻染紅。但我點點頭。

「我沒事！快走吧！」

我們並肩在走廊上狂奔——這條走廊不像其他的那麼擠，我立刻明白，不管是誰滲透進這棟建築物，他們都已經在裡頭。地上躺了幾名守衛，有些還活著，有些死了。我看見一把槍躺在磁磚地板，靠近飲水機之處，我放開抓著馬修的手，踉踉蹌蹌地走過去。

我拿了那把槍，交給馬修。他搖搖頭。「我從沒有開過槍。」

「喔，我的老天。」我用手指勾住扳機。這跟我們在城市裡用的槍不一樣——它沒有可以移到一邊的槍管，扳機的緊度也不同，重量分布甚至也不一樣。就結果而言，拿著它更容易，因為它不會觸發一樣的記憶。

馬修上氣不接下氣地喘著，我也是，只差我沒有跟他一樣意識到，畢竟我曾在混亂之中這般狂奔過無數次。他帶我走的下一條走道除了一名倒下的士兵外，其餘空盪盪的。她一動也不動。

「不遠了。」他說，我將手指碰在嘴唇上，要他小聲點。

我們慢下步伐。我抓緊槍，汗水使它變得溼滑。我不知道這把槍裡有幾發子彈，也不知道該如何確認。當我們經過那名士兵，我停下來搜搜看她有沒有武器。我找到一把塞在她臀部底下的槍，她倒下時壓住了自己的手腕。當我拿走她的槍，馬修眼睛眨也不眨地望著她。

「嘿。」我靜靜地說：「不要停下來。先行動，晚點再想。」

我用手肘撞他一下，領路繼續走在走道上。走道很陰暗，天花板交錯著橫槓和水管。我聽到前方有人，無須馬修在我耳邊低聲提醒，我也能找到他們。

當我們抵達該轉彎的地方時，我緊貼著牆，觀望著轉角，小心翼翼，盡可能把自己隱藏起來。

那裡有一組雙層玻璃門，看起來就跟鐵門一樣沉重。門是開的。門後是狹窄的走道，除了三名黑衣人外沒有其他人。他們穿著厚厚的衣服，手持的槍非常大把，我不是很確定自己能否舉得起來。他們的臉全用黑布遮起，只露出眼睛。

跪在雙開門前的是大衛，一把槍管壓在他的太陽穴上，一絲血跡流淌至他的下巴。站在這群侵入者之間，跟其他人一樣戴著面罩的是一名綁著深色馬尾的女孩。

妮塔。

27 翠絲

「大衛，讓我們進去。」妮塔說。她的聲音因面具而有些模糊不清。

大衛的眼睛慢吞吞轉向一側，望著拿槍指著他的那個人。

「我不認為你真的會射殺我。」他說：「因為我是此處唯一知道這個訊息的人，而你想要血清。」

「可能不會一槍射在你腦袋上。」那個人說：「不過還有其他地方。」

那人跟妮塔交換了眼神，然後把槍下移，對著大衛的腳開槍。在大衛的尖叫聲傳遍走廊時，我緊閉雙眼。他也許是其中一名將攻擊實境模擬提供給珍寧．馬修斯的人，但我並不會因為聽見他充滿痛苦的尖叫而感到快樂。

我望著手上拿的槍，一手一把，壓在黑色的扳機上的手指顯得十分蒼白。我想像著自己將紊亂的思緒快刀斬亂麻，只專注在此處、此刻。

我靠近馬修耳邊小聲地說：「現在，去找救兵。」

馬修點點頭，開始跑向走道。他的優點在於：他無聲無息，腳步聲在磁磚地上幾乎聽不見。到了走道末端時，他回頭看了我一眼，旋即消失在轉角。

「我受夠了這些屁話。」一名紅頭髮的女人說：「把門炸開就好。」

「爆炸會啟動其中一個備用安全措施。」妮塔說：「我們需要密碼。」

我再次巡視轉角，這次，大衛的眼睛移向我。他的臉色蒼白，因為汗水而閃閃發亮，在他的腳踝處有好大的一灘血。其他人則望著妮塔，她從口袋拿出一個黑色盒子，打開後露出一個注射器和針頭。

「我還以為妳說過這東西對他不管用。」拿槍的那個人說。

「我是說他可能會抗拒，不是完全不管用。」她說：「大衛，這是非常強力的混合劑，混有吐實血清和恐懼血清。如果你不告訴我們密碼，我就會幫你注射一劑。」

「妮塔，我知道這都是妳的基因害的。」大衛虛弱地說：「如果妳現在停手，我就能幫妳，我可以——」

妮塔露出一個扭曲的微笑，似乎樂在其中，她將針頭插進他脖子，壓下活塞。大衛癱倒在地，身體開始不斷顫抖又顫抖。

他雙眼大睜，放聲尖叫，看著空無一物的空氣。我知道他看見了什麼，因為我自己也曾見過，就在博學派的總部裡，在恐懼血清的影響之下。我看著我最可怕的夢魘活生生在面前張牙舞爪。

妮塔跪在他面前，抓住他的臉。

「大衛！」她急切地說：「如果你告訴我們怎麼進入那裡，我就可以讓一切停下。聽到沒有？」

他喘著氣，眼睛無法聚焦在她身上，而是凝視著在她肩膀之上的某個東西。「不要這麼做！」他大喊，並往前一撲，不管那是誰，他都朝著血清讓他看見的幻影撲去。妮塔一手攬住他的胸膛，讓他穩定下來，他又放聲尖叫。「不要——」

妮塔搖晃著他。「如果你告訴我怎麼進去，我就阻止他們！」

「她！」大衛說，眼淚在眼中閃爍。「那個名字——」

「誰的名字？」

「我們沒時間了！」拿著槍對準大衛的人說：「我們要不去搶血清，要不就殺了他——」

「她——」大衛說，指著他面前。

指著我。

我在牆轉角伸出手開了兩槍。第一發子彈打中牆面，第二發打中那名男子的手臂，使得那把巨大的槍械掉到地上。紅髮女子將她手上的槍指向我，或該說是她能看到的部分，我身體其他部分半藏在牆後。

妮塔大吼：「停火！」

「翠絲，」妮塔說：「妳不知道自己在做什麼——」

「也許妳說得對。」我說，再次開槍。這次我的手更穩、準度更好。我射中妮塔身側，就在她臀部上方。她在面罩後方放聲尖叫，抓住皮膚上的傷口，雙膝跪地，滿手是血。

大衛拚命要朝我走過來，在他將重量放在受傷的那隻腳上時，臉痛苦得扭曲在一起。我的手繞過他的腰，將他的身體一晃轉過，他隔在我和剩下的士兵之間。我將其中一把槍抵在他後腦杓上。

他們全都僵住，我幾乎能從喉嚨、手上、眼後感覺到自己的心跳。

「要是開火，我就往他腦袋上開一槍。」我說。

「妳不會殺妳的領導人。」紅髮女子說。

「他不是我的領導人，我也不在乎他是死是活。」我說：「不過，你們若是以為我會讓你們獲得死亡血清，你們就是瘋了。」

我開始慢慢拖著腳步往後；大衛在我身前低聲哀泣，仍受到那劑混合血清的影響。我低下頭，把身體轉向一側，安全地藏在他身後，持續將其中一把槍抵著他的頭。

我們到了走廊最尾端。那女人以為我虛張聲勢，她開了槍，正好打中大衛另一條腿的膝蓋上方，他尖喊一聲倒下，害我整個人暴露出來。我立刻往地面一俯，手肘整個撞在地上，子彈很險地飛過上方，聲音在我腦中震顫。

我的左臂傳來一陣熱流擴散的感覺，我看見了血，我的腳步在地上一陣亂踩，想辦法重新抓地，站穩後便盲目地在走廊上開槍。我一把抓住大衛的衣領，拖著他繞過轉角，疼痛感灼燒過我的左臂。

我聽見奔跑的腳步聲和呻吟，但聲音並非從後面過來，而是從正前方。人群包圍著我，馬修在他們之中，有些人把大衛扶起，跟他一起逃向走道。馬修把手伸給我。

我的耳朵嗡嗡響，不敢相信自己竟然這麼做了。

28 翠絲

醫院塞滿了人，每個人都在吼叫、來來回回奔跑，或猛力把隔簾拉上。在我坐下來之前，檢查了每一張床尋找托比亞。他不在其中，我仍因鬆了一口氣而顫抖不已。

尤里亞也不在這，他在其他的房裡。那些門是關上的——這並非好預兆。

那名拿著殺菌的東西擦著我手臂的護士有些喘不過氣，她沒看著我的手臂，而是盯著四周的一切情況。我被告知只有輕微擦傷，沒什麼好擔心。

「如果妳有其他的事情要做，我可以等。」我說：「反正我也要去找人。」

她噘起嘴，說：「妳得縫一下。」

「只是擦傷而已！」

「不是手臂，是妳的頭。」她說，指著我眼睛上方的一個部位。雖然我忘了在那團混亂中受的傷，但它並沒有止血。

「好吧。」

「我必須幫妳打一針止痛劑。」她說，舉起一根注射器。

我實在太習慣針頭，不會有什麼反應。她用殺菌布在我額頭上擦了幾下——這裡的人對於細菌真的很謹慎——我便感覺到針頭刺入的刺痛，在止痛劑生效的幾秒後，痛感立刻減退。

她幫我縫合時，我看著人們迅速跑過：一名醫生脫掉一雙沾滿血的橡膠手套；一名護士拿著一托盤的紗布，他的鞋子幾乎在磁磚地上打滑；某人的家人痛苦地扭著手。空氣中聞起來有化學藥劑、老舊紙張和溫暖軀體的味道。

「大衛現在的狀況怎麼樣？」我說。

「他會活下去的，只是要花很久的時間才有辦法再站起來。」她說，嘴脣不再嘛著，但只有幾秒。「如果妳不在那，還有可能更糟。縫好了。」

我點點頭。我希望自己可以告訴她，我不是英雄，我把他當成人肉盾牌。我希望自己可以坦承，我是一名對改造局和大衛充滿怨懟的人，是個寧願意讓他人滿身彈孔以拯救自己的人。我的父母必會蒙羞。

她在縫合處放上一塊繃帶保護傷口，然後將所有的包裝紙和浸透的棉花球收到手中，捏成一團丟掉。

在我還來不及謝謝她之前，她就離開了，到下一張病床、下一名病患、面對下一個傷口。受傷的人在急診室外的走廊上大排長龍。我蒐集到一些資訊，得知還有另一場爆炸跟靠近入口的這場同時發生。兩者都是調虎離山。攻擊者從地下通道進來，就跟妮塔說的一樣，只是她從未提起要在牆上炸個洞。

走廊最尾端的門打開，幾個人抬著一名年輕女子衝進來——是妮塔。他們把她放在靠近牆邊的一張床上。她呻吟著，抓著一團壓在身側傷口上的紗布。怪的是，對於她的痛苦，我感到極度抽離。是我射傷她沒錯，但我必須這麼做。沒什麼好說。

我走在這些傷者之間的走道時，注意到了制服。每個坐在這裡的人都身著綠色，只有一些例外，他們都是支援人員，也都抱著血淋淋的臂膀或腿或頭，他們受的傷沒有比我們輕，有的甚至更嚴重。

我從主要走道那一端的窗戶看見自己的倒影——我的頭髮變得一條條且散亂，還有一塊繃帶占據整個前額。大衛的血和我的血染在衣服各處。我得洗個澡，換衣服，但首先要找到托比亞和克莉絲汀娜。從侵入發生之後，我就一直沒看到他們。

我沒花多久就找到了克莉絲汀娜——走出急診室時，她就坐在等候室裡。她的膝蓋抖得相當厲害，旁邊的人忍不住使眼神瞪她。她舉起一隻手歡迎我，卻旋即避開視線，轉去望著門。

「妳沒事吧？」她問我。

「沒事。」我說：「到現在都還不知道尤里亞怎麼樣了。我沒辦法進去那裡面。」

「這些人快讓我抓狂了。」她說：「他們什麼都不肯透露。不讓我們看他，一副對他和發生在他身上的一切有絕對的權力似的！」

「他們這裡的運作方式不一樣。我想在他們有確定答案時就會讓妳知道。」

「唔，他們應該會告訴妳。」她說，臉一沉。「但我不認為他們會讓我稍微看一下。」

在幾天前，我可能會不同意，當時我尚不確定他們對基因缺陷篤信到什麼程度，或是會對他們的舉止有多大影響。我不太確定該怎麼辦，不確定該如何告訴她，現在我的確有這樣的優勢，而她沒有，我們兩人都無法對此做出改變。我只能想辦法陪著她。

「我得找到托比亞，找到之後會回來這裡陪妳，好嗎？」

她終於直視我，膝蓋不再抖動。「他們沒告訴妳嗎？」

我的胃因為恐懼而一陣緊縮。「告訴我什麼。」

「托比亞被捕了。」她靜靜地說：「在我過來這裡之前，看到他跟那些入侵者坐在一起。有些人在攻擊開始前看到他在控制室；他們說他癱瘓了警報系統。」

她眼中有著一股悲傷，像在憐憫著我。只不過，我已經知道托比亞做了什麼。

「他們在哪？」我說。

我得跟他談談，而且我很清楚自己該說些什麼。

29 托比亞

我的手腕因為守衛捆在上面的塑膠帶子而刺痛。我用指尖探了一下下巴，試著摸摸看皮膚上有沒有血。

「沒事嗎？」瑞吉說。

我點點頭。我處理過比這個更糟的傷。比起現在，我曾被打得更慘。在逮捕我時，一名士兵用槍托狠狠打在我的下巴上，當時他的眼神因憤怒而顯得狂暴。

瑪莉和拉夫坐在幾尺遠處，拉夫抓著一把紗布壓在流血的手臂上，一名守衛站在我們和他們之間，隔開兩方。我望向他們時，拉夫對上我的眼神，點點頭，好像在說幹得好。

如果我幹得好，為什麼會覺得一陣反胃？

「聽著。」瑞吉說，稍微移動一下，更靠近我。「妮塔和邊界的人會負全責，沒事的。」

我再次點頭，卻沒有被說服。我們為了可能會遭到逮捕而準備了後備計畫，我不擔心會失敗，我擔心的是，他們到底打算花多久時間來處置我們。這一切未免太過草率——自從他們抓到入侵者後，我們已經靠坐在一條空走廊的牆邊超過一小時，卻沒有人來告知我們將會受到怎樣的發落，或者問我們任何問題。我甚至連妮塔都沒看到。

我口中有股酸味。不管我們做了什麼，似乎都令他們驚慌失措，而我深知，沒有什麼比有人死傷更令人驚慌失措。

因為參與此事，我要為多少死傷負責？

「妮塔跟我說他們要偷記憶血清。」我對瑞吉說，不太敢看著他。「是真的嗎？」

瑞吉瞄著站在幾尺遠外的守衛，我們先前因為偷偷講話而立刻被喝叱。

但我已經知道答案了。

「不是真的，對不對？」我說。翠絲是對的，妮塔在說謊。

「喂！」守衛衝過來，用她的槍管戳在我們之間。「移到一邊，不准說話。」

瑞吉移到右方，我跟那名守衛對上眼神。

「怎麼回事？」我說：「發生了什麼事？」

「喔，還給我裝得一副不知道的樣子。」她回答。「給我閉嘴！」

我看著她走開，隨後看見一名嬌小的金髮女孩出現在走道尾端——是翠絲。一塊繃帶在她前額鋪開，血在她衣服上染出指印。她手中緊緊捏著一張紙。

「喂！」守衛說：「妳在那裡做什麼？」

「雪莉。」另一名守衛說，小跑步過來。「冷靜點。她就是救了大衛的女孩。」

救了大衛的女孩——到底是從什麼狀況救了他的？

「喔。」雪莉放下槍。「唔，但這個問題還是得問。」

「他們要我過來告訴妳們最新狀況。」翠絲說，她給了雪莉那張紙。「大衛正在休養。他會活下來，只不過他們不是很確定他是不是還能再走路。大部分的傷者都已經受到治療。」

我口中的酸楚變得更強。大衛沒辦法走路，而他們這段時間都忙著在照顧傷者。這一切毀滅行動到底為了什麼？我根本不曉得。我不知道真相。

我到底做了什麼？

「他們有傷亡人數了嗎？」雪莉問。

「還沒。」翠絲回答。

「謝謝妳來通知我們。」

「聽著。」她把重心移到另一隻腳。「我得跟他談談。」

她用頭示意著我。

「我們其實不能——」雪莉開口。

「一下子就好，我保證。」翠絲說：「拜託。」

「讓她去吧。」另一個守衛說：「還能怎麼樣呢？」

「好吧。」雪莉說：「我給妳兩分鐘。」

她對我點點頭，我靠著牆讓自己站起來，手還綁在身前。翠絲靠近了點，但並沒有很近——這樣的距離，還有她交叉的雙臂，在我們之間形成某種柵欄，甚至可說是一道牆。她看著我眼睛下方某處。

「翠絲，我——」

「想知道你的朋友做了什麼嗎？」她說，聲音顫抖著，而我並不會誤以為她是在哭泣——那是因為憤怒。「他們不是要偷記憶血清。他們要偷的是毒藥——是死亡血清。這樣他們就可以殺掉一堆重要的政府官員，掀起戰爭。」

我低頭望著自己的手，望著磁磚地面，望著她的鞋尖。戰爭。「我不知道——」

「我是對的，我是對的，你又一次不聽我的。」她靜靜地說。眼神死死地望著我，我發現自己不再渴求著眼神接觸，因為那會將我一寸寸撕裂。

「尤里亞就站在他們設置來引開注意的其中一個爆炸正前方。他現在在昏迷中，他們不確定他能不能醒過來。」

這感覺十分奇怪。一個字、一個詞，甚至一句話，竟像是被槍打中腦袋。

「什麼？」

我只想起尤里亞在擇派儀式後落到網上的表情，還有當奇克和我把他拉到網子旁的平臺上，他臉上那有點輕浮的笑容；或是他坐在刺青店裡，耳朵被貼往前，這樣一來，當多麗在他的皮膚畫上一條蛇時才不會卡到。尤里亞可能不會醒來嗎？尤里亞會死嗎？

我做過承諾。我向奇克承諾我會照顧他，我承諾……

「他是我僅剩的幾個朋友之一。」她說，聲音破碎。「我不知道自己還有沒有辦法跟以前一樣望著你。」

她走開。我隱約聽到雪莉的聲音叫我坐下，我膝蓋一沉，手腕擱在腿上。我努力想找出一個方法擺脫此事，擺脫我所做出的這些可怕行為，但並沒有什麼精巧的邏輯能為我開脫，我無處可躲。

我將臉埋進手中，努力不去想，什麼都不要去揣測。

在訊問室裡，我頭頂上的光在桌面中央反射出一個糊糊的光圈。在我複誦著妮塔告訴我的說詞時，眼睛就盯著那裡。那套說詞是相當貼近真實的一套說法，我可以順暢無礙地講完。當我說完後，負責紀錄的那個人在螢幕上打完我的最後一個句子。他的手指碰到螢幕之處，每個字母都隨之亮起。

那名負責擔任大衛代理人的女人——安琪拉——說：「所以說，你不知道惠妮塔要你癱瘓安全系統的原因？」

「不知道。」我說，這是真話。我不知道真正的原因，我所知道的是謊言。

他們給所有的人吐實血清，但我沒有。因為基因異常的緣故，能讓我在實境模擬時清醒，同時也代表我可能會對血清有抵抗力，所以我在吐實血清之下的證詞可能沒有用。只要我的說詞與其他人相符，他們就會判別為真。而他們不知道的是，幾個小時前，我們都已接受預防吐實血清的注射。妮塔在純淨者的內線幾個月前提供了她預防血清。

「那麼，她又是怎麼強迫你這麼做的？」

「我們是朋友。」我說：「她是——她曾是——我在這裡唯一的朋友。她要我相信她，告訴我她有充分的理由，所以我就這麼做了。」

「那你看了現在的情況作何感想？」

我終於望向她。「我這輩子從來沒有感到如此後悔過。」

安琪拉那嚴厲、明亮的眼神稍微柔和了一點。

她點點頭說：「唔，你的說詞跟其他人相符。肇因於你在這個社群初來乍到，以及你對於遠大計畫的無知，外加基因上的缺陷，我們會比較寬容。你的判決會是假釋——你必須為這個社群做出貢獻，並且維持良好表現，為期一年。你將被禁止進入任何一個非公開的私人實驗室或空間；未經允許，不得離開這個住所的限定範圍。每個月都要向假釋官報到，在我們進一步討論出結論後，會指派一位給你。你了解以上這些判決嗎？」

「基因上的缺陷」這幾個字在腦中流連不去，我點點頭說：「我了解。」

「那麼就到此為止，你可以離開了。」她站起來，把椅子往後拉。紀錄員也站了起來，並將螢幕收進袋子裡。安琪拉碰了一下桌子，我再次抬頭望著他。

「不要太自責。」她說：「你還年輕。」

我不覺得我能用自己的年輕為此脫責，但我無條件接受她表達出來的善意。

「我可以問妮塔會怎樣嗎？」我說。

安琪拉緊抿雙唇。「只要她復原到一定程度，就會被轉移到我們的監獄，然後在那裡度過一輩子。」她說。

「她不會被處死？」

「不會。我們不認為對基因缺陷者判死刑是正確的。」安琪拉向門走去。「畢竟，我們無法期待這些基因有缺陷的人做出跟基因純淨的人一樣的舉止。」

她帶著一股悲傷的微笑離開房間，並沒有在身後關上門。我留在位置上幾秒，消化著她的話帶來的刺痛感。我期望自己能相信他們其實錯估了我，我沒有因為基因而有極限，也不比任何別人有更多缺陷。但上述怎麼可能為真？畢竟我的行為導致尤里亞進醫院，翠絲甚至無法正視我，還有這麼多人死去？

熱淚落下時，我遮住了臉、咬緊了牙，努力忍受著絕望的波浪如拳頭般擊打著我。當我起身離開，用來擦臉的袖口已經一片溼，我的下巴也疼痛不已。

30 翠絲

「妳進去過了嗎？」

卡拉站在我身邊，交叉雙臂。昨天尤里亞從觀察病房被轉移到一個有大型玻璃窗可探視的病房，我懷疑那是要省得我們老對他的病情問個不停。克莉絲汀娜現在正坐在他床邊，握著他無力的手。

我以為他會像個殘破脫線的布娃娃一樣支離破碎，但他看起來除了多出一些繃帶和擦傷之外，沒有差很多。我總覺得他好像隨時會醒來，露出微笑，疑惑我們為什麼全都盯著他看。

「我昨晚有進去。」我說：「無論怎樣，留他一個人感覺不太對。」

「根據他腦部受傷的程度，是有一些證據表示在某種程度上他是可以聽到、感覺到我們的。」卡拉說：「雖然我聽說他的診斷似乎不太樂觀。」

有時我還是滿想揍她的。難道我還要人來提醒尤里亞可能不會康復嗎？「喔。」

昨晚我離開尤里亞床邊時，我毫無方向地隨意在住所裡亂晃。我應該要想著我的朋友，他正在這個世界與下一個世界間徘徊不定，我卻想著我對托比亞說的話，以及當我在看著他時，感覺就像是有什麼東西破碎了似的。

我沒有告訴他我們之間已經結束。我本來打算這麼做，可是當我望著他，那些話卻怎麼也說不出來。我覺得眼淚再度湧上，從昨天起就一直這樣，每小時都來一次，我逼退眼淚，硬是吞下。

「總之，妳拯救了改造局。」卡拉說，轉向我。「妳好像介入了很多衝突。我想我們應該要感激妳在危急關頭總是表現穩定。」

「我沒有拯救改造局。我對拯救改造局一點興趣也沒有。」我反駁。「我只是不想讓某些危險人物拿到武器。就這樣。」我頓了一拍。「妳剛剛是在稱讚我嗎？」

「我也是能看出他人的能力。」卡拉回答，微笑著說：「順帶一提，我想我們之間的問題已經解決，無論邏輯上或情緒上都是。」她稍微清清喉嚨。

我猜想，她是否因為終於了解自己也會有情緒，所以稍稍有點不自在，又或者有其他原因。

「妳好像知道一些跟改造局有關的事，而且這些事讓妳很不滿。不知道妳是不是能告訴我是什麼？」卡拉說。

克莉絲汀娜把頭靠在尤里亞的床墊邊緣，細瘦的身體倒向一邊。我冷漠地說：「我想，我們可能永遠不會知道。」

「嗯……」每次卡拉皺眉，眉間都會出現縐折，讓她看起來跟威爾極度相像，我不得不別開眼神。「也許我該加個『請』。」

「好吧。妳知道珍寧的實境模擬血清嗎？那其實不屬於她。」我嘆了口氣。「來吧，我帶妳去看，這樣比較簡單。」

其實，直接告訴她我在深藏於改造局實驗室中的舊儲藏室看到什麼，也一樣簡單。但事實是，我只是想讓自己忙一點，這樣就不會想到尤里亞，或是托比亞。

「我們好像永遠看不見這些騙局的盡頭。」在我們走向儲藏室時，卡拉說：「派別、艾迪絲．普里爾留給我們的影片……所有的謊言，都是設計來讓我們依照特定模式做出行動。」

「妳對派別真的是這麼想的嗎？」我說：「我以為妳喜歡當博學派。」

「我是喜歡。」她抓了抓頸後，因為指甲的關係，在皮膚上留下一些紅色線條。「只是改造局讓我覺得，為了爭取這些，還有赤誠者所代表的一切的自己，簡直像個笨蛋。我不喜歡被當成笨蛋。」

「所以妳覺得這一切都不值得。」我說：「那些關於赤誠者的一切？」

「妳覺得值得嗎？」

「那讓我們逃了出來。」我說：「帶我們找到真相。而且，比起變成伊芙琳心中百依百順的無派別者，這樣更好。在那裡，大家都沒有權力選擇什麼。」

「我認為，」她說：「我只是因為自己總能看穿一切為傲，包括派別系統。」

「妳知道克己派對於驕傲一向是怎麼說的嗎？」

「我想應該是某些令人不快的形容詞。」

我笑出聲。「一點也沒錯。他們都說驕傲會使人盲目，看不見自己真正的樣貌。」

我們到了實驗室門口，我敲了幾下，等馬修聽到，讓我們進去。在我等他來開門時，卡拉用奇怪的眼神望著我。

「從前的博學派文件上也這麼說，差不了多少。」她說。

我從沒想過博學派會對驕傲做出任何評論，沒想過他們有可能會思考任何關乎道德的事。我似乎錯了。我想多問她一些，但門已經打開，馬修站到走廊上，啃著一個蘋果核。

「可以讓我進去儲藏室嗎？」我說：「我得讓卡拉看點東西。」

他咬掉了蘋果核的末端，點點頭。「當然可以。」

我縮了一下，想像著蘋果籽苦苦的味道，然後跟著他走。

31 托比亞

我無法回去面對宿舍裡哪些不斷逼視的眼神，以及沒問出口的質疑。我知道不該回到自己犯下滔天大罪的現場，即使那裡並不是我被禁止進入的其中一個警戒區，我只是覺得有必要看看城市裡面發生了什麼事。就像我必須記得，在這個世界之外還有另一個世界。在那裡，沒有人憎恨我。

我走進控制室，坐在其中一張椅子上。我上方的格子中，每個螢幕都顯示出城市的不同部分：殘酷大賣場、博學派總部大廳、千禧公園，漢考克大樓外面的分館。

我看著人們隨意在博學派總部裡晃盪好長一段時間；他們手臂覆蓋著無派別的臂章，臀部配戴著兵器，迅速地相互交談，或是傳遞著食物罐頭當晚餐，是無派別者的一個老習慣。

然後，我聽見控制室桌前的某人對她其中一名同事說：「他在那裡。」我掃視螢幕，看看她在說什麼，隨後我便看見，那人站在漢考克大樓前方——是馬可斯——他在前門附近檢視著手錶。

我站起來用食指點點螢幕，把聲音打開。有那麼一瞬間，只有空氣吹送的聲音從螢幕下方的喇叭傳出。隨後，我聽見腳步聲。喬安娜．萊斯走近我父親。他伸出手想與她相握，但她沒有。我父親伸出的手懸在半空，她沒有吞下這個餌。

「我知道你還留在城市裡。」她說：「他們到處在找你。」

少數幾個人晃過控制室，聚在我背後觀看。我幾乎沒注意到他們。我正注視著父親的手臂回到身側，緊握成拳。

「我做了什麼事情冒犯到妳了嗎？」馬可斯說：「我會連絡妳，是因為我以為妳是我的朋友。」

「我認為，你連絡我只因為你知道我仍是赤誠者的領導人，而你非常需要盟友。」喬安娜，側著她的頭，一綹頭髮落在她有疤的那隻眼前。「就你盤算的那件事來看，我的確仍是領導人，馬可斯，但我認為我們的友誼已經結束了。」

馬可斯的眉毛緊緊揪在一起。我父親曾經擁有俊秀的面貌，卻因年歲漸長，臉頰變得消瘦，五官變得刻薄尖削。他的頭髮以克己派的風格剪得極短、貼近頭皮，對此形象並無幫助。

「我不懂。」馬可斯說。

「我跟我一些直言派的朋友談過。」喬安娜說：「他們告訴我你兒子在吐實血清下說過的話。珍寧．馬修斯針對你和你兒子所散播的那些可怕謠言……都是真的，對不對？」

我的臉一陣熱，整個人縮了起來，肩膀彎向內。

馬可斯搖著頭。「不，托比亞是——」

喬安娜伸出一隻手，說話時閉著眼，好像連看著他都不願意。「拜託，我已經看過你兒子的行為舉止，還有你太太的行為舉止。我知道曾受過暴力對待的人看起來是什麼模樣。」她將頭髮撩到耳後。「我們認得出自己的同類。」

「妳不會真以為——」馬可斯開口，搖著頭。「我的確是個紀律嚴明的人，我想要的無非是對他們最——」

「一名丈夫不該對妻子講什麼紀律。」喬安娜說：「即使在克己派也一樣。至於你兒子……唔，我這麼說好了，我的確相信你會做出這種事。」

喬安娜的手指滑過臉上的疤痕。我心臟狂跳的節奏幾乎超出我承受範圍。她知道、她懂。不是因為她聽過我在直言派訊問室裡坦白說出我最羞恥之事，而是因為她懂。她自己也曾經歷過，我很確定。我忍不住猜想，究竟是誰這麼對待她？她母親？父親？其他人？

部分的我總揣測著，倘若父親直接面對真相，他會怎麼做？我猜他可能會從無私無我的克己派領導人，轉變為那個我所熟知、在家裡會見到的恐怖夢魘。我認為他會突然爆發，顯露出自己真正的樣貌。對我而言，若看到他如此反應會令我相當滿足，然而這並非他真實出現的反應。

他只是一臉困惑地站在原地。有那麼一個瞬間，我思考著他是否真的感到困惑；在他病態的心中，是否連他自己都真心相信，他的行為只是要給我一點紀律的這個謊言。這個想法在我內心產生一場風暴、一場隆隆作響的雷雨、一陣強風。

「現在我已經坦白說了。」喬安娜說，稍微更鎮定一些。「你可以告訴我為什麼找我來這裡了。」

馬可斯立刻換一個新話題，好像先前的從未討論過。在我眼中，他是一個能將自己分割成好幾種類型的人，並隨心所欲切換，而其中一種只會在母親和我面前出現。

改造局的員工將鏡頭移得更近，漢考克大樓在馬可斯和喬安娜的身體後方變成一幅黑色的背景。我的眼神注視著從對角橫過螢幕的橫梁，這樣就不必望著他們。

「伊芙琳和無派別者施行的是暴政。」馬可斯說：「我們在派別之中所體驗到的和平——在珍寧第一波攻擊前的和平——**可以重新恢復**。這我很確定。我想嘗試恢復和平，我認為這也是妳的期望。」

「的確如此。」喬安娜說：「你認為我們該怎麼進行？」

「這個部分妳可能不會太喜歡，不過我希望妳把心胸放開一點。」馬可斯說：「伊芙琳能控制這個城市，是因為她掌控了武力。如果我們將這些兵器奪走，她的權力可說所剩無幾，如此一來，我們就能挑戰她。」

喬安娜點點頭，在路面上磨著她的鞋子。從這個角度，我只能看到她平滑無疤的那一側臉，以及鬆鬆地垂著的捲髮，還有她的嘴巴。

「你希望我怎麼做？」她說。

「讓我加入你們，一起領導赤誠者。」他說：「我曾是克己派領導人。嚴格說來，更曾經是這整個城市的領導人。我能召集眾人。」

「眾人早已聚集在一起了。」喬安娜指出。「不是在一人之下，而是在希望重新建立派別的渴望之下。誰說我需要你呢？」

「我不是要滅妳的威風，但赤誠者現在還無足輕重，不過比一個小小的起義組織規模稍大。」馬可斯說：「無派別者的人數比我們已知的要多，妳的確需要我，妳自己也清楚。」

我父親不需要任何魅力也能說服別人，這點總是困擾著我。他就這樣陳述他的論點，一副「這便是真相」的模樣。就某方面而言，他毫不遲疑的態度的確能讓你相信他。這種人格特質在如今讓我不寒而慄。因為我知道他告訴過我什麼：我有缺陷、我毫無價值、我什麼也不是。他讓我相信了多少這樣的說詞？

我明白，喬安娜已經開始相信他了：她思考著她已召集加入赤誠者的一小群人，想著她讓卡拉帶出圍欄外的那一隊人馬就此渺無音訊；她思索著自己是如何孤單一人，以及他對於領導方面有多麼豐富的經驗。我想透過螢幕對她吼著不要相信他，我想告訴她，他想恢復派別，只因很清楚如此一來，自己便能重登領導人的位置。只不過我的聲音傳不到她身邊，即使我就站在她身旁，可能也束手無策。

喬安娜謹慎地對他說：「你能否保證，無論在任何情形之下，你會盡可能減低我們造成的毀滅？」

馬可斯說：「當然。」

她再次點頭，但這次看起來好像是對自己點頭。

「有時我們必須要為和平而戰。」她說，比起對著馬可斯，更像是對著地面說。「我想現在就是那種時局。我也確實認為你在號召人們團結上相當有本事。」

這是我初次聽到赤誠者組織後就一直在期待的反叛開端。在親眼見到伊芙琳統領眾人的方式後，以我來看，這一切無可避免會發生。只是，我仍覺得一陣作嘔。叛變似乎永不停息，在城市裡、住所裡，四處皆然。它們往往只隔著幾個吐息的間歇；而極度愚蠢的是，我們將這些時刻稱之為「和平」。

我從螢幕前離開，打算把控制室拋在身後。不管哪裡都好，總之去一個可以呼吸新鮮空氣的地方。

然而，在我走開時，瞥到另一個螢幕，上面出現一名深色頭髮的女人，正在博學派總部的辦公室裡來回踱步——是伊芙琳。當然了，他們當然會將伊芙琳的鏡頭放在控制室裡最明顯的螢幕上，這相當合理。

伊芙琳以手用力順過頭髮，手指緊抓住濃密的一束髮絲。她往下一蹲，縮成一團，一堆紙散落在她身邊的地板上。我想，**她是在哭**。我不知道自己為什麼這樣想，畢竟我也沒看見她的肩膀抖動。

我豎耳傾聽，透過螢幕上的喇叭，辦公室的門敲響了一聲。伊芙琳站挺起來，拍順自己的頭髮，抹了抹臉，然後說：「進來！」

泰瑞莎走進來，她的無派別臂章有點歪斜。「剛從巡邏隊那邊得到最新消息。他們還沒有發現任何他的蹤跡。」

「很好。」伊芙琳搖搖頭。「我放逐了他，他卻還留在這城市裡。他這麼做一定是為了要惹火我。」

「或者他是加入了赤誠者，他們窩藏了他。」泰瑞莎說，將身體一拋，橫在其中一張辦公室椅子上。她用靴子的鞋底將紙張往地上蹭。

「這倒是很明顯。」伊芙琳將手貼在窗戶，靠在上頭，向外望出整個城市，及其之外的溼地。「謝謝妳帶新消息來。」

「我們會找到他的。」泰瑞莎說：「他不可能跑太遠。我發誓我們會找到他。」

「我只希望他跑遠點。」伊芙琳說，她的聲線緊繃又細小，像個孩子。我思忖著，不曉得她是否還畏懼著他，就跟我還畏懼著他一樣，猶如在白晝也不斷浮現的夢魘一般。我不禁猜測，在內心深處我和母親究竟有多相像。

「我知道。」泰瑞莎說，然後便離去。

我站了好久好久，看著伊芙琳凝望窗外，她的手指在身側抽動。

我覺得自己似乎正變為一個介於我母親和父親之間的人——暴力、衝動、絕望且恐懼。我好像已無法控制自己將會變成什麼模樣。

32 翠絲

翌日，大衛把我叫到他的辦公室去。我很擔心他會想起我從武器實驗室撤退時，是怎樣把他當成人肉盾牌，以及用槍指著他的頭，說不在乎他的死活。

柔依跟我在旅館大廳碰面，帶我通過主要走道，接著又往另一條走去。那條走道又長又窄，右方有著窗戶，可以看到一小群飛機在水泥地上停成一列。些微雪花沾在玻璃上，冬天來得有點早，雪花在數秒內融化。

一邊走，我一邊偷看她，想知道在她覺得沒有人看著時是什麼模樣，然而她似乎一如往常——神態爽朗。不過，那樣子看起來像是在執行例行公事，就好像攻擊從未發生過。

「他會坐在輪椅上。」在我們來到這條狹窄走道的末端時，她這麼說：「不要大驚小怪會比較好，他不喜歡人家憐憫他。」

「我不會憐憫他。」我努力想壓下聲音中的憤怒，這會讓她起疑心。「他不是史上第一個被子彈打中的人。」

「我老是忘記，妳比我們看過更多暴力的場景。」柔依說。

她在我們抵達的下一個安全路障處掃瞄了識別證。我隔著玻璃望著在另一邊的守衛：他們站得直挺，槍靠在肩上，面朝前方。他們似乎得那樣站上一整天。

我的感官遲緩又疼痛，好像全身肌肉都感染上一種情緒深沉的痛楚。尤里亞還在昏迷中，當我在宿舍裡、餐廳裡、走廊上看見托比亞時，仍無法直視他，我無法抹去那道牆在尤里亞的腦袋旁爆炸的影像。我不確定自己何時會好些；或者，這一切真可能會好些嗎？我也不確定這是不是能夠復原的那種傷。

我們經過守衛，腳下的磁磚變成木質地板。小幅繪畫以鍍金畫框裱起，列在牆上；在大衛辦公室外面某根小小的圓柱體上放了一束鮮花。這些都是小巧思，卻反而讓我覺得自己的衣服像被塵土弄得髒兮兮的。

柔依敲門，裡面有聲音說：「進來！」

她為我開門，但沒跟著我進去。大衛的辦公室相當寬敞溫暖，牆上列放著書，而非一排窗戶；左側是一張書桌，上方懸著一個玻璃螢幕；右側則是一個小小的實驗室，但不是金屬設備，是木製的。

大衛坐在輪椅上，腿上蓋著某種硬硬的物質——用來固定骨頭，才能痊癒。我做此猜想。他面容蒼白無血色，然而狀況已經算夠好的了。雖然我知道他跟那次攻擊實境模擬脫不了關係，也該對那些死傷負責，卻很難將這些行為跟眼前的人對起來。我不禁想，那些邪惡之人是否都像這樣；對某些人而言，他們看起來是個好人，言行舉止也像是好人，就跟一般好人一樣討人喜歡。

「翠絲。」他朝著我將自己推向前，並將我的手緊緊包覆在他手中。雖說他的皮膚乾燥如紙，而我對他有著反感，但我仍讓自己的手在他手中保持堅定。

「妳實在相當勇敢。」他說，放開我的手。「妳的傷怎麼樣了？」

我聳聳肩。「我受過更嚴重的傷。你的呢？」

「要花點時間才有辦法再走路，不過他們很有信心的說一定可以。反正，我們裡面有些人發明了一種極精細的腿用支架。所以，如果必須的話，我可能會變成他們的第一個測試案例。」他說，眼角出現皺紋。「妳可以把我推回桌後嗎？我還是不太會控制方向。」

我依言照做。我將他不太能動的腿導引到桌下，讓他身體的其他部分跟上動作。當我確認他已經姿勢正確地坐好時，便坐到他對面的椅子上，試著露出微笑。為了找到為父母復仇的方式，我得繼續贏得他信任，讓他喜歡我。一臉怒容是不可能辦到的。

「我請妳來這裡，絕大部分原因是要謝謝妳。」他說：「我想不出有哪個年輕人會來救我，而不是跑去躲起來；或者誰有辦法像妳一樣，挽救了這整個住所。」

我想起自己把槍抵在他的腦袋上，威脅他的生命，困難地吞了一口口水。

「妳與同行的伙伴一抵達這裡就經歷了令人遺憾的巨變。」他說：「老實說，我們還不確定該怎麼處理你們所有人，我認為妳自己也不知道該怎麼辦。不過，我有考慮過一些想請妳做的事。我是這個住所的正式領導人，除此之外，我們有很類似於克己派的管理系統，所以我會聽取一小群參謀議員的意見。我希望妳開始接受該職位的訓練。」

我緊緊抓住扶手。

「妳應該知道，在經歷攻擊之後，我們得在這裡做出一些改變。」他說：「我們必須為理想採取更強硬的姿態，而我認為妳知道該怎麼做。」

我無話可說。

「那個……」我輕輕喉嚨。「那訓練包含了什麼必要事項？」

「比方說，參加我們的會議，」他說：「還有學習我們住所裡裡外外一切事物：我們從最上層到最下層是如何運作、我們的歷史、價值觀，諸如此類。妳的年紀還太輕，我無法讓妳以任何合法地位加入成為議會的一員。會有一條必須遵從的路線——先輔助其中一名現任議會成員——但我想邀請妳走上這條路，如果妳願意的話。」

他用眼神而非話語詢問著我。

參謀議員可能就是授權攻擊實境模擬，並確保在適當時機將東西送到珍寧手上的人，而他竟要我加入，學著變成他們。即使我在口腔底部嘗到了膽汁的味道，我也應答無礙。

「當然。」我邊說邊微笑。「我感到非常光榮。」

如果有人給你機會更靠近你的敵人，你絕對會接受。我不需要從任何人身上學到這招，自己就會了。

他必定對我的笑容深信不疑，因為他也咧嘴而笑。

「我就知道妳會答應。」他說：「在妳母親自願進入城市前，我本來希望她跟我一起執行。但我想，她雖在相隔如此遠之處，卻已愛上了那地方，無法自拔。」

「愛上了……那個城市？」我說：「我想這應該無關品味吧。」

那只是個玩笑，我說得心不在焉，然而大衛還是笑出聲，我便知道這話說對了。

「你……我母親在這裡時，你跟她很親近嗎？」我說：「我一直在讀她的日誌，可是她的話實在不多。」

「嗯，她當然話不多。娜塔莉一向直來直往。是的，我們——我和妳母親——很親近。」他在談到我母親時，聲調變得柔軟；他不再是那名堅強的住所領袖，而是一名長輩，正回憶著那些美好過去。

在他害她遭到殺害前的過去。

「我們有差不多的經歷。我也一樣，在孩提時候就從那個有缺陷的世界被帶走……我父母是相當不正常的人，他們在我很小的時候都進了監獄。我不想去孤兒人數早就超過負荷的領養所，於是我和我的手足跑到邊界——就跟幾年後妳母親逃去避難的地方一樣——但只有我活著離開那裡。」

我不知道該作何評論；對一個明知他做出許多可怕事情之人，我不知該如何處理心中升起的憐憫之情。我只能凝視著自己的手，想像自己的體內猶如液體金屬，在空氣中逐漸變硬，逐漸成形，然後永遠留在該處。

「妳明天得跟我們的保安隊到那裡去，妳可以自己見識邊界是什麼模樣。」他說：「對於一名未來的議會成員而言，看看那裡是很重要的。」

「我很感興趣。」我說。

「太好了。唔，我不想結束我們相處的時間，只是我有不少工作得趕上進度。」他說：「我會找人通知妳去保安隊的時間。第一次的議會開會是在星期五早上十點。我們很快會再見面。」

我五味雜陳。我沒有說出自己想問他的事，也不覺得還會再有這樣的機會。反正現在一切都太遲了。我站起來往門口走去，但他又開口說話。

「翠絲，我認為我們如果真要彼此信任，我就該對妳坦承。」他說。

從我認識他到現在，這是大衛第一次看起來近乎……恐懼。他雙眼大睜，像個小孩似的。但過了一會兒，那個表情再度消失。

「我當時可能的確受到混合血清的影響。」他說：「不過我知道妳對對方說了什麼，好讓他們不要射殺我們。我知道，妳告訴他們，妳會殺了我，以保護武器實驗室裡的東西。」

我的喉嚨好緊，幾乎無法呼吸。

「別擔心。」他說：「這是我提供妳這個機會的其中一個原因。」

「為……為什麼？」

「妳展現出我在我的顧問群中最需要的特質。」他說：「也就是，為了遠大利益，願意犧牲。假使我們想贏得與基因缺陷的這場仗，如果想讓實驗免於被關閉的命運，就得有所犧牲。妳了解的，對不對？」

我突然覺得一陣憤怒，但逼自己點頭。妮塔早已告訴我們，實驗正陷於可能被關閉的危機之中，所以，聽到這件事的確為真，我並不是很驚訝。然而大衛為了拯救他畢生心血，走投無路至此，也不能當作殺光一整個派別——我的派別——的藉口。

有一瞬間，我站在那裡，手按在門把上，想重振精神。然後，我決定冒險一試。

「如果他們又計畫另一次爆炸，想闖進武器實驗室，會怎麼樣？」我說：「妮塔說，如果他們那麼做，會啟動備用安全措施，在我看來，那是針對當時狀況最顯而易見的解決方式。」

「會有一劑血清被施放到空氣中……是連面罩也無法抵擋的血清。因為那會從皮膚滲進去。」大衛說：「連基因純淨的人都無法抵擋。我不知道妮塔怎麼會知道這件事，畢竟這並非公開給大眾的資訊，我想我們之後就會知道了。」

「那個血清有什麼作用？」

他的笑容轉變成一個奇異的表情。「這麼說吧，那東西恐怖到妮塔會情願在監獄裡度過餘生，也不會願意與之接觸。」

他是對的。他不需要再多說些什麼。

33 托比亞

「看看誰來了。」在我走進宿舍時，彼得說：「叛徒。」

他床上攤著一堆地圖，旁邊的床上也是。地圖有白色、淺藍色和深綠色，它們散發出一種詭異的吸力，把我吸引過去。每張地圖上，彼得都畫了些歪歪的圓圈，圈著我們的城市——圈著芝加哥。他在標記他所到過之處的界線。

我看著那些圓圈在每張地圖上縮小，直至變為一個鮮明的紅點，像一滴血跡。

我旋即退開，對於那代表我有多渺小感到恐懼。

「如果你以為自己在德行上高人一等，就是大錯特錯。」我對彼得說：「這堆地圖是要做什麼？」

「我有點難以理解這個世界到底有多大。」他說：「改造局的一些人在教我學這些東西。行星、星星還有水域，諸如此類。」

他說得一派輕鬆，但我從地圖上那堆畫得亂七八糟的線條了解到，他這不只是普通的興趣——是沉迷。我曾以同樣的方式對自己的恐懼纏著不放，不斷試著想理出頭緒，一次又一次。

「這樣會有幫助嗎？」我說。突然發現自己好像沒有哪次跟彼得說話不是對著他吼。倒不是說他就不活該，只是我對他一無所知。我幾乎記不得他在新生名冊上的姓是什麼。海斯，是彼得・海斯。

「有一點吧。」他拿起一張比較大的地圖，那張上顯示出一整個球體，壓平後像揉扁的麵團。我瞪著那東西良久，才了解圖上是什麼形狀。藍色的一大片水和諸多顏色的數塊陸地。其中一塊陸地上有個紅點。他指著那裡。「這個點包含了我們去過的所有地方。你可以把那一小塊區域從大陸上整個挖下來，沉到這片海洋裡，根本就不會有人注意到。」

我再次感覺到那股出於自己的渺小的恐懼。「是。所以呢？」

「所以？所以我擔憂的一切，說出和做出的行為，根本就無足輕重。」他搖搖頭。「完全無所謂。」

「當然有所謂。」我說：「那些土地上都住滿了人，每個人都不一樣，他們對彼此做出的事當然有所謂。」

他再次搖頭。我不禁猜想，他是否在用這種方式安慰自己，說服自己他所做過的壞事都無足輕重。我終於明白，那令我感到恐懼的巨大星球對他而言猶如天堂，那是一個他可以消失在其中的廣大空間。在那裡，他無須凸顯自己，而且永遠不需對他的行為負責任。

他彎身解開鞋帶。「所以，你被你那群狂熱追隨者驅逐出來了嗎？」

「沒有。」我反射地說，然後又加了一句。「也許吧。但他們不是什麼狂熱追隨者。」

「喔拜託，他們簡直是四號的崇拜教。」

我忍不住笑出來。「你是嫉妒嗎？你也想要有一個專屬的瘋子邪教嗎？」

他其中一邊的眉毛抽動揚起。「如果我是瘋子，就會趁你睡著的時候殺了你。」

「你一定也會把我的眼珠拿去跟你其他的眼珠收藏擺在一起。」

彼得也笑開。我突然發現，自己正跟一名刺傷愛德華眼睛，同時想殺了我女友（如果她還是我女友的話）的新生互開玩笑，相談甚歡。然而，他也是幫助我們終止攻擊實境模擬，將翠絲從恐怖的死亡之中拯救出來的無畏派成員。我不確定在我心中哪一個行為更具重量。也許我應該把那些都忘記，讓他重新開始。

「說不定你應該來加入我那『被討厭的人』的小團體。」彼得說：「目前迦勒和我是唯二成員，不過，基於要變成被那女孩討厭的人非常容易，我想我們的人數會增加得很快。」

我整個人僵住。「你說的沒錯，要被她討厭的確很容易，只要想辦法差點害死她就好。」我的胃一陣緊縮。我也差點害死她。如果她站得離爆炸再近一點，可能就會像尤里亞一樣，全身掛滿管子，心如止水。

難怪她不曉得自己到底該不該再跟我在一起。

之前那短暫的輕鬆已逝。我無法忘記彼得所做的一切，因為他並沒有變。他還是那個願意去殺人、傷害人、毀滅一切，以爬上新生訓練第一名的人。同樣的，我也無法忘記自己做的事。我站了起來。

彼得靠著牆，用手指敲打著腹部。「我只是說說，如果她認為某人毫無價值，大家都會跟著她的想法。對於原本只不過是另一個無趣的殭屍人來說，這倒是個滿特殊的天賦，不是嗎？就一個人而言，不覺得她握有太多權力了嗎？」

「她的天賦不是控制其他人的想法。」我說：「而是對人的看法一向正確。」

他閉上眼睛。「隨你怎麼說。四號。」

我的四肢因為緊繃而十分敏感。我離開宿舍，以及那堆畫著紅點的地圖，雖說我不知道自己還能去哪裡。

翠絲對我一直有某種難以解釋的吸引力，而且她自己完全沒發覺。我從未如彼得那樣，因此對她感到恐懼或厭惡。然而，那是因為我一直處於較強有力的地位，不會被她所威脅。現在，我失去了那地位，我感到一股力量將我拉向怨懟，力道極強且堅決，就像一隻手緊扣住我手臂。

我發現自己再次走進中庭花園，這次，光芒在窗外閃耀，花朵在日光下看起來美麗又野蠻，像某種邪惡的生物凝結在時光之流中，動也不動。

卡拉慢跑進中庭，她的頭髮歪歪扭扭飄在前額。「你在這啊。這地方實在也太容易找不到人了。」

「有什麼事？」

「嗯……四號，你還好嗎？」

我狠狠咬住嘴唇，直到感受到一絲疼痛。「我沒事。怎麼了嗎？」

「我們在開會，而你必須要來參加。」

「所謂的『我們』究竟是誰？」

「缺陷者，還有支持缺陷者的人。這些人不想讓改造局從某些事情脫罪。」她邊說邊將頭歪向一邊。「不過，比起之前你加入的那個有更萬全的計畫。」

真不知道這是誰告訴她的。「妳知道攻擊實境模擬的事？」

「不只如此。當翠絲讓我看時，我在顯微鏡下就認出了實境模擬血清。」卡拉說：「沒錯，我是知道。」

我搖搖頭。「嗯，我不想再涉入這種事了。」

「別傻了。」她說：「你所聽到的真相並沒有錯。這些人依然得為這些事負責：比如死傷慘重的克己派，與心智遭受奴役的無畏派。他們也徹底毀了我們的生活。我們得對他們做出一些反擊。」

我不是很確定自己是否想跟翠絲待在同一個空間，尤其我知道我們正在分手的邊緣，如同站在懸崖邊上。當我不在她身旁，會比較容易假裝什麼事都沒有。但卡拉表達得如此明白，我不得不同意：沒錯，我們必須做出一些反擊。

她牽著我的手帶我走到旅館走廊。我明白她是對的，但一想到要加入另一次反叛行動，我覺得不太確定，也不太自在。不管怎樣，我都已經向那裡走去。部分的我渴求著能再次動起來，而非像先前那樣，站在我們城市的監視影片前動彈不得。

等她確認我有跟著她後，便放開我的手，將鬆脫的頭髮塞到耳後。

「沒看妳穿著藍色衣服還是有點奇怪。」我說。

「我想該是放開那一切的時候了。」她回答。「就算我能回去，在這個節骨眼上，我也不願意。」

「妳不想念派別嗎？」

「其實我想。」她望著我。

距離威爾的死已經夠久，現在的我也不會在看著她的時候看到威爾，我只會看見卡拉。我認識她比威爾久很多。她只有一點點他那種隨和、好相處的氣質，足以讓我覺得可以稍微跟她開開玩笑，但不致觸怒她。

「我在博學派中成長茁壯，有很多人全心全意投身發明與創新，那是很棒沒錯，但現在我已經知道這世界有多大……因此，比起我的派別，現在的我知道得更多。」她皺起眉頭。「不好意思，這樣太傲慢了嗎？」

「有誰在乎？」

「有些人會在乎。不過我很高興知道你不是其中一人。」

我注意到了，沒辦法不去注意。我們在前往會議的路上經過一些人，他們用厭惡的眼神望著我，或是刻意離我很遠。我也曾被憎恨、躲避過，畢竟我身為伊芙琳．強森的兒子，那名隸屬無派別的暴君，只是現在這情形更令我難堪。我知道自己的確做出了一些活該被憎恨的事。我背叛了所有人。

卡拉說：「別理他們。他們不知道做出艱難的決定是什麼感覺。」

「我猜妳絕不會那麼做。」

「那只是因為曾有人告訴我，在資訊還不完整時要特別小心。有人則是教導你，險境能帶來極大回饋。」她看著我旁邊。「或者，就這次的案例而言，沒有任何回饋。」

她停在馬修和他主管的實驗室門邊，敲了幾下。馬修把門打開，咬了一口手上的蘋果。我們跟著他走進那個揭曉我並非分歧者之處。

翠絲也在，她站在克莉絲汀娜身邊。克莉絲汀娜看我的眼神，讓我覺得自己像是某種爛掉必須丟掉的東西。角落門邊站的是迦勒，他臉上有淤青的痕跡。我本來要問他怎麼了，但旋即看見翠絲的指節上也有一點傷。她也十分刻意不去看他。

或不看我。

「我想大家都到齊了。」馬修說：「好……所以……嗯。翠絲，我實在很不會這些。」

「說老實話，你真的很不會。」她邊說邊咧開嘴笑。我感到一陣醋意。她清清喉嚨。「所以，我們現在知道，這些人應該為攻擊克己派的事件負責，還有，我再也無法信任他們真的會保護我們的城市。我們都想對此做出反擊。先前那次的嘗試有點……」她的視線飄向我，那眼神將我切割成一個極其渺小的人。「不太管用。」她如此作結。「我們可以做得更好。」

「妳的建議是？」卡拉說。

「我只知道，我很想揭露他們的真面目。」翠絲說：「這整個住所不可能知道他們的領導人幹了什麼事，我認為，我們應該讓他們看看。也許在那之後，他們會選出新的領導人，選一個不會將實驗中的人視為草芥的人。我認為，也許可以將一劑吐實血清擴散出去，造成某種『感染』之類的——」

我記得吐實血清會產生什麼的影響，那效力填滿我所有空隙：肺裡、腹中和臉上。我記得自己看著翠絲竟能抗拒那股力量說出謊言，感到多不可思議。

「沒有用的。」我說：「他們是純淨者，記得嗎？純淨者有辦法抵抗吐實血清。」

「並不盡然。」馬修說，捏住掛在他脖子上的帶子，一陣扭絞。「我們並沒有發現太多有能力抵抗吐實血清的分歧者。在我最近的記憶中，只有翠絲。某些人抵抗血清的能力似乎高於他人，比如說你，托比亞。」馬修聳聳肩。「不管怎樣，我也是因為這樣才邀你來。迦勒。你之前曾經研究過血清，也許會比我知道得還多。我們說不定可以研發出一種更難抵抗的吐實血清。」

「我不想要再做那種事了。」迦勒說。

「你閉——」翠絲開口，但馬修立刻打斷她。

「迦勒，拜託你。」他說。

迦勒和翠絲交換了一下眼神，他臉上的皮膚和她指節的皮膚幾乎是相同顏色，紫藍又有點青，像用墨水畫的一樣。手足鬩牆時就會如此——他們會用相同的方式傷害對方。迦勒沉沉靠回檯面邊緣，後腦杓抵在金屬櫃子上。

「好吧。」迦勒說：「碧翠絲，只要妳保證不會用這件事來針對我。」

「我為什麼要這樣？」翠絲說。

「我也可以幫忙。」卡拉說，舉起了手。「身為一名博學派，我也研究過血清。」

「太好了。」馬修兩手一拍。「同時，翠絲會擔任間諜的角色。」

「那我呢？」克莉絲汀娜說。

「我希望妳跟托比亞可以接近瑞吉。」翠絲說：「大衛不願告訴我跟武器實驗室備用安全措施相關的訊息，但妮塔不可能是唯一知道那件事的人。」

「妳要我去接近那個設置炸彈害尤里亞陷入昏迷的人？」克莉絲汀娜說。

「妳不需要跟他當朋友。」翠絲說：「只要跟他談談他知道些什麼。托比亞會幫妳。」

「我不需要四號幫忙，我自己就可以了。」克莉絲汀娜說。

她移到測驗桌那邊，在大腿底下撕著紙，然後又厭惡地看了我一眼。我知道，她看著我時，必定看見了尤里亞那無表情的面孔。我覺得自己的喉嚨裡像是卡了什麼東西一樣。

「嚴格說來，妳的確需要我，因為他只相信我。」我說：「這些人非常隱密，那也代表這項任務需要細心。」

「我可以很細心。」克莉絲汀娜說。

「不，妳沒辦法。」

「他說得有理……」翠絲微笑著嘆了一口氣。

克莉絲汀娜打了一下她的手臂，翠絲也打回去。

「那就這麼決定。」馬修說：「我想，我們應該在翠絲參加過會議之後再會面一次，所以是星期五，五點時到這裡來。」

他靠近卡拉和迦勒，說了一些跟化學化合物有關的事，我不是很懂。克莉絲汀娜走出去，離開時用肩膀撞了我一下。翠絲抬起眼神望著我。

「我們得談談。」我說。

「好。」她說。我跟著她到走廊上。

我們站在門邊，等所有人都離開。她的肩膀向內縮，好像打算讓自己縮得更小，一副想在原地蒸發的模樣。我們站得離對方很遠，整條寬廣的走道隔在我們之間。我試著回想上次親吻她是何時，卻想不起來。

最後，我們終於獨處了。走廊相當安靜。我的手開始刺痛、麻木，就跟我每一次驚慌時的感覺一樣。

「妳認為妳有可能會原諒我嗎？」我說。

她搖搖頭，但說出口的是：「我不知道。我想這是我必須自己思考的。」

「妳知道……妳應該清楚我從來沒打算害尤里亞受傷，對吧？」我望著橫過她前額的縫線，又說：「甚至是妳。我也從來不願害妳受傷。」

她的腳步在地上踏呀踏，身體隨那動作晃著。她點點頭。「我知道。」

「我得做點什麼。」我說：「我必須要。」

「很多人都受傷了。」她說：「都是因為你忽視我的意見。因為——這是最糟的部分，托比亞——因為你覺得我器量狹小，滿心嫉妒，覺得我不過是個愚蠢的十六歲女孩，是不是？」她搖搖頭。

「我絕不會說妳愚蠢或器量狹小。」我斷然回答。「但沒錯，我的確認為妳的判斷受到干擾。僅此而已。」

「那就足夠了。」她的手指滑過髮間，牢牢握住。「一切又是舊事重演，不是嗎？你不像你說的那樣尊重我。當事情真正發生，你依舊認為我無法理性地——」

「不是這樣！」我憤怒地說：「我比誰都尊重妳，只是，現在我忍不住會想，到底是哪一件事更困擾妳？是因為我做出了愚蠢的決定，還是我沒有照著妳的話。」

「你這話是什麼意思？」

「意思是，」我說：「也許妳口口聲聲說希望我們能對彼此坦承，但我認為，妳真正希望的是我永遠跟妳一鼻孔出氣。」

「我真不敢相信你竟然說出這種話！你錯了——」

「是，我錯了！」現在我也吼了起來。

我不知道這股憤怒是從何而來，但我可以感覺到怒氣在體內旋繞，猛力且劇烈，而且是這幾天來感受到最強烈的。

「我是錯的，我犯了天大的錯誤！我最好朋友的弟弟跟死人沒兩樣！妳一副自以為是我的父母的模樣，因為我沒有照妳說的去做而懲罰我。但是翠絲，妳不是我的父母。妳沒有資格告訴我怎麼做才對！或該做出什麼選擇——」

「不要再對我吼。」她靜靜地說，終於望著我。我曾在她眼中看過許多情緒：愛戀、依依不捨與好奇；但現在，我只看見憤怒。「不要再吼。」

她沉靜的聲音澆熄了我體內的怒火，我鬆弛下來，靠到身後的牆上，將手插進口袋裡。我不是故意要吼她，我完全不是有意要發火。

我滿腹震驚地呆呆望著她。眼淚從她臉上流下。我已經很久沒有見她流淚。她吸了一下鼻子，壓抑著，努力想讓聲音如常，但做不到。

「我只是需要點時間。」她說，每說一字都哽咽。「好嗎？」

「好。」我說。

她用手掌抹抹臉頰，向走廊走去。我望著她的金髮，直到她在轉角消失。我感到赤裸，那些可以保護我免於痛苦的一切，似乎消失得一絲不剩。她不在我身邊，比什麼都讓我痛苦。

34 翠絲

「她來了。」當我靠近那群人，艾默說：「來，翠絲，我幫妳拿一件背心。」

「我的……背心？」

如同大衛昨天承諾的，今天下午我將前往邊界。我不知道自己該期待什麼，這情況往往會讓我緊張。這幾天下來，我已太過疲倦，幾乎不太有什麼感覺了。

「防彈背心。邊界並不那麼安全。」他說，把手伸進門邊一個板條箱裡，從一堆厚厚的黑色背心中挑揀出正確的尺寸。他挑出一件對我來說還是太大的背心。「抱歉，沒有太多可以選的。這也一樣能用。穿上裝備吧。」

他教我穿上背心，並將身側的帶子拉緊。

「我不知道你也會在。」我說。

「唔，妳認為我會在改造局裡做什麼工作呢？到處遊盪、開開玩笑嗎？」他微笑著。「他們為我的無畏派專長找到個好出路。我是保安隊的一分子，喬治也是。通常都是由我們負責住所安全。不過，只要有任何人想到邊界，無論何時我都會自願。」

「在說我嗎？」喬治站在門邊的那群人中。「嗨，翠絲。希望他沒講什麼壞話。」

喬治把手搭在艾默的肩膀上，他們對彼此咧嘴而笑。喬治看起來比我上會看到的模樣好多了，然而，悲傷仍在他的表情中留下印記。微笑時，會帶走他將眼角的笑紋和臉頰上的酒窩。

「我想我們也許該給她一把槍。」艾默邊說邊看了我一下。「我們通常不會把槍械提供給未來可能成為議會成員的人，因為他們不知道該怎麼用，但很明顯的，妳會。」

「真的沒關係。」我說：「我不需要——」

「不，妳可能比他們大部分的人都還會射擊。」喬治說：「我們用得上另一個無畏派的幫忙。我去拿一把。」

幾分鐘後，我全副武裝跟艾默一起走向卡車。他和我坐在卡車最後端；喬治和一名叫安的女人坐在中間；兩名年紀稍長的保安隊員，一個叫傑克，一個叫薇莉，坐在前面。卡車後方裝備堅硬的黑色金屬。後門似乎是不透明的，從外面看是黑色，但從裡面看出去卻清晰可視，所以能看見我們要往哪裡去。我被艾默和一堆擋住前方視線的裝備緊夾在其中。卡車啟動時，喬治從裝備上方冒出頭咧嘴微笑，但除此之外，就只剩艾默和我。

我看著住所消失在身後。我們開過花園，以及圍繞在外的附屬建築物，飛機的身影從住所邊緣後頭探出來，它們是白色的，一直在那裡備戰。當我們抵達圍欄，閘門為我們而開。在我們被放入荒野之中前，我聽著傑克跟外層圍欄的士兵交談，告訴他我們的計畫，以及車上載的是什麼。那串字眼我完全不了解。

我開口問。「除了要讓我看事情是怎麼運作之外，這次巡邏的目的是什麼？」

「我們一直都緊密地注意邊界，那裡是住所外離基因缺陷區最近之處。大多都是進行對基因缺陷者行為舉止的調查和研究。」艾默說：「只是在攻擊之後，大衛和議會都認為我們必須針對那裡，進行更加密切的監視，這樣才能預防攻擊再次發生。」

我們開過跟離開城市時所見到的一模一樣的廢墟：大樓被自身的重量壓垮，植物在地面上恣意蔓生，從水泥之間伸展出來。

我不了解艾默，也不完全相信他，但我得要問問：「所以你全都相信？基因缺陷者是造成……這些事的原因？」

他從前在實驗裡的老友都是缺陷者；他可能真的相信他們都有缺陷，而且都有問題嗎？

「妳不相信嗎？」艾默說：「我自己是這樣想的。地球已經存在了非常、非常久的時間，比我們想像得都長。在淨化之戰前，從沒有人做出這種事，不是嗎？」他揮手指向外面的世界。

「我不知道。」我說：「我很難相信他們不會做出這種事。」

「妳對人性的觀點還真負面。」他說。

我不回應。

他繼續說：「不管怎樣，如果像這樣的事件曾在我們的歷史裡發生過，改造局應該會知道。」

此言之於我，近乎天真。他是一名曾住在我的城市中，也曾看見——至少透過螢幕——我們對彼此保守了多少祕密不說的人。伊芙琳想以武力來掌控人們，但珍寧更有野心，她清楚明白，當你控制了資訊，或操縱了資訊，就無須用軍隊來讓人民言聽計從，他們會自願待在那裡。

那便是改造局，也許還有整個政府正在做的事：訓練人們開開心心地受到控制。

我們沉默無言地開了好一會兒，只剩裝備輕輕搖動的聲音和引擎聲陪伴。起先，我望著經過的每一棟建築物，忍不住猜想裡面曾經住過什麼人。隨後，它們在我眼中開始相互混淆。究竟得看過多少種不同的廢墟，最後才會放棄稱其為「廢墟」？

「我們快到邊界了。」喬治在卡車中間處喊。「我們會停在這，然後步行前進。所有人都來拿些裝備，準備就緒，艾默除外。你只要負責照顧翠絲就好。翠絲，妳可以自由地四處看看，但要跟著艾默。」

我覺得自己每一根神經都變得極度敏銳，處於一觸即發的狀態。邊界是母親目睹一樁謀殺後前往的躲避之處；也是改造局找到她、並拯救她的地方，因為他們猜測她有健全的遺傳碼。就某種情況而言，我如今將一步步走向該處，那個一切開始之地。

卡車停下，艾默將門推開。他一手舉起槍，另一手向我示意。我在他身後跳下車。

這裡也有建築物，但稱不上是多完善的臨時住屋。屋子以廢金屬和塑膠防水布組成，一個又一個緊挨著相互堆疊，像是彼此支撐著才立起來。有人在其間的狹窄走道活動，大多是孩童，在販賣托盤上的東西，或提著一桶水，或在火堆上煮東西。

當離得最近的人看到我們時，有一個小男孩跳起來，邊跑邊喊。「臨檢！臨檢！」

「別擔心。」艾默對我說：「他們以為我們是士兵。有時他們會來這裡檢查，把一些小孩移送到孤兒院。」

我幾乎沒意識到他的這些說明。當大多人都跑開，或是躲進用厚紙板或更多的防水布做成的棚屋時，我反而開始走向其中一條走道。我從牆壁的破洞中望著他們。這所謂的家，裡面多半是一堆食物和補給品在一邊，睡覺用的墊子在另一邊。我不禁思考，冬天時他們要怎麼辦？

要上廁所時該怎麼辦？

我想起住所裡的花朵以及木頭地板，還有旅館裡的那些沒睡滿的床，開口說：「你們有幫過他們嗎？」

「我們深信，要幫助我們的世界最好的方法就是修復基因缺陷。」艾默說，猶如從記憶裡揀出來複誦一般。「給人們食物只是在大傷口上貼個小繃帶。也許可以稍微止一下血，但最終傷口還是不會消失。」

我無法回應，只能稍微搖搖頭，繼續走。我開始了解，為什麼母親本來應加入博學派，卻選擇了克己派。如果她真想從博學派逐漸嚴重的腐敗中求得平安，其實可以去友好派或直言派，但是，她選擇了一個能夠幫助無助之人的派別，並奉獻自己的大半人生，確保無派別者能衣食無虞。

他們一定讓她想起了這地方——邊界。

我把頭從艾默的方向轉開，這樣他才看不見我眼中的淚水。「我們回去卡車吧。」

「妳沒事嗎？」

「沒事。」

我們一起轉身朝卡車走，但隨後便聽到槍聲。

在槍聲之後，緊跟著一聲喊叫。「救命！」

我們身邊所有人皆做鳥獸散。

「是喬治。」艾默說，他邁開步伐，跑向我們右方其中一條走道。我追著他跑進廢金屬的建物中，但他跑得比我更快，這地方又像個迷宮；我在幾秒內就跟丟了他，孤身一人。

因為在克己派中養成的習慣，我會自然而然地對住在此處的人滋生惻隱之心，然而，我同時也畏懼他們。如果他們像無派別者，必然跟他們一樣走投無路，我對於走投無路的人相當戒慎恐懼。

有隻手抓住我的手臂，把我往後拖進其中一個鋁棚屋底下。因為覆蓋在牆上防冷風透進的防水布，裡面每樣東西看起來好像都著上藍色。地上鋪著塑膠夾板，站在我面前的是一名嬌小瘦弱臉髒髒的女人。

「妳不會想待在外面的。」她說：「他們誰都攻擊，不管年紀多小都一樣。」

「他們？」我說。

「邊界這裡有很多憤怒的人。」那個女人說：「有人會因憤怒而想殺掉任何一個被他們認為是敵人的人；有人則因為憤怒而更有建設性。」

「謝謝妳的幫助。」我說：「我的名字叫翠絲。」

「我是艾美。坐下吧。」

「不行。」我說：「我的朋友在外頭。」

「那妳就該等到那一大群人跑到你朋友那邊，然後悄悄地從他們背後偷襲。」

聽起來很有道理。

我往地上一坐，槍戳到了我的腿。防彈背心實在太僵硬，很難讓人覺得舒服，我只好盡可能讓自己放鬆點。我聽見人們跑到外頭大喊大叫。艾美輕輕拂開防水布一角，查看外面。

「所以妳跟妳朋友不是士兵？」艾美說，還看著外面。「那就表示你們是基因改造局的那些人，是吧？」

「不是。」我說：「我的意思是，他們是，但我是從城市裡來的。芝加哥。」

艾美的眉毛突然挑得老高。「該死，那裡被關閉了嗎？」

「還沒。」

「真是不幸。」

「不幸？」我對她皺眉。「妳說的地方是我的家，妳知道嗎？」

「妳的家對基因缺陷者必須被修正一事深信不疑，因為他們真的有缺陷，就這樣。其實他們——也就是我們——並沒有缺陷。所以呢，沒錯，實驗還在繼續是非常不幸的，我不會因為這麼說而道歉。」

我從來沒有用這種角度去思考過。

對我而言，芝加哥必須一直存在，因為我所失去的人都曾住在裡頭，我曾深愛的生活方式還在那裡持續著——雖然是以殘破不堪的形式。只不過我從不明白，原來芝加哥本身的存在意義，對於生活在外頭，希望自己被認為是完整的人們，可能是一種傷害。

「妳該走了。」艾美說，並把防水布的一角放下。「他們可能在其中一個會面區，這裡的西北方向吧。」

「再次感謝。」我說。

她對我點點頭。我彎身離開她的臨時小屋，板子在腳下發出嘎吱聲。

我在走道間快速移動，並因為所有人都在我們抵達時跑掉一事感到慶幸，這樣就無人擋住我的去路。我跳過一灘東西（唔，我不想知道那是什麼）來到某個像是庭院的地方，那裡有一名又高又瘦的男孩拿槍對著喬治。

一小群人在那個拿著槍的男孩周遭，分散在喬治帶來的監視裝備之間，正在弄壞那些裝置。他們用鞋子、石頭或是槌子亂敲一氣。

喬治的眼神飄向我，我急忙把一根手指放在唇上。我現正身處那群人後方，持槍的人並不知道我在這。

「把槍放下。」喬治說。

「不要！」男孩回答，他淺色的眼睛不斷在喬治和他身邊那群人來回轉動。「費了一番功夫才弄到手，現在不可能把它給你。」

「那麼……讓我走。你可以留著那玩意。」

「除非你告訴我們，你把我們的人都帶到哪裡去了！」男孩說。

「我們沒有帶走任何一個你們的人。」喬治說：「我們不是士兵，只是科學家。」

「最好是。」男孩說：「那不是防彈背心嗎？如果那不是士兵的玩意，那我大概就是全美國最有錢的小孩。現在快點把我要知道的事告訴我！」

我退後一些，站在其中一個棚屋後方，我將槍移到這間屋子靠近邊緣處，說：「嘿！」

那群人全都轉過頭來，但那名拿著槍的男孩如我預想，仍瞄準喬治。

「我已經瞄準你了。」我說：「現在離開，我就放了你。」

「我會射死他！」男孩說。

「那我就射死你。」我說：「我們是政府的人，但不是士兵，我們不知道你們的人在哪。如果你讓他走，我們會靜靜離開；如果你殺了他，我保證，一定很快就會有士兵來逮捕你，他們可不會跟我們一樣寬容。」

那瞬間，艾默出現在喬治身後的庭院，那群人中有人發出尖叫。「還有更多人！」隨後，眾人四散逃亡。拿著槍的男孩消失在最近的走道，留下喬治、艾默和我。我仍將槍舉在面前，以防他們決定跑回來。

艾默用手臂抱著喬治，喬治用拳頭敲敲他的背。艾默看著我，臉從喬治的肩膀上方冒出。

「還覺得基因缺陷者不該為這些紛擾負責嗎？」

我走過其中一個棚屋，看見一個小女孩蜷縮在門裡。她用手臂抱膝，透過一層層防水布之間的縫隙望著我，微微抽泣。我不禁猜想，究竟是誰教導這些人必須如此害怕士兵？究竟是什麼讓一個年輕男孩走投無路到必須舉槍瞄準他們其中一員？

「不。」我說：「我不覺得。」

要扛責任，我有更好的人選。

當我們終於回到卡車旁，傑克和薇莉正在設置沒被邊界的人偷走的監視攝影機。薇莉手上拿著一個螢幕，上面有寫著好長一串數字的單子，她正把數字念給傑克，他將那些數字建進螢幕上的程式。

「你們跑到哪裡去了?」他說。

「被攻擊了。」喬治說:「我們現在就得離開。」

「很幸運的是,那是最後一組座標。」薇莉說:「上路吧。」

我們再次順序上卡車。艾默將我們身後的門拉上,我把槍拉上保險並且放在地板上,很慶幸自己可以擺脫它。我一早醒來時並沒想到今天必須拿著一把危險的武器瞄準任何人,也沒想過會目擊真槍實彈的狀況。

「我看得出來,」艾默說:「是因為妳內心深處的克己派因子,才讓妳痛恨那地方。」

「我內心深處還有很多東西。」

「我也曾在四號身上看過那些。克己派會培養出極度嚴肅的人。這些人總是會反射性地注意到一些事,比如他人的需求。」他說:「我還發現,當他們轉換到無畏派後,會出現特定類型。博學派轉到無畏派的人往往變得殘酷且暴力;直言派轉到無畏派,會產生一些靜不下來四處討戰、對腎上腺素上癮的傢伙;克己派轉到無畏派會變成……我不知道,我猜是士兵、革命者之類的吧。」

「如果他更相信自己,就能夠變成那樣。」他加了一句。「如果四號沒有那麼因自我質疑所苦,一定會是個了不起的領導者。我一直都這麼想。」

「我想你是對的。」我說:當他是一名跟隨者時,就會讓自己陷入麻煩,像妮塔,或伊芙琳。」

那妳又如何?我自問。妳也想讓他當個跟隨者嗎?

不，我沒有。我對自己說，可是連自己都無法確定是否相信。

艾默點點頭。

邊界的模樣不斷在我體內升起，像打嗝的感覺。我想像著母親還是小孩子時的模樣：她縮在其中一間棚屋裡，會去搶奪武器，只因為那代表著一丁點的安全；在冬天，因煙霧而嗆個不停，以求溫暖。我不知道為什麼在她獲救後願意拋棄那個地方。她已和住所融為一體，終其一生都為它的利益而工作。她忘了自己是從哪裡來的嗎？

她不可能忘記。她這輩子都在試圖幫助無派別者。也許，那並非為了履行身為克己派的責任；也許那是一種渴望，想幫助那些跟她拋下的人相仿的人們。

突然間，我無法再繼續想她或那個地方，甚至是在那裡看到的一切。我攫住第一個跑進腦中的想法，想稍微分心。

「所以，你跟托比亞是好朋友？」

「有人是他的好朋友嗎？」艾默搖搖頭。「雖說這個別稱是我幫他取的。我看著他面對自己的恐懼，也看見他因此多麼困擾，我認為他需要一個新人生。所以我開始喊他『四號』。只不過，我不會說我們是好朋友；至少不像我認為的那樣親近。」

艾默將頭倒向後、靠著牆，閉上眼睛，嘴角勾起一個小小的微笑。

「喔。」我說：「你……喜歡他嗎？」

「我說，妳為什麼要問這個？」

我聳聳肩。「只是因為你談起他的方式。」

「我不再喜歡他了。如果妳是想問這個的話。但沒錯，有一段時間我是喜歡，不過很明顯的，他並沒有對這分特殊的情感做出回應，所以我就知難而退。」艾默說：「我希望妳不要提起這件事。」

「對托比亞嗎？我當然不會說。」

「不是，我的意思是，對任何人都不要提起。還有，我也不只是講跟托比亞有關的事。」

他看著喬治的後腦杓——因為那大一堆裝備已經消失，現在就能看到了。

我向他揚起一邊眉毛。我並不驚訝他和喬治會互相吸引，他們都是必須用假死以求生存的分歧者，在這個陌生的世界裡也都是外人。

「妳要了解。」艾默說：「改造局對於製造下一代非常執著，就是為了把基因傳下去。喬治和我都是純淨者，因此，任何無法製造出更強遺傳碼的關係都是……不被支持的。只是這樣。」

「啊。」我點點頭。「你不用擔心我，我對於製造出更強的遺傳碼沒什麼執著。」我淡漠地笑笑。

「謝了。」他說。

好幾秒鐘，我們只是靜靜坐著，看著廢墟在卡車加速下變為模糊的影像。

「妳知道嗎，我想妳對四號有些正面影響。」他說。

我凝視著自己放在大腿上握起的拳。我不是很想向他解釋我們正面臨分手邊緣，畢竟我跟他還不熟。就算我們很熟，我也不想談這件事。我只能說出「喔？」這個字。

「沒錯。我可以看出來，妳帶出他的一些性格。妳不明白，是因為妳從沒有經歷過，沒有妳在身邊的四號是個更不一樣的人。他……偏執強迫、性情暴躁、沒安全感……」

「偏執強迫？」

「對於一個重複經歷自己恐懼之境的人，還能怎麼形容？」

「我也不知道……堅決。」我暫停一下。「勇敢。」

「是，是沒錯。但也有點瘋狂，不是嗎？大部分的無畏派寧可去跳峽谷，也不願不斷經歷自己的恐懼之境。有種東西叫勇氣，也有種東西叫被虐狂，在他身上，這條界線稍微模糊了。」

「我很熟悉那條界線。」我說。

「我知道。」艾默咧嘴笑開。「不管怎樣，我只是要說，只要將兩個大不相同的人結合在一起，就會出問題。但我看得出來，你們兩個結合在一起，結果相當值得，僅此而已。」

我皺皺鼻子。「是怎樣？兩個人結合在一起？」

艾默合起兩掌，不斷扭來扭去，以示說明。我大笑出聲，卻無法忽視胸口的疼痛。

35 托比亞

我走向控制室裡離窗戶最近的那堆椅子，叫出散布整個城市的各個攝影機拍到的影像，一個接一個搜尋我的父母。我先找到伊芙琳——她在博學派總部大廳，跟泰瑞莎和一名無派別的男子靠得很近在講話。我離開之後，他們就是她的左右手。我將擴音器的音量轉大，但除了喃喃的說話聲外，還是什麼也聽不見。

透過控制室後面的窗戶，我看見跟城市裡一樣空盪的夜空，零星地被用來標出飛機跑道的微弱藍紅色光干擾。在一切截然不同的狀況下，發現我們有共同之處，實在很奇怪。

現在控制室裡的人都知道我就是在攻擊前晚癱瘓安全系統的人。雖然給他們其中一名夜班工作人員安寧血清以進行此事的人不是我，那是妮塔，但大部分的人都對我視若無睹，只要我離他們的桌子遠遠的就好。

在另一個螢幕上，我把影片再重新檢視一遍，尋找馬可斯或喬安娜，或任何可以讓我看到赤誠者在做什麼的跡象。城市的每一部分都出現在螢幕上：殘酷大賣場旁邊的橋、派爾大樓及克己派區域的主要幹道、活動中心、碼頭那邊的摩天輪、友好派的田地。現在所有派別都在那裡工作，然而這些鏡頭都沒讓我看見什麼特別之處。

「你很常來這裡。」卡拉在過來時這麼說：「你是害怕住所的其他地方嗎？還是因為其他的事？」

她說對了。我真的很常來控制室。這只是用來打發時間的方法，好等候著翠絲給我答案，等待打擊改造局的計畫逐漸成形，等待著接下來會發生什麼事。什麼都好。

「沒有。」我說：「我只是在監視我父母。」

「你很恨的那對父母嗎？」她站在我身旁交叉雙臂。「好吧，我想我能理解你為何想把醒來的每一小時用來瞪著一點也不想扯上關係的人。非常合理。」

「他們很危險。」我說：「更糟的是，除了我之外沒有人知道他們有多危險。」

「那你在這裡又打算做些什麼？如果他們做出什麼可怕的事？發射煙霧訊號嗎？」

我不爽地看著她。

「好啦，好啦。」她舉起雙手做出投降貌。「我只是想提醒你，你已經不在他們的世界裡了，你是在這個世界。僅此而已。」

「了解。」

我從沒想過博學派也會對人與人之間的關係及情緒特別敏銳，但卡拉犀利的雙眼看透一切——我的恐懼，我不斷在過去之中尋找能讓自己分心的事物。這簡直令人吃驚。

我檢視其中一個鏡頭角度，然後暫停，又倒回去。因為現在的時間之故，那個畫面是黑的，不過我看見有人像一群鳥般從一棟我不認得的建築物落下，他們的動作一致。

「他們動手了。」卡拉說，她相當興奮。「赤誠者真的開始攻擊了。」

「嘿！」我對著坐在控制室桌前的一名女子喊。那名年紀較大，在我出現時總以厭惡眼神看著我的女人抬起頭。「二十四號鏡頭！快點！」

她點點她的螢幕，所有在監視區域附近的人都圍到她身邊。經過走廊的人也停下來看發生什麼事，我轉向卡拉。

「妳可以把其他人找來嗎？」我說：「我想他們應該看看這個。」

她點點頭，眼神有點慌亂，迅速跑離控制室。

在那棟陌生建築周圍的人沒穿能讓人辨認的制服，也沒有戴無派別的臂章，而且他們都配了槍。我試著想認出些臉孔，或任何可以辨識的事物，只是影像實在太模糊。我看著他們運籌帷幄，相互用動作手勢來溝通，深暗的手臂在更深的夜色中揮動。

我把拇指的指甲卡進齒間，不耐地等待著會有什麼事發生。幾分鐘後，卡拉和跟在她身後的人一起抵達。他們一到那群圍在主要螢幕的人那裡，彼得說出「不好意思！」的聲音大到令人們轉過頭。當他們看到他是誰，立刻讓路給他。

「怎麼了？」靠得近一點後，彼得對我說：「發生什麼事了？」

「赤誠者組成了一支軍隊。」我說，指著左方的螢幕。「裡面有來自各個派別的成員，甚至有友好派和博學派。我最近常常在觀察。」

「博學派？」迦勒說。

「赤誠者與這些新的敵人為敵，而新的敵人就是無派別者。」卡拉回答。「這給了博學派和赤誠者一個共同的目標：推翻伊芙琳。」

「你剛剛說軍隊裡有友好派嗎？」克莉絲汀娜問我。

「他們其實沒有真正參與太激烈的行動。」我說：「但是他們也加入了，出一分力。」

「幾天前，赤誠者突襲了他們第一個武器儲藏室。」控制室中最靠近我們的桌前的年輕女子轉過頭說：「這是第二次行動，他們就是這樣獲得這些軍械的。在第一次突襲後，伊芙琳幾乎把所有軍火全部重新安置，但這個儲藏室來不及趕上。」

我父親明白伊芙琳所知之事：令人們畏懼於妳，就是你唯一所需的力量。武器會幫他們達成心願。

「他們的目的是什麼？」迦勒說。

「赤誠者的動機，是亟欲回歸城市原本目標的渴望。」卡拉說：「不管那代表要把一組人送到外頭，如艾迪絲．普里爾的指示──在當時，我們認為這件事很重要，雖然我現在已經知道她的指示根本無足輕重──或以武力來復原派別。他們正逐漸組織起來，打算攻擊無派別者的大本營。托比亞，那就是我在離開前跟喬安娜討談的，我們沒有討論要跟你父親結盟，可是我認為她有能力做出自己的決定。」

我幾乎忘記，在我們離開前卡拉也是赤誠者的領導人。現在，我不敢確定她是否還在乎派別的存亡與否，不過她仍在乎那些人。我可以從她凝視螢幕的模樣看出來，她雖急切，卻也恐懼。

即使在周圍眾人吱吱喳喳的說話聲中，我也能在行動開始時聽見槍響。就這樣，擴音器裡發出劈劈啪啪的聲音。我點了面前的螢幕好幾次，鏡頭的角度轉換到建築物內部，也就是侵入者闖進的方向。裡面一張桌子上有一堆小盒子──是彈藥──還有幾把手槍。跟這裡的人用的槍比起來似乎不怎麼樣，畢竟他們資源豐富。然而在城市裡，我知道那非常有價值。

數名戴著無派別臂章的男男女女守著那張桌子，只是他們不敵人多數的赤誠者，很快就倒下。我認出了一張熟悉的臉孔——是奇克。他將槍托敲在一名無派別男子的下巴。無派別者在兩分鐘內完全被壓制，因子彈一一倒下，等到我看見時，子彈都已經深埋在血肉之軀中。赤誠者在室內散開，踩過那些屍體，好像那不過是一些碎片殘骸，然後盡可能蒐集一切物品。奇克把零散的槍枝堆在桌上。他臉上那嚴肅冷酷的表情我只看過幾次。

他甚至不知道尤里亞發生了什麼事。

桌前的女人點了螢幕的幾處。其中一個在她上方較小的螢幕有一個影像，是我們剛才所見的監視影像的一個片段，停格在一個特定時間點。她又點了一下，那影像朝目標物更靠近些，是一名理著極短頭髮的男人和一名深色長髮蓋住臉側的女人。

無庸置疑，那是馬可斯，還有喬安娜——她拿著槍。

「他們兩人想辦法召集大部分忠誠的派別成員加入此理想志業，但出乎意料的是，赤誠者的人數仍沒有無派別者多。」那女人往後靠在她的椅子上，搖搖頭。「無派別者比我們預期多太多了。畢竟，要從分散人口中獲得精確人數實在很困難。」

「喬安娜？她領導叛亂？拿著武器？完全不合理。」迦勒說。

喬安娜曾跟我說過，如果是由她來決定，她會選擇支持反抗博學派的行動，而非遵照她的派別成員所提倡的被動、順從。只不過，她受制於她的派別，以及他們的恐懼。現在，派別已被摒棄，她似乎轉變為完全不同於先前友好派發言人的模樣，甚至成了赤誠者的領導人。她變成了一名士兵。

「超乎你想像的合理。」我說，卡拉隨著我的話點點頭。

我看著他們搬空那個軍械彈藥室，迅速繼續前進，像風中的種子般散開。我更感沉重，好像背上了新的負荷。我不禁思考著身邊的人：卡拉、克莉絲汀娜、彼得，甚至迦勒，他們是否也會有這種感覺。比起以前，那個城市──我們的城市──離全城覆滅又更近一些。

當我們住在一個相對安全的地方，可以假裝自己不再屬於那裡。可是，我們仍屬於那裡，永遠都是。

36 翠絲

當我們開上住所的入口，天色很暗，而且在下雪。雪花吹過路面，輕得像糖粉。那只是早秋的雪，到了早晨就會不見。我一下車就趕忙脫下防彈背心，跟槍一起拿給艾默。我拿著它時已經開始覺得不自在了。我曾以為我的不自在會隨時間過去消失，但現在我就不確定了；或許永遠不會消失。也許，那樣也無所謂。

通過門時，溫暖的空氣包圍我。因為我已經看過了邊界，於似乎住所看起來比之前還要乾淨。這種對比令人不安。當我已經清楚知道那些人在外頭用防水布把房子包起來保暖時，該如何走在這會發出嘎吱聲的地板上，還穿著那些漿過的衣服？

但是，等到我抵達旅館宿舍，不安的感覺已然消失。

我眼睛掃過整個房間，尋找克莉絲汀娜或托比亞，但他們都不在，只剩彼得和迦勒。彼得腿上有一本很大的書，潦草的字跡寫在旁邊的筆記本上；迦勒在用那個螢幕讀母親的日誌，他的眼睛有些霧霧的。我試著忽略。

「你們兩個有看到……」但我想跟誰講話？克莉絲汀娜還是托比亞？

「四號？」迦勒說，替我做了決定。「我之前在家譜室那裡有看到他。」

「家……什麼室？」

「他們把我們祖先的名字放在一個房間裡展示。可以給我一張紙嗎？」他問彼得。

彼得從筆記本後頭的部分撕了一張，遞給迦勒，他在上面寫了些東西——是要怎麼走的指示。迦勒說：「我之前在那裡找到我們父母的名字。房間右邊，從門數來第二塊板子。」

他沒有看我便遞給我那張指示。我看著他寫得工整的字母。要是在我揍他之前，迦勒一定會堅持自己陪我走過去，渴望能有多點時間向我解釋他的作為。但最近，他開始保持距離。若不是因為害怕，就是因為他終於放棄。

這兩個揣測都沒有讓我覺得好過點。

「謝謝。」我說：「嗯……你的鼻子還好吧？」

「還好。」他說：「我覺得淤青讓我的眼睛更明顯了，不覺得嗎？」

他笑了一下，我也是。只是我們兩人很顯然都不知道接下來該怎麼辦，因為能說的都說完了。

「等等，妳今天不在對不對？」過了一秒後，他說：「城市裡發生了一些事。赤誠者起來對抗伊芙琳，攻擊她其中一個武器儲藏室。」

我凝視著他。我已經有好幾天沒去想城市裡發生什麼事，所有心力都花在這裡發生的事情上。

「赤誠者？」我說：「目前由喬安娜．萊斯帶領的那些人……攻擊了儲藏室？」

離開前，我很肯定城市中就要爆發另一場衝突。我猜，現在就是爆發的時刻。可是我覺得跟它距離好遙遠；我所關心的人幾乎都在這了。

「是由喬安娜・萊斯和馬可斯・伊頓帶領。」迦勒說：「看到喬安娜拿著槍，感覺很荒唐。改造局的人似乎都真心因此心神不寧。」

「噢。」我搖搖頭。「我想那只是早晚的問題。」

我們再次陷入沉默，並同時走開。迦勒回到他床上；我則走到走廊，跟著迦勒的指示走。

我從遠處就看見家譜室。銅製牆壁似乎在溫暖的光芒下閃閃發亮。站在門口時，我覺得自己像是站在夕陽之下，光輝圍繞著我。托比亞的手指沿著他的家族樹撫摸——我自己是這麼猜想——但懶洋洋地，好像並沒有把注意力放在上面。

我覺得自己似乎可以看見艾默說的偏執強迫的特質。我知道，托比亞一直透過螢幕看著他父母，現在也一直注視著他們的名字，但這個房間對他而言已經沒有什麼新東西。我說他感到絕望果然是正確的。他渴求能跟伊芙琳有所聯結，渴望地期盼自己沒有缺陷。只是，我從沒想過這些事情怎會有關連。我不懂那是什麼感覺：痛恨你自己經歷過的一切，同時又乞求從給你這些經歷的人那裡得到愛。我怎會從沒發覺他心中的分裂矛盾？我怎麼從不了解，除了他堅強、良善的一面外，還有受傷、破碎的部分？迦勒告訴我，母親說，每個人心裡都有一小部分是不好的，要愛別人的第一步，就是承認我們心中也有不好的部分，這樣就能夠原諒他們。所以，我怎能將托比亞的絕望拿來責怪他，一副我比他強，從未被自身缺陷所遮蔽的模樣？

「嘿。」我說，把迦勒給我的那張指示塞進後口袋。

他轉身，表情嚴肅且熟悉，看起來就像我在前幾週剛認識他的模樣，猶如一名緊緊守護內心想法的衛兵。

「聽著。」我說：「我本來應該要考慮到底能不能原諒你，但現在，我認為你沒有做出任何需要我原諒的事。只有一件事除外：你說我嫉妒妮塔……」

他張嘴想插話，但我舉起一隻手阻止他。

「如果我們要在一起，我就必須一次又一次地原諒你；如果你也還想跟我在一起，也得一次又一次原諒我。」我說：「所以，原諒不是重點。我真正該努力想清楚的是，我們在一起對彼此到底有沒有好處。」

回來途中，我一直在思索艾默說的話，思考每段關係都會有自己的問題。我想著我的父母，他們比我所知的其他克己派父母還常發生衝突。即便如此，他們還是一起度過每一天，直至死亡。

然後，我想著自己已變得多強壯，對於我現在的狀態多有安全感，還有，他是如何不斷告訴我，我很勇敢、我該受尊重、應該被愛，也值得活著。

「然後？」他說，聲音、眼神和手都有些不穩。

「然後，」我說：「我想，只有你夠犀利，能將像我這樣的人磨得更加鋒利。」

「我的確是。」他沙啞地說。

然後我吻了他。

他用手臂摟住我，緊緊擁著，將我舉起，只剩腳尖碰地。我將臉埋在他肩上，閉上眼睛，深深吸入他清新的氣味。是風的味道。

我曾以為，當人們陷入愛裡，只會想待在原地，之後就再無就其他選擇。也許一開始真是

赤誠者

這樣沒錯，然而真相並非如此。

我愛上了他，但我不會不加思索地留在他身邊，好像再也沒有更適合我的人。我會留在他身邊，是因為自己的選擇。每天醒來，我們都可能相互爭執，對彼此說謊，或讓對方失望。只不過，我一次又一次地選擇了他，而他也選擇了我。

37 翠絲

手錶指向十點時，我正好抵達大衛的辦公室，準備進行我第一次的議會議程。隨後，他把自己推到走廊上。他看起來比上次還要蒼白，眼底的黑眼圈如此明顯，猶如淤青。

「嗨，翠絲。」他說：「等不及了吧？妳時間抓得很準。」

根據計畫，我稍早先讓卡拉、迦勒和馬修在我身上測試吐實血清；我到現在都還覺得四肢有點沉重。他們在嘗試研發一種強力吐實血清，即使像我這樣能抵抗血清的純淨者也無法免疫。我無視那沉重的感覺，開口說：「我當然等不及。這是我第一次參加會議。要幫忙嗎？你看起來很疲倦。」

「好啦、好啊。」

我走到他身後，手壓在輪椅扶把上，推著它走。

他嘆了口氣。「我想我是累了。我一整晚沒睡，都在處理最近的危機。這裡左轉。」

「是什麼危機？」

「喔，妳很快就會知道，不用太著急。」

我們就這樣走過第五航廈的陰暗走廊——上面的標誌是這麼寫的。（「這是以前的名稱了。」大衛說。）這裡沒有窗戶，完全看不見外面的世界。我幾乎能感覺到從牆壁裡散出一股幻像。這整棟航廈好像對於不熟悉的眼神感到畏懼。如果它們真知道**我的**眼睛在搜索什麼的話。

我邊走，邊瞥到大衛壓在扶手上的手。他指甲附近整個破皮，而且紅紅的，似乎整晚都在啃咬，指甲呈鋸齒狀。當恐懼實境模擬的記憶悄悄竄進每個夢裡以及胡思亂想中，我的手曾經也像那樣。也許那次攻擊的記憶亦對他產生一樣的影響。

我不在乎。我想。記得他做過什麼事，以及他還會再次做出的事。

「我們到了。」大衛說。我推著他通過那一組雙開門，門用門檔撐開。大部分的議會成員都已經到了，正用一小根棒子攪著一小杯咖啡，他們大多（不論男女）差不多是大衛的年紀；另外有些較年輕的成員。柔依也在，她在我走進去時給了我一個緊張但禮貌的微笑。

「請各位肅靜！」在他將自己推到會議桌首位時，開口說話。我坐進柔依身旁貼在室內邊緣的一張椅子。很明顯的，我們不該跟那些重要人士一起坐在桌邊，這我完全可以接受，而且如果太無聊的話，打瞌睡會比較方便。話說回來，如果這起新危機嚴重到讓大衛整晚沒睡，應該也很難會沉悶。

「昨晚，我接到一通從控制室打來的瘋狂電話。」大衛說：「證據顯示，芝加哥將要再次爆發暴力事件。忠於派別，自稱赤誠者的那些人已對無派別的統治掀起反叛，攻擊了藏武器的地方。然而他們不知道的是，伊芙琳．強森已經發現了一項新武器，就是儲藏在博學派總部裡的死亡血清。就我們所知，無人能抵抗這個死亡血清，即使分歧者也做不到。如果赤誠者攻擊無派別者的政府，而伊芙琳．強森對此做出反擊，傷亡人數顯然將會相當慘烈。」

這裡爆發出一陣討論，我則瞪著腳前方的地面。

「安靜。」大衛說：「如果我們無法向上層證明能夠控制他們，實驗便岌岌可危，陷入關閉的邊緣。芝加哥若再爆發另一次革命，只會堅定他們的想法，認為這次努力已遠超其帶來的價值。如果我們要繼續與基因缺陷對抗，就不能允許發生這種事。」

在大衛那疲倦憔悴的面容後面，是一股堅毅、強壯的神情。我相信他絕不會讓這種事發生。

「該是使用記憶血清病毒來進行大量重置的時候了。」他說：「而且，我認為我們應該將它施行在剩下的四個實驗上。」

「將他們**重置**？」我說，我實在忍不住。這裡的每個人立刻看著我。他們似乎忘了。我，身為一名他們所謂的實驗的前成員，就在這個房間裡。

「『重置』是我們用來統稱抹消多人記憶的用詞。」大衛說：「這是我們在包含行為修正的實驗快分崩離析時採用的手法。我們初次創建每個包含行為修正元素的實驗時，就這麼做過。上次在芝加哥執行，是在妳之前的幾個世代。」他給了我一個詭異的微笑。「妳覺得無派別區域怎麼會有那麼多斷垣殘壁？當時有一次起義，我們必須盡可能地鎮壓乾淨。」

我驚愕地坐回椅子，想像著在城市中那些無派別區域那殘破的道路、碎裂的窗戶、和倒下的街燈、受到破壞的證據遍尋不著，甚至在橋的北方也看不到。那個地方的建築物中空無一人，似乎曾相當平和地被疏散離開。我總是把芝加哥受損的區域視為正常，當成人們失去社群時就會變成這樣的鐵證。我從未想過，那是起義所造成的結果，也是在**重置**後隨之而來的後果。

我因憤怒而一陣作嘔。他們只想阻止革命發生，不打算拯救生命，只要能挽救他們寶貝的實驗即可。但是，他們憑什麼認為自己有權力從別人腦中奪走記憶和身分，只因為這樣對他們而言很省事？

當然，我早知道這問題的答案。對他們來說，城市裡的人不過是裝載遺傳物質的容器，只不過是缺陷者。他們在乎的是修正過的基因得以傳下去，而不是那些人頭顱中的大腦，或是胸中的心臟。

「什麼時候？」其中一名議會成員說。

「在四十八小時之內。」大衛說。

大家都一副合情合理地點點頭。

我記得他在辦公室裡對我說了什麼。假使我們想贏得與基因缺陷的這場仗，如果想讓實驗免於被關閉的命運，就得做出犧牲。妳了解的，對不對？當時我就該明白，他十分樂意把上千名缺陷者的記憶和人生拿去交換對實驗的控制權。他完全不會考慮是否有替代方案，不認為需要花時間拯救他們，就這樣做出交換。

畢竟，他們都有缺陷。

38 托比亞

我把腳跨在翠絲的床邊緣，綁緊鞋帶。透過大窗戶，能看見午後的陽光於停在跑道的飛機側窗玻璃上閃爍。缺陷者穿著綠色制服走在翅膀上，或爬在機鼻底下，在起飛前檢查飛機。

「妳跟馬修的計畫進行得怎麼樣？」我對卡拉說，她距離我兩張床遠。

今天早上，翠絲讓卡拉、迦勒和馬修在她身上測試新的吐實血清，但我在那之後一直沒看到她。

卡拉正在用力梳過她的頭髮，在回答之前，先東張西望房裡一下，確定空無一人。「不太好。目前為止，翠絲對我們研發的新版本血清還是免疫，它完全沒有效用。這實在太奇怪了，人的基因竟能讓他們能夠對操控心智的物質有這麼強的抵抗性。」

「可能不是因為她的基因。」我邊說邊聳肩，然後換另一腳。「也許是某種非人哉的固執特性。」

「喔，現在來到分手後相互羞辱的階段了嗎？」她說：「在威爾發生那件事之後，我得到了充分的練習。我有各種形容她鼻子的字彙。」

「我們沒分手。」我咧嘴一笑。「不過得知妳對我女友有如此好感，也很不錯。」

「那我道歉。我也不知道為什麼就這樣覺得了。」卡拉的臉漲紅。「我對你女友的想法的確是五味雜陳，但大多時候，我對她充滿敬意。」

「我知道。我只是在開玩笑。三不五時看到妳慌亂的模樣還不錯。」

卡拉瞪著我。

「話說回來。」我說：「她鼻子有怎樣嗎？」

宿舍的門打開，翠絲走進來。她頭髮蓬亂，眼神渙散。看到她如此失態，我有點不安，感覺像是踩在腳下的地面不再穩固。我站起來，用手順過她的頭髮，讓它們回到原來的位置。

「發生了什麼事？」我邊說邊把手放到她肩上。

「是議會的議程。」翠絲說。她短暫用手覆住我的手，然後便坐到其中一張床上，手垂在兩膝之間。

「我討厭重複別人的話。」卡拉說：「不過……發生了什麼事？」

翠絲搖著頭，好像正努力把頭上的灰塵甩掉。「議會已經有了決議，是一項重大的計畫。」她從頭到尾告訴我們關於議會計畫要如何重置實驗。邊說，她邊把手夾在腿下面，往前壓，直到手腕變紅。

當她說完，我過去坐在她身旁，手臂搭在她肩上。我看出窗外，望著停在跑道上正閃閃發光，準備起飛的飛機。兩天內，這些飛機可能就會在整個實驗裡投下記憶血清的病毒。

卡拉對翠絲說：「針對此事，妳打算怎麼做？」

「我不知道。」翠絲說：「我覺得我好像已經分不清是與非。」

她們很像——卡拉和翠絲。這兩名女子都因為有所失去而變得犀利。不同之處在於，卡拉的痛讓她對一切都非常堅定自信；翠絲則是緊緊守護著她的多疑。儘管她經歷了那一切，在接觸所有事物時還是有疑必問，而非直接斷定。這是我相當敬佩她的特質；甚至可能該看得更重。

我們悶坐在沉默中好幾秒，我的思緒不斷翻轉，我緊跟著那條思緒的路徑。

「他們不能這麼做。」我說：「他們不能把每個人的記憶都抹去。他們根本不該有權力做出這種事。」我暫停了一下。「我認為，如果我們對付的是一群完全不一樣，而且真的能講道理的人，事情可能會容易些。那樣一來，我們也許能找到能夠保護實驗，以及讓他們打開心胸參考其他可能性間的平衡點。」

「也許我們該運進來一批新的科學家。」卡拉邊說邊嘆氣。「把舊的那些丟掉。」

翠絲的臉扭曲了一下，她用手碰著額頭，似乎想揉掉一些短暫且令人不適的痛楚。

「不。」她說「我們根本不需要那麼做。」

她抬頭用明亮的眼睛凝視著我，令我無法動彈。

「記憶血清。」她說：「艾倫和馬修想出一個能讓血清變得像病毒的方法，它們可以透過人群散播，不需要任何注射。他們就是打算用這個方法重置實驗。可是我們可以重置他們。」

她說得很快，比這想法在她腦中成形的速度還要快，而她那分興奮有著感染力，這個想法亦在我體內沸騰，好像它是我想的，不是她。然而對我來說，她感覺不像是針對我們的問題建議一個解決方案；反而像在提議我們製造出另一個問題。

「重置改造局，重新改造他們，去掉那些宣導，去掉對缺陷者的輕視，他們就不會再拿實驗裡的人的記憶來冒險。危機可以永遠消除。」

卡拉揚起眉毛。「抹掉他們的記憶難道不會一併抹掉知識嗎？最終導致他們變得完全無用？」

「我不知道。我想應該有方法可以單單針對記憶。一切取決於知識儲存在大腦的哪個部分；不然的話，第一代的派別成員不可能會知道怎麼講話，或是該怎麼綁鞋帶之類的。」翠絲站起來。「我們該去問馬修，他比我更知道這如何運作。」

我也站起來，擋住她的去路。太陽的光線從飛機翅膀映射出來，讓我有點看不清，沒辦法看見她的臉。

「翠絲，」我說：「等一下，妳真的想要不顧所有人意願，把他們的記憶抹除嗎？這不是跟他們打算對我們的朋友和家人做的事一樣嗎？」

我遮住眼前的陽光，看見她冷冷的眼神，然而，在我看到她之前，就已經在心中看見了這個表情。在我眼中，她比以前更成熟、更嚴肅、更堅強，並因時間流逝而憔悴。我自己也有此感受。

「這些人把別人的人生看得一文不值。」她說：「他們就要把我們每一個朋友和鄰居的記憶抹去。他們要為我們舊派別多數人的死亡負責。」她繞過我，快步走向門口。「我沒打算殺了他們，他們就該感到慶幸。」

39 翠絲

馬修將手在背後交握。

「不、不會。血清不會把一個人所有的知識抹去。」他說：「妳覺得我們會設計出讓人忘記怎麼說話和走路的血清嗎？」他搖搖頭。「血清只針對外顯記憶，像是你的名字、在哪裡長大、第一個老師的名字；然後留下內隱記憶[5]——怎麼說話、怎麼綁鞋帶或騎腳踏車——原封不動。」

「非常有意思。」卡拉說：「那真的管用？」

托比亞和我交換了一個眼神。沒有什麼可以比得上一名博學派和一名可能也會成為博學派的人之間的對話。卡拉和馬修站得很近，他們談得越久，比的手勢就越多。

「但無可避免的，有些重要的記憶必會失去。」馬修說：「不過，如果我們手上有一些人類在科學上的發現或歷史紀錄，他們就能在記憶被抹消後，還模模糊糊的階段重新學習。人的適應力是很強的。」

我靠在牆上。

「等等。」我說：「如果改造局要把這些飛機全裝滿記憶血清病毒，重置實驗，還會剩下

---

5 內隱記憶（implict memory）無法察覺的記憶，潛意識中的記憶。外顯記憶（explicit memory），在長期記憶中可用回憶的方式找出的特定記憶，通常是在有意識的情況下回想。

血清用在住所嗎？」

「我們得要取得先機。」馬修說：「在四十八小時之內。」

卡拉似乎沒有聽到我說的話。「在你抹消他們的記憶後，不用安排新的記憶給他們嗎？要怎麼做？」

「我們只要重新教他們就好。如我所說，人們在被重置後會有幾天時間失去判斷力，迷迷糊糊的，那也代表比較容易受控。」馬修坐下來，在他的椅子上轉了一圈。「我們只要給他們上一堂新的歷史課——一堂只教導事實，而非政府宣導的課。」

「我們可以用邊界的幻燈片來補足基本的歷史。」我說：「他們有由純淨者所造成的戰爭的相片。」

「太好了。」馬修點點頭。「不過問題來了，記憶血清病毒是在武器實驗室裡面，也就是妮塔企圖闖入，卻失敗的那個地方。」

「克莉絲汀娜和我應該要去找瑞吉談談。」托比亞說：「但我認為，肇因於這個新計畫，我們應該去問妮塔。」

「你說得對。」我說：「找出她到底是哪個環節出了差錯。」

最初抵達這裡時，我覺得這個住所非常廣大，充滿未知。現在，我甚至不用參考路標就知道怎麼走到醫院；托比亞也是。他在我身邊跨著大步。真是奇怪，時間竟能讓一個地方縮小，讓陌生感變得十分日常。

我們沒有對彼此說任何話，雖然我能感到我們之間醞釀著對話將開始的氣氛。最後，我決定開口問。

「怎麼了嗎？」我說：「你在開會時幾乎沒有說什麼。」

「我只是……」他搖搖頭。「我不是很確定這樣做對不對。他們想要抹去我們朋友的記憶，所以我們就決定抹去他們的？」

我轉向他，輕輕碰著他的肩膀。「托比亞，我們只剩四十八小時可以阻止他們。如果你可以想出其他辦法——什麼都好，只要能拯救我們的城市——我洗耳恭聽。」

「我想不出來。」他深藍色的眼睛中有著挫敗，十分悲傷。「但我們是孤注一擲，為了拯救對我們而言重要的事物——跟改造局一樣。這有什麼不同？」

「不同之處在於，何者為正確。」我堅定地說：「城市裡的人們整體而言是無辜的。改造局的人提供珍寧攻擊實境模擬，這些人並非無罪。」

他噘起嘴，我可以看出他並沒有完全買帳。

我嘆了口氣。「這不是最完美的情況，只不過，若要你必須在兩個爛選項之間選擇，一定會選那個能拯救你最愛，也最相信的人。人就是會這麼做。好嗎？」

他伸手過來牽我，他的手又暖又強壯。「好。」

「翠絲！」克莉絲汀娜推開通往醫院的雙開門跑向我們；彼得緊跟在她身後，他深色的頭髮整齊地梳到一側。

起先我以為她很興奮，便感到一股希望升起——是不是尤里亞醒了？

但她跑得越近，越是清楚看出她並非興奮，而是傷心欲決。彼得徘徊在她身後，交叉雙臂。

「我剛剛跟其中一名醫生談過。」她說，上氣不接下氣。「那醫生說尤里亞不會醒了。什麼……沒有腦波的。」

我的肩膀重如千斤。我當然知道尤里亞可能永遠都不會醒來。只是，將這分悲傷阻絕的一絲希望正隨著她的一字一句逐漸減少、消散。

「他們馬上就要把維生系統拔掉，我有拜託他們。」她用掌根狠狠擦了眼睛一下，在一滴眼淚落下前抹掉。「最後，醫生說會給我四天，讓我告知他的家人。」

他的家人。奇克還在城市裡，還有他們那同屬無畏派的母親。我之前從來沒想過，他們還不知道他發生了什麼事，也沒想過要跟他們說，因為我們是如此專注在——

「他們會在四十八小時內重置城市。」我突然說，並抓住托比亞的手臂。他嚇了一跳。「如果我們無法阻止他們，那就代表奇克和他的母親會忘了他。」

在還來不及對他說再見之前，他們就會忘了他。像是他從未存在。

「什麼？」克莉絲汀娜追問，眼睛圓睜。「我的家人都在裡面，他們不能把所有人重置！他們怎麼能這麼做？」

「這麼做輕而易舉。」彼得說。我都忘了他還在這裡。

「你到底在這裡幹什麼？」我逼問他。

「我想看看尤里亞。」他說：「這有違法嗎？」

「你根本就不關心他。」我啐了一口。「你有什麼權力——」

「翠絲。」克莉絲汀娜搖搖頭。「先不要這樣，好嗎？」

托比亞遲疑了一下，他張開嘴，像是有話就要衝口而出。

「我們得去一趟。」他說：「馬修說，我們可以幫人們注射抵抗記憶血清的疫苗，對吧？為了以防萬一，我們得先進城幫尤里亞的家人注射疫苗，然後把他們帶回住所向他道別。不過我們明天就必須行動，不然就太遲了。」他暫停一下。「克莉絲汀娜，妳也可以幫妳家人注射疫苗。反正我也應該親自告訴奇克和漢娜這件事。」

克莉絲汀娜點點頭，我捏捏她的手臂，為了讓她心安。

「我也要去。」彼得說：「除非妳不怕我告訴大衛你們在計畫什麼。」

我們全都停下來望著他，我不知道為什麼彼得會想走這一趟回去城市，不過一定不會有什麼好事。然而，我們也無法承擔讓大衛發現我們的計畫的風險，至少此時不行，現在沒有時間。

「好。」托比亞說：「但你要是惹出任何麻煩，我預留把你打昏鎖進某個廢棄大樓的權力。」

彼得翻了翻白眼。

「我們要怎麼去？」克莉絲汀娜說：「他們可不會願意借我們車。」

「我想我們可以找艾默帶你去。」我說：「他今天跟我說，他都會自願去巡邏，所以他完全知道該找哪些人。我很肯定他會同意幫忙尤里亞和他的家人。」

「我現在就該去問他。應該要有個人陪尤里亞……確保那個醫生不會反悔。克莉絲汀娜妳去，彼得不行。」托比亞揉著頸後，抓耙著那個無畏派的刺青，似乎想把它從身體上撕下來。

「然後我得想想該怎麼告訴尤里亞的家人，在我應該要好好照顧他時，他卻遭到殺害。」

「托比亞——」我開口，但他舉起一隻手阻止了我。他走開。「反正他們可能也不會讓我去探視妮塔。」

有時候，要知道該如何關懷他人十分困難。當我看著彼得和托比亞離開（兩人都跟彼此保持距離）我思考著。也許托比亞十分需要某個人追在他身後，因為其他人都這樣讓他走、讓他抽身。這輩子都是如此。只是他說得對：為了奇克，他必須這麼做，而我得跟妮塔談談。

「來吧。」克莉絲汀娜說：「探視時間快要過了，我要回去陪著尤里亞。」

⚖

在去妮塔的房間之前（位置很明顯，可以從坐在門邊的守衛辨認出來），我跟克莉絲汀娜一起到尤里亞的病房停留了一下。她坐在他身旁的椅子，那張椅子已經被她坐出了腿的痕跡。從上一次我跟她像朋友一樣談話、一起大笑以來，已經過了很久。我迷失在改造局的迷霧中，迷失在歸屬感帶來的承諾裡。

我站在她身邊望著他，他看起來已經不再像是受了傷——是有些淤青和割傷，但都沒有嚴重到會害死他。我偏著頭凝視那包圍住他耳朵的蛇的刺青。我知道這人是他，但沒有了臉上大大的笑容及明亮又機靈的深色眼睛，他看起來已經不是那麼像尤里亞了。

「他跟我甚至也沒有那麼親近。」她說：「只是……到了最後，一切只因為他失去了某人，而我也是……」

「我知道。」我說：「妳真的幫了他很多。」

我拖了一張椅子過來坐在她身邊。她抓緊尤里亞的手，他的手還是軟弱無力地癱在床單上。

「有時我會覺得自己好像失去了所有的朋友。」她說。

「克莉絲汀娜，妳沒有失去卡拉，」我說：「或托比亞，也沒有失去我。妳永遠不會失去我。」

她轉向我，似乎在悲傷的籠罩中迷了路。我們緊緊用手臂抱著對方，一如她告訴我她原諒我殺了威爾時，我們悲切地相擁。我們的友誼在極微不可思議的重量之下還持續撐住，那重量來自我射殺了她愛的人，來自諸多失去。其他的羈絆可能會破碎，出於某種原因，這一分沒有。

我們這樣緊抱對方好久好久，直到那分絕望感消退。

「謝謝。」她說：「妳也絕不會失去我。」

「我很確定，如果我會失去妳的話早就失去了。」我微笑。「聽著，我有些壞消息要跟妳說。」

我告訴她我們計畫要阻止改造局重置整個實驗。我一邊說，一邊想像著她可能會眼睜睜失去的人們——她的父母、妹妹——所有的親人，都會在基因淨化的旗幟之下永遠被改變、拋棄。

「對不起。」我講完時，我說：「我知道妳應該會想幫忙，但——」

「不用道歉。」她望著尤里亞。「我還是很高興能進到城市裡。」她點了好幾次頭。「妳會阻止他們重置實驗，我知道妳辦得到。」

我希望她是對的。

抵達妮塔的房間到探視時間結束前，我只剩十分鐘。守衛從他的書裡抬起頭，對我揚起眉毛。

「我可以進去嗎？」我說。

「其實是不能讓人進去裡面的。」他說。

「我就是射傷她的人。」我說：「這樣不能代表些什麼嗎？」

「好吧。」他聳聳肩。「只要妳保證不再射傷她，然後在十分鐘內出來。」

「就這麼說定。」

他要我脫下夾克，證明我沒有帶任何武器，隨後便讓我進去房間。妮塔突然集中注意力——盡其所能。她半個身體都裹著石膏，其中一手被銬在床上，一副她真能逃跑的模樣（雖然她的確想逃）。她的頭髮很亂，打了結，但無庸置疑，她還是很漂亮。

「妳來這裡做什麼？」她說。

我不回答，同時檢查了房間角落有沒有鏡頭。我對面有一個，正對著妮塔的病床。

「沒有麥克風。」她說：「他們在這裡不來那套。」

「很好。」我拉了一張椅子坐在她旁邊。「我會來這，是因為需要從妳這邊得到一些重要資訊。」

「我已經把所有我覺得應該告訴他們的事告訴他們了。」她怒視著我。「我已經沒什麼好說，尤其是對射傷我的人。」

「如果我沒射傷妳，我就不會變成大衛最欣賞的人，也不會知道我現在得知的一切。」我瞥了門一下，多是出於某種偏執，而非真的考慮會有人偷聽。「我們——就是馬修和我，還有托比亞——有新的計畫。而這牽涉到進入武器實驗室。」

「而妳覺得我可以幫妳進去？」她搖搖頭。「我第一次就沒辦法進去，記得嗎？」
「我得知道那裡的保全是怎樣的。大衛是唯一知道密碼的人嗎？」
「不太算是……只有他知道。」她說：「那樣也太蠢了。他的主管知道，但沒錯，他是住所裡唯一知道的人。」
「好，那備用安全措施又是什麼？就是你們把門炸開就會啟動的那個？」
她緊緊抿著嘴唇，幾乎看不見嘴巴，然後盯著蓋住她半個身體的固定敷料。「是死亡血清。」她說：「煙霧彈形式。嚴格說來根本無法可擋。就算穿著防塵衣之類的東西，它最終還是會透進去。只是多花一點時間，實驗室的報告是這樣寫的。」
「所以它們會無差別殺掉任何沒有密碼，又想闖進那個地方的人嗎？」我說。
「很驚訝嗎？」
「我想我不會。」我把手肘支在膝蓋上。「除了大衛的密碼外，有沒有其他方法？」
「我想，妳應該已經發現他完全不願意分享此事了。」她說。
「純淨者完全沒有辦法抵抗死亡血清嗎？」我說。
「沒有，絕對不可能。」
「大多純淨者也沒辦法抵抗吐實血清。」我說：「但我可以。」
「如果妳想要跟死神打賭，請自便。」她靠回枕頭上。「我已經玩夠了。」
「再一個問題。」我說：「要是我真的想跟死神打賭，要去哪裡弄炸彈通過那扇門？」
「妳一副我會知無不言的樣子。」

「我覺得妳沒有搞清楚狀況。」我說：「如果這個計畫成功，妳就不會再被終身監禁。妳會恢復健康，然後被釋放。所以，幫助我對妳有最大利益。」

她看著我，似乎正在權衡輕重。她用手腕扯了一下手銬，力道差不多讓金屬在她皮膚上壓出痕跡。

「瑞吉有炸藥。」她說：「他可以教妳怎麼用，只是他不是很擅長行動，所以看在老天的分上，如果不想時時照顧著他，別帶他去。」

「謹記在心。」我說。

「跟他說，比起其他的門，那些門需要至少兩倍火藥才能炸穿。它們非常堅固。」

我點點頭。手錶在整點發出嗶嗶聲，提醒我時間已到。我站起來把椅子拉回原先找到它的角落。

「感謝妳的幫助。」我說。

「是什麼計畫？」她說：「如果妳不介意告訴我的話。」

我暫停，斟酌著用字。

「唔。」最後我終於開口。「這麼說好了，那會把『基因缺陷』這個詞彙從所有人的字典抹去。」

守衛打開門，可能因為超出時間而對我吼了幾聲，但我已經走出去了。在離開前，我只回頭了一次，並看見妮塔臉上露出一個小小的微笑。

40 托比亞

我們完全不需要說服艾默，他立刻同意幫我們進入城市。他急切地想要進行一場冒險——就跟我想的一樣。我們說好傍晚見面，一起吃晚餐，同時跟克莉絲汀娜、彼得和喬治（他幫我們弄到了交通工具）把計畫走一遍。

我跟艾默談完之後，便走回宿舍，把一顆枕頭壓在臉上好久好久，腦中不斷跑著看到奇克時要跟他說什麼的草稿。**對不起，我以為我是在做必須去做的事，而且，所有人都在照顧尤里亞，所以我沒想到……**

人們來了又走，暖氣打開，從暖氣孔送入，然後又再次被關掉。一整段時間，我都在思索著這個草稿，編織出一些藉口，又將其丟棄；選擇正確的語氣，還有適合的姿態。最後，我終於感到挫敗，把枕頭從臉上移開，丟到對面牆上。把正將乾淨襯衫往下拉順到臀部的卡拉嚇得往後跳。

「我以為你睡著了。」她說。

「抱歉。」

她摸了摸頭髮，確認每一綹都安安穩穩。她的動作是如此小心翼翼、如此精準——讓我想起友好派音樂家撥著五弦琴弦的模樣。

「我有個問題。」我坐起來。「有點私人。」

「沒問題。」她坐到我對面，在翠絲的床上。「問吧。」

「在翠絲對妳弟弟做了那樣的事情後，妳怎麼有辦法原諒她？」我說：「假設妳已經原諒了的話。」

「嗯。」卡拉用手緊緊環抱著自己的身體。「有時候我認為自己已經原諒她了，有時我又不太確定。我不知道該怎麼……那就像是問別人，在某人死後要怎麼繼續他的人生。你就是得活著，明天也是一樣。」

「有沒有……任何方法她可以讓妳覺得稍微好一點？或是她做了什麼事讓妳好一點？」

「你為什麼要問這個？」她把手放在我的膝蓋上。「是因為尤里亞嗎？」

「是的。」我很肯定地說，稍微移動著腿讓她的手落下。我不需要別人把我當成小孩似的安撫慰問。我不需要她揚起眉毛，放柔聲線，哄騙出我寧可藏在心裡的情感。

「好吧。」她坐挺，當她再度開口，聽起來很輕鬆隨意，一如往常。「我想她做出最關鍵的一件事就是坦白，沒有刻意就直接承認。承認和坦白是不一樣的。承認牽涉到裝柔弱，為無法找藉口的事情找說詞；坦白則是直接了當說出你犯的錯及其嚴重性。那就是我所需要的。」

我點點頭。

「在你對奇克坦白後。」她說：「如果你可以依他意願，他要你多久不去煩他就多久，應該也會有幫助。你最多只能做到這樣。」

我再次點頭。

「但是，四號。」她又說：「殺害尤里亞的不是你。你沒有設置那個炸傷他的炸彈，也沒有做出導致爆炸的計畫。」

「可是我參加了那個計畫。」

「喔，你夠了沒有？」她溫和地說出這句話，對我微笑。「事已至此，情況很糟。你不完美。就只是這樣而已。不要把悲傷跟罪惡感搞混了。」

我們沉浸在空曠宿舍所帶來的靜謐與寂寥中數分鐘。我試著讓她說的話深植腦海。

我跟艾默、喬治、克莉絲汀娜和彼得一起在餐廳吃晚餐，我們坐在飲料吧和一列垃圾桶之間。我還來不及喝完面前那碗湯，它就已經冷了，裡頭還飄著碎餅乾。

艾默跟我們講好見面的地點時間，然後走到靠近廚房的走廊上，這樣才不會被人看見。他拿出一個裡面裝著注射器的小小黑盒子。他給了克莉絲汀娜、彼得和我各一個，還有一個另外包裝的抗菌布，只不過，我很懷疑艾默會乖乖使用這玩意。

「這是什麼？」克莉絲汀娜說：「除非知道這是什麼，不然我才不要把它注射到身體裡。」

「好。」艾默彎起雙臂。「在記憶血清病毒擴散時，我們有可能還在城市裡。除非妳想忘了現在所記得的一切，不然就得先幫自己預防注射。這裡面的東西跟妳要注射到家人手臂上一樣，所以無須多慮。」

克莉絲汀娜把手臂轉過來，拍拍手肘內側，直到血管清楚可見。出於習慣，我將針頭刺進脖子一側，就跟每次經歷恐懼之境時的動作一樣——在某段時期，我一週大概會這麼做好幾次。艾默也如法炮製。

然後，我發現彼得只是假裝注射，在壓下活塞時，液體從他脖子流下，他一副若無其事地用袖子擦掉。

我忍不住猜想，自願忘掉一切是什麼感受。

晚餐後，克莉絲汀娜走向我，並說：「我們得談談。」

我們走下一條很長的樓梯，通往位於地下室，那個屬於缺陷者的空間。隨著每一步的節奏，我們的膝蓋整齊一致，一路走下色彩繽紛的走道。最後，克莉絲汀娜交叉雙臂站著，紫色的燈光在她鼻子和嘴巴上閃動。

「艾默不知道我們打算想辦法阻止重置嗎？」她說。

「不知道。」我說：「他對改造局很忠誠，我不想把他扯進來。」

「你應該了解，那個城市仍在爆發革命的邊緣。」她說，燈光轉藍。「改造局打算重置我們的朋友和家人唯一的原因，就是要阻止他們互相殘殺。如果我們阻止重置，赤誠者就會攻擊伊芙琳，而她就會放出死亡血清，很多人都會死。也許我還是對你很不爽，但我不覺得你會希望城市那邊死很多人。尤其是你父母。」

我嘆了口氣。「要我說實話嗎？我其實不太在意他們到底會怎樣。」

「你不可能是認真的。」她說，一臉怒容。「他們是你的父母。」

「事實上，我是認真的。」我說：「我只想告訴奇克和他母親我對尤里亞做出了什麼事。除此之外，我真的不太在意伊芙琳和馬可斯會怎樣。」

「也許你不在意你那一向一團糟的家庭，不過應該要在意其他人！」她說，並用強而有力的手抓住我手臂，用力一拉，要我看著她。「四號，我的妹妹在裡面。如果伊芙琳和赤誠者相互衝突，她可能會受傷，而且我沒辦法在那裡保護她。」

我在探親日那天看過克莉絲汀娜和她的家人。當時，她對我而言還只是一個講話很大聲的直言派轉換者。我看著她的母親面露驕傲的微笑，調整克莉絲汀娜的襯衫領子。如果記憶血清病毒散布出去，那個記憶將會從她母親心中被抹去。如果沒有散布，她的家人會被捲進另一場擴及整個城市，為了爭權奪利而發生的戰爭。

我說：「所以妳建議我們怎麼做？」

她放開我。「絕對有方法可以避免一場浩劫，而不用強制抹去大家的記憶。」

「也許吧。」我承認。我沒想過此事，似乎沒這必要。然而這其實是必要的，當然必要。

「那關於該怎麼阻止此事，妳有什麼想法？」

「基本上，這件事就是因你父母兩人反目成仇而起。」克莉絲汀娜說：「你有沒有可能去找他們聊聊，講些什麼去阻止他們試圖殺掉對方？」

「我去找他們聊聊？」我說：「妳在開玩笑嗎？他們誰的話也不聽，也不會做任何對自身毫無直接利益之事。」

「所以你無計可施，打算就這樣讓城市自我毀滅。」

我瞪著自己沐浴在綠色光線下的鞋子，細細地思索著。如果我有一對不一樣的父母——更講理的父母，不受痛苦、憤怒和復仇渴望所驅策——也許行得通，也許他們會不得不聽聽自己兒子說的話。只是很不幸，我沒有這樣的雙親。

但我還是可以做到。如果想要的話，是可以做到的。只要在他們早上喝的咖啡，或傍晚的水裡加一點記憶血清，他們就會煥然一新，像一張白紙，不受到歷史汙染。甚至在一開始，還必須有人來告訴這兩人他們其實有個兒子，他們得重新記住我的名字。

這跟我們打算用來修復住所的技術是一樣的，我可以以此修復他們。

我抬頭看著克莉絲汀娜。

「幫我弄一點記憶血清。」我說：「在妳、艾默和彼得尋找妳和尤里亞的家人時，我會處理這件事。我可能不會有足夠的時間把我爸媽兩人都找到，但只要其中一個就可以。」

「你要怎麼擺脫我們？」

「我得……我不知道，得加入一點障礙，一些讓我們之一離開眾人視線的障礙。」

「爆胎怎麼樣？」克莉絲汀娜說：「我們是晚上出發，對吧？我可以叫艾默停下來讓我上廁所之類，然後把輪胎放氣，這樣我們就得散開，你就可以去找另一輛卡車。」

我考慮了一下這個提案。我其實可以告訴艾默真正的情況，但那會牽涉到試圖解開改造局以宣導和謊言緊緊綁在他心裡的結。假設我真能做到，也沒這時間。

不過，我們確定有時間可以說個天衣無縫的謊。艾默知道父親在我還小時，曾教過我如何在只有金屬線的情況下發動一輛車。我若是自願去找另一輛交通工具，他不會起疑。

「這樣可行。」我說。

「太好了。」她歪歪頭。「所以你真的打算要抹掉父母其中一人的記憶？」

「當你的雙親都很邪惡時，你會怎麼做？」我說：「答案就是找個新的父母。如果他們其中一人沒有現在的那些包袱，也許就能協調出個和平協議之類的。」

她對我皺起眉頭好幾秒，好像想說些什麼，但最終只是點點頭。

41 翠絲

漂白水的氣味撲進鼻子裡，引發一陣刺痛。我站在位於地底儲藏室中的一塊抹布旁。當我把那情況告訴大家後，便處於這個消息引起的餘波之中：不管闖進武器實驗室的人是誰，都是在進行一項自殺任務。死亡血清無人能擋。

「問題在於，」馬修說：「這真的是我們願意犧牲生命以獲得的嗎？」

這裡是在計畫改變前，馬修、迦勒和卡拉研發新血清的地方。玻璃瓶、燒杯和潦草寫上東西的筆記本整個散在馬修面前的實驗桌上。他戴在脖子上的帶子正被他咬在嘴裡，他心不在焉地嚼著。

托比亞靠在門上，雙臂交叉。我記得新生訓練時他也是那樣站著，注視我們與對方打鬥。他又高，又強壯。我從未想過他除了隨意一瞥之外還會多看我一眼。

「這不只是報仇，」我說：「跟他們對克己派做的事沒有關係。這是要在他們對實驗裡的所有人做出一樣可惡的事之前，搶先阻止他們。我們是要奪走他們控制上千性命的權力。」

「這麼做很值得。」卡拉說：「死一個人，可以拯救上千人免於可怕的命運，同時還可以完全擊潰住所握有的權力。這還需要問嗎？」

我知道她是怎麼想的——把一條生命拿來跟許許多多的生命和記憶相權衡，在天平上推斷出一個顯而易見的結論。博學派的思考模式就是那樣運作。克己派的邏輯也是，只是我不是很確定他們的思路是不是我們現在需要的。一條生命與上千人的記憶相比較，答案當然很簡單。可是，就一定非是我們其中一人的生命嗎？我們必須是付諸行動的那個人嗎？

針對這個問題，我深知自己的答案是什麼，所以便將想法轉到另一個問題上：如果必須是我們其中一人，應該是誰？

我的眼睛從馬修飄到卡拉身上，她站在桌後；隨後又飄到托比亞，接著克莉絲汀娜，她的手臂掛在一根掃把的柄。最後，落在迦勒身上。

他。

一秒之後，我開始厭惡自己。

「喔拜託，妳就明說吧。」迦勒說，抬起眼神對著我的眼睛。「妳要我去，你們都這麼想。」

「沒人這麼說。」馬修說，把那條帶子吐出來。

「每個人都看著我。」迦勒說：「別以為我不知道。我是選錯邊站的人，也是幫珍寧．馬修斯工作的人。你們沒有一個人關心我，所以我應該是去死的那個。」

「你以為托比亞為什麼要在你被處決之前自願去救你出來？」我的語氣冷酷，極為鎮定。漂白水的氣味在我鼻子附近飄。「因為我不在意你是死是活嗎？因為我完全不關心你嗎？」

他應該是去死的那個。部分的我這樣想。

我不想失去他。另一部分如此反駁。

我不知道該信任哪一方，或該相信哪一部分。

「妳以為我看不出什麼是憎恨嗎？」迦勒搖著頭。「妳每次望著我，我都能看見。雖然妳真正看著我的機率少之又少。」

他的眼睛因充滿淚水而閃爍，這是在我差點被處決後，第一次看到他後悔的神情，而非充滿防備，也非滿嘴藉口。也許是在那之後，我初次將他看做我的哥哥，而不是某個把我出賣給珍寧．馬修斯的懦夫。突然之間，我覺得吞嚥困難。

「如果我這麼做……」他說。我搖頭表示不要再說，但他舉起一隻手。

「先等等。」他說：「碧翠絲，如果我這麼做……妳有可能會原諒我嗎？」

對我而言，當有人負了你，兩人都必須共同承擔這罪行的重量——那分重量帶來的痛苦會同時壓在兩個人的身上。然而，原諒則意味選擇將所有重擔都扛在自己身上。迦勒的背叛由我們兩人共同承擔。自從他做出那件事，我只想把屬於他的那分重量從我身上移開。我不確定自己能否一肩扛下；我不確定自己是否夠堅強，或者夠善良。

但我看著他逼自己強硬起來，如果他真打算為大家犧牲自己的話，面對這分命運，我明瞭到自己必須夠強壯、夠善良。

我點點頭。「會。」我哽了一下。「只不過那不是去做這件事的合理原因。」

「我有夠多理由了。」迦勒說：「我會去，我當然要去。」

我不是很確定剛才發生了什麼事。

馬修和迦勒留下來幫他穿上防塵衣——那件衣服能讓他在武器實驗室裡撐得夠久，能設置好記憶血清病毒。我等到其他人都離開才走。我希望在走回宿舍時，只有自己的思緒伴著我。

若是在幾週前，我一定會自願去執行自殺任務——我的確這麼做過。明知等著我的是死亡，我仍義無反顧前往博學派總部。可是那不是因為我很無私，或勇敢，而是因為自己有罪惡感，而且部分的我其實想失去一切：那個深深感到傷痛且虛弱的我想去赴死。現在，促使迦勒這麼做的也是這個原因嗎？我真的該讓他去死嗎？這樣他便會覺得欠我的一切都償還掉了嗎？

我走在走廊上的彩虹光線之中，爬上樓梯。我甚至想不出替代方案。如果，失去的是克莉絲汀娜、卡拉或馬修，我會更甘願嗎？不會。事實是，我更不願失去他們。對我而言，他們是我的好朋友，但迦勒不是，至少不是很久的時間。在他背叛我之前，早已為了博學派而丟下我，沒有回頭。新生訓練時甚至是我去找他，而他則是把時間都用來猜測我為什麼會出現在那裡。

我再也不想赴死了。我已在承受罪惡感和悲傷的挑戰中勝出，在面對生命置放在我路途中間的困難時勝出。有的時日比平時更艱難，但我已經準備好超越每一個障礙。這一次，我不能再犧牲自己。

我在心中最誠實的那個部分，願意承認，當我聽到迦勒自願時，我鬆了一口氣。

突然間，我無法再去想這件事。我抵達旅館入口，走進宿舍，希望可以就這樣倒在床上睡覺，可是托比亞在走廊上等著我。

「妳沒事嗎？」他問。

「沒事。」我說：「但我不該沒事。」我迅速地用手碰了一下前額。「我覺得我好像已經開始為他哀悼了。好像當我在博學派總部裡看到他的瞬間，他就已死去。你懂嗎？」

在那之後不久，我對托比亞坦承，我已經失去了所有家人，而他向我承諾，現在起他就是我的家人。

原來就是這樣的感覺。我們之間的所有情感似乎都糾結在一起：友誼、愛情、家人，所以我分不出它們有什麼不同。

「妳知道嗎，就這件事，克己派有其教誨。」他說：「到底該在什麼時候讓別人為你犧牲，即便這是一種自私行為？他們是這麼說的：如果犧牲是某人展現對你的愛最終極的方式，就該讓他們這麼做。」他把一邊肩膀靠到牆上。「在那樣的情況下，那是你能給予他們最了不起的禮物；一如妳的父母都為妳而死。」

「但是，我不是很確定促使他這麼做的原因是愛。」我閉上眼睛。「感覺更像是罪惡感。」

「也許吧。」托比亞承認。「但如果他不愛妳，為什麼要因為背叛妳而有罪惡感？」

我點點頭。我知道迦勒愛我，而且不會改變，即使在他傷害我的時候，亦是如此。我知道我也愛他，只是感覺起來還是不太對勁。

無論如何，我得以暫時抒解壓力；如果我們現在在這裡的話，他們或許也能夠理解。

「現在可能不是好時機。」他說：「但我有些事情想跟妳說。」

我立刻緊繃起來，很害怕他要一一數出一些我沒有承認、偷偷犯下的錯，或是一些讓他糾結許久的祕密，或令人同等難熬之事。他的表情難以猜測。

「我只是想謝謝妳。」他說，聲音很小。「一群科學家跟妳說我的基因有缺陷、有地方不對勁，還把證實這件事的測試結果給妳看，連我都開始深信不疑。」

他碰著我的臉，拇指掠過我的顴骨，眼神直直望著我的，強烈又熱切。

「妳一直不相信。」他說：「連一秒也不信。妳總是堅持地認為我……我不知道怎麼說。很完整吧。」

我用手蓋住他的手。「你是啊。」

「從來沒有人這麼告訴我。」他輕柔地說。

「你該聽到的。」我堅定地說，眼睛因為淚水而變得模糊。「你是完整的，值得被愛。你是我所認識最好的人。」

在我吐出最後一個字後，他便吻了我。

我回吻他。如此用力，直到發痛。我的手指鑽進他襯衫，我在走廊上一路推著他，推進宿舍附近的某扇門，到了一個家具稀疏的房間。我用腳跟把門踢上。

就如同我堅信他是有價值的，他也一向堅信我很有力量，堅信我的能力比自己以為的要強。其實我不需要別人來告訴我這件事，但我知道那是因為愛。當一切都對了的時候，會讓你比以前更強，比自身所想得更強大。

而這一切都對了。

他的手指滑過我髮間，緊緊揪住。我的手顫抖著，但不在意他是否有注意到，不在乎他是否知道我畏懼著這情感有多強烈。我用力揪住他的襯衫，把他拉近我，在他唇邊嘆息著他的名字。

我忘了他是另一個人，他感覺就像我的另一部分，是如此不可或缺，像心臟、眼睛或手臂。我把他的襯衫往上拉過他的頭，手撫摸過那暴露出來的皮膚，像自己的皮膚一樣。

他的手緊抓在我的襯衫上，我正要把衣服脫掉，隨即想起自己個子小，胸部也平，而且極度蒼白，於是我又拉回去。

他看著我，不是因為要等我開口解釋，而是覺得我是這個房裡唯一值得他凝視著的人。

我也看著他，但觸目所及都讓我感覺更糟，他這麼好看，即使是纏繞在他皮膚上的黑色墨跡，都讓他看起來像個藝術品。不久前我還深信我們是天生一對，也許我們現在還是——只有在穿著衣服的時候。

但他還是那樣看著我。

他露出微笑，一個淺淺的、害羞的微笑，然後把手放在我腰上，將我拉近。他彎身在他指間落下一吻，抵著我的腹部低聲說：「妳很美。」

而我就這麼信了他。

他站起來，用嘴貼住我的唇；他張開嘴，手放在我的臀部，拇指從我牛仔褲上方滑進去。我碰觸著他的胸口，靠向他，感覺著他的嘆息在我身體深處吟唱。

「我愛你。你知道嗎？」我說。

「我知道。」他回答。

他輕輕一挑眉，彎身用一隻手臂抱住我雙腿，把我扛到肩上。我冒出一個笑聲，半是高興，半是緊張。他扛著我走過房裡，非常唐突地把我丟在沙發上。

他躺在我身旁，我的手指拂過整個覆蓋在他胸膛的火焰。他很強壯，但也柔軟，並且堅定可靠。

而且，是我的。

我把嘴貼上他的唇。

我實在太害怕，我們要是在一起會不斷發生衝突，到最終，這些衝突會使我崩潰。然而，我現在明白，我像刀刃，而他是磨刀石——

我太強韌，不會輕易崩潰，而我每一次與他接觸，我都會變得更好、更鋒利。

42 托比亞

我們還在旅館房間的沙發上，我醒來看到的第一樣事物便是飛翔在她鎖骨上的鳥兒。因為冷的關係，她半夜從地板上撿回了襯衫，半件穿著，半件壓在身下。

我們以前也曾緊貼著入睡，但這次感覺不一樣。先前的每一次都是因為要相互安慰或互相保護，這次，我們只是因為想要才這麼做——我們在來不及回宿舍前就睡著了。

我伸出手用指尖摸著她的刺青，她張開雙眼。

她一手抱住我，整個人橫過靠墊，壓在我正上方。溫暖、舒服又柔軟。

「早啊。」我說。

「噓。」她說：「如果你不說，也許早晨就不會來。」

我把她拉向我，手放在她臀部。她的雙眼機警地睜大，儘管她才剛睜開眼睛。我親吻她的臉頰、下巴，然後是喉嚨，流連不去好幾秒。她的手緊緊纏繞在我腰上，她對著我的耳朵嘆了口氣。

我的自我控制能力快要消失了。五秒，四秒，三秒……

「托比亞。」她低聲說：「我不想這麼說，但是……我想我們今天還有些事情要做。」

「那些事可以等。」我抵著她的肩膀說，緩慢地親吻著第一個刺青。

「不行！不能等！」她說。

我咚一聲落回靠墊，沒有她躺在我身邊，我覺得很冷。「好吧，關於那件事，我在想妳哥哥可能用得上一些重點訓練。以防萬一。」

「這也許是個好主意。」她平靜地說：「他用槍的次數只有……多少？兩次嗎？」

「我可以教他。」我說：「如果我還有什麼長處，大概就是射擊了吧。讓他有點事情可忙，可能也會讓他覺得好點。」

「謝謝你。」她說，坐起來將手指穿過頭髮耙梳著。在晨光之下，那顏色更顯明亮，猶如黃金織成的一般。「我知道你不喜歡他，但是……」

「但如果妳真要放下他所做的一切。」我說，握住她的手。「那我也要嘗試這麼做。」

她微笑，親吻我的臉頰。

我用手掌撇掉殘留在脖子後面淋浴的水。翠絲、迦勒、克莉絲汀娜和我在位於地下的缺陷者區域訓練室。這裡很冷、光線昏暗，有著滿滿的設備、訓練用武器、墊子、頭盔和標靶，所有我們需要的物品都有。我選擇了適當的練習用槍，大小大約等同手槍，但更笨重一點，然後拿給迦勒。

翠絲的手指滑進我指間。在今天早上，一切都變得更為純粹。每個微笑、每個笑聲，一字一句、一舉一動。

如果我們成功完成今晚想做的事，明天芝加哥就安全了。改造局將會永遠改變，翠絲和我便能夠為自己在某處創造一個新人生，也許在那個地方，我可以把槍和刀子都賣掉，換取更多生產工具：螺絲起子、釘子或鏟子。在今天早上，我覺心認為自己真的可以如此幸運。我可以。

「這不會發射出真的子彈。」我說：「不過他們似乎盡可能把這東西設計成跟真正使用的槍感最接近。不管怎樣，都夠真實。」

迦勒只用指尖拿著槍，好像很怕那東西會在他手裡碎掉。

我笑出聲。「第一課：不要害怕槍。抓好它。你以前曾經拿過，記得嗎？你用那一槍讓我們逃出友好派的住所。」

「那只是走運。」迦勒說，把槍翻來覆去地從每一個角度細細打量。他的舌頭推在臉頰內側，好像在解題似的。「不是因為練習所致。」

「走運總比不走運好。」我說：「我們現在可以來練習。」

我瞥了一下翠絲，她對我咧嘴笑，然後靠過去低聲對克莉絲汀娜說了一些事。

「殭屍人，妳是要來幫忙還是怎樣？」我說，我聽見自己以新生訓練時練出的指導員聲音說話，但這次我是拿來開玩笑。「妳的右手可以好好進行一下練習，如果我沒記錯的話。克莉絲汀娜，妳也是。」

翠絲對我做鬼臉，她和克莉絲汀娜走過去拿她們自己的武器。

「好，現在面對標靶，開保險。」我說。房間對面有一個標靶，比無畏派訓練室裡的木板標靶還要精緻許多。它有三個圓圈，分別有三種不同顏色：綠色、黃色和紅色，這樣比較好了解子彈打到哪裡。「讓我看看你自然的射擊方式是怎樣。」

他一手舉起槍，對著標靶，腳與肩齊，好像正要舉起什麼很重的東西，然後開槍。槍猛地向後一推朝上，子彈幾乎要打到天花板。我用手遮住嘴藏起微笑。

「沒必要偷笑好嗎。」迦勒不滿地說。

「紙上談兵無法教你每件事，對吧？」克莉絲汀娜說：「你要用雙手握槍。看起來是沒有那麼酷，但攻擊天花板也不怎麼樣。」

「我不是要看起來很酷！」

克莉絲汀娜站起來，她的腿稍微前後站，舉起兩臂。她凝視了標靶一陣子，然後開槍。訓練用子彈擊中標靶的外圈，彈開滾落在地，在標靶上留下了一圈淺痕，標記出擊中的位置。真希望在我新生訓練時也有這種技術。

「喔，天啊。」我說：「妳擊中了妳目標旁邊的空氣。實在太有用了。」

「我有一點生疏了。」克莉絲汀娜承認，咧開嘴笑。

「我想，讓你學習最簡單的方式就是模仿我。」我對迦勒說。我按照自己一直以來的方式站好，放鬆、自然，然後舉起雙手，一手緊握住槍，另一手穩住它。

迦勒試著要一一對照，先從腳步開始，然後一路往上。一如克莉絲汀娜常拿來嘲笑他的求知若渴特質，就是因為他分析事情的能力，才讓他如此成功。我看著他改變角度與距離，還有精神上的緊張，然後在整個看過我一遍後放鬆下來，試著要把一切都弄對。

「很好。」在他完成時，我這麼說：「現在，專注在你要射擊的東西上，心無旁騖。」

我凝視著標靶中心，試著讓它將我吞沒。距離不成問題，子彈會直直向前，就跟我站近一點的狀況一樣。我吸一口氣、做好準備，吐氣、開槍，子彈精準擊中我要射的地方——在紅心上，標靶最中央。

我退後看著迦勒嘗試。他站的方式正確，拿槍的方式正確，只是太僵硬，像一座握著槍的雕像。他大吸一口氣，在開槍時憋住。這一次，後座力沒有讓他受到太大驚嚇，子彈也在標靶最上方打出痕跡。

「很好。」我又說：「我想你最需要的是對此更自在些。你太緊繃了。」

「這可以怪我嗎？」他說，聲音在顫抖，但只有在每一個字的末尾。他的眼神像一個把恐懼鎖在心中的人。我看過兩屆的新生都有那樣的表情，只不過他們沒有一個必須面對迦勒現在所面對的事。

我搖搖頭，平靜地說：「當然不能怪你。但你要了解，如果你無法在今晚讓自己不那麼緊繃，很可能根本到不了武器實驗室，那樣對大家有什麼幫助？」

他嘆了口氣。

「身體技巧非常重要。」我說：「但絕大部分是心理戰，這對你來說算是幸運，因為你知道該怎麼玩心理戰。你不只是練習射擊，同時也訓練專注度。然後，在必須為自己的生命而戰的情況下，你的專注力會深植在腦中，自然而然發生。」

「我不知道無畏派對於訓練腦子會這麼有興趣。」迦勒說：「翠絲，我可以看妳試一次嗎？我好像沒有看過妳在肩膀沒有槍傷的狀況下射擊。」

翠絲微笑了一下，面對標靶。當我第一次在無畏派的訓練看她射擊，她看起來很笨拙，像驚弓之鳥。不過，她纖瘦、脆弱的體型現在雖變得苗條但精實。她握著槍時，看起來輕而易舉。她稍微瞇起一眼，轉移重心，開槍。子彈稍微偏離標靶中心，但只有幾英寸。迦勒他揚起眉毛，顯然非常激賞。

「不用這麼驚訝！」翠絲說。

「對不起。」他說：「我只是……妳以前本來很笨手笨腳，記得嗎？我都不知道怎麼會忘記妳已經不再是那樣。」

翠絲聳聳肩，但當她別開眼神，臉頰漲紅，似乎很高興。克莉絲汀娜再次射擊，這次擊中了更靠近中間的地方。

我退後一步讓迦勒練習，然後看著翠絲再次開槍，看著她在舉起槍時身體打得筆直，還有當子彈擊出時姿勢有多穩。我碰了一下她的肩膀，靠近她耳邊。「還記得在訓練時，槍差一點打到妳的臉嗎？」

她點點頭，有點不自然地笑。

「還記得在訓練時，我做了這件事嗎？」我說，伸出手環抱住她，把手壓在她腹部。她深深吸進一口氣。

「這不是一時半刻能忘得了。」她嘀咕著。

她轉過身，將我的臉拉近她的，指尖碰觸著我下巴。我們親吻，我聽到克莉絲汀娜對此發表評論，但我第一次完全不在意。

射擊訓練之後，除了等待外無事可做。翠絲和克莉絲汀娜從瑞吉那邊拿到炸藥，教迦勒怎麼用。馬修和卡拉把地圖研讀得滾瓜爛熟，研究住所中各種可以進入武器實驗室的路線。克莉絲汀娜和我跟艾默、喬治與彼得見面，走一遍我們那天晚上將在城市裡走的路。翠絲被叫去參加緊急會議。馬修一整天都在幫大家注射預防記憶血清的疫苗，包括卡拉、迦勒、翠絲、妮塔、瑞吉以及他自己。

我們似乎沒有足夠的時間可以思考即將進行之舉動的重要性：阻止革命、拯救實驗、永遠改變改造局。

翠絲不在時，我趁著去帶尤里亞的家人來這裡前，最後一次到醫院看尤里亞。

當我到了那裡，卻無法走進去。透過玻璃，我可以假裝他只是睡得很熟，如果碰碰他，他就會醒過來，露出微笑，說些笑話。然而，我在裡面就會看清他現在是如此了無生氣，他腦部受到的衝擊是如何把屬於尤里亞的最後一部分奪走。

我將手緊捏成拳，遮掩手的顫抖。

馬修從走廊末端走來，手插在深藍色制服的口袋裡。他的步伐很輕鬆，腳步卻很重。

「嘿。」

「嘿。」我說。

「我剛剛幫妮塔注射了。」他說：「她今天精神好了一點。」

「很好。」

馬修用指節敲敲玻璃。「所以……你等下要去帶他的家人？翠絲是這樣告訴我的。」

我點點頭。「他的哥哥和母親。」

我以前曾見過奇克和尤里亞的母親。她是個嬌小的女人，但舉止和姿態有著力量，而且是無畏派中相當少見，會靜靜做事、不會大張旗鼓的人。我很喜歡她，同時也畏懼她。

「沒有父親嗎？」馬修說。

「在他們還小的時候就過世了；這在無畏派中並不稀奇。」

「是喔。」

我們沉默地站在那裡好一會兒；我很感謝他在場，可以讓我不要太沉浸在悲傷之中。我知道卡拉昨天說不是我殺了尤里亞這件事是對的，的確不是我，但感覺上仍像是我殺的，也許我永遠都會如此覺得。

「我一直想問你。」過了一下子後，我說：「你為什麼要幫我們？就一名與這件事的結果似乎並無直接相關的人來說，是很大的風險。」

「其實我有。」馬修說：「但這是個有點長的故事。」

他交叉雙臂，用拇指扯著他脖子上那條帶子。

「有個女孩。」他說：「她基因有缺陷，那代表我不應該跟她約會，對吧？我們應該確保我們與最『理想』的伴侶配對，這樣才能繁衍出基因更優越的下一代……之類的。但怎麼說呢，我有點叛逆，而這件事是如此禁忌，也如此吸引人，所以她跟我就開始約會。我從來沒打算讓事情變得這麼嚴重，可是……」

「就是變嚴重了。」我補充。

他點點頭。「的確如此。就各方面而言，她讓我覺得住所對基因缺陷者的立場是扭曲的。她是一個比我更好的人，過去和未來亦然。可是她受到攻擊——一堆純淨者圍毆她。她算是個伶牙俐齒、從不滿足於現況的人；我想這可能跟發生這種事有點關係，也或者不需要什麼原因，人們就是會無來由地做出一些事。欲加之罪，何患無詞。」

我細細打量著他不斷在玩的那條帶子。我一直以為那是黑色的，但當我靠近細看，才發現其實是綠色，是支援人員制服的顏色。

「總之，她受了非常重的傷，不過其中一名純淨者是議會成員的小孩。他聲稱這場攻擊是因為被挑釁，他們就以此為藉口，讓他和其他純淨者用社區服務解決。只不過我很清楚，」他開始邊講邊隨著自己的話點頭。「我知道他們會讓那些人這樣了事，是因為他們認為她沒有那些人重要，就像純淨者不過是揍了某隻動物。」

一陣顫抖從脊椎頂部一路傳下我背後。「她……」

「她後來怎麼了嗎？」馬修瞥了我一眼。「她一年後死了。死在一場修補傷口的手術中。她遭到感染，是某種寄生蟲。」他垂下雙手。「她死的那天，就是我開始幫忙妮塔的時候。雖說我不認為她最近的這個計畫是好的——也因為這樣，我才沒有出手幫忙——然而，我也沒有多努力阻止她。」

我在腦中想過一輪在這種時刻應該說的話——抱歉、同情之類的——然而，我找不到任何一個感覺對的句子。反之，我只是讓這段沉默繼續在我們之間延伸。對於他剛剛告訴我的一切，這是唯一適當的回應，只能以此對悲劇做出公評，而非急匆匆將它補起，然後繼續向前。

「我知道可能看不出來。」馬修說：「不過我恨他們。」

他下巴的肌肉因專注而凸顯。他對我而言從來不算是溫暖的人，卻也不是冷漠的人。然而現在的他，全身猶如包覆著冰霜；他的眼神冷酷，聲音像結了霜的氣息。

「如果不是因為很想看他們因反噬其身的後果受苦的話，我其實很想取代迦勒自願赴死……我想看他們因記憶血清的關係四處摸索，再也不知道自己是誰；因為在她死時，我就是那樣。」

「似乎是惡有惡報。」我說。

「比起殺了他們更適合。」馬修說：「況且，我也不是殺人的料。」

我覺得不太自在。一般來說，你不太可能很常看到一副溫和敦厚的面具下真正的人格——一個人最黑暗的部分。看到時往往會不太自在。

「我很抱歉尤里亞發生了這種事。」馬修說：「我讓你跟他獨處一下。」

他把手放回口袋，繼續往走廊走，並噘起嘴吹了一聲口哨。

43 翠絲

緊急會議大同小異：確認病毒將在今天傍晚被丟到城市，並討論要用哪一架飛機、什麼時間出去。會議結束時，大衛和我交換了幾句友善對話，我在其他人還在啜飲咖啡溜出去走回旅館。托比亞帶我到靠近旅館宿舍的中庭，在那裡打發了一點時間。聊天、親吻、指出長得最詭異的盆栽。感覺像是一般人會做的事——約會、聊些芝麻小事，這樣笑著。我們很少擁有這樣的時刻。我們在一起的大多時間都花在從一個接一個的威脅逃離，或是從一個危險跑向另一個。不過，我能看見再也無須這麼做的希望曙光從地平線升起。我們會重置住所裡的人，想辦法一起重建此地。也許到那個時候就可以知道，我們在平靜的時刻是否也跟動亂的時刻表現得一樣好。

我滿心期待。

最後，終於來到托比亞要離開的時刻。我站在中庭高一點的臺階上，他站在低處，這樣我們就在同一高度。

「我不喜歡今晚無法跟妳在一起的感覺。」他說：「留妳一人面對如此重大的任務，總覺得不太對。」

「怎樣？覺得我沒辦法處理嗎？」我說，有點被冒犯。

「我絕對不是這個意思。」他用手碰觸著我的臉，前額抵著我的。「我只是不願意讓妳獨自面對。」

「我也不想讓你獨自面對尤里亞的家人。」我低聲說：「只是，我想我們得分開來做這些事。有時間跟迦勒相處，我覺得很高興，在他……你懂的。如果可以不用同時擔心你，會比較好。」

「是啊。」他閉上眼睛。「我等不及明天了。等我回來，等妳執行完該做的事，就可以決定接下來要做什麼。」

「我可以先告訴你，接下來會有很多這個。」我說，將脣壓上他的。

他的手從我臉頰移到肩膀，煞費苦心地來到我背後。他的手指找到我襯衫的折邊，溜到底下，溫暖又急迫。

突然之間，我清楚意識到一切。在這整個氛圍中，他嘴脣的力度、我們接吻的滋味、他皮膚的觸感、在我緊閉眼皮上閃爍的橘色光線、那些生氣勃勃的綠色植物的氣味。當我抽身，他張開眼，我看見他的一切；他左眼的一道淺藍，還有深藍色的部分，讓我覺得置身其中是安全的，像作夢一般。

「我愛你。」我說。

「我也愛妳。」他說：「等會兒見。」

他再次溫柔地親吻我，然後離開中庭。我站在那道陽光之中，直到太陽消失。該去找我哥哥了。

44 托比亞

去見艾默和喬治之前，我先檢查了監看螢幕。伊芙琳跟她的無派別支持者躲在博學派總部裡，彎身檢視一張城市地圖。馬可斯和喬安娜在密西根大道上一棟建築物中，位於漢考克大樓以北，正在領導一場會議。

希望在幾小時內，在我決定要將父母中哪一人重置時，他們兩個都還會在那。艾默給了我們一小時多一點的時間找尤里亞的家人、幫他們注射疫苗，然後在神不知鬼不覺知下回到住所。所以，我只有時間對其中一人下手。

雪在外頭的道路上飛旋，飄在風中。喬治給了我一把槍。

「現在那裡面很危險。」他說：「畢竟那些赤誠者相當活躍。」

我連看也沒看就接下槍。

「你已經熟悉計畫了嗎？」喬治說：「我會在小小的控制室裡監控，並提醒你。就看看今晚我會派上多大用場，雖說這些雪讓鏡頭變得很模糊。」

「其他的保安人員會在哪？」

「跑去喝酒之類的？」喬治聳聳肩。「我叫他們放一晚假。沒人會注意到卡車不見，不會有事的。我保證。」

艾默咧嘴笑開。「好了，上車吧。」

喬治捏了捏艾默的手臂，對剩下的人揮揮手。當其他人跟著艾默到停在外面的卡車時，我抓住喬治，拉他向後。他用不解的眼神望著我。

「不要問我任何相關問題，因為我不會回答。」我說：「先幫你自己注射預防記憶血清的藥，好嗎？越快越好。馬修會幫你。」

他對我皺眉。

「總之這麼去做。」我說，走到卡車那邊。

雪花沾在我頭髮上，每一次吐息，霧都從我嘴裡纏捲著冒出。克莉絲汀娜在往卡車走的半路撞我一下，把某個東西偷塞進我口袋，是一個小瓶子。

我上乘客座時，看見彼得盯著我們。我仍不確定他為什麼這麼想跟我們一起來，但我知道必須小心防著他。

卡車裡面很溫暖，很快地，我們就都覆蓋著水珠，而不是雪。

「算你幸運。」艾默說。他交給我一個玻璃螢幕，上面有著發亮的線條，糾結交錯，猶如血管。我仔細檢視，發現它們都是街道。最亮的一條線在上面描繪出我們的路徑。「由你負責地圖。」

「你還需要地圖？」我揚起眉毛。「難道你不記得……只要朝著最巨大的建築物走就好？」

艾默對我擠眉弄眼。「我們不是要直直開進城市裡，是要走隱蔽的小路。廢話不要多說，總之負責地圖。」

我在地圖上找到一個藍色點，標記著我們的位置。艾默大踩油門把卡車開進大雪中。雪落得如此之快，我的視線只能看到面前幾尺之處。

我們途經的建築物看起來像從一層白色中窺探出來的黑色形體。艾默車開得很快，似乎確信卡車的重量能讓我們行進得穩。我在雪花之間看見城市在前方亮了起來。我都已經忘了自己離那裡有多近，因為在它的邊線之外，一切都是大相逕庭。

「我真不敢相信我們要回去了。」彼得靜靜地說，好像並不期待會有回應。

「我也是。」我說，因為這是真話。

改造局與這個世界隔出的距離，是一種介於他們蓄意掀起、欲抹去我們記憶的戰役之間，帶有惡意的距離——雖然就某方面而言稍嫌微小，但一樣有罪。他們有能力幫助正逐漸式微的派別，卻沒這麼做，反而任我們分崩離析、一個個死亡、自相殘殺。現在，只不過因為我們就要毀掉超過接受程度的遺傳物質，他們才決定介入。

艾默開過鐵軌時，我們在卡車裡前後彈跳。車緊靠著右方高高的水泥牆駕駛。

我從後照鏡看著克莉絲汀娜，她的右膝抖得飛快。

我還是不知道到底要拿走誰的記憶：馬可斯的？還是伊芙琳的？

一般說來，我會嘗試定義哪個是比較無私的決定，只不過在這個情況下，選擇哪一個感覺都很自私。重置馬可斯就表示，抹去我在這世界上憎恨且恐懼的人。那代表我將從他的影響中被釋放。

重置伊芙琳就代表，讓她變成一名新的母親——一個不會拋棄我的人，或是基於復仇欲望而做決定、控制所有人，如此便無須費心思考相信他們與否的人。

不管哪一邊，只要父母之中其中一位消失，我都算得到解脫。只是哪一個最能幫助這個城市？

我再也不曉得了。

艾默繼續開著，我伸出手到通風口去取暖，他開過鐵軌、經過我們在進入住所的路上所看到的棄置火車車廂，車頭燈反射在它的銀色鑲板上。我們抵達外頭世界結束、實驗開始之處，那是如此突兀，像有人在地上劃了一條線。

艾默一副那條線根本不存在似地開過去。我猜測，對他來說，當他越來越習慣新世界，那條線早已因時間過去而褪色。可是對我而言，感覺卻像從真相開進謊言之中，從大人的世界開進童年裡。我看著道路、玻璃和金屬的世界轉變為空無一物的平原。雪現在落得比較緩，我勉強可以看到城市的天際線就在前方，建築物只比雲的顏色要深一些。

「我們要到哪裡去找奇克？」艾默說。

「奇克和他母親加入了這次起義。」我說：「所以他們最多人聚集的地方，就是我會預測之處。」

「控制室的人說他們大部分居住在河流北端的住處，靠近漢考克大樓。」艾默說：「想玩高空吊索嗎？」

「死也不想。」我說。

艾默笑出聲。

我們又花了一個小時才更靠近。看見遠方的漢考克大樓時，我才開始覺得緊張。

「嗯……艾默？」克莉絲汀娜在車後方說：「我很不想這樣說，但我真的得停一下。呃……就是那個，上個廁所。」

「現在？」艾默說。

「對，突然之間就很想上。」

他嘆了口氣，仍把車停到路邊。

「你們留在車上，不准偷看！」克莉絲汀娜下車時說。

我看著她的身影走到卡車後方，靜靜等候。當她劃破輪胎時，我只感覺到卡車非常微幅地一彈，如此輕微，我很確定是因為我在等待的關係才會感覺到。當克莉絲汀娜回到車上，把雪花從外套上拂掉，臉上露出小小的笑容。

有時，要從可怕的命運中拯救他人，只需要某人願意做些事情。即便那件「事」不過是假裝想上廁所。

在狀況發生前，艾默又開了幾分鐘，然後卡車震了一下，像開過路面凸起般上下彈跳。

「該死。」艾默說，打了一下方向盤。「沒時間了。我們得確定奇克和他母親及克莉絲汀娜的家人在記憶血清施放前注射疫苗，不然就沒用了。」

「冷靜。」我說：「我知道在那裡可以找到另一輛車。你們可以繼續用走的往前，我去找些可以駕駛的車輛？」

艾默的表情一亮。「好主意。」

即使不確定自己是否需要，但離開卡車前，我還是先確認槍裡有子彈。所有人都依序下了卡車，艾默因寒冷而發抖，墊著腳尖跳上跳下。

我確認了一下手錶。「所以你們得在什麼時候之前幫他們注射？」

「喬治的時間表上說，我們在重置城市前只有一小時。」艾默說，也確認他的手錶，以防萬一。「如果你希望我們讓奇克和他母親免於哀痛、接受重置，我不會怪你；如果你想要，我就這麼做。」

我搖搖頭。「下不了手。他們也許不會陷在哀痛中，只是那並不真實。」

「如我所說。」艾默邊微笑邊說：「一日殭屍人，終生殭屍人。」

「你可不可以……在我到那裡之前不要告訴他們發生了什麼事？」我說：「只要幫他們注射就好？我想要親自告訴他們。」

艾默的笑容稍微減退。「當然沒問題。」

我的鞋子已經因為檢查輪胎而浸溼，當我的腳再次踏上冷冰冰的地面，便感到疼痛。彼得開口時，我已經差不多要走離卡車了。

「我要跟你一起去。」他說。

「什麼？為什麼？」我瞪著他。

「你可能會需要人幫忙找卡車。」他說：「這是個大城市。」

我看著艾默，他聳聳肩。「這傢伙說的有道理。」

彼得靠近我，聲音壓低，這樣就只有我能聽到。「如果不希望我告訴他你暗地裡計畫著什麼，你就不會反對。」

他的眼睛飄到我的外套口袋，那裡放著記憶血清。

我嘆了口氣。「好吧。不過你要聽我指示。」

我看著艾默和克莉絲汀娜留下我們走開，朝漢考克大樓走去。在他們走得夠遠不會看到我們時，我立刻退後幾步，將手滑進口袋，保護著玻璃瓶。

「我沒打算找卡車。」我說：「你現在應該已經知道了。你是要幫我進行我要做的事，還是說我得射傷你？」

「要看你想做什麼。」

在連我自己都不確定答案時，要回答實在很難。我面向漢考克大樓站著：右方是無派別者、伊芙琳，還有她那一大堆死亡血清；左方是赤誠者、馬可斯，還有叛亂計畫。

我對哪一方影響較大？到哪一方，我能做出最大的改變？這些是我應該要自問的問題，可是我反而自問我最希望看到哪一方的毀滅。

「我要阻止革命。」我說。

我右轉，彼得跟著我。

45 翠絲

我的哥哥站在顯微鏡後，眼睛壓在接目鏡上。顯微鏡的載物臺的光在他臉上投下怪異的影子。他看起來老了好幾歲。

「絕對是這個。」他說：「我是說，攻擊實境模擬血清。我敢確定。」

「有另一個人可以證實總是比較好。」馬修說。

就在我哥哥赴死前的幾個小時，我正和他站在一起，而他正在分析血清。這感覺實在很愚蠢。

我知道為什麼迦勒會想要來這：為了確認他是因為一個合理的原因奉獻出生命。我不怪他。至少就我所知，在為某件事犧牲生命之後，不可能再有第二次機會。

「再對我重複一次啟動密碼。」馬修說。啟動密碼會癱瘓記憶血清器，另一個按鈕將會立即下達這個指令。在我們到這裡之後，馬修每過幾分鐘就要迦勒重複兩者。

「我不會忘記序號的，好嗎！」迦勒說。

「我不懷疑。只是我們不知道在死亡血清開始發生效用時，你會處於怎樣的心理狀態，而這些密碼必須深深印在腦中。」

迦勒在聽到「死亡血清」這個詞時瑟縮了一下，我盯著自己的鞋子看。

「〇八〇七一二。」迦勒說：「然後我就按下綠色按鈕。」

現在，卡拉正跟控制室裡的人一起打發時間，這樣就能在他們的飲料裡灑進安寧血清，等他們暈陶陶，到時就無法注意到住所裡的燈被關掉，就像幾個禮拜前妮塔和托比亞做的那樣。當她執行時，我們就會奔向武器實驗室，不被黑暗中的鏡頭看見。

在我對面，擺放在實驗室桌上的是瑞吉給我們的炸藥。它們看起來非常普通——一個黑盒子，邊緣有著金屬爪鉗，還有一個遠端遙控雷管。爪鉗會把盒子固定在第二道實驗室門——第一道在攻擊之後到現在還沒有修好。

「我想就這樣了。」馬修說：「現在我們只要稍微等片刻。」

「馬修。」我說：「你可以讓我們獨處一下嗎？」

「當然。」馬修微笑著。「時間到的時候我會再回來。」

他在身後關上門。迦勒的手在防塵衣和裡面塞入炸藥的背包上摸來摸去；他把它們排成一直線，調整一下這一角和那一角。

「我一直在想，我們還小的時候都會玩『直言』遊戲。」他說：「還有我是怎樣叫妳坐在客廳的椅子上，問妳一堆問題。妳記得嗎？」

「記得。」我說。我將臀部靠在實驗室桌邊。「你曾經把著我手腕的脈搏跟我說，如果我說謊，你有辦法辨別出來，因為直言派一向能辨別其他人是不是在說謊。這麼做實在不是很友善。」

迦勒笑出聲。「有一次，在媽回家時，妳正好坦承從學校圖書館偷了一本書——」

「然後我就得去找圖書館員道歉！」我也笑了。「那個圖書館員恐怖死了。她老是叫大家『小姑娘』還有『小伙子』。」

「喔，不過她很喜歡我。妳知道嗎，當我是圖書館志工時，本來應該要在午餐時間把書歸還到櫃子上，但我其實是站在走道之間看書。她抓到我幾次，卻什麼都沒有說。」

「真的假的？」我覺得胸口一陣刺痛。「我不知道這件事。」

「我想我們不知道很多關於彼此的事。」他用手指點點桌子。「真希望我們能對彼此更誠實一點。」

「我也是。」

「現在一切都太遲了，是吧。」他抬起眼神。

「不是每件事都太遲。」我從實驗桌拉出一張椅子坐下。「來玩直言遊戲吧。我會回答一個問題，然後你也要回答一個。無庸置疑，要誠實。」

他看起來有一點生氣，但還是照玩。「好。在妳說自己把杯子拿出來清水漬，但卻在廚房打破時，實際上到底是做了什麼？」

我翻了個白眼。「這就是你想要獲得誠實回答所問的問題嗎?少來了，迦勒。」

「那好。」他清清喉嚨，綠色的眼睛認真地定定看著我。「妳真的原諒我了嗎？還是只因為我就要死了才這麼說？」

我望著自己擱在腿上的手。我現在能夠對他友善、好好與他相處，是因為只要想到在博學派總部發生的事，我就立刻把這個念頭推到一邊，可是那不是寬恕。如果我已經原諒了他，應該在想到這些已發生的事情時，壓根不會感覺到憎恨，不是嗎？

又或者，寬恕只不過是繼續把痛苦的記憶推到一邊，直到時間沖淡疼痛和憤怒，一切錯誤就都被遺忘。

為了迦勒，我選擇相信後者。

「是的。我原諒你了。」我說，暫停了一下。「至少我非常想要原諒你，而我覺得那大致相同。」

他似乎鬆了一口氣。我站到一邊，這樣他便能接替我坐在椅子上。我很清楚自己想要問他什麼，從他自願做出犧牲時就想問了。

「你做這件事最大的動機是什麼？」我說：「最重要的原因是？」

「碧翠絲，別問這個。」

「這不是陷阱題。」我說：「這不會讓我就此決定不原諒你。我只是必須知道。」

隔在我們之間的是防塵衣以及背包裡的炸藥，它們在霧面鐵桌上排成一直線，它們是他一去不回時將會帶上的工具。

「我想，我是覺得，只有這麼做才能逃離我所犯下的事帶來的罪惡感。」他說：「我從來沒有這麼想要擺脫一樣東西。」

他的話語讓我體內一陣疼痛。我就怕他這麼說。我一直都知道他會這麼說，真希望他沒有說出口。

一個聲音從角落裡的內部通話機傳出。「所有住所居民請注意，現在開始緊急封鎖程序，直到清晨五點。重複一次，現在開始緊急封鎖程序，直到清晨五點。」

迦勒和我交換了一個不安的眼神，馬修把門推開。

「該死。」他說，然後更大聲地喊。「該死！」

「緊急封鎖？」我說：「那跟攻擊演習是一樣的嗎？」

「基本上，那代表我們現在就得走了，趁著走廊上還一團混亂、他們還沒加派保安人員之前。」馬修說。

「他們為什麼要這麼做？」迦勒說。

「有可能只是想在釋出病毒前先加派保安。」馬修說：「也可能發現了我們打算要做什麼。不過，如果他們發現的話，可能早就來逮捕我們了。」

我看著迦勒。我跟他相處所剩無幾的幾分鐘猶如枯掉的葉子，從樹枝飄落、消失無蹤。

我走到房間另一端，從長桌上取回我們的槍，但在心底不斷騷動著的卻是托比亞昨天說過的話：克己派認為，如果犧牲是某人展現對你的愛最終極的方式，就該讓他們這麼做。

然而，迦勒並非如此。

46 托比亞

我的腳在鋪滿雪的道路上滑了一下。

「昨天你沒有幫自己注射疫苗。」我對彼得說。

「我的確沒有。」彼得說。

「為什麼不？」

「我為什麼要告訴你？」

我用拇指拂過玻璃瓶說：「你會跟我一起來，是因為知道我有記憶血清，對不對？如果你要我把它給你，告訴我原因也無傷大雅。」

他再次看了看我的口袋，跟之前一樣。他一定看到了克莉絲汀娜把東西塞給我。他說：「我大可直接從你那裡拿走。」

「拜託。」我抬起眼神，看著雪從建築物的邊緣灑落。天色很暗，但月亮提供了足夠的光線可以視物。「你可能覺得自己在打鬥方面相當不錯，卻還不足以打敗我，我向你保證。」

然而，沒有預先示警，他狠狠地推了我一下，我在滿滿是雪的地上一滑摔倒，槍往地上一落，半埋在雪裡面。這告訴我不該太過自信。我邊想邊掙扎著爬起來。他抓著我的領子，猛往前一拉，我再次滑了一下。不過這回我維持住平衡，並用手肘打向他腹部。他用力往我腿上一踢，我的腿整個麻掉，他抓住我外套前方，將我拉向他。

他的手在我口袋裡一陣摸索，血清就在那。我試著想推開他，但他站得太穩，我的腿還是太麻。我發出一聲挫折的呻吟，收手回到臉部附近，以手肘擊向他的嘴。疼痛感從我手臂上散開——打中一個人的牙齒非常之痛——但很值得。他大喊一聲，往後倒回街道，用雙手緊抓著臉。

「你知道你為什麼能在新生訓練時贏得打鬥嗎？」我站起來時說：「因為你很殘酷，你喜歡傷害人，而且你覺得自己很特別，認為身邊所有人都是一群無法跟你一樣做出艱難決定的娘娘腔。」

他想要站起來，我踢了他身側，讓他再次仰躺在地；我一腳踩在他胸口，就在他喉嚨正下方。我們對視著，他的眼睛張大，滿滿無辜，與他體內的一切無一處相同。

「你並不特別。」我說：「我也喜歡傷害人，同時也能做出殘酷的決定，不同的地方在於，有時我不會這麼做，可是你永遠都會，這也讓你更顯邪惡。」

我踩過他，再次走在密西根大道上。但在我又多走幾步前聽見了他的聲音。

「所以我才想要那東西。」他說，聲音顫抖。

我停下來，沒有轉身。我現在不想看見他的臉。

「我想要血清，因為我已經受夠自己這個樣子。」他說：「我受夠自己總做出一些壞事還沾沾自喜，然後又忍不住思考自己是出了什麼問題。我想要結束這一切，我希望重新開始。」

「你不覺得這是一種懦弱的解脫方式嗎？」我越過肩膀說。

「我想我不太在乎到底懦不懦弱。」彼得說。

當我用手指在口袋中翻轉著玻璃瓶，感到體內不斷增長的憤怒像洩了氣一般。我聽見他站起身，把雪從衣服上拂去。

「別想再對我動手動腳。」我說：「在這一切都結束之後，我保證會讓你重置自己。我沒什麼理由不這麼做。」

他點點頭。我們繼續走在沒有一絲足跡的雪上，朝著我最後一次見到母親的大樓去。

47 翠絲

走廊雖然到處都是人，卻有一種令人緊張的靜謐。一名女子的肩膀撞到我，低聲道歉，而我又更靠近迦勒一些，這樣才不會找不到他。有時我希望自己可以再高幾英寸，這樣整個世界看起來才不至於像是擠在一起的一堆身體。

我們迅速移動，但也不至太快。見到越多保安人員，我就越感覺到體內的壓力不斷增生。迦勒的背包裡裝著防塵衣和炸藥，我們邊走，背包邊在他下背部不斷彈跳。人們移往各個不同方向，但很快的，我們就要抵達一條沒有人有任何合理原因出現在那的走廊。

「我想卡拉一定發生了什麼事。」馬修說：「燈現在應該要熄滅了。」

我點點頭，感到藏在寬鬆襯衫底下的槍壓進背後。我一直希望可以不要動到它，但看來似乎會用到；而且，即使用了槍，可能也不足以讓我們抵達武器實驗室。

在走到走廊的一半時，我碰了碰迦勒和馬修的手臂，讓我們三人止步。

「我有個主意。」我說：「我們分散，迦勒跟我跑到實驗室，而馬修，你就製造一點聲東擊西。」

「聲東擊西？」

「你有槍不是嗎？」我說：「對空鳴槍。」

他遲疑了一下。

「快點。」我緊咬著牙說。

馬修把他的槍拿出來，我抓住迦勒的手肘，帶著他繼續走在走廊上。越過肩頭，我看到馬修舉槍過頭，正對他頭頂其中一塊窗戶的玻璃，直往上方開了一槍。隨著刺耳的一聲槍響，我拖著迦勒跟我一起拔腿就跑。尖叫聲和破碎的玻璃聲填滿空氣，保安人員經過我們，完全沒注意到我們是走跑離宿舍的方向，朝著不該去的地方前進。

發現自己的本能，及無畏派的訓練成果爆發出來，實在是一種很異樣的感覺。我的呼吸變得更沉、更穩，當我們照著今天早上決定好的路線走時，我的心神變得更敏銳、更清晰。我看著迦勒，期望看到他也有同樣變化。只是他臉上血色盡失、氣喘吁吁。我讓自己以穩定的力道緊抓他手肘，穩住他。

我們跑過轉角，鞋子在磁磚上發出嘎吱聲，一條空盪、天花板是鏡子的走道在面前一路延伸。我感到勝利感高漲。我認得這個地方。我們不遠了，就要成功了。

「不要動！」一個聲音從我身後高喊。

是保安人員。他們發現我們了。

「不要動，不然我們就開槍。」

迦勒顫抖著舉起雙手，我也舉起雙手，看著他。

我覺得自己體內的一切似乎都慢了下來，無論是轉個不停的思緒，或瘋狂亂跳的心臟。

當我看著他，眼中所見不是那名將我出賣給珍寧．馬修斯的懦弱年輕人，也沒有聽見在那之後他所說出的藉口。

當我看著他，見到的是那個在母親斷了手腕進醫院時，握住我的手對我說一切都會沒事的男孩；我見到在擇派儀式前一晚，告訴我要做出自己的選擇的那名兄長。我想起他所有的傑出事蹟：他的聰明、熱情、觀察力敏銳、冷靜、真誠而且善良。

他是我的一部分，永遠都是，而我也是他的一部分。我不屬於克己派或無畏派，甚至分歧派；不屬於改造局或是實驗或是邊界。我屬於我愛的這些人；他們也屬於我。除了他們，還有我給予他們的愛與忠誠，這些形成了我的身分，遠超任何語句或團體能夠賦予。

我愛我的哥哥，我愛他，而他正因為死亡而恐懼顫抖；我愛他，我現在能想到的、能在心中聽到的，是我在幾天前跟他講過的話：**我從沒有把你送上斷頭臺。**

「迦勒。」我說：「給我那個背包。」

「什麼？」他說。

我把手滑到背後的襯衫底下，拿出我的槍指著他。「給我那個背包。」

「翠絲，不行。」他搖著頭。「不行。我不會讓妳這麼做。」

「放下妳的武器！」保全人員在走廊盡頭大聲喊叫。「放下妳的武器！不然我們要開槍了！」

「我有成功抵抗死亡血清的可能。」我說：「我還滿擅長抵抗血清的。我有機會可以存活，但你絕對不可能活下來。給我那個背包，不然我就射傷你的腿，從你手上搶過來。」

然後，我提高音量，這樣保安人員才能聽見我。「他是我的人質！要是再靠近我就殺了他！」

在那瞬間，他讓我想起父親。他的眼神疲倦又悲傷，下巴有一抹鬍子的痕跡。當他把背包拉到身前拿給我時，手在顫抖。

我接下背包甩到肩上，維持槍指著他的姿勢，繼續移動，讓他擋住走廊盡頭那些士兵的視野。

「迦勒。」我說：「我愛你。」

在他開口時，眼睛因淚水而閃爍。「碧翠絲，我也愛妳。」

「趴在地上！」我大喊，為了讓守衛聽清楚。

迦勒雙膝一跪。

「如果我沒有活下來。」我說：「告訴托比亞，我並不想離開他。」

我退後，瞄準迦勒肩膀上方的一名保安人員。我吸一口氣，穩住雙手，吐氣，開槍。我聽見一聲痛喊，便往另一個方向狂奔，耳中還留有槍響的餘音。我採取彎曲的奔跑路徑，這樣較不易被擊中。我跑過轉角時迅速往下一撲，一顆子彈擊中我身後的牆，在那裡留下一個洞。

我奔跑時，將背包轉到身前，打開拉鍊，拿出炸藥和雷管；身後傳來大聲喊叫和奔跑的腳步聲。我沒時間了、沒時間了。

我跑得更拚命，比自己預想得還要快，每一步的衝擊帶來的震動傳遍全身。我繞過下一個轉角，那裡有兩名守衛站在妮塔和入侵者曾破壞的門邊，我用空著的那隻手把炸藥和雷管緊抓在胸前，射中其中一名守衛的腿和另一名的胸口。

被我射中腿的那名守衛伸手去拿他的槍，我又開槍。在瞄準後，我便閉上雙眼。他沒有再動了。

我跑過那扇壞掉的門，進入兩道門之間的一條走道，將炸藥一把壓在連接雙邊門的金屬橫槓，讓爪鉗緊抓在橫槓邊緣，以此固定。我跑回走廊末端，繞過轉角蹲下，在按下引爆按鈕並用手掌護住耳朵時，背對著門。

在小型炸彈引爆後，音波在我體內震動，這股爆炸力道將我往旁邊一拋，我的槍滑過地板，玻璃和金屬碎片噴灑在空中，落在我倒下的地板上，我驚魂未甫，即便已緊緊用手摀住耳朵，仍在拿開時聽見嗡鳴。我搖搖晃晃、腳步不穩。

走廊盡頭，保安人員瞥見我。他們開槍，子彈打中我手臂的肌肉。我尖喊一聲，壓住手臂上的傷口。我再次拖著自己繞過轉角，視線邊緣出現黑點。我半走半踉蹌地到了那扇被炸開的門；門後方，有一個小小的門廳，另一端有一道被封住但沒有鎖上的門。透過這些門上的窗戶，我看見了武器實驗室。裡面有整整齊齊好幾排機械、邪惡的裝置和裝血清的玻璃瓶，從底下打著光，感覺好像在陳列什麼。我聽見東西噴灑的聲音，明白那便是死亡血清飛散在空中，但守衛就在我身後，我沒有時間穿上能夠延後血清作用的防塵衣。

不知為何，我就是知道自己有辦法活下來。

我踏入門廳。

48 托比亞

無派別總部——然而，這棟建築對我而言無論如何都會是博學派總部——默然無語矗立在雪中，除了發出亮光的窗戶顯示有人在裡面之外，什麼都沒有。我在門前停下，用喉嚨發出了個不太高興的聲音。

「怎樣？」彼得說。

「我討厭這裡。」我說。

他把被雪浸透的頭髮從眼前撥開。「所以你打算要做什麼？打破窗戶嗎？還是找個後門？」

「我打算就這樣走進去。」我說：「我是她的兒子。」

「你也背叛了她，而且還在她禁止任何人離開城市時離開了。」他說：「之後她找了些人去阻止你，這些人都帶著槍。」

「如果你想的話可以留在這。」我說。

「血清到哪，我就到哪。」他說：「不過，若是你被射傷，我會拿了血清就跑。」

「我也不期待你會有別的反應。」

他實在是個非常怪異的人。

我走進前廳。有人重新把珍寧．馬修斯的肖像拼湊起來，可是用紅色油漆在她兩眼上各畫了個X，底下打橫寫上「派別人渣」的字樣。

幾個配戴無派別臂章的人高舉著槍，朝我們上前。有些人我認得，是在無派別者倉庫營火旁的人；有些則是我以無畏派領導人身分待在伊芙琳旁邊時看過的。其他人則是全然的陌生。這提醒了我，無派別者的人口遠比我們預想得要多很多。

我舉起雙手。「我是來這裡見伊芙琳的。」

「最好是。」他們其中一個人說：「最好是不管誰要見她，我們都會讓他進來。」

「我帶來外面的人的訊息。」我說：「我很確定這會是她想聽的。」

「托比亞？」一名無派別的女人說。我認得她，不是在無派別的倉庫見過，是在克己派區域。她曾是我的鄰居。她叫做葛蕾絲。

「嗨，葛蕾絲。」我說：「我只是想跟我母親談談。」

她咬著臉頰內側，打量著我。她持槍的動作猶豫了一下。「嗯，我們還是不該讓任何人進來。」

「看在老天的分上，」彼得說：「去告訴她我們在這，看她怎麼說！我們可以等。」

葛蕾絲退到那群在我們談話時聚集起來的人之中，放低了槍，慢慢跑進附近的走廊。

我們站在那，感覺像是過了好久，一直到我的肩膀因為一直撐著手臂而隱隱作痛，葛蕾絲才回來向我們招手。當其他人都放下槍時，我才垂下手，走進門廳，通過那群人中央，猶如一根穿過針孔的線。她領我們走進一臺電梯。

「葛蕾絲，妳拿著槍是要做什麼？」我說。我從來不認識任何一個會拿武器的克己派。

「再也沒有派別傳統了。」她說：「現在我必須保護自己，要有自我防衛的本能。」

「很好。」我說，而且是真心的。克己派就跟他們的派別一樣殘破，只是邪惡比較不外顯，被無私的外表給藏在裡頭。要求一個人全然消隱，不管走到哪個背景都要褪於其中，不比要他們互相毆打好到哪裡去。

我們走上一層樓，那裡曾是珍寧的行政辦公室，不過葛蕾絲沒帶我們去那，反而領我們到一間很大的會議室，裡面有桌子、沙發和椅子，排列成極度嚴整的正方形；巨大的窗戶列在後面的牆上，使得月光能夠照入。伊芙琳坐在右邊一張桌前，凝視窗戶外面。

「葛蕾絲，妳可以離開了。」伊芙琳說：「托比亞，你有消息要告訴我嗎？」

她沒有看我。她濃密的頭髮往後綁成一個髻，身穿一件灰衣，還配戴了無派別臂章。她看起來疲倦至極。

「介意去走廊上等一下嗎？」我對彼得說，出乎意料外，他沒有抗議，只是默默走開，在身後關上門。

我的母親和我獨處了。

「外面的人沒有要帶給我們的訊息。」我說，靠得離她近一點。「他們想奪走城市裡所有人的記憶。他們認為，無法跟我們講理，也無須呼籲我們表現出更良善的本質。他們判定，比起跟我們談判，直接抹消我們比較簡單。」

「也許他們是對的。」伊芙琳說，她終於轉向我，把顴骨靠在她緊握的雙手上；她其中一根手指刺上一圈鏤空的刺青，像一只婚戒。「那你來這裡做什麼？」

我遲疑著。我的手放在口袋裡的玻璃瓶上。我看著她。我能看出時間在她身上留下的痕跡，就像一塊破舊的布；纖維露出、邊緣磨損；我也能看見自己在孩提時所認識的那名女子，那個嘴唇呈現一彎微笑，眼睛因喜悅而閃閃發光的女人。只不過，我看著她越久，就越被說服那個快樂的女人已經不復存在。那個女人只是我真正母親更單純一點的版本，是來自孩子自以為是的眼中看見的模樣。

我在她對面桌前坐下，把記憶血清的玻璃瓶放在我們之間。

「我是來讓妳喝下這個的。」我說。

她看著那個玻璃瓶，我想我在她眼中看見了淚水，但也有可能只是因為光線。

「我認為這是唯一能夠避免發生浩劫的方法。」我說：「我知道馬可斯、喬安娜和他們那群人打算攻擊，也知道妳會不擇手段阻止他們，包括用上妳所擁有、以備不時之需的死亡血清。」我側著頭。「有說錯嗎？」

「沒有。」她說：「派別是邪惡的，不能被恢復。我可以預見，我們不要多久就將走向毀滅。」

她的手緊抓住桌子邊緣，指節泛白。

「派別之所以可憎，是因為毫無逃離它們的方式。」我說：「他們給了我們能抉擇的假象，實際上卻沒有給出任何選擇。妳做的事情，也就是廢除派別，也一樣。妳嘴上說可以做決定，但其實想著：最好不要選擇派別，不然我就將你們碎屍萬段！」

「如果你這麼想，為什麼不告訴我？」她說，音量變大，迴避著我的眼神，以及我整個人。「你可以告訴我，而不是背叛我，不是嗎？」

「因為我怕妳！」這句話脫口而出，我立刻後悔。但我其實也很高興自己能說出口。至少，在我要求她放棄自己的身分之前，可以對她誠實。「妳……妳讓我想到他！」

「你怎麼能這麼說。」她把手緊緊捏成拳頭，幾乎要對我啐出一口。「你怎麼能。」

「我不在乎妳想不想聽。」我說，站了起來。「他是我們家中的暴君，而現在，妳是這個城市的暴君，可是妳卻看不見那根本是同一回事！」

「所以你才會帶這東西來。」她說，伸手握住那個玻璃瓶，舉到面前細看。「因為你覺得這是修補事情的唯一方式。」

「我……」我想要說，那是最簡單，也是最好的方式，也許是能讓我相信她唯一方法。如果抹去她的記憶，我就可以為自己創造一個新的母親。但是……

她不只是我的母親；她是一個有自主權的人，而且她不屬於我。

我沒有權力選擇要她變成什麼模樣，只因為自己無法與真正的她相處。

「不。」我說：「不。我是來給妳一個選擇。」

我突然覺得極度恐懼、雙手麻木、心跳加快——

「我有想過今晚去見馬可斯，但我沒有。」我困難地吞嚥了一下。「相反的，我過來找妳，因為……因為我覺得我們之間還有和解的機會。不會是現在，也不會太快，但有一天會。跟他則沒有任何希望，完全沒有和解的可能。」

她凝視著我，眼神淩厲，但滿是淚水。

「由我來給妳這個選擇是不公平的。」我說：「只是我必須這麼做。妳可以領導無派別者，可以對抗赤誠者，但妳必須靠自己，我不會在妳身邊，永遠都不會。或者，妳可以放下這場革命，然後……然後重新擁有妳的兒子。」

我知道這是個不怎麼樣的提議，也是因為如此，我才害怕——我怕她會拒絕選擇、怕她會棄我而選擇權力、怕她會說我是個不可理喻的孩子，而我的確是。我就是個小孩。我只有兩英尺高，並追問著她究竟有多愛我。

伊芙琳的眼神深沉，猶如溼潤的泥土，仔細端詳我的眼睛好久。

然後，她手伸過桌面用力拉我到她臂中。她環抱著我的手臂好似形成了一個堅固的鐵籠，驚人地強壯。

「就讓他們奪去城市，拿走裡面的一切吧。」她埋在我的髮中說。

我動彈不得、無法言語。她選了我。她選了我。

49 翠絲

死亡血清聞起來像煙和辣椒，我才吸進第一口氣，肺就抗拒著它。我又咳又呸，旋即被黑暗吞噬。

我倒了下來，像是有人把我體內的血液換成糖漿、骨頭變鉛。一條看不見的線拉扯著我朝夢鄉去，但我要保持清醒。想保持清醒這念頭非常重要。我想像著那股渴望、那股需求，如火焰般燃燒著我的胸口。

那條線扯的更用力，我以諸多名字劃亮這火光：托比亞、迦勒、克莉絲汀娜、馬修、卡拉、奇克、尤里亞。

只不過在血清的影響下，我再也撐不住。我身體倒向一邊，受傷的手臂壓在冷冷的地面，開始昏昏欲睡……

如果能就這樣漂走也很不錯。一個聲音在腦中說。看看會漂到哪裡……

但那團火、那團火。

想要活下來的意念。

不是到此為止。還沒有結束。

我覺得我像從自身的心靈中挖出一條路。要想起自己為何來到此處、為何必須讓自己從這美麗的負擔中解脫，實為不易。隨後我不斷抓耙的手終於找到原因：對母親面容的記憶，她躺在道路上、四肢彎成奇怪的角度，還有血液從父親的身體滲出。

可是他們已經死了。那個聲音說。妳可以跟他們在一起。

他們是為我而死。我回答。現在，我有該做的事。為了回報，我不能讓其他人失去一切，我必須拯救城市，挽救我父母親所愛的人。

如果要去跟父母在一起，我希望自己有一個充足的原因，而不是像這樣——失去知覺、倒在門檻邊。

那團火、那團火。它在我體內一陣肆虐。像一團營火，然後成為地獄，而我的身體便是它的燃料。我感到它急速通過全身，把那些影響啃噬殆盡。再也沒有任何東西能殺得了我。我充滿力量、無人能敵，而且永恆不朽。

我感到血清殘留在皮膚上，像油漬一般，不過那黑暗已退。我用手往地上一撐，將自己推起。

我彎著腰，用肩膀推開那扇雙開門，在門閂斷開時，門擦過地板，發出嘎吱聲。我呼吸著新鮮空氣，站得更直挺。我進來了，我進到這裡了。

只是，並非我單獨一人。

「不准動。」大衛說，並舉起他的槍。「嗨，翠絲。」

50 翠絲

「妳是怎麼幫自己注射死亡血清疫苗的？」他問我。他還坐在輪椅上，但開槍不需要有辦法走路。

我對他眨著眼，還是有點暈眩。

「我沒有。」我說。

「別說笑了。」大衛說：「沒有注射疫苗，妳不可能活過死亡血清，而我是住所裡唯一握有那個物質的人。」

我只是盯著他看，不確定該說什麼。我沒替自己注射預防疫苗，卻還活得好好的，這件事實基本上根本不可能。實在沒有什麼其他好說。

「我想都已經無所謂了。」他說：「我們已經到了這一步。」

「我們要在這裡做什麼？」我含糊地說。我的嘴唇有種大得很異常的感覺，很難兜圈、繞話題。我還能感覺到皮膚上那油膩的沉重感，像是死亡還藕斷絲連地掛在身上，即便我已擊敗它。

我模糊地發覺自己把槍留在身後的走廊上。我想，如果都已經走到了這裡，好像的確不需要它。

「我知道有事不對勁。」大衛說：「妳一整個禮拜都在跟基因缺陷者四處奔走。翠絲，妳以為我會沒注意到嗎？」他搖著頭。「然後，妳的朋友卡拉被抓到試圖想操控燈光，但她在能告訴我們任何事之前，很聰明地先把自己弄昏。為了以防萬一，於是我來了這裡。我必須很難過地說，看到妳我並不驚訝。」

「你自己一個人來？」我說：「這樣不太明智，不是嗎？」

他明亮的眼睛稍微瞇了一下。「怎麼說呢，如妳所見，我有死亡血清的抵抗力和一把武器，妳沒有任何東西可以對抗我。當我拿槍指著妳時，妳根本不可能偷走四個病毒裝置。恐怕妳費盡千辛萬苦，卻是白費功夫，甚至會賠上性命。死亡血清也許無法置妳於死地，但我會殺了妳。我很確定妳能了解，雖然法律上我們不容許死刑，可是我不能讓妳活下來。」

他以為我是來這裡偷走能重置實驗的武器，而不是把其中一個散播開來。他當然會這樣想了。

我試著不讓自己的表情露出痕跡，不過，我的樣子一定還很呆滯。我的眼神掃過室內，尋找著能施放出記憶血清病毒的裝置。早先，馬修極度詳細地把所有細節描述給迦勒聽時，我也在：一個黑色盒子，上面有銀色鍵盤，以一條寫有模組號碼的藍色帶子當作標記。那東西放在沿著左邊牆面的一張長桌，跟少少幾樣東西擺在一起，就在離我幾尺外的地方。但我不能輕舉妄動，否則他必會殺了我。

我必須等待正確的時機，而且動作要快。

「我知道你做了什麼。」我說，開始退後，希望這個指控能讓他分心。「我知道你設計了攻擊實境模擬，我知道你該為我父母的死負責，尤其是我母親。我都知道。」

「我不需要為她的死負責！」大衛說，那些字從他口中衝出，音量太大，突如其來。「攻擊開始之前，我就通知過她會發生什麼事，這樣她就有足夠的時間陪她所愛的人到避難所去。如果她沒有插手，還能活著。只不過，她是個愚蠢的女人，不了解為遠大的利益必須有所犧牲，因此才會被殺死！」

我對他皺眉。他的反應中帶著感情——他眼睛變得濡溼——外加妮塔給他注射恐懼血清時，他不斷咕噥著的話，說了一些跟她有關的事。

「你愛她嗎？」我說：「這些年來，她不斷寄信給你……還有你不願讓她留在那裡的理由……她跟我父親結婚之後，你告訴她不能再閱讀她更新報告的原因……」

大衛一動也不動地坐著，像一尊雕像、猶如石頭做成的人。

「我愛。」他說：「但都是過去的事了。」

一定是因為這樣，他才如此歡迎我進入他所信任的小圈圈，甚至給我那麼多機會。因為我是她的一部分，我有著跟她一樣的頭髮，用跟她相似的聲音說話。他花了一輩子努力想得到她，卻落得一場空。

我聽見外頭的走廊傳來腳步聲——士兵要來了。很好，我正需要他們。我要他們一同暴露在這由空氣傳播的血清中，利用他們一路傳開，直至住所各處。我希望他們能等到空氣中已經沒有死亡血清時再來。

「我的母親並不愚蠢。」我說：「她只是明白一些你不了解的事，就是：如果你犧牲的是別人的性命，那就根本不叫犧牲，只是純然的邪惡。」

我又退後一步說：「她教過我什麼叫真正的犧牲，它應該要出自於愛，不是將厭惡轉移目標到他人的基因上；必須出於必然，而不是完全不想費心考慮其他選項；應該要為需要你力量的人們這麼做，因為那些人自身的力量不夠。這才是我絕對要阻止你『犧牲』這些人和他們的記憶的動機，也是我必須讓這個世界永遠擺脫你的原因。」

我搖搖頭。

「大衛，我不是來這裡偷東西的。」

我轉身撲向那些裝置。子彈立刻發射，疼痛感衝上我的身體。我根本不知道子彈打中了哪裡。

迦勒對馬修重複密碼的聲音言猶在耳，我用顫抖的手在鍵盤上按下那些數字。

槍又再次擊發。

更多疼痛，我的視線邊緣開始變黑，但我又聽見了迦勒說話的聲音。**綠色按鈕。**

實在好痛。

可是，為什麼我的身體此時卻覺得如此麻木？

我開始倒下，並在倒地時用力將手往鍵盤上一拍。綠色按鈕底下的光亮起。

我聽見嗶一聲，接著發出潑濺聲。

我滑落地面，感到脖子和臉頰下有些溫暖的東西。紅紅的。血液的顏色真是奇特。接著，是一片黑暗。

從眼角餘光，我看見大衛在他的輪椅上往前一傾。

然後，我母親從他身後走出來。

她穿著跟我上次看到她時一樣的衣服：克己派的灰衣，上面染著她的血，光裸的手臂露出刺青。她的衣服上還留有彈孔。透過彈孔，我可以看見她受傷的皮膚，紅紅的，但已經不再流血。她像在時間之流中凍結了。她暗金色的頭髮往後綁成一個髻，幾綹鬆脫的髮絲像一圈金色般圈著她的臉。

我知道她不可能還活著；我也不確定自己是否真的看見了她。是我正因失血而錯亂？還是死亡血清弄混了我的思緒？或者她因為其他原因真的出現了？

她跪在我身旁，用冷冷的手碰觸我的臉頰。

「嗨，碧翠絲。」她說，露出微笑。

「我成功了嗎？」我說，不是很確定自己真有說出口，或只是在腦中想想。但她聽見了。

「是的。」她說，眼睛因為淚水而發亮。「我親愛的孩子，妳做得真的很好。」

「其他人怎麼辦？」在托比亞的影像跳入腦中時，我哽住了一聲啜泣，我想起我們第一次面對面站著時，他的眼睛有多深邃、多平靜；手有多強壯、多溫暖。「托比亞、迦勒、我的朋友們？」

「他們都會相互照應的。」她說：「人就是會如此。」

我微笑，閉上眼睛。

我感到一條線再次拉動著我，但這一次，我知道那並非什麼邪惡力量在拖著我朝向死亡。

這一次，我知道，那是母親的手，將我擁入她懷中。

而我滿懷喜悅地投入她的懷抱。

我為了走到這裡所做的一切，都可以被原諒嗎？

我希望可以。

我可以。

我相信我可以。

51 托比亞

伊芙琳用拇指把眼淚從眼睛抹掉。我們肩並著肩站在窗邊，看著雪旋轉飛舞。有些雪花堆積在外面的窗臺，層疊在角落。

我的手又重新有了感覺。看著外面全灑上雪白的世界，我覺得一切似乎又重新開始，而且會比這次更好。

「我想我可以用無線電跟馬可斯連絡，並協調一紙和平條約。」伊芙琳說：「他一定會監聽，如果沒有的話就太蠢了。」

「在妳這麼做之前，我有個必須遵守的承諾。」我說，碰了碰伊芙琳的肩膀，原以為會看到她笑容的最後有點緊繃，但沒有。

我因罪惡感而感到一絲刺痛。我不是來這裡要求她為我投降，或是以她所致力的任一件事拿來跟我交換。然而，我也不是來這裡給她選擇的。我猜翠絲是對的——當你必須在兩個糟糕的選項中做選擇時，會選那個能拯救你所愛之人的那一個。我不會因為給她血清就能拯救她；這麼做只會毀了她。

彼得在走廊上背靠牆坐著。我靠近他時，他抬頭看著我。他深色的頭髮因為融化的雪黏在前額。

「你重置她了嗎？」他說。

「沒有。」我說。

「想也知道你沒那個膽。」

「這不是沒膽。算了，隨便。」我搖搖頭，把裝記憶血清的玻璃瓶拿出來。「你還是決定這麼做嗎？」

他點點頭。

「你知道的，其實你可以努力看看。」我說：「你可以做出更好的決定，創造更好的人生。」

「沒錯，我是可以。」他說：「但我不會這麼做。我們都清楚。」

我的確清楚。我深知改變是困難的，也非常緩慢。必須付出連續不斷、無數時日的努力，而且要花好久時間，直到原來的性格被遺忘。他害怕自己沒辦法花時間努力，反而浪費了那些時日。這麼一來，他將比現在的自己更糟糕。我明白那種感覺——害怕自己的感覺。

我讓他坐在其中一張沙發上，問他希望我在他的記憶如煙般消逝後，怎麼對他描述他這個人。而他只是搖搖頭。什麼都沒有。他什麼都不想保留。

彼得用一隻顫抖的手拿起玻璃瓶，轉開蓋子。那液體在裡面顫抖，幾乎要從他脣邊溢出。他把它放在鼻子底下聞了聞。

「我該喝多少？」他問，我好像聽到他的牙齒在打顫。

「我想應該沒有什麼差別。」我說。

「好吧，那麼……我喝了。」他對著燈光舉起玻璃瓶，好像在對我敬酒。

當瓶子碰到他嘴巴時，我說：「要勇敢。」

然後，他吞下。

我看著彼得消失。

外面的空氣嘗起來像冰塊。

「嘿，彼得！」我喊著，吐息轉成水霧。

彼得一臉茫然地站在往博學派總部門邊，一聽到他的名字——喝了血清之後，我至少跟他講了十遍以上——便揚起眉毛，指著自己的胸口。馬修告訴過我們，當人喝下記憶血清後會迷迷糊糊好一陣子，但我直到現在才知道原來「迷迷糊糊」指得是「智商變低」。

我嘆了口氣。「對，就是你！這是第十一次了，快點過來，走吧。」

我以為他喝下血清之後，我看著他時仍會看見那個把奶油刀插進愛德華眼中的新生，或者是想殺了我女友的男孩，以及一路回溯到從我認識他至今的中間，他所做過的一切。不過，冷眼看著他完全不知道自己是誰，似乎比我想像得簡單。他還是有那種睜得大大的無辜眼神，只是這次，我相信。

伊芙琳和我並肩走，彼得則小跑步跟在我們身後。雪已經停了，但仍足以堆積在地，在我鞋底下發出嘎吱聲。

我們走到千禧公園——那個巨大的豆子雕塑反射著月光——然後下了一道樓梯。在我們往下走時，伊芙琳手緊攬著我的手肘，保持平衡，我們交換了一個眼神。我猜想著她是否因為要再次面對父親，跟我一樣緊張。我不禁思考她是不是每次都會不安。

階梯最底是一棟有著兩個玻璃建築的分館，兩端各有一座，至少有我的三倍高。這裡就是我跟馬可斯和喬安娜約定見面的地點；兩方都有武器，非常實際，也非常公平。

他們已經在那裡了。喬安娜沒持槍，但馬可斯有，而且他還瞄準著伊芙琳。我把伊芙琳給我的槍指著他，以防萬一。我看見他頭骨平坦之處從剪短的頭髮底下露出，以及他彎曲的鼻子在臉上向下刻出一條不規則路徑。

「托比亞！」喬安娜說，她穿著一件友好派的紅色外套，上面灑滿雪花。「你在這裡做什麼？」

「想辦法阻止你們自相殘殺。」我說：「我很驚訝看到妳帶著槍。」

我對著她外套口袋裡的凸起點頭示意，我絕對不會認錯，那是槍枝的輪廓。

「有時得採取不同的方法來確保和平。」喬安娜說：「原則上，我相信你也同意這點。」

「我們不是來這裡聊天的。」馬可斯說，看著伊芙琳。「妳說妳要談一條協約。」

過去幾週似乎奪去了他一些東西。我可以從他下垂的嘴角和眼睛下方的紫色判斷。我看見與我相同的眼睛嵌在他的頭骨中，而我想起在恐懼之境裡自己的倒影。我是如此恐懼地看著他的皮膚像發疹子一樣散布到我身上。即使現在一如兒時夢想，我與他立場相對，而母親在我身側，我還是很擔心自己會變成他

只是，我再也不覺得自己會害怕了。

「是的。」伊芙琳說：「我有些條件希望兩方都遵守，我想你們會覺得非常合理。如果你們同意，我會下臺，同時繳出我擁有的所有軍火，我的人民從未使用這些兵器做為自我保護。我會離開城市，不再回來。」

馬可斯大笑。我不確定那是嘲弄的笑，還是不敢置信的笑。他是一個能夠展現這兩種感情、傲慢，且疑心病極重的人。

「讓她說完。」喬安娜靜靜地說，把手塞進袖子裡。

「做為回報。」伊芙琳說：「你們將取消攻擊，也不會試圖控制城市。你們同意讓那些想離開到在其他地方追尋新生活的人走；允許那些選擇留下的人投票選出新領導人，以及新的社會制度；最重要的是你，馬可斯，將不具備領導他們的資格。」

這是和平條約中唯一純粹出於自私的條件。她告訴我，她無法忍受馬可斯哄騙更多人跟隨他的念頭，而我也沒有跟她爭論。

喬安娜揚起眉毛。我發現她把頭髮往後撥到兩側，完全顯露出疤痕。她這樣看起來比較好。當她不再躲藏在一層頭髮後面，藏起的真我時，顯得更堅強許多。

「不成。」馬可斯說：「我是這些人的領袖。」

「馬可斯。」喬安娜說。

他忽視她。「妳沒權力決定我要不要領導這些人。伊芙琳，因為妳對我積怨未了！」

「不好意思。」喬安娜大聲地說：「馬可斯，她所提供的條件實在好到不像真的。我們無須訴諸任何暴力，就能獲得想要的一切！你怎麼能夠說不？」

「因為我是這些人民的合法領導人！」馬可斯說：「我是赤誠者的領導人！我——」

「不，你不是。」喬安娜冷靜地說：「我才是赤誠者的領導人，而你將同意這項協約，否則我就會告訴他們，你原本有機會不需要流一滴血，只要犧牲自己的驕傲就能結束這些衝突，可是你卻拒絕。」

馬可斯那順從的面具消失，顯露出底下充滿惡意的面貌。只不過，即使是他也無法再跟喬安娜爭辯；她完美的冷靜和威脅左右了他。他搖搖頭，但沒有再多說什麼。

「我同意妳的條件。」喬安娜說，她伸出手，腳步在雪上發出嘎吱聲。

伊芙琳一根一根地從指尖拔下手套，伸手越過兩人的距離，與她握手。

「到早晨的時候，我們會把所有人聚集在一起，告訴他們新的計畫。」喬安娜說：「妳可以保證集會是安全無虞的嗎？」

「我盡我全力。」伊芙琳說。

我檢視了一下我的錶。從艾默和克莉絲汀娜在漢考克大樓離開我們之後，已經過了一小時，那表示他大概已經知道血清病毒沒起作用。或者，他還不知道。不管怎樣，我都得完成我來這裡要做的事——找到奇克和他母親，並告訴他們尤里亞的遭遇。

「我該走了。」我對伊芙琳說：「我有其他的事情得去辦。我會在明天下午時在城市邊線的地方接妳，好嗎？」

「聽起來不錯。」伊芙琳說，她迅速地用戴著手套的手揉了一下我的手臂，就跟小時候我從外頭的冷天中回來時，她總會做的一樣。

「我假設，你是不會再回來了，對嗎？」喬安娜對我說：「你在外頭為自己找到了一個新的人生嗎？」

「的確是。」我說：「祝妳在裡頭過得好。外頭的人──他們不會放棄關閉這個城市。妳應該做好準備。」

喬安娜微微一笑。「我想我們可以跟他們協調一下。」

她向我伸出手，我握住。我感覺到馬可斯的眼睛緊盯著我，像某種沉沉的重量，威脅著要壓垮我。我逼自己正視他。

「永別。」我對他說，而且是認真的。

漢娜。奇克的母親。她坐在他們家客廳搖椅上時，她的小腳碰不到地板；她穿著破舊的黑色浴袍和拖鞋，卻仍散發出氣勢。她的手交疊在大腿上，同時揚起眉毛時，相當莊嚴，讓我覺得自己像站在統御世界的領導人面前似的。我看了一下奇克，他正用拳頭揉著自己的臉，試圖清醒一點，

艾默和克莉絲汀娜找到了他們。他們不在其他靠近漢考克大樓的革命人士之中，而是在派爾附近他們家的公寓裡，就在無畏派總部上方。我能找到他們，是因為克莉絲汀娜想到在已經不能開的卡車上留給彼得和我一張紙條，上面有他們的位置。彼得正等在伊芙琳幫我們找來，要開去改造局的一輛新的小貨車上。

「對不起。」我說：「我不知道該怎麼開口。」

「你可以從最糟的開始說。」漢娜說：「比如我兒子究竟發生了什麼事。」

「他在一場攻擊中受到重傷。」我說：「有一場爆炸，而他離爆炸處非常近。」

「喔，天啊。」奇克說，他的身體像是再次變回小孩似的前後搖晃，亦如孩童一般因這個動作而被安撫。

漢娜只是低下頭，藏起她的臉不讓我看見。

他們的客廳聞起來有大蒜和洋蔥的味道，也許是晚餐所殘留的氣味。我的肩膀靠在進門處旁的白色牆壁上。歪歪地掛在我身旁的是一幅家族照片：奇克還在學步；尤里亞還是嬰兒，正端坐在他母親的大腿上；他們父親的臉上好幾處都穿了洞，包括鼻子、耳朵和嘴唇，但他爽朗、明亮的笑容和深色的膚色對我來說更顯熟悉，因為他傳給了兩個兒子。

「在那之後他一直陷入昏迷。」我說：「而現在……」

「而現在他再也不會醒來了。」漢娜說，她的聲音因為用力而緊繃。「你來就是要告訴我們這件事，對不對？」

「對。」我說：「我來接你們，這樣你們就能代他決定。」

「決定？」奇克說：「你是說，要不要拔掉插管嗎？」

「奇克。」漢娜說，她搖搖頭。他倒回沙發，上頭的靠墊似乎整個包覆住他。

「我們當然不願意讓他以那種方式活著。」漢娜說：「他會期望自己能夠繼續向前，不過我們很希望能去看他。」

我點頭：「當然。還有其他事情我必須說。那場攻擊……是某個起義行動，是我們停留的那個地方的一些人掀起的，而我也參加了。」

我盯著正前方地板上的裂縫，盯著那因時間經過而堆積起來的灰塵，等著接受回應，任何回應都好。可是迎接我的只有靜默。

「我沒有信守對你的承諾。」我對奇克說：「我沒有如我保證的好好照顧他。我很抱歉。」

我冒險望了他一眼，他只是坐著不動，盯著咖啡桌上空空的花瓶，上面畫了褪色的粉紅色玫瑰。

「我想我們需要一點時間消化這件事。」漢娜說，她輕輕喉嚨，但聲音還是一樣在顫抖。

「我也希望能給你們時間。」我說：「可是我們很快就要回到住所，你們必須跟我們一起走。」

「好吧。」漢娜說：「如果你可以在外面等著，我們五分鐘左右出來。」

回到住所的路途緩慢又黑暗。當我們在路上顛簸前行，我看著月亮在雲層後面消失又出現。抵達城市外圈的界線時，又開始下雪了，又大又輕盈的雪花在車頭燈前飛舞。我猜想著翠絲現在是否正望著雪花飄過道路，並在飛機旁邊堆成一堆；我猜想她是否已在一個比我剛離開時更好的世界之中，在一群已經不再記得擁有純淨基因是什麼的人群裡。

克莉絲汀娜向前傾，在我耳邊低聲說：「你做了嗎？有用嗎？」

我點點頭。從後照鏡中，我看見她用兩手碰著臉，埋入掌中咧開嘴笑。我懂她的感覺——

是安全。我們都安全了。

「妳幫妳家人注射疫苗了嗎？」我說。

「當然。我們發現他們在漢考克大樓裡面，跟赤誠者在一起。」她說：「只是重置時間已過——看來翠絲和迦勒似乎成功阻止了他們。」

漢娜和奇克一路上相互低聲說話，對我們途經的那個奇怪、暗黑的世界嘖嘖稱奇。艾默在我們行進時給了一些基本解釋，只是他太常回頭看著他們，而非看著前方的路，對我來說實在太危險。在他差點一頭開向一根街燈或路障時，我很努力要忽略猶如波濤般翻湧的驚慌，轉而把注意力放在雪上頭。

我一向討厭冬天所帶來的空虛感，單調的景物、天空和地面極度明顯的差異，它將樹木變得只剩空樹枝，也一同將城市變為一片荒漠。也許，在這個冬天，我能被說服一切將不一樣。

我們開過圍欄，停在前門旁，那裡已經沒有守衛在控制。我們下車，奇克的母親在雪地上拖著腳走過，他抓住她的手扶她。我們走進住所時，我知道迦勒的確已經成功，因為放眼望去四下無人。這只代表一件事：他們已經被重置，他們的記憶永遠被修改。

「大家都到哪去了？」艾默說。

我們完全沒有停下腳步，直接走過被棄置的安檢處。在另一邊，我看到了卡拉，她臉的一側嚴重淤青，頭上也包著繃帶，但那不是讓我注意的原因，我在意的是她臉上不安的表情。

「怎麼了？」我說。

卡拉搖搖頭。

「翠絲呢？」我說。

「托比亞，我很遺憾。」

「遺憾什麼？」克莉絲汀娜粗啞地說：「告訴我們發生了什麼事！」

「翠絲代替迦勒進了武器實驗室。」卡拉說：「她撐過了死亡血清，並引爆了記憶血清，但她……她中了槍，沒活下來。我很遺憾。」

大多時候，我能分辨別人是不是在說謊，而這一定是謊言，因為翠絲還活著。她眼神明亮、臉頰通紅、嬌小的身軀充滿精力與力量，就站在中庭的一道光中。翠絲還活著，她不會留我一人；她不會代替迦勒跑進武器實驗室。

「不。」克莉絲汀娜邊說邊搖頭。「不可能。一定是哪裡出了錯。」

卡拉淚眼盈眶。

直到這時我才明白：翠絲當然會代替迦勒進入武器實驗室。

她當然會這麼做。

克莉絲汀娜好像吼了些什麼，可是她的聲音我聽起來相當模糊，我的頭像是淹入水面下。卡拉臉部的細節變得難以看清，整個世界糊成一團，晦暗無顏色。

我只能站在那裡動彈不得——我覺得，如果自己就這樣站著，便能阻止這一切成真，假裝一切都沒事。克莉絲汀娜整個人向前弓背，無法承受這分悲痛；卡拉抱住了她，然後

我還是動彈不得。

52 托比亞

她的身軀第一次落在網上時，我只認得出一團灰色模糊的物體。我將她一把拉過，她的手這麼小，卻很溫暖。然後，她站在我面前，又矮、又瘦、一身素淨，全身上下一點也不起眼——除了是第一個跳下來的人之外。殭屍人竟然第一個跳下來。

即便是我都不是第一個跳下來的。

她的眼神如此嚴肅、如此堅強。

如此美麗。

53 托比亞

那不是我第一次看見她。我曾在學校走廊上看過她，還有在母親虛假的葬禮上，以及在克己派區域走在人行道上時。我看過她，但沒有看見她。在她跳下來的那一刻之前，從沒有人看見她真正的樣貌。

我想，燃燒得如此明亮的火焰總不長久。

54 托比亞

過了片刻，我才去看了她的屍體。我不清楚在卡拉告訴我這件事後到底過了多久。克莉絲汀娜和我跟著卡拉的步伐，肩並肩走著。我不記得從入口走到停屍間的這段路，真的，只剩幾個模糊的影像，和一些零星穿透我腦中建起的障礙、勉強能辨認的聲音。

她躺在臺子上。有那麼一瞬間，我覺得她只是沉睡，只要我一碰她就會醒來，對我微笑，然後把嘴脣壓在我脣上親吻我。可是，等我碰觸她時，她是冰冷的，她的身體完全僵硬不動。

克莉絲汀娜吸著鼻子啜泣。我捏捏翠絲的手，祈禱著如果捏得夠用力，就能將生命送回她的體內，她就會變得紅潤有氣色，接著醒過來。

我不知道自己到底花了多久才明白這種事不會發生。她已經死了。就在我明白的瞬間，所有的力氣都從我體內被抽乾。我跪在臺子旁邊的地上。我想我哭了出來，至少我很想哭。我體內的一切都在尖喊著，祈求再多一個吻、多一個字、多一眼，就好。

55

接下來好幾天，我保持在動態，而非靜態，那能幫助我隔絕悲痛，所以我沒睡覺，而是在住所走廊上晃盪。我看著其他人從永遠修改了他們的記憶血清中恢復，感覺像在極遙遠的距離外觀察。

這些迷失在記憶血清茫然狀態中的人被聚集成群，獲知真相：人性是很複雜的，我們的基因都不同，那並非缺陷，也無關純淨。他們也同時被告知謊言：他們的記憶被抹消，是因為一起異常事件。他們當時正要去遊說政府爭取缺陷者的平等權。

我發現自己不斷因為其他人的陪伴而感到窒息，卻又在遠離他們時，覺得被寂寞啃噬地殘缺不全。我非常恐懼，但根本不知道自己恐懼什麼，因為我已經失去了一切。當我經過控制室時，看見螢幕上的城市，我的手在顫抖。喬安娜為這些想離開城市的人安排轉移，他們會來到這裡，得知真相。我不曉得那些還留在芝加哥的人會怎麼樣，也不確定自己是否關心。

我將手插進口袋，看了幾分鐘，然後再次走開，想用腳步配合心跳，或者避開磁磚之間的裂縫。當我走過入口，看到一小群人聚集在石頭雕塑附近，其中一個人坐著輪椅——是妮塔。

我走過已經沒有用的安全檢查路障，站在一段距離外看著他們。瑞吉走上那塊石板，轉開水缸底下的一個水閥。水滴轉成一道水流，很快的，水大量湧出水缸，在石板上四處飛濺，浸溼了瑞吉的褲管底。

「托比亞？」

我稍微顫抖了一下。是迦勒。我遠離聲音來源，尋找逃跑的路線。

「請等一下。」他說。

我不想看他，不願去估量他為她哀悼的成分是多或少，也不願去想她是如何為這麼一個可悲的懦夫而死，或他有多不值得她付出生命。

然而，我還是看著他，思索著是否能從他臉上找到她的痕跡。即使清楚她已不在，我依舊渴望地想著她。

他的頭髮沒洗也沒整理，綠色的眼珠充了血，他的嘴扭曲著，露出不悅。

他看起來一點也不像她。

「我不是故意要煩你。」他說：「可是我有事情要告訴你。有些……她叫我要告訴你，就是在她——」

「你就說吧。」在他還沒把句子說完之前，我說。

「她跟我說，如果她沒活下來，我得告訴你……」迦勒哽住，讓自己站得挺一點，努力忍住淚水。「她並不想離開你。」

我應該要感覺到什麼，畢竟我聽到了她給我的最後遺言，不是嗎？但我什麼也感覺不到。我比先前更疏離。

「是嗎？」我沙啞地說：「那她為什麼要離開我？為什麼沒讓你死？」

「你以為我沒問過自己這個問題嗎？」迦勒說：「她愛我，甚至足以用槍指著我，好為我赴死。我完全不懂為什麼，但事實真相就是這樣。」

他沒讓我回話就走開了。也許這樣比較好，因為我想不到任何話可說，沒有隻字片語能傳達我的憤怒。我把眼淚眨掉，坐在前廳正中央的地上。

我明白她為什麼會告訴我她並不想離開我。她要我知道，這不是那次博學派總部的事件重演，不是她又撒了謊，在我沉睡時去赴死，不是那種完全不必要的自我犧牲。我用掌根用力地磨著眼睛，好像這麼做就能把眼淚壓回去。*不准哭*。我斥責自己。如果我讓一點點情緒宣洩出來，所有的情感便會一湧而上，然後就再也停不下來。

過了一下子後，我聽到附近有聲音——是卡拉和彼得。

「這個雕塑曾是改革的象徵。」她對他說：「逐漸地改變，但現在，他們要把它撤掉了。」

「喔？真的嗎？」彼得聽起來相當熱切。「為什麼？」

「嗯……如果可以的話我等一下再解釋。」卡拉說：「你記得怎麼回去宿舍嗎？」

「嗯。」

「那……先回去，有人會在那裡幫你。」

卡拉走來我這。我因為預期聽到她的聲音而畏縮了一下。不過她只是坐在我身邊的地上，手交疊在大腿；她的背挺得很直，保持機警，但姿態放鬆。當瑞吉站在不斷噴湧出的水底下時，她望著那座雕塑。

「妳不需要待在這。」我說。

「我也不需要待在其他地方。」她說：「安安靜靜也很不錯。」

所以我們一起坐著，默不作聲地凝視那些水。

「你們在這裡啊。」克莉絲汀娜說，慢慢跑向我們。她的臉浮腫，聲音無精打采，聽起來像沉重的嘆息聲。「來吧，時間到了。他們要幫他拔管了。」

聽到那個字時我雖顫抖了一下，仍逼自己站起來。漢娜和奇克從我們一到這就待在尤里亞的身邊，他們的手指碰著他的，眼神仔細尋找著任何一絲生命跡象，但沒有，只有機器在維持他的心跳。

我們往醫院去時，卡拉走在克莉絲汀娜和我身後。我好幾天沒睡，卻不覺得累；雖說我在走路時身體相當疼痛，至少不像平常的狀態一樣累。克莉絲汀娜和我沒有說話，但我知道我們的心思都一樣在尤里亞身上，在他的最後一口氣上。

我們走到尤里亞病房外的探視窗前，伊芙琳也在——艾默在幾天前代我接回她。她試著想碰我的肩膀，但我猛地閃躲開，不想被安慰。

病房裡，奇克和漢娜站在尤里亞兩側，漢娜握著他一隻手，奇克握著另一隻。一名醫生站在心律監視器附近，手拿著寫字板伸給某人，不是拿給漢娜，也不是奇克，而是大衛。他坐在輪椅上，彎駝著背，神情恍惚，就像其他失去記憶的人一樣。

「他在這裡幹什麼？」我覺得自己全身的肌肉、骨頭、神經都像著了火一般。

「就現實面來說，在他們換掉他之前，他仍是改造局的領導人。」卡拉在我身後說：「托比亞，他什麼都不記得了，那個你所認識的人再也不存在了，就跟死了差不多。那個人完全不記得自己殺了——」

「閉嘴！」我怒斥。大衛簽了那個寫字板，轉過頭來，把自己推向門口。門一打開，我控制不住自己——我撲向他，只有伊芙琳精瘦的身體擋住我，不讓我去掐住他的脖子。當我被母親的手臂壓制住（感覺像是一根棍子架上了肩膀），並推著往走廊去時，他給了我一個奇怪的眼神。

「托比亞。」伊芙琳說：「冷靜下來。」

「為什麼沒有人把他關起來？」我質問，我的視線太模糊，什麼也看不見。

「因為他還是為這個政府工作。」卡拉說：「他們不會因為承認這是一起不幸的意外，就會開除任何人。而且，政府也不會因為他在受威脅的情況下殺了一名反叛分子，就把他關起來。」

「反叛分子。」我重複道。「她現在就只是反叛分子嗎？」

「她曾經是。」卡拉輕聲說：「不，當然不只這樣。但政府就是這麼看她的。」

我正要回話，可是克莉絲汀娜打斷了我。「各位，他們要拔了。」

在尤里亞的病房裡，奇克和漢娜把空出來的那隻手放在尤里亞的身體上。我看到漢娜的嘴脣在動，不過看不出她在說什麼。無畏派有給死者的禱詞嗎？克己派對死亡的反應是靜默、侍奉、不言不語。我發現自己的憤怒退去，再次迷失在這模糊的悲痛之中。這一次，不只為了翠絲，而是為了尤里亞，他的笑容烙進我記憶中。我好友的弟弟，也是我的朋友，只是時間還不夠久，無法讓他的幽默風趣深植我心，時間實在太短了。

醫生關掉了一些開關，他的寫字板抱在腹部位置，機器停下，不再維持尤里亞的呼吸。奇克的肩膀顫抖，而漢娜緊緊捏著他的手，直到指節泛白。

然後她說了一些話，放開手，從尤里亞身邊退開，放手讓他走。

我離開窗戶，一開始是用走的，接著變成奔跑。我一路推擠著到了走廊上，不顧一切，覺得視線盲目、心裡空洞。

56

第二天，我從住所找了一輛卡車。那些人還在記憶喪失中慢慢恢復，沒人想到要阻止我。我開過鐵軌，朝城市去，眼睛漫無目的地看過天際線，卻完全沒有看進眼中。

當我抵達將城市與外面世界分開的平原時，我放鬆油門。卡車輪胎壓過快枯死的草和滿地雪，很快的，地面已經變為克己派區域的道路。我幾乎感覺不到時間流逝。街道長得都一樣，即便我完全沒有把心思放在如何導引之上，我的手和腳仍深知該往哪個方向。我在停止標誌附近、前方人行道裂開的一棟房子停下。

我家。

我走進前門，爬上樓梯，耳中還留有那隱約聽不太清楚的感覺。我像是遠遠飄離了這個世界。人們總談論悲傷有多痛，但我不了解那是什麼意思。對我而言，悲傷是種極有毀滅性的麻木感，令所有的感官都變遲鈍。

我將手掌壓在蓋住樓上那面鏡子的鑲板，把它推到一邊。雖然夕陽的橘色光線偷偷摸摸竄在地板，從底下照亮我的臉，但我看起來卻是從未有過的蒼白。我的黑眼圈從未這麼明顯。過去幾天來，我都在睡與醒之中浮沉，不是能完全清醒或沉睡。

我將剪髮器插上鏡子旁的插頭。刀刃已經就緒，我只需將它推過頭髮，稍微彎下耳朵，不讓它們被刀刃割到，然後轉著頭檢查脖子後面可能沒剪到的地方。剪下來的頭髮落在腳和肩膀上，只要碰到光裸肌膚之處，都讓我發癢。我用手撫過頭，確認有剪齊。其實我不太需要檢查，畢竟從我還很小的時候就已經學會怎麼自己剪了。

我花了很多時間從肩膀和腳上把頭髮拂開，掃進簸箕裡。結束後，我再次站在鏡子前，可以看見我刺青的邊緣部分——是無畏派的火焰。

我把裝了記憶血清的玻璃瓶從口袋裡拿出來，我深知這個玻璃瓶將抹去我大半的人生，但它針對的是外顯記憶，而非事實。我還是知道該怎麼寫字、怎麼說話、如何組裝電腦。因為這些知識是儲存在我腦子的另一部分，然而，其他的我都不會記得。

實驗已經結束。喬安娜成功地跟政府（也就是大衛的上司）達成協議，讓前派別成員留在城市裡，條件是他們要自給自足，服從政府的職權，容許外面的人進來加入他們，讓芝加哥變成另一個城市區域，像密爾瓦基那樣。曾經掌控實驗的改造局將會負責管理芝加哥邊界的秩序。

這裡將會是全國唯一由不相信基因缺陷的人所治理的城市區域，就某方面而言，可比天堂。馬修告訴我，他希望從邊界來的人會慢慢流入，填滿所有空缺，然後發現有個比自己離開的生活更加繁榮之處。

我只想要變成一個全新的人。在此情況之下，就是成為托比亞．強森，伊芙琳．強森的兒子。托比亞．強森也許過著一個無趣又空虛的人生，然而，他至少是一個完整的人，不是我現在這副只剩殘破碎片的模樣——因為痛苦而太過殘缺不全，什麼事情都做不了。

「馬修告訴我你偷了些記憶血清和一輛卡車。」走廊盡頭一個聲音說——是克莉絲汀娜。

「我得說，我本來還不相信他。」

一定是因為耳朵聽不清楚的關係，所以我沒聽見她進來房裡。即使這是她的聲音，聽起來亦如同穿越過水面來到我耳旁，我花了幾秒鐘才理解她說了什麼。等我聽懂後，我看著她說：「如果妳不相信他，為什麼來了？」

「以防萬一。」她說，開口說：「另外，我想在一切都改變之前再看這個城市一眼。托比亞，把那個瓶子給我。」

「不。」我彎起手指，蓋住瓶子，不讓她拿走。「這是我的決定，不是妳的。」

她深色的眼睛大睜，臉因為陽光而發著光芒，讓她每一綹濃密、深色的頭髮映射著橘色，猶如著火一般。

「這不是你的決定。」她說：「這是一個懦夫的行為，你可以是任何一種人，四號，但絕不是一個懦夫。永遠都不是。」

「也許我現在就是。」我消極地說：「很多事情都變了。我覺得無所謂。」

「不，你不是。」

我實在太疲倦，只能翻翻白眼。

「你不能變成她痛恨的那種人。」克莉絲汀娜說，這次她語氣平靜。「她一定會恨透這樣的。」

憤怒與狂亂掩沒了我，熱燙不已、栩栩如生。我耳邊聽不清楚的感覺全部消散，甚至讓安靜無聲的克己派街道變得嘈雜。我因為這樣的力道而顫抖。

「別說了！」我大吼。「閉嘴！妳根本不知道她痛很什麼，妳不了解她，妳──」

「我很了解！」她反駁。「我知道她不會希望你把她從記憶中抹去，好像她對你而言一點也不重要！」

我撲向她，把她的肩膀壓在牆上，靠近她的臉。

「如果妳敢再說這種話。」我說：「我就會──」

「怎樣？」克莉絲汀娜用力推開我。「傷害我嗎？你知道吧，有一個詞專門是給強壯、高大卻攻擊女人的傢伙，那個名詞叫懦夫。」

我記得父親的吼叫是如何充斥這間房子，還有他的手掐在母親的喉嚨，把她摜在牆上或門上。我記得自己手緊揪門框，從門口這樣看著。我也記得自己透過她的臥室門聽見她無聲的啜泣，還有她是怎樣把門緊鎖，我才無法進去。

我退後，沉沉靠在牆上，身體像是要陷進牆中一般。

「對不起。」我說

「我懂。」她回答。

我們有幾秒站著不動，只是看著對方。我記得第一次見到她時，我很厭惡她。因為她是直言派，那些字字句句總不經思考、漫不經心地從她口中吐出。隨著時間經過，她讓我看到她真正的個性。她是一個心胸寬大的朋友，忠於真相、勇於做出行動。我現在不由自主地欣賞她，不自覺地看見翠絲所看到她的真正內涵。

「我清楚想要忘記一切是什麼感覺。」她說：「我也明白，當你所愛的人毫無原因遭到殺害是什麼感覺，還有，你會多麼想拿所有與他們相關的回憶，來交換一刻平靜。」

她用手覆住我的手，我正握著玻璃瓶。

「我不算認識威爾很久。」她說：「但他改變了我的人生、改變了我。我知道翠絲改變你更多。」

她原先顯露出的嚴肅表情消散無蹤。她輕碰我的肩膀。

「你和她在一起後所變成的那個人格是值得存在的。」她說：「如果你喝下那個血清，就再也找不到方法變回那個人。」

淚水再次來襲，就像我看見翠絲屍體的那一刻。而這一次，痛苦隨之而來，在我胸口，灼熱且刺痛。我緊緊把玻璃瓶握在拳中，極度渴求它能帶來的撫慰，能保護我免於每一絲記憶像獸爪般在體內抓耙的痛苦。

克莉絲汀娜用手臂抱著我的肩膀，然而她的擁抱只是讓痛苦更甚，這讓我想起，翠絲細瘦的手臂每一次悄悄環住我的感覺。一開始不那麼確定，但後來更強壯、更有自信，無論是對她自己或我都是。那提醒我，再也沒有任何一個擁抱會有相同感受，因為再也沒有人會像她一樣，因為她已逝去。

她死了，哭泣似乎無濟於事，而且很愚蠢，只是這是我唯一能做的。克莉絲汀娜直挺挺地抱著我，一個字都沒說，就這樣過了好久好久。

最終，我抽身，只是她的手還停留在我肩膀上，很溫暖，還因許多繭而粗糙不已。也許就像是手上的皮膚會在反覆疼痛之後變堅韌，人也是如此。只不過我不想變成一個無情的人。

這個世界上還有其他類型的人。有像翠絲這樣的，在經歷痛苦和背叛之後，還能找到足夠的愛，代替她哥哥犧牲生命；或者像卡拉這樣，能夠寬恕一個對著他弟弟腦袋開槍的人；或是像克莉絲汀娜，在失去一個又一個朋友之後，還能決定放開心胸，再交新的朋友。展現在我面前的是另一條路，比我給自己的選擇更光明、更堅強。

我睜開眼睛，把瓶子交給她；她接下，收到口袋裡。

「我知道奇克在你身邊時還是會怪怪的。」她說，把一隻手臂搭到我肩上。「在此同時，我可以當你朋友，如果你想要的話，我們還可以交換手鏈，像友好派的女孩那樣。」

「我想那並不是很必要。」

我們走下樓梯，一起走到街道上，太陽已經落在芝加哥的大樓後方。在遙遠彼端，我聽見一列火車急速開過鐵軌。我們正在遠離此處，以及此處對我們代表的一切。然而，這也無所謂。

在這個世界上，勇敢有很多種方式。有時勇敢牽涉到為遠超過自身利益之事或為其他人犧牲生命；有時，為了完成更遠大的志業，得放棄你所有已知的一切，或你所愛的每個人。

有時並不需要。

有時候，只要咬緊牙關，撐過痛苦，忍受每日的庸庸碌碌，就可以慢慢走向一個更好的人生。

那正是我現在必須擁有的一種勇氣。

終曲　兩年半後

伊芙琳站在兩個世界交會之處。因為邊界的人們頻繁地進進出出、來來去去，或是改造局前成員從住所的通勤來往，輪胎痕現在已經深深壓印在地上。她的袋子放在地上一個凹陷處，靠在腿上。等我比較接近時，她舉起一手歡迎我。

當她上了卡車，便親吻我的臉頰，我也由著她。我感到微笑爬上自己的臉，也讓那笑意留在臉上。

「歡迎回來。」我說。

那條協定——就是我兩年多前開給她的，她將離開城市——她不久後又重新跟喬安娜協調。現在，芝加哥已經變了好多，我看不出讓她回來有什麼不好，她也是這麼覺得。雖然經過了兩年，她看起來卻更年輕、面容更圓潤、笑容更爽朗。遠離此處的這些時光對她來說是好的。

「你過得如何？」她說。

「我……還可以。」我說：「我們今天要灑下她的骨灰。」

我望著棲身於後座的那個罈子，看起來就像另一名乘客。我讓翠絲的骨灰留在改造局的停屍間裡好一段時間，因為不確定她會想要怎樣的葬禮，也不知道自己能否撐過。然而，今天是擇派的日子——如果我們還有派別的話——所以，該是往前進的時候，即便只是如此小的一步。

伊芙琳的一隻手放在我肩上，向外看著原野。曾經被隔離在友好派總部周圍區域的作物已經擴散開，並且持續散到城市周圍所有長了草的地方。有時我會想念那渺無人煙、空盪盪的土地。但現在，我一點也不介意開過一排又一排的玉米或小麥。我看著人們在那些植物之間，用前改造局的科學家設計的掌上裝置檢查土壤。他們身著紅色、藍色、綠色和紫色。

「過著沒有派別的生活是什麼感覺？」伊芙琳說。

「非常地平凡。」我說，對著她微笑。「妳會喜歡的。」

我帶伊芙琳到我在河北邊的公寓。我住在其中一個比較低的樓層，不過透過充足的窗戶，倒是可以看見延伸範圍極廣的大樓。我是第一批移居新芝加哥的人其中之一，所以可以選擇想住在哪裡。奇克、夏娜、克莉絲汀娜、艾默和喬治選擇住在漢考克大樓高一點的樓層；迦勒和卡拉都搬回靠近千禧公園的公寓。我來到這裡的原因是因為這裡很美，而且是距離我任一個前居所最遠的地方。

「我的鄰居是個歷史專家，他是從邊界來的。」在口袋裡找著鑰匙時，我說：「他稱芝加哥為『第四城市』。這裡在好幾世紀以前被大火燒毀，之後在淨化之戰時又被焚毀一次，現在我們是第四批打算在這裡定居的人。」

「第四城市。」在我推開門時，伊芙琳說：「我喜歡。」

裡面幾乎沒有什麼家具，只有一張沙發、一張桌子、幾張椅子，和一個廚房。陽光在泥沼河對岸的大樓窗戶上閃耀。一些前改造局的科學家試圖要修復河和湖，讓它們重新恢復先前的榮景，只不過這恐怕得花上一段時日。改變就像療傷，需要時間。

伊芙琳把她的袋子放在沙發上。「謝謝你讓我在這裡住一陣子，我保證我很快就會找到別的住處。」

「沒問題。」我說。我看著她在我的走廊上走動，同時戳戳弄弄我貧乏的所有物。對於她在這裡我還是會緊張，只是，我們不能永遠保持遙遠的距離，至少不能在我承諾會試著在兩人的鴻溝間搭起橋梁之後。

「喬治說他需要人幫忙訓練警力。」她說：「你沒打算去嗎？」

「沒有。」我說：「我告訴過妳，我不想再碰槍了。」

「說是這麼說。你現在會轉移話題了。」伊芙琳說，皺著鼻子。「你應該知道我不相信政客。」

「妳會相信我的，因為我是妳的兒子。」我說：「總之，我不是政客。反正現在還不是，只是個助理。」

她坐在桌前四處張望，毛毛躁躁的像隻貓。

「你知道你父親在哪嗎？」她說。

我聳聳肩。「有人跟我說他離開了。我沒有問他去了哪裡。」

她下巴支在手上。「你有想跟他說的話嗎？完全沒有？」

「沒有。」我說。我用手指快速地轉著鑰匙。「我只想把他遠遠拋在腦後，他屬於那裡。」

兩年前，當我在公園裡、站在他對面、狂下的大雪包圍我們時，我了解到，在殘酷大賣場當著所有無畏派面前痛揍他，並不會讓我從他所造成的痛苦中解放，對他大吼或羞辱他也不會。所以，只剩下唯一的選項，就是放下。

伊芙琳給了我一個奇怪、仔細打量的眼神，然後走過室內，打開她留在沙發上的袋子。她拿出一個用藍色玻璃做成的物品，那看起來像流下的水凍結在時間之流中。

我還記得她是什麼時候給我那個。當時我還小，但沒有小到不明白那在克己派中算得上是禁忌品——沒有特殊用途，因此是一個自我放縱的東西。我問她這東西的作用是什麼；她告訴我，**它沒有什麼特殊作用，卻可能會對這裡有些用途**。然後，她將手放在自己的心臟處。**有時，美麗的東西會有此功用。**

多年來，它對我而言都是一種安靜反抗的象徵，是我小小的抗拒，不願當一個服從、恭謙的克己派小孩。即使當時我認為母親已經死了，我也視它為母親反抗的象徵。我把那東西藏在床底下。在我決定離開克己派的那天，我把它拿出來放在我的桌上，這樣父親就會看到它，並看見我的力量，還有她的。

「當你離開，這東西讓我想起你。」她說，緊緊把那塊玻璃抱在腹部。「讓我想起你有多勇敢，而且一直都這麼勇敢。」她微笑了一下。「我想你或許能放在這，畢竟這是我特意給你的。」

如果開口，我不覺得有辦法保持聲音平穩，所以我只是回以一個微笑，還有點頭。

春天的空氣猶冷，但我讓卡車的窗戶開著，這樣就能從胸口感受到它，冰冷刺痛我的指尖，這是冬天徘徊不去的一個提醒。我停在靠近殘酷大賣場的火車月臺，把鐔子從後座拿出來。那是銀色的、樣式簡單、沒有任何雕刻。不是我選的，是克莉絲汀娜。

我走到月臺，朝著已經聚集起來的人群走去。克莉絲汀娜跟奇克和夏娜站在一起；夏娜坐在輪椅上，腿上蓋著一塊毯子。她現在有比較好一點的輪椅，後頭沒有把手，這樣她可以更輕易地操控。馬修站在月臺上，腳趾超過月臺邊緣。

「嗨。」我說，站在夏娜的肩膀邊。

克莉絲汀娜對我微笑；奇克拍了拍我肩膀。

尤里亞在翠絲死後幾天也過世了，但奇克和漢娜在幾週後就進行了道別，伴隨他們所有的朋友和家人的談笑聲，將他的骨灰灑進峽谷。我們對著回音繚繞的大坑峽谷吶喊他的名字。然而，我知道，即使這最後一次屬於無畏派的勇敢舉動是為了翠絲，奇克在今天也想起了他，其他人也一樣，

「我要給你們看看。」夏娜說，她把毯子丟到一邊，露出腿上複雜的金屬支撐器。它們一路往上直至臀部，包住她的腹部，像一個籠子。她對我微笑，發出一聲支撐器相互摩擦的聲音，腳移到輪椅前方的地上，先停一下，然後再開始動。她站了起來。

儘管這是個認真且嚴肅的重大時刻，我仍露出微笑。

「哇，看看妳。」我說：「都忘了妳有多高。」

「迦勒和他的那群實驗室好友幫我做的。」她說：「還在練習中，但他們說我未來有可能可以跑步。」

「太棒了。」我說：「不過他跑哪去了？」

「他跟艾默在這條路線的盡頭和我們會面。」她說：「總得有人在那裡接住第一個人。」

「他還是有點廢柴，」奇克說：「只是我對他改觀了。」

「嗯。」我說，不太想表態。真相是，我已經跟迦勒講和，可是還沒辦法在他旁邊太久。他的動作、談吐和舉止都屬於她，這一切都讓他像是她的幽魂，不足以成為她，可是對我而言已經太多。

我還想多說些話，但火車已經來了。它在嶄新的鐵軌上向我們衝來，然後在月臺前方慢下速度，並在停下時發出尖響。一顆頭從第一個車廂窗戶探出來，那是駕駛的位置——是卡拉。她的頭髮緊緊綁成一根髮辮。

「上來！」她說。

夏娜再次坐回輪椅，並把自己推過門口。馬修、克莉絲汀娜和奇克跟上，我最後上車，把鐔子交給夏娜抱著，然後站在門口。我抓著把手，火車再次啟動。分秒經過，慢慢加速，我聽見它呼呼駛過鐵軌上，發出哨音，覺得它的力量似乎也在我體內升起。空氣掃過我的臉，把衣服吹得緊貼我的身體。我看著城市在面前延展開，建築物被陽光點亮。

這裡跟以前全然不同。我在很久以前就已經想開，畢竟我們都已經找到新的定位。卡拉和迦勒在住所的實驗室裡工作，現在那裡是農業部的一個小部門。農業部則研發出讓農耕更有效率，能養活更多人的方法。馬修在城市某處一個精神病研究的地方工作。我最近一次問他時，他正在進行一些關於記憶的研究。克莉絲汀娜在一個負責重新安置從邊界來，想搬進城市的移民的機構。奇克和艾默是警察，喬治負責訓練警力。無畏派的工作，我是如此稱呼。而我，是我們的城市政府裡其中一名議員——喬安娜．萊斯——的助理。

我伸出手臂去抓另一個把手，在轉彎時斜靠向外，我身下的街道幾乎達兩層樓高。我打從胃底感到一陣興奮，是一名真正的無畏派會喜愛、既恐懼又興奮的感受。

「嘿。」克莉絲汀娜邊說邊站到我身邊。「你母親怎麼樣了？」

「很好。」我說：「我想，就等著看吧。」

「你要去高空滑索嗎？」

我看著鐵軌在前方往下降，一路來到一般街道的高度。

「要。」我說：「我想翠絲會希望我至少要試一次。」

說出她的名字依舊會讓我感覺到一陣痛楚。一點微弱的疼痛，讓我知道她的記憶對我而言依舊珍貴。

克莉絲汀娜看著我們前方的鐵軌，用肩膀靠緊我的肩膀幾秒。「我想，你是對的。」

我對翠絲的記憶——一些我所擁有、對我而言影響最大的過去——已如一般記憶那樣隨時間淡去，也不再像從前那樣隱隱作痛。雖然並不是很常，但我有時甚至會享受著在腦中回想的感覺。有時，我會跟克莉絲汀娜一起回憶。她極擅長聆聽，這倒是出乎我意料之外，畢竟她是一名嘴快的直言派。

卡拉駕駛著火車停下，我跳上月臺。在樓梯的最上方，夏娜從輪椅上下來，努力地用那些支架走下樓梯，一次一階。馬修和我在她身後抬著空的輪椅，它非常笨重，但不至無法搬運。

「有任何彼得的新消息嗎？」在我們抵達樓梯最底時，我問馬修。

在彼得擺脫記憶血清的朦朧狀態後，他人格中一些更尖刻、惡劣的模樣回來了，雖然不是全部。在那之後，我就跟他失去了連絡。我不再恨他，不過那不代表我就要喜歡他。

「他在密爾瓦基。」馬修說：「雖然我不知道他在做什麼。」

「他在那裡的一個機構裡工作。」卡拉在樓梯的底下說。她臂彎中抱著那個罈子，下火車時從夏娜腿上接過來的。「我想這樣對他很好。」

「我一直覺得他會去加入缺陷者在邊界的叛亂。」奇克說：「我是這樣想。」

「他現在不一樣了。」卡拉邊說邊聳肩。

邊界還是有缺陷者的叛亂分子相信，掀起另一場戰爭是獲得我們想要的改革的唯一方法。我呢，則更傾向不使用暴力就能達到改革的一方。我這輩子已經歷太多暴力，一直到現在還背負在身上。不是在皮膚上的疤痕裡，而是在我最不想要它們出現時，在我腦海的記憶中浮現，像是父親的拳頭打在我下巴、我舉槍處決艾瑞克、克己派的死者在我舊家的街道上橫屍遍野。

我們走了幾條街到高空滑索的地方。派別已經消失，只是城市這一區的無畏派仍比其他地方多。雖然我不再因為他們衣服的顏色，但還是能從他們打了洞的面孔和刺青的皮膚認出來。有時候，那有點像在炫耀。有些人跟我們一樣走在人行道上，大多是去工作——如果有能力，芝加哥的每個人都必須工作。

前方，我看見漢考克大樓伸入天空，它的基座比頂部寬。黑色的大梁一個追著一個直入頂端，交錯著、牢固緊密、無限延伸。我已經好久沒有靠這麼近了。

我們進入前廳，裡頭是打理過且發著亮的地板，還有畫了滿牆、極為搶眼的無畏派塗鴉；那些東西被這裡的居民當成紀念品留下。這是屬於無畏派的地盤，因為他們是能擁抱這一切的人。他們擁抱這裡的高度，還有我猜想，也因為寂寥。無畏派喜歡用吵鬧填滿空盪之處；這也是我喜歡他們的地方。

奇克用食指戳了一下電梯按鈕，我們陸續進去，卡拉按下九十九。

電梯往上直衝時，我閉上眼，幾乎可以看見腳底下的大洞打開，露出一整個電梯井的黑暗，隔在我和下沉感、掉落感、下直墜感之間的，只有薄薄一英尺的實體地板。電梯停下時震了一下，門一打開，我緊靠著牆、穩住自己。

奇克碰碰我的肩膀。「老兄，別擔心。我們以前常這麼做，記得嗎？」

我點點頭。空氣衝過天花板縫隙，我的上方就是天空，湛藍色的。我跟著其他人一起拖著腳走往梯子，因為恐懼而過於麻木，無法走得快些。

我用手指摸索找到梯子，一次專注在一個梯級。在我上方，夏娜彆扭地用了些技巧爬上梯子，大部分是用手臂的力量。

在刺上背部的派別刺青時，我曾問多麗，她是否覺得我們是這世界剩下的唯一人類。而她只說，**也許吧**。我不覺得她想去思考這件事。但在屋頂上，的確可能相信我們是地球表面剩下的唯一人類。

我望著沿著溼地前方矗立的大樓，胸口緊繃，像被擠壓著，好像要從內部崩塌。

奇克跑過屋頂，到玩高空滑索的地方，把一個成人大小的吊網綁上鋼纜。他緊緊鎖好，這樣才不會滑掉，然後滿是期望地看著我們這群人。

「克莉絲汀娜。」他說：「就看妳了。」

克莉絲汀娜站靠近吊網，用一隻手指敲敲下巴。

「你覺得該怎麼樣？躺著還是趴著好？」

「趴著。」馬修說：「我會選躺著，以免我尿溼褲子，而且我不希望妳學我。」

「你知道嗎？躺著只會讓這件事更容易發生。」克莉絲汀娜說：「你就這麼做吧，這樣我就可以開始喊你尿褲子的。」

克莉絲汀娜腳先進入吊網裡，腹部朝下，這樣便能在快速飛馳時看著大樓越來越小。我顫抖了一下。

我無法目睹。在克莉絲汀娜越飛越遠時，我閉上眼，即使馬修、夏娜接著都做了一樣的事，我仍閉著。我可以聽見他們愉快的喊叫，像風中的鳥叫聲。

「該你了。」奇克說。

我搖搖頭。

「快點。」卡拉說：「最好要克服它，不是嗎？」

「不。」我說：「妳先請。」

她把鐔子交給我，再深呼吸。我把鐔子抱在腹部位置。因為有這麼多人碰觸過它，金屬表面很溫暖。卡拉不太穩地爬進吊網裡，奇克幫她綁好帶子。她把手臂交叉在胸前，他便一把將她推出去。越過湖岸路，越過城市，我沒有聽到她發出任何聲音，連聲驚喘都沒有。

然後只剩奇克和我面面相覷。

「我不覺得我做得到。」我說，雖然聲音很穩，但身體在顫抖。

「你當然可以。」他說：「你是四號，無畏派的傳奇！你什麼都可以面對。」

我交叉著雙臂，一寸寸靠近屋頂邊緣。即使還有好幾尺遠，我卻感覺身體就要掉出邊緣。

我還是搖頭，又一次、再一次。

「嘿。」奇克把手放在我肩膀上。「這不是為了你，記得嗎？是為了她。做一些她會喜歡的事，一些她會因為你去做而感到驕傲的事，不是嗎？」

事已至此，我無法再逃避。我現在不能退縮，不能在還記得她跟我一起爬上摩天輪、露出微笑的時候，或是她在實境模擬裡一次又一次面對恐懼時，下巴僵硬的模樣。

「她是怎麼進去的？」

「臉朝前。」奇克說。

「好吧。」我把罈子交給他。「把這個放在我後面好嗎？然後把蓋子打開。」

我爬進吊網。我手抖得太厲害，幾乎抓不住兩側。奇克綁緊橫過我背後和雙腿的帶子，把罈子擠進我身後，朝著外面，這樣骨灰才會散開。我低頭盯著湖岸路，吞下苦澀的膽汁，開始滑下。

在那瞬間，我突然想退縮，但太遲了，我已經朝地面俯衝。我喊叫得如此大聲，連自己都想遮住耳朵。我覺得尖叫聲似乎常駐在體內，填滿我的胸口、喉嚨和腦袋。

風刺痛我的眼睛，但我逼自己睜開，在感到盲目且恐慌的一瞬間，我了解她為什麼選擇臉朝前的方式滑下，因為這讓她覺得自己像在飛翔——像一隻鳥。

我還是能感到腳下的一片空盪，像是體內的空洞、像一張要吞下我的嘴巴。

然後，我發現自己已經不再移動。最後一點骨灰飄在風中，像灰色的雪花，旋即消逝無蹤。地面只在我底下幾尺處，近到可以跳下來。其他人已經圍成一圈聚集在那，他們的手臂緊扣在一起，形成一個骨頭和肌肉編成的網子，為了接住我。我的臉壓在吊網上，笑出聲來。

我把空空的罈子拋給他們，手臂扭到身後將固定住我的帶子解開。我像顆石頭般落入我朋友們的臂中，他們接住了我，骨頭壓痛了我的背後和雙腿，然後把我放低到地面。

當我凝視著漢考克大樓陷入思索時，有一陣尷尬的靜默，沒有人知道該說什麼。迦勒小心翼翼地對我微笑。

克莉絲汀娜從眼睛眨掉淚水，然後說：「噢！奇克下來了！」

奇克在黑色吊網裡猛衝向我們。一開始看起來像個黑點，然後是一大團黑，最後是一個包在黑色之中的人。在他速度減緩到停下時，因為興奮而歡呼。我伸手過去抓住艾默前臂，另一手則是抱住卡拉蒼白的手臂，她對我微笑，笑容中有著些許悲傷。

奇克的肩膀重重撞在我們手臂上，在他像個小孩似的讓我們托住時，瘋狂地笑著。

「感覺真棒。四號，想再來一次嗎？」他說。

回答前，我完全沒有猶豫。「死也不要。」

我們三兩成團走回火車。夏娜用她的支架走著；奇克推著空空的輪椅，跟艾默稍微談了幾句。馬修、卡拉和迦勒走在一起，聊著一些讓他們都很有興趣的事，他們有種物以類聚的感覺。克莉絲汀娜一手放在我肩上，靜靜走在我身邊。

「擇派日快樂。」她說：「我現在要問你，你覺得怎麼樣，而且你要給我一個誠實的答案。」

我們有時會這樣聊天，給彼此一些指令。姑且不論我們老是吵架，不知怎麼，她成了我最好的朋友之一。

「我沒事。」我說：「是很不好過，而且一直都會這樣難過。」

「我知道。」她說。

我們走在眾人最後面，經過仍被棄置的大樓（它們的窗戶還是暗的），然後走過跨越半河半溼地的橋。

「沒錯，有時人生的確爛透了。」她說：「但你知道我怎麼撐下去的嗎？」

我揚起眉毛。

她模仿我也揚起眉毛。

「撐到人生終於不爛的那瞬間。」她說：「技巧是，在這個瞬間來臨時要特別注意。」

她露出笑容，我也回以一笑。我們一齊爬上樓梯，走上到火車月臺上。

從我小的時候，我就一直知道：人生會對所有人做出傷害，我們無法逃開。

但現在，我也學到：我們能被治癒。我們將會互相療癒。

致謝

對我而言，致謝的篇章是讓我暢所欲言之處，能多誠懇就多誠懇，在人生中或在書中，不只因為我自身的力量或能力才讓我成長茁壯。這個系列也許只有一名作者，但這名作者要是沒有以下這些人，不可能成就這麼多事。所以謹記在心：神，感謝祢，賜予我這些人，讓我更好。

以下——

感謝我的丈夫，不只以超乎尋常的方式愛著我，還因為一些困難的腦力激盪、讀了這本書所有的草稿、以無比耐心與神經質的作家老婆相處。

喬安娜・沃普（Joanna Volpe），謝謝妳用像個老闆的態度（如他們所言）並且誠實和良善地處理每件事。凱薩琳・提格（Katherine Tegen），感謝妳精采的筆記，持續不斷帶我看見出版這行最有同情心、最甜蜜的部分（我不會告訴別人的，喔等等，我剛剛講出去了）。茉莉・歐尼爾（Molly O'Nell），謝謝妳花了時間與精力，外加看見《分歧者》的好眼力，畢竟，我很確定那是相當厚的一疊原稿。凱西・麥因特（Casey McInstyre），謝謝妳超強的宣傳力，以及對我展現驚人的善意（還有舞步）。

喬伊・提波（Joe Tippie），還有艾咪・雷恩（Amy Ryan）和巴布・費茲西門斯（Barb Fitzsimmons），謝謝你們每、一、次都把這些書設計得這麼棒。了不起的布里娜・法蘭茲塔

（Brenna Franzitta），喬許・衛斯（Josh Weiss），馬克・里夫金（Mark Rifkin），薇拉莉・西亞（Valerie Shea），克莉絲汀・考克斯（Christine Cox）和瓊安・葛丹妮拉（Joan Giurdanella），謝謝你們如此小心照料著我的文字。蘿倫・富勞爾（Lauren Flower），艾莉森・里斯納（Alison Lisnow），珊迪・羅斯頓（Sandee Roston），黛安・納頓（Diane Naughton），寇琳・歐康諾（Colleen O'Connell ），奧布里・帕費（Aubry Parks-Fried），瑪格・伍德（Margot Wood），派蒂・羅賽提（Patty Rosati），茉莉・湯瑪斯（Molly Thomas），梅根・塞格里（Megan Sugrue），歐納莉・史密斯（Onalee Simth）和布里特・瑞克林（Brett Rachlin），謝謝你們的行銷與致力宣傳，其努力族繁不及輩載；安卓雅・帕波海默（Andrea Pappenheimer），凱莉・莫納（Kerry Moynagh），凱西・法伯（Kathy Faber），莉茲・佛瑞（Liz Frew），海瑟・德斯（Heather Doss），珍妮・雪莉登（Jenny Sheridan），法蘭・歐森（Fran Olson），黛比・莫菲（Deb Murphy），潔西卡・艾比（Jessica Abel），莎曼珊・海格鮑默（Samantha Hagerbaumer），安卓雅・羅森（Andrea Rosen）和大衛・沃夫森（David Wolfson），銷售專家，謝謝你們的熱情與支持。珍・麥金利（Jean McGinley），艾爾發・王（Alpha Wong）和希拉・霍利（Sheala Howley），謝謝你們讓我的文字進入世上如此多的書櫃。因此，我所有的外國出版者，謝謝你們相信這些故事。夏娜・拉莫斯（Shayna Ramos）和德永瑠衣子（Ruiko Tokunaga），創作奇才，凱特琳・蓋林（Caitlin Garing），貝絲・依弗斯（Beth Ives），凱倫・迪西科斯基（Karen Dziekonski）和西恩・麥馬納（Sean McManus），你們做出了不起的有聲書；財務組的蘭迪・羅賽瑪（Randy Rosema）和潘・摩（Pam Moore），感謝你們的辛勤和天賦。凱特・傑克森（Kate Jackson），蘇珊・凱茲（Susan Katz）和

布萊恩・莫瑞（Brian Murray），感謝你們把 Harper 這艘船駕駛得這麼好。我有一個熱情且支持我的出版社，從上到下，那對我來說意義非凡。

波雅・薛芭贊（Pouya Shahbazian），謝謝你幫《分歧者》找到這麼好的電影東家，感謝你的辛勞、耐心和友誼，以及那些恐怖的、跟蟲有關的惡作劇。丹尼爾・巴澤（Danielle Barthel），謝謝你井然有序又耐心的個性。New Leaf Literary 的每一位，你們都是如此了不起，而且做出同等了不起之事。史帝夫・楊格（Steve Younger），謝謝你總是在工作上和人生中照顧著我。所有跟「電影工作人員」有關的人——特別是尼爾・伯格（Neil Burger），道格・威克（Doug Wick），露西・費雪（Lucy Fisher），姬莉安・波若（Gillian Bohrer）和艾瑞克・費格（Erik Feig），感謝你們帶著謹慎和尊重處理著我的作品。

媽、法蘭克（Frank）、英格麗（Ingrid）、卡爾（Karl）、小法蘭克（Frank Jr.）、坎迪絲（Candice）、麥卡爾（McCall）、貝絲（Beth）、羅傑（Roger）、泰勒（Tyler）、崔佛（Trevor）、妲比（Darby）、瑞秋（Rachel）、比莉（Billie）、佛雷（Fred）、奶奶和強森家（Johnsons，有羅馬尼亞人，也有密蘇里人），克勞斯家（Krausses），派庫提家（Paquettes），費奇家（Fitches）和萊茲家（Rydzes），謝謝你們所有的愛。（我永遠不會讓派別勝過與你們的血緣，永遠不會。）

所有過去、現在、未來的 YA Highway 和 Write Night 的成員，謝謝你們是這樣設想周到、善解人意的作者伙伴。所有在過去這幾年接納我、幫助我的資深作者，所有用推特或電子郵件連絡我、給予愛與忠誠的作者。寫作是一個孤單的工作，但我不孤單，因為我有你們。真希望我可以把你們全列出來：瑪莉・凱薩琳・豪威爾（Mary Katherine Howell），愛麗絲・寇維希（Alice

Kovacik），卡莉．馬拉提（Carly Maletich），丹尼爾．布里斯托（Danielle Bristow），以及我所有非作家的朋友，謝謝你們幫助我心無旁騖。

所有分歧者的書迷網站，謝謝你們瘋狂又超棒的網路（和真實生活中）熱情。

我的讀者們，謝謝你們閱讀此書，並把書放在心上，給予歡呼、發推特、相互討論、相互借書，以上種種，教會我這多麼寶貴的一刻，寫作和人生皆是。

所有上列的人們促成了這系列現在的模樣，認識你們，改變了我的人生。我是如此幸運。

我要再說最後一次：要勇敢。

高寶書版集團
gobooks.com.tw

SL 015
分歧者3赤誠者
Allegiant

作　　者　薇若妮卡・羅斯（Veronica Roth）
譯　　者　林零
編　　輯　曾士珊
校　　對　熊芩
排　　版　趙小芳
封面設計　陸聖欣
出　　版　英屬維京群島商高寶國際有限公司台灣分公司
　　　　　Global Group Holdings, Ltd.
地　　址　台北市內湖區洲子街88號3樓
網　　址　gobooks.com.tw
電　　話　(02) 27992788
電　　郵　readers@gobooks.com.tw（讀者服務部）
　　　　　pr@gobooks.com.tw（公關諮詢部）
傳　　真　出版部　(02) 27990909　行銷部 (02) 27993088
郵政劃撥　19394552
戶　　名　英屬維京群島商高寶國際有限公司台灣分公司
發　　行　希代多媒體書版股份有限公司/Printed in Taiwan
初版日期　2014年3月

國家圖書館出版品預行編目(CIP)資料

分歧者3赤誠者／薇若妮卡・羅斯（Veronica Roth）著; 林零譯 -- 初版. -- 臺北市：高寶國際出版：希代多媒體發行, 2014.3
面；　公分. -- (Spell；015)
譯自：Allegiant

ISBN 978-986-185-989-7(平裝)

874.57　　103003932